U0468076

有爱的青春陪伴者

最后的天鹅

风荷游月 著

江苏凤凰文艺出版社

图书在版编目（CIP）数据

最后的天鹅 / 风荷游月著. -- 南京：江苏凤凰文艺出版社，2023.10
ISBN 978-7-5594-7711-8

Ⅰ.①最… Ⅱ.①风… Ⅲ.①长篇小说-中国-当代 Ⅳ.①I247.5

中国国家版本馆CIP数据核字(2023)第075261号

最后的天鹅
风荷游月 著

责任编辑	王昕宁
特约编辑	周丽萍 李 娜
出版发行	江苏凤凰文艺出版社
	南京市中央路165号，邮编：210009
网　　址	http://www.jswenyi.com
印　　刷	长沙鸿发印务实业有限公司
开　　本	880mm×1230mm 1/32
印　　张	9.5
字　　数	311千字
版　　次	2023年10月第1版
印　　次	2023年10月第1次印刷
书　　号	ISBN 978-7-5594-7711-8
定　　价	39.80元

江苏凤凰文艺版图书凡印刷、装订错误，可向出版社调换，联系电话025-83280257

目 录

Chapter 01 · 回家吧，濡濡 /001

他压抑了一晚上的气愤和无力突然都找到了宣泄口，有些控诉地说："你还知道回来啊……"

Chapter 02 · 你要看着我 /050

你真的也看不出来，我那首曲子是拉给谁听的吗？

Chapter 03 · 不要把我当小孩 /097

少年的眼睛是亮的，嗓音喑哑，有种既然藏不住，就不想再隐瞒的破罐子破摔的决绝，他说："就是你想的那样。"

Chapter 04 · 厌食症 /144

你明天没事的话，来看我的演出吧。我正好有一张票，你来，我就把票送给你。

目 录

Chapter 05 · 她想亲就亲了 /194

陆星衍，你告诉我，有没有谈过恋爱？

Chapter 06 · 我赌对了，你回来了 /242

给大家介绍一下，这个就是我的男朋友。

Extra 01 · 白天鹅 /274

我希望，陆星衍小朋友有点自知之明，我也爱他，其他人都不是他的对手。

Extra 02 · 被驯服的鹿 /287

唯有孟濡，像海面初升太阳的第一道光，破开云层，强硬地闯进他心扉。

Chapter 01 · 回家吧，濡濡

他压抑了一晚上的气愤和无力突然都找到了宣泄口，
有些控诉地说："你还知道回来啊……"

南大一食堂的一楼，人声鼎沸，窗口嘈杂。

正值吃午饭的时间，陆星衍和舍友打完饭，找到一处干净的桌子坐下。还吃没几口，对面的程麟突然睁大眼睛，岳白间看着他，疑惑地开口："怎么了？"

程麟将口中的米饭咽下，伸手指向前方悬挂的电视屏幕，惊喜道："覃郡女神要回国了！"

南大为了方便莘莘学子关注时政，在每个食堂的每一层楼都安装了电视屏幕，平时主要用来播放新闻，今天却一反常态地报道了覃郡大剧院芭蕾舞团的消息。

前不久，覃郡被评选为沿海最优美的城市之一。为了表达获奖的喜悦与感激，覃郡芭蕾舞团在上级要求下编排了一场舞剧，将在明年六月份进行汇报演出。剧院院长为了这次演出，特地邀请了目前在意大利"斯卡拉"芭蕾舞团担任首席舞者的孟濡，带领本地芭蕾团排练。

"院长原本不抱希望的，人家现在至少算是个'国宝级'的演员，每年要前往各大国际舞台演出，怎么可能有时间回到小小的覃郡，而且一回就是大半年。没想到她真的答应了,可能看在故乡的面子上吧……"程麟科普道。

陆星衍倏然抬头,盯着身前的荧屏。

电视里正在播放女孩的舞蹈视频,那是孟濡十九岁时出演的舞剧——《天鹅湖》。灵秀美好的少女刚从英国芭蕾舞学院毕业,第一次登上国际大舞台,一组黑天鹅的三十二圈挥鞭转惊艳了所有人。

这场舞剧的成功演出,使孟濡从此被称为"东方第一天鹅"。

画面中的女孩舞裙精美,秀发高盘,立于舞台中央,黑暗里唯一一盏灯光打在她身上,映出她雪白耀眼的皮肤。

随着第三幕coda(乐章结尾部)响起,她踮起脚尖,引长脖颈,纤细柔韧的单腿支撑全身重量。

"黑天鹅"展开羽翼,骄傲热烈地旋转。

她平衡掌握得很好,这样高难度的"弗韦泰"转,足下几乎没有任何移动,甚至每一次留头时嘴角都挂着浅浅的笑意。

如果凑近一些,还能看到她最后一次旋转时眼睛轻轻地眨了两下,浓长稠密的睫毛扑闪扑闪,那是女孩紧张时不自觉的表现。这样细微的变化,只有将这段视频看了无数遍的陆星衍才能察觉。

三十二圈挥鞭转结束,台下掌声如雷。

接着,电视里又播放了孟濡的其他舞剧表演片段,无论是《胡桃夹子》里轻盈活泼的克拉拉,还是《天鹅之死》中忧伤孤独的白天鹅,都令人回味无穷,赏心悦目。

南大属于理工类院校,学生们对芭蕾鲜有研究,但此刻,大部分人的目光都落在了那个女孩身上。

一是她太过出名,几乎每个覃郡人都听过她的名字;二是她长得太过漂亮。

程麟如痴如醉地看着女孩完美的侧脸:"这是她六年前的视频,画质糊成这样还能这么美,颜值真是能'打'。"

岳白间好奇:"你怎么对一个芭蕾舞演员这么了解?你喜欢她?"

"我妹妹是学芭蕾的,对她喜欢得要命。我耳濡目染也知道一些。"话落,程麟语气一转,"况且这么好看的女生谁不喜欢?可惜我晚生她五六年,不然一定死缠烂打去意大利追她。"

岳白间劝他清醒:"你就是比她早出生六年,人家也看不上你。"

程麟:"闭嘴,好吗?"

陆星衍懒得听这两人打嘴仗,起身。

电视里,主持人在做最后总结:"让我们期待这位年轻的芭蕾艺术家带给覃郡的惊喜……"

陆星衍早已觉得餐盘中的饭菜变得索然无味,他将餐具放入回收处,回来拿起椅背上的外套便准备走。

岳白间叫住他:"阿衍,你又要出去吗?"

陆星衍冷淡地点点头,好看的脸上看不出情绪。

岳白间问:"那下午的数学分析课你还上不上?"

"不上了,老大帮我答个到吧。"

"老大"是他们宿舍的秦献,刚才一直在和女朋友发微信。

秦献答应。

程麟趁机问:"晚上黄冬玥邀请我们去覃大看表演,你也不去了?"

陆星衍:"不去。"

"不是吧?"程麟难以置信,夸张道,"人家就是为了邀请你,才顺便邀请我们的。你不去,我们怎么好意思去啊。"

"关我屁事。"留下这句话,陆星衍便绝情地离开了。

与南大这个男女比例极其悬殊的理工院校不同,覃郡大学有很多学艺术的女生。黄冬玥是舞蹈专业的,如果能够通过她认识更多的女生,那他们这些"工科狗"脱离单身的行列指日可待。

然而,宿舍的希望——陆星衍并不打算管他们,他心情烦躁,在学校大门口拦了一辆出租车,向司机报上地址,一路疾驰。

十二月的南方城市,湿冷严寒。

孟濡刚下飞机,机场出口的冷风迅速吹散她身上的暖意,她将半张脸蛋埋进厚厚的围巾,坐在拉杆箱上,一边给阮菁回复信息一边等舞团派来接应的女孩。

阮菁是她国内的好友,两人认识近二十年,联系从未断过。

自从得知她要回国,阮菁就迫不及待地要安排聚会。

孟濡将手机拿到唇边,敛着眸子笑,语音说:"你们去吧,我今天晚上要去覃郡大学见舞团团长,还要看学生们表演,恐怕没有时间。而且我这几天都没有好好休息,好累,今晚想早点睡觉。"

没过多久，阮菁语音回复："快别做梦了，现在整个覃郡都知道你这名舞蹈家回国了，你还想好好休息？我要是不趁早约你，以后说不定还要排队呢。"

孟濡无奈，将口中融化得仅剩一点点的棒棒糖"咔嚓咔嚓"地咬碎，小声说："哪有那么夸张啊……"

她根本不觉得自己有多优秀。

阮菁却不给她辩驳的机会，发了个链接让她看。覃郡剧院官微的最新一条微博下，转评赞已经过万。与南大播放的舞蹈视频相同，也都是孟濡表演或比赛时的片段，因为剪辑结构完整，吸引了不少对芭蕾感兴趣的圈外人员。

孟濡哑口无言。

阮菁道："现在还觉得我说得夸张吗？你看下面多少万人'血书'求你微博，今晚你看完表演，过来聚会时我帮你注册一个。你就能跟国内的粉丝互动了。"

孟濡暂时没有注册账号的打算，只是弯唇想笑。她知道这是阮菁让自己出来玩的借口，既没拆穿阮菁，也没说答应。

阮菁就当她是默认了，愉快地和她聊起别的话题。

舞团接应的女孩到时，孟濡正好和阮菁说起小时候的趣事。她们两个人一同学习芭蕾，最后只有孟濡坚持了下来。那时候贪玩烂漫的孟濡，并不知道芭蕾会成为她一生的职业。

女孩叫了她一声，她疑惑地抬起头来。

"孟、孟老师？"

孟濡点点头。

女孩名叫谭晓晓，忙不迭地向孟濡道歉，又帮她把行李搬到后备厢："孟老师，实在是对不起，我不是故意来迟的，都怪我跟着导航走错路了。您在这儿等了这么久很冷吧，车上有暖宝宝，我拿给您用……"

孟濡笑了下，说没事。

她其实并不觉得覃郡冷，三年没回国，她格外想念覃郡的一景一幕，就连喧闹冷冽的机场也显得温暖可爱。

不过谭晓晓还是很愧疚，一路上都没好意思再说话。

孟濡也有些疲倦，她刚才对阮菁说的不是推托之词。米兰到覃郡二十多小时的飞机，她只睡着了三十分钟，其余时间都在看覃郡舞团学生的舞台视频。结束和阮菁的通话，孟濡就脑袋倚着靠椅，闭目休息。

谭晓晓将孟濡送到一个高档小区。

芭蕾舞团特地为孟濡准备了一套新公寓。他们以为她这么多年不回国，覃郡的房子早就卖了。

公寓是三室两厅，其中一间房被改成宽敞的舞蹈室，安装了一整面落地镜，左右两排把杆，地板干净整洁，应该是提前有人打扫过。

孟濡挺满意的，客气地向谭晓晓道谢。

谭晓晓受宠若惊，忙摆手道："孟老师觉得可以就好。您还要收拾东西吧，我不打扰您了，如果有什么需要，您直接给我打电话。晚上八点我再开车来接您……"她没有多待，向孟濡说明了附近几个商场的位置，就离开了。

孟濡简单地收拾了下房间。她的随身行李不多，拉杆箱里大部分都是足尖鞋。回国之前，她联系快递公司把一些不太急需的物品寄了回来，应该过一阵子才会到。

孟濡整理好东西，又重新擦拭了一遍舞蹈室的落地镜。

她对别的都没有什么要求，但镜子一定要干净，只有这样，跳舞时才能看清自己每一个动作。

擦完镜子，孟濡照常练了会儿基本功，然后去洗澡换身衣服。

出来时夜幕笼罩，已经七点五十。

孟濡迅速吹好头发，手边的手机响了一声，是谭晓晓发来的信息：孟老师，我到楼下了。

孟濡戴好围巾，走到玄关换鞋。

孟濡平时喜欢穿舒适的运动鞋，她刚系好一边鞋带，口袋里的手机又响了几声。以为是谭晓晓发来的催促，她正想回复，打开却看到阮菁的微信。

阮菁给她发了两条文字消息，精简直白。

第一条：濡濡，香潭路32号 Regret Pub（遗憾吧），快来。我们给你准备好了接风宴。

第二条：这里的服务生小哥哥巨帅，你不来会后悔的。

孟濡无奈地弯弯唇。她没有告诉阮菁自己什么时候去覃大，阮菁大概以为这时候她已经从学校回来了。

她拇指摁在屏幕，想要回绝，阮菁的第三条消息火速发了过来。

这次是一条四秒的语音，孟濡点开。

节奏鲜明的摇滚中，阮菁的声音惊讶，似乎消化了很久，仍有些不可思议地告诉她："濡濡，我还看到你家那个'小狼狗'了。"

孟濡怔愣两秒，才反应过来阮菁说的是谁。

她蹙了蹙眉。她明明跟阮菁说过，不要用"小狼狗"称呼对方。他们之间不是那种关系，她一直把对方当作亲人、弟弟或者小朋友，绝对不是调笑的暧昧对象。

也许是孟濡给她回复的六个点发挥了作用，阮菁换了一种称呼，委婉说："我看到你家小哥哥了，行了吧？"

孟濡穿好鞋子，拿起包出门，懒得纠正阮菁的用词，等电梯时顺便回复了一下：他去那里挺正常的。

阮菁口中的"小狼狗"，是今年刚上大一的陆星衍。

陆星衍和孟濡说是亲人又不是亲人，说像姐弟也不像姐弟。孟濡定居国外之前那几年，和陆星衍一直住在同一个屋檐下。相处几年，孟濡多多少少对陆星衍的脾性有所了解，骄傲古怪、野性难驯。

陆星衍高中时就因为旷课、打架被请了好几次家长，每次都是孟濡前往接受老师的批评。

现在他上了大学，出入酒吧，孟濡真是一点也不稀奇。

阮菁却不了解陆星衍的性格，关心地说："我看他好像心情不好，坐那儿喝闷酒，你不过来劝慰一下你家小孩吗？"

孟濡踏进电梯，对着镜子拢起压进围巾的头发，扎成马尾。她对着镜子，轻声说："他看到我才会心情不好。"

阮菁不明所以："什么意思？你们吵架了？"

孟濡摇了摇头，接着又叹一口气。她才回国多久，怎么有工夫跟一个小孩吵架？

她都还没见到他呢。

电梯停在负一层，谭晓晓的车就在地下停车场。孟濡坐进车里，和她一同前往覃大。

微信那端阮菁还在等回复，孟濡却不知道该怎么跟她说明。

车子行驶到覃郡最高的一幢大厦下，孟濡拿出手机编辑了一句话：我晚点会过去，你帮我看着点他。

发完，她锁掉屏幕，视线移向车窗外。

覃郡这几年变化很大，原本最高的曜安大厦已经被新楼取代。高楼一幢幢拔起，街道却仍旧干净，草木如新。

孟濡不知不觉就想到半年前和那个小孩的一通电话。

当时陆星衍高考结束，成绩是高中三年以来考得最好的一次。班主任一面为这个"问题学生"头疼，一面又因为他的成绩喜上眉梢，特地给孟濡打来电话让她慎重为他选择学校。

按照陆星衍的高考成绩，可以上北城很好的大学。孟濡每天抽出两个小时，帮他研究北城的好学校和好专业。

但陆星衍却执意留在覃郡。

孟濡都不知道他坚持的理由是什么，才说了句"你不是想离开家吗"，后面那句"北城会有更好的发展"没来得及出口，少年像是被点燃的火引，在电话里隔着九千多公里的距离勃然愤怒，不留情面地说："我不是小孩子了，不要以为什么事情都能为我做决定！"

然后……他们就半年都没有联系，就连这次回国孟濡也没有说。

谁知道小朋友是不是还在生气。

孟濡摸了摸脸颊，浓长的睫毛轻敛，不无惆怅地想——男孩子的心事真是好难猜啊！

覃郡大学在大学城，从公寓开车过去需要二十分钟。孟濡和谭晓晓到时，校园里停了很多车。路灯幽暗，映照着树下三三两两结伴的学生。

大家都是来看覃郡剧院芭蕾舞团表演的，连一条街之隔的南大也来了不少凑热闹的人。

谭晓晓将车停在一座圆形拱顶的艺术馆前，替孟濡拉开车门说："这里是舞团平时训练的地方，一楼是表演大厅。团长就在一楼等着您，孟老师，我带您过去。"

孟濡点了点头。

大厅里已经坐了不少人，谭晓晓领着孟濡从侧门进去时，入目尽是乌泱泱的人头。观众席分为两层，舞团团长就坐在池座第一排的中间座椅，看着四十上下的年纪，容貌和善，气韵俱佳。后来舞蹈学院的院长接管了覃郡芭蕾舞团，就让给芭蕾舞团训练用了。

见孟濡过来，她热情地起身迎接，笑着说："孟老师，没想到你真

的会来。"应该等了很久,两人握手时孟濡觉得她手心微凉。

孟濡在她身边坐下,有些不好意思:"您就别叫我老师了。您是覃大舞蹈学院的院长,又是我的前辈,您再叫我'老师',我才是真的不敢来了。"

团长笑了笑,对孟濡的喜爱又多了几分,依言叫她的名字。

不多时,演出开始。

这场舞剧的名字叫《仲夏夜之梦》,改编自莎士比亚的经典喜剧。

轻灵的音乐声中,演员一个个入场。台下观众变得阒静,专心地盯着舞台。孟濡也在往台上看,却更多地关注演员的肢体、技巧和情感表达。

一个小时后,一场欢快梦幻的舞剧落下帷幕,耳边"bravo(好极了)"的喝彩声不绝,孟濡跟着鼓掌。

她在脑海中记下日后排练的重点,又和团长确定了一下每周训练的时间,道别后,随着人群离开了场馆。

临走前,团长递给她一本学生资料,说:"这是舞团成员的履历,方便你了解团里的学生。咱们现在就可以选择明年参加舞剧的人员了,你回去后看一下。"

"好。"孟濡将资料放进包包里。看过刚才的演出和以前在飞机上看的视频后,她心里对舞团大部分人的实力已经有点数了,只是仍不能对应每个人的名字,所以还挺需要这本资料的。

不过她现在也没时间多看……

孟濡站在校门口,拦了一辆出租车。

她还记得阮菁给她准备了接风宴。

车子在夜幕里穿梭,最后停在阮菁说的位置。这里是覃郡最大的商业街,即便到了夜晚也依旧亮如白昼,行人络绎。酒吧就在孟濡面前这栋大楼的最高层,但她找了十几分钟才找到入口。

电梯里只有一个按钮,从一楼直接升至顶楼。

门打开,外面果然站着一个笑容明朗、眉眼清俊的男生。

大概是阮菁提前知会过,孟濡说明了来意,对方就领着她往卡座的区域走。越过舞池,最深处的沙发上坐了五六个人,看样貌都是孟濡以前在舞蹈学校的熟人。

阮菁站在单人沙发上,手里摇着骰盅,气氛和背景密集的鼓点声一样火热。不等孟濡开口,阮菁已经扭头看见了她,扔下骰子兴高采烈地扑上来喊:"濡濡——"声音响亮。

孟濡怀疑阮菁这些年不跳舞蹈,改练美声了。

不然底气怎么这么足?

她推开阮菁的脑袋,捂着被撞疼的脑门问:"你究竟喝了多少酒?"

阮菁没说话,那边穿着西装的男人替她答:"一瓶伏特加。你再不来,她就要去门口跳《失恋阵线联盟》迎接你了。"

阮菁指着男人:"周西铎,你还好意思说?要不是你拦着我们切濡濡的蛋糕,我会无聊到只能喝酒吗?"

周西铎耸了耸肩。

孟濡不免好笑,这两人从八岁认识起就开始斗嘴,没想到斗了十几年还没完。阮菁拉着孟濡坐到旁边的沙发上,和周围人打了一圈招呼。

大家都学过几年舞蹈,也知道她这次回国来是为什么,念着她今天刚下飞机,只要求罚她喝三杯红酒。

孟濡其实酒量一般,不过为了不扫兴,还是乖乖地一杯一杯地喝了。

众人热闹地起哄,开始切蛋糕。

孟濡将阮菁拉到一旁,趁着这会儿大家的注意力不在自己身上,问道:"你不是说看到陆星衍了吗,人呢?"

阮菁来之前没吃晚饭,又喝了一肚子酒,这会儿正跟其他人一起盯着蛋糕。闻言,她伸手指了个方向,说:"就在那里。"

孟濡随之看去。

那是斜对面的一组卡座,孟濡进来时没有注意。那里坐着三名女孩和两个男生,男生统一穿着白衬衣黑色马甲的酒吧制服,二十岁的模样,相貌帅气,却都不是陆星衍。

孟濡看了有两分钟,问阮菁:"哪里?"

"就那儿……"阮菁跟着看去,却也愣住了。

"咦?"阮菁奇怪,"刚刚明明在那儿坐着的。"

孟濡收回视线,不得不怀疑地望着阮菁:"你该不会是看错人了吧?"她知道陆星衍爱玩,但那小孩一向没钱,怎么会来这种烧钱的地方?

阮菁矢口否认:"不可能!"

她就差没举着手指对天发誓:"我见过他,四年前你帮他开家长会的时候,还是我开车送你们去学校的。你忘了吗?"

孟濡哑口无言。

那都是多久以前的事了？

男孩子的变化大，孟濡三年不见陆星衍，都不能保证能立刻认出他，阮菁只见过他一面，怎么能确定不认错？

阮菁似乎也认识到这个可能，尴尬地沉默几秒。

她说："我真的看见他了……"

孟濡："那他人呢？"

阮菁崩溃了："我哪知道！"

卡座背光处，孟濡和阮菁看不到的角落。

"没钱小孩"陆星衍正低着头，漂亮的眼尾微垂，一遍一遍重洗手中的纸牌。

他长得好看，眉乌目漆，肤色偏白，有些颓废的少年气，即便在那儿坐着一声不吭也吸引人的注意力。旁边的女生观察他很久了，此刻不着痕迹地挪到他身边，伸手捻住他手中的纸牌，问："阿衍，你在想什么？这副纸牌你都已经洗了三遍了。"

陆星衍不答，手却没有征兆地松开，纸牌扑簌簌掉了一地。

女生脸色一变。

他背脊一松沉进沙发里，面上阴晴不定，不知对着谁说了一句："烦死了。"

女生以为他在说自己，表情也有些不好。幸亏对面两个男生及时出声救场，气氛才勉强缓和了些。

陆星衍依旧歪在沙发里一动不动，大伙儿都知道他素来脾气怪，也就没再特别留意他，各玩各的。

与他们这边静悄悄的氛围不同，对面的卡座显得格外闹腾。

那边好像在迎接一个今天刚回国的女孩，他们刚才听到了一些，女孩是跳芭蕾舞的，这次回国是为了担任覃郡剧院的芭蕾舞老师。

只是他们对芭蕾并不了解，也不知道足尖鞋的缎带究竟该绕几个圈，只单纯地觉得那个跳芭蕾舞的女孩特别有气质，忍不住多瞟了几眼，正好看到她的同伴开香槟，溅出的酒液落到她的围巾和衣摆上，女孩表情有点无奈，轻轻踢了下开香槟的那个男人的小腿，解下围巾朝洗手间的方向走。

陆星衍这桌就在去洗手间的必经之路上。

孟濡看了眼指示牌，往这边来。

原本她从他们面前经过，今天晚上就什么事都没有。

但一直窝在沙发里毫无动静的陆星衍眼皮跳了跳，在孟濡走到他身侧的时候，伸出长腿，毫无预兆地拦住她。

孟濡也没料到有人会绊自己，一时不察，倾身朝前面倒去。

少年在她倒下的一瞬间揽住她，带到自己怀中。

他埋首在她颈窝，呼出浓重的酒气。

他压抑了一晚上的气愤和无力突然都找到了宣泄口，有些控诉地说："你还知道回来啊……"

孟濡站在洗漱台前，已经洗了三遍手，衣摆处溅上的酒渍被她拭干，留下一点不太明显的痕迹，只能回家再洗。

孟濡将擦手纸扔进垃圾桶，仍有点惊讶。

她没想过真的会碰上陆星衍。刚才阮菁说看到陆星衍了，但她进来后没看到人，理所当然地认为是阮菁看错人了。

直到她被一个男孩绊倒。

少年有力的手臂箍在她背后，一条长腿恣肆地压着她的小腿，一系列的举动快速果决，又有点莫名其妙。

孟濡下意识地挣扎，然后就听见他在她耳边说出那句话。

一瞬间，她就知道他是谁了。

但孟濡还是愣住了，毕竟他说过从未把她当作亲人，也没表现出过任何想她的情绪。

她怎么敢想陆星衍会在大庭广众之下委屈地抱怨自己不回国。

那边阮菁看到他们的动静，还以为她被欺负了，长腿跨过沙发就往这边冲。最后还是孟濡解释清楚，两边才相安无事的。

孟濡轻轻呼出一口气，嘴角上翘。

算了，她想。他还是小孩子呢，自己跟一个小孩较什么真啊。

孟濡收拾好以后，拉开洗手间的门走了出去。

门外连接着一条长长的过道，十几米之外就是喧闹世界。酒吧大厅投进来的昏沉灯光下，蹲着一个四肢修长的少年。他两条手臂搭在双膝上，原本盯着墙上的一块污痕出神，听到开门声时耳朵动了动，漆黑澄澈的瞳仁转着向她看来。

他穿着件不太新的白衬衣,扣子敞开几颗,露出精致瘦削的锁骨,脖子上挂一条一看就没用心打的领带,模样真是又懒又坏。

孟濡以前就觉得,陆星衍像一只野猫,无论怎么精心饲养,依然改不了桀骜散漫的性格。

今天再见,这种感觉尤其强烈。

她走到陆星衍跟前,忍着把他当成猫呼噜一通毛的冲动,出声问道:"你怎么会在这里?"

"这里"指的是这间酒吧。今天周二,这个时间点陆星衍应该在学校。

陆星衍闻言,视线微微移开,黑眸继续盯着刚才那面墙,过了一会儿又转回来,说:"打工。"

孟濡不免惊诧。

这种惊诧不亚于刚才陆星衍当众拥抱她。

她立刻屈膝靠近少年,乌亮瞳仁里闪着关切的光。她问:"我给你的生活费不够花吗?"

少年还没回答,孟濡自己先否决了。

不可能。

她给他的生活费是参考了很多大学生生活标准的,无论买衣服、吃饭,还是看电影、旅游,应该都绰绰有余,更何况她每次都给他提前预支了一年的金额。怎么会让他到需要打工的地步?

孟濡没想明白,陆星衍已经替她答:"够啊。"

少年的嗓音懒散,慢慢撑起挺拔的身躯。他的视线从仰视她,到与她平视,再到越来越明显地垂眸俯视她。孟濡这才发现他长高了许多,逆着光往她面前一站,她便再也看不到外面的千灯万盏。

少年轻牵嘴角,有点随意又有点痞地说:"多多益善不是嘛。"

他没说实话,这是孟濡的第一直觉。

然而,这一直觉很快被另一件事取代,她问:"刚才那几个人不是你朋友?"

"不是。"陆星衍说,他的眸光一直没有从她身上离开,"客人。"

孟濡怔愣了下:"你在陪她们玩游戏?"她刚才看到陆星衍面前的桌上散着一副纸牌。

陆星衍"唔"一声,不知是真是假,抑或是故意说给孟濡听:"玩游戏、喝酒、聊天,只要给小费都可以。"

孟濡震惊:"你很需要钱吗?"

她没有注意到陆星衍看她时眼底深藏的暗涌,拢着眉说:"我可以多给你半年的生活费,或者帮你介绍别的兼职,但是你不要再来这种地方上班了。"

"为什么?"陆星衍不为所动,看着孟濡的眼神也变得直白,"你回国连家都不住,还管我在哪里做兼职吗?"

孟濡:"你回过家了?"

陆星衍别开头,背靠着一侧墙壁,解释说:"我回去拿东西,顺便看看你在不在。"

孟濡点点头:"喔。"

她以为他周末才回家,那时候她应该已经想好该如何解释自己不住家里而住覃郡剧院的公寓了。

现在猝不及防地见面,只剩下窘迫。

总不能说因为你长大了,所以我觉得你需要独立的、隐私的空间吧?

孟濡眼睛觑着陆星衍的耳朵,脑海里飞快地思索借口。

少年被她看得不自在,耳朵又轻轻动了动:"你……"

正好此时,陆星衍的同事过来。刚才站在电梯口的小哥从后面拍了拍他的肩膀,熟稔道:"阿衍,你在这儿干什么呢?不忙的话帮我去门口站一会儿吧,我去下洗手间。"

陆星衍应下,转头准备和孟濡说一声。那个男生随即看到了藏在阴影处的孟濡,了悟地笑了笑:"哦,原来你在这里撩漂亮小姐姐……"

陆星衍一言不发。

孟濡笑着解释:"我是他姐姐。"

男生攥攥头,尴尬地向孟濡道歉。

陆星衍举步要走,孟濡马上拉住他的袖子。她仰头看他,外面的灯光悉数投进她的眼里,她看人时格外专注:"你什么时候下班?"

陆星衍:"有事?"

孟濡说:"我等你吧。你回学校还是回家,我送你回去。"

虽然现在是法治社会,不会有什么危险,但依照陆星衍的性格,万一跟别人起什么冲突呢?这酒吧太乱。孟濡答应过好好照顾他,不能让他出事。

陆星衍的表情在听到孟濡的话后蓦地好看了些,他动动嘴角,终于

没说出反驳的话。

"好。"

孟濡回到朋友中间。大家很久没有聚这么齐了,一个个格外兴奋,红酒开了一瓶又一瓶,骰子、纸牌、俄罗斯转盘都玩了一遍。

直到深夜一点,众人才各自回家。

阮菁叫了代驾,本打算先送孟濡回去。孟濡告诉她自己要等陆星衍,和她解释了一遍前因后果。

阮菁叮嘱孟濡注意安全,自己先走了。

酒吧这时仍有不少人,孟濡找了个僻静的吧台坐着,点了一杯百利甜酒,拿出舞团团长给她的学生资料翻看。

她刚才没有喝太多酒,这会儿头脑还是清醒的,只是太困了。

孟濡从包里拿出提神含片,掰了一颗放入口中。一直到她把资料翻了两遍,陆星衍才终于下班了。

陆星衍来找她时,她面前的学生履历正停在"黄冬玥"那一页。陆星衍一扫而过,他对别人的事都没有什么兴趣,却问孟濡:"你要去覃大当芭蕾老师吗?"

孟濡轻轻打了个哈欠,点头:"嗯,明天第一次上课。"

她说完,不多解释,问陆星衍去哪里。

这时候南大宿舍早关门了,陆星衍只能回家。孟濡叫了一辆网约车,让司机先开去他们以前住的家。

一路上两人都很安静,孟濡是太累了不想说话,陆星衍是向来话就不多。

等车子驶到小区门口,陆星衍才突然开口问她:"你现在住在哪儿?"

孟濡微微一怔,然后扭头朝他轻笑:"不是叫我不要管你吗?我现在不和你一起住了,你应该挺轻松的吧。我住在哪里重要吗?"

少年哑口无言。

他在座位上静坐许久,等得司机都忍不住问道:"小伙子,你还要下车吗?还是我直接开去下一个地方?"

陆星衍才推开车门,长腿一跨,身影隐没在黑黢黢的夜中。

"走了。"一句解释的话都没有说。

孟濡回到公寓时,已经是凌晨三点多,她强撑起精神收拾好卧室床铺，洗漱护肤，换上睡衣倒头就睡了。

这一觉直接睡到第二天下午两点。

她的第一节芭蕾课在下午三点，谭晓晓两点半准时来接她。

覃大艺术馆三楼的排练大厅总共有六个排练室，男女各三个。谭晓晓领着她从一间间排练室门口经过时，里面有许多认真练习的学生。

有的扶着把杆做拉伸，有的踮起脚尖单膝原地旋转，还有双腿横劈趴在地板上休息的。

身姿鲜活，尽态极妍。

谭晓晓问了孟濡的意见，把所有成员都聚集到排练大厅。

他们此前听说过孟濡是来带领他们排练明年的舞剧的，此刻都有些兴奋又紧张，盘腿坐在大厅中央的地板上，一个个仰着脸。

孟濡看他们这副严肃的模样，忍不住抿唇一笑。

她笑时格外好看，两只黑眸亮亮的，上下睫毛浓翘，在正午的阳光下显得温暖柔软。

终于不再像站在舞台上时那么遥不可及。

她一笑，大家都松一口气。

孟濡说："你们看过《白毛女》吗？明年我们要演出的就是这场舞剧，正式排练开始之前，我先看看你们的基础动作。你们有什么想问我的吗？我都可以解答哦。"

有人大胆地问："老师，什么问题都可以问吗？"

孟濡笑："可以，但只有十分钟。"

这句话无疑让排练大厅里所有学生沸腾了。

他们从学习芭蕾开始，就不断听别人说起这名八岁考入上海舞蹈学院，十六岁在"瓦尔纳国际芭蕾舞蹈比赛"中一举夺魁，同年被英国皇家芭蕾舞学院录取的女孩的故事。

现在有机会近距离接触她，他们自然满肚子疑问。

"老师，从小脚背软有什么办法克服吗？"

孟濡说："更努力地练习。"

"老师，你最喜欢哪个芭蕾舞演员？"

孟濡："Lopa（乌里安娜·维亚切斯拉夫娜·洛帕特金娜）。"

还有人问："老师，在意大利待久了，是不是也会变得嘴甜？"

孟濡歪歪头，看向那名询问的女孩，笑着道："我可以理解，你在暗示老师夸你吗？"

女孩面红耳赤，连连摇头。

一开始的问题还好，后来渐渐往八卦的方向走，毕竟她的基本资料他们都能在百度百科上查到。

有个男生举手问："老师，你有男朋友吗？"

大家一起意味深长地看向他，他面露羞赧，但还是坚持问完了："你喜欢什么类型的男生啊？"

孟濡久久不答。

男生等得脖子都红了，她才低头看一眼腕表，准备和大家说"聊天环节结束，都各自去训练吧"时，隔壁排练室突然传来一声重响。

紧接着，楼下篮球场一个男生崩溃大喊，声音震动，在整个排练大厅显得格外清晰——

"阿衍，你究竟怎么把球传上三楼的啊？"

陆星衍其实不喜欢打球。

准确地说，除游泳外，所有需要流汗的运动他都不喜欢。

他昨天晚上没睡几个小时，一早起来洗了个澡赶回学校上课，中午吃过午饭，打算趁着下午没课补觉。

程麟那几个人却说要去覃大打篮球。

南大也有篮球场，但他们学校的人都喜欢去覃大打。因为覃大的篮球场新，而且场地开阔，更重要的是，女孩子多。

陆星衍平常不会参加这种活动，程麟他们这次也没打算叫他。程麟一边换球鞋，一边问写代码的岳白间："大白，你好了吗？"

岳白间正在写最后一道程序，写完试着运行了下，成功。他合上电脑伸了个懒腰，痛快地说："走。"

那边秦献也拿好篮球，一行三人准备离开宿舍。

走出门前，秦献多嘴问了句："阿衍，你要不要一起来？"

陆星衍正倚在床头，单腿屈起戴着耳机看一段视频。闻声，他摘掉耳机，简单地回了一个："不。"

那边岳白间搂住秦献的肩膀，一脸"你问什么废话"的表情，笑着说："你见过阿衍和我们一起打球吗？阿衍的原则是，除了床上，其他流汗的运动不要叫他。"

陆星衍没有告诉他们自己在酒吧兼职，他们猜他晚上去哪里已经快猜疯了。

陆星衍眉眼未抬，伸手抓过一个印有驯鹿图案的抱枕向岳白间扔去，冷酷无情道："滚。"

岳白间接住抱枕，仰头看上铺神情不耐烦的人。

他酝酿了下感情，试探地问道："那你告诉我们，最近几天晚上你去哪儿了？昨晚宿管来查寝的时候我给你打电话，你为什么不接？你是不是和哪个女人在一起？"

陆星衍懒得理这个"神经病"，摘掉耳机戴上眼罩，准备睡觉。

除了秦献和岳白间还有点良心之外，程麟对此乐见其成。他还体贴地帮陆星衍把窗帘拉上，感慨颇深："阿衍不去正好，他一去，旁边艺术楼上跳芭蕾的女生只会盯着他看，我们打得再好都没用。这年头什么都看脸，阿衍脾气那么臭，还有那么多女生想要他的微信……"

话音刚落，躺下的陆星衍突然坐了起来，他清俊的眉眼倦倦的，黑色猫耳朵眼罩被捋到额头上，压出微乱的鬓角，声音却有些痞懒的朗润："你说什么？"

程麟突然厌了："我说你招女孩子喜欢。"

陆星衍："上一句。"

程麟有点茫然："这年头什么都看脸？"

陆星衍皱皱眉，提醒："篮球场旁边是什么楼？"

这下，程麟懂了，他科普起来如数家珍："艺术楼。以前是舞蹈学院上课的地方，一楼二楼用来表演，三楼是他们的排练室。平时艺术馆前面那条路上经常能看到漂亮又有气质的小姐姐，覃大的男生真是走了大运……"

他说完，问陆星衍："阿衍，你问这个干吗？"

陆星衍从床上下来，拿出柜子里的一件衣服换上，说："走吧。"

程麟："去哪儿？"

陆星衍："打球。"

程麟一脑门问号。

程麟他们这才知道，陆星衍虽然不常打球，但并不代表球技不行，他的三分球准得对面覃郡大学的几个男生后来专门防着他进球。

程麟只好从后面绕上前，示意陆星衍传球给自己。

陆星衍却忽然停在三分线上，眼睛盯着对面三楼排练大厅的某扇窗户。

那里站着一个身影，穿着休闲的鹅黄色毛衣，头发盘成饱满的花苞，露出的脖颈纤细脆弱。

她没有注意这边，依然微侧着头认真地给学生上课。

皮肤莹白，气质温和。

陆星衍突然就有种强烈的想接近欲。反正他过来就是为了想见她，与其漫无目的、心不在焉地等，不如主动一点。

于是，在身后的覃大男生撞了他一下时，他顺势起跳，球从手中脱离而出，在空中划了个圆滑的弧线。

稳稳地落在了对面艺术楼三楼某间空排练室的小阳台上。

众人都沉默了。

唯有陆星衍的表情不算惊慌，他偏头观察了下艺术馆的楼梯入口，便留下一句"我去捡球"走远了。

岳白间呆愣很久，扭头问一旁同样无语的程麟："麟儿，你觉得那个阳台长得像篮筐吗？"

程麟面色凝重："不像。"

那边，陆星衍上到三楼后，给他开门的是一位穿连帽衣的男生。男生大概知道他是来干吗的，看了他一眼让他在门口稍等。

陆星衍伸手抵着门边，对他说："我也进去。"

男生没有反对。

排练大厅里的人已经散去，舞团成员各自回到各自的排练室练习。

男生将陆星衍领到第一间排练室，屋里有个女生已经把球捡出来了。她抱着递到陆星衍面前，笑容热络："这是你的球吗？怎么会扔得这么高啊，你力气一定很大吧。"

陆星衍没有看到孟濡，伸手接过篮球，朝对方说了声"谢谢"。

镜子前面有一个女生想叫住他，但他根本没朝那边看一眼，很快出去了。

第一排练室对面是男生排练室，孟濡正在里面指导一位男生的动作，注意到这边的动静，她扭头看来。

孟濡在看到陆星衍时有些讶异，但因为学生一直在提问，她脱不开身，只歪头对陆星衍露出个疑惑的表情，就继续给男生做示范。

陆星衍突然有些泄气。

他到底在干什么？

陆星衍没有停留，快步从艺术馆走了出来。

他坐在门口的台阶上，一条长腿跨过三级台阶踩在地板上，有些烦躁且自我厌弃地扒了扒头发，球滚远了都懒得理。

得知她今天在覃大上课，他就迫不及待地跑来见她。

她回国的消息其他人都知道，只有他不知道。

陆星衍想到这个就来气，微信说一下很难吗？如果昨晚他们不见面，她是不是根本就不打算找他？

陆星衍蹙了蹙眉，又坐了会儿，起身捡球准备回去。

口袋里的手机突然响了一声，他拿出来看，是程麟发来的消息。

程麟、岳白间和秦献等了半天等不到他，程麟在宿舍的聊天群里问：阿衍，你捡球捡到外太空去了吗？不是我说，还是你这波操作厉害，我们只会在楼下等偶遇，你直接传球传到人家排练室了。

陆星衍：。

陆星衍回完句号，突然又不急着走，站在原地轻滑拇指开始划拉聊天框。

他和孟濡的最后一次聊天记录是在半年之前，虽然隔了很久，但陆星衍的微信里人少，很快就找到了。

孟濡的头像是她的女神Lopa，陆星衍给她的备注是一串英文。

陆星衍顿了顿，打下一句话：你从国外寄回家的快递到了，你要回来拿走吗？

过了一会儿那边才回复：要。

除此之外，一个多余的标点符号都没有。

陆星衍盯着聊天页面看了两分钟，确定孟濡不会再发别的话了。

沉默半响，他将手机锁屏。

他将手机扔回口袋时，微信提示音又一次响起，这次仍是孟濡。

孟濡：我过几天回去拿。

孟濡：不好意思，我刚才太忙了。

孟濡：刚才是怎么回事，你在楼下打球吗？

孟濡：晚上要不要一起去吃晚饭？我对这附近都不太熟，你知道有什么好吃的吗？

陆星衍停在球场边沿，单臂夹着球慢慢蹲了下去。

他另一只手压着后脖颈，努力使自己的情绪不要太明显，可还是眉毛微扬，唇边忍不住溢出一抹稍纵即逝的笑。

另一边，芭蕾排练室。

孟濡倚着把杆，课间休息十分钟。

自从她刚才给那个小孩发了好几条消息后，他就一直没回复她。

是不是不想和她一起吃饭？

孟濡正这么想着，陆星衍终于给她发来了消息：吃烤肉吗？我烤肉贼棒。

孟濡在意大利舞团时，每个人每天都要当着所有人的面称两次体重，重了半斤都要当天减回来。所以她很少碰烤肉、甜食之类的东西。

但是刚才陆星衍那么说了，她好像一下子感觉到饿了。

大概是回国之后就没有好好吃过一顿饭，这种感觉还挺久违的。

孟濡五点半下课后，等所有成员陆陆续续走得差不多了，她才离开排练室。陆星衍说他在覃大南门口等着她。那里有一条小吃街，街巷另一头就是南大，绿树蓊郁，食肆兴盛。

孟濡跟着地图找到南门，一眼就看到路旁倚着行道树而立的陆星衍。

少年穿着黑色套头卫衣，修身牛仔裤下一双长腿格外瞩目。他的侧脸对着孟濡，微垂着眼尾，发色干净，五官俊俏，正在低头玩手机打发时间。

他左手还拿着一支甜筒冰激凌，应该等了一会儿，冰激凌有些化了，他注意到，偏过头轻轻地舔了一口。

越看越像猫了。孟濡想。

陆星衍选的烤肉店位于街道巷尾，不太显眼的位置。

这时候正是晚饭时间，路上很多行走的学生。夜晚空气寒凉，孟濡习惯性地用温暖的围巾围住半张小脸，再加上路灯昏黄，基本没什么人能认出她。

倒是很多人看陆星衍。

因为他手长腿长，还长得好看。

孟濡的目光也忍不住频频落在陆星衍身上，倒不是这小孩模样长得出众，而是……她不免好奇地问："你的冰激凌不是买给我的吗？"

孟濡稍微落后陆星衍半步，自从在校门口相遇后，陆星衍就一路慢吞吞地吃着冰激凌领着她往前走。

虽然冬天很冷，也不是吃冷品的季节，但是见他一点谦让的意思都没有，孟濡很想有此一问。

陆星衍停下脚步，偏头，耳朵上的银色耳钉在路两旁商铺投出来的暖黄色灯光下闪着细碎的光。他看着孟濡说："我记得你不吃甜食。"

孟濡以前确实不吃甜食。

因为她跳舞需要维持身材，不仅甜食，其他热量高的食物也不碰。但现在和以前不同，她偶尔会吃些糖果和甜点补充热量。

可惜少年并不知情。

他面对孟濡略带调侃的质问，将刚才在玩的手机塞回兜里。他将冰激凌转到未动的那边，嗓音低散又随意地问："试试吗？"

他对上孟濡暗昧中黑亮的双眸，不等她回答就开口解释："这家店的冰激凌挺多人喜欢的，我买的海盐焦糖味。"

孟濡一愣，他料定她不吃甜食，但是她难道不配拥有一支完整的冰激凌吗？

孟濡一动未动。

少年早就想到她是这个反应。

他收回手，几口就把剩下的冰激凌吃完。

前面不远处就是烤肉店，陆星衍把甜筒纸扔进垃圾桶，迈开长腿往那边走去。

快到门口时，陆星衍微侧着身体，似漫不经心又似提醒地说了句："你从来不吃我吃过的东西，小时候却总让我吃你吃不完的早餐。"

孟濡下意识地就想反驳。

哪有这回事？

然而她仔细一想，好像真的……发生过。那大概是四五年前的暑假，她刚把陆星衍接到身边。

当时小少年陆星衍还在上初二，身材单薄瘦削，个子比一米六三的孟濡只高小半个头顶。他总是穿一身黑衣服，衬得那张没有表情的小脸越发苍白。

那会儿的陆星衍比现在安静得多，如果孟濡不在身边，他能一整天不和别人说一句话。

如果孟濡在,他就只和孟濡说话。

孟濡想让他更开朗一些,特地带他回乡下的姥姥家待了一个半月。

姥姥家有一户开阔的小院,后院种瓜果蔬菜,前院养养鹅、喂喂羊,世外桃源一般。对孟濡而言,唯一不好的是,姥姥特别喜欢用鹅蛋给他们做早餐。蒸鹅蛋、鹅蛋烧、香菜炒鹅蛋……因为老人家认为鹅蛋营养丰富,吃了能补中益气。

可她总觉得鹅蛋有种去除不掉的腥味,而且口感不如鸡蛋嫩滑,她不喜欢。

孟濡不好拂了姥姥的心意,所以每次姥姥早晨做鹅蛋时,她都会偷偷把自己碗里的那份夹给陆星衍。

陆星衍一开始很不同意。他也不爱吃鹅蛋。

孟濡就摸摸他的头发,好言好语地哄骗他:"知道我为什么留给你吃吗?你太瘦了,男孩子长得高高的、健健康康的,以后才能保护喜欢的女孩子呀。"

然后,陆星衍就没有再抗拒过了。

那个暑假结束,他长高了三厘米。

孟濡进店上楼,找到陆星衍坐的位置。

陆星衍正低头点菜,她坐到他对面,托腮看着对面的少年,问:"你现在多高?"

陆星衍停下笔,抬眸回视她:"一米八五。"顿了顿,他故意补充了句,"比你高二十三厘米。"

身高这块一直是孟濡的心病,都说芭蕾舞女演员的最佳身高是一米六五,但她自十五岁以后就一直维持着一米六三的身高,再也没有变过。

现在被直白地指出,孟濡有点气愤地轻轻踢了下陆星衍的脚踝,揭露说:"那又怎么样?如果不是我每年暑假带你回姥姥家,你现在还是全班最矮的小男生。"

陆星衍被孟濡踢到的脚踝动了动,却没有躲闪。

也没有反驳。

孟濡过了一会儿才意识到自己的反应有点过激,陆星衍并没有说错。

她伸手倒了一杯水放到陆星衍面前,又大又黑的瞳仁转了半圈,想起另一个话题:"对了,你怎么会去覃大打球?还把球扔到那么高的排练室里?"

如果她没记错的话,南大也有个不小的篮球场。

听见这话,少年刚才还自如的脸色变得有点不自在,他抬手摸了摸耳钉,神情镇定道:"舍友喊我去的。打球时被人撞了下,不小心手滑了。"

孟濡若有所思。她对篮球不了解,也不知道被撞一下究竟能不能把球传得那么高,但既然陆星衍开口,应该是没有必要骗她。

正好他们点的菜上齐了。

陆星衍说吃烤肉,就真的一种蔬菜也没点,他熟练地预热烤盘,把骰子肉摆上去,逐个翻面。骰子肉每一面都受热均匀,不一会儿,就散发出浓郁的香味。

陆星衍将烤好的牛肉粒盛到孟濡盘中,对她说:"试试。"

孟濡夹了一块放入口中,只觉得牛肉鲜嫩多汁,而且美味。她毫不吝啬地对陆星衍竖了下拇指表扬。

少年坐回靠椅中,低敛着眼睑,懒洋洋一笑。

总算是没瞎吹牛皮。

这一顿饭吃得还算愉快,孟濡吃得不多,吃到一半就放下了筷子,剩下的都是陆星衍解决的。

他吃饭很快,但吃相并不难看,风卷残云般消灭食物。

如果不是快结束时他问了一句"你这次回国打算待多久",想必这顿饭的氛围会更加愉快。

孟濡手里捧着茶杯,浓长的眼睫毛被热雾氤氲,她轻轻眨了一下,抬头朝陆星衍笑着说:"半年吧,明年六月份覃郡剧院的演出结束后,我就要回意大利了,那边还有点事情。"

少年脸上的表情消失,他喝了一口水,偏头看向一侧的走道不说话。

孟濡以为他是觉得自己这次回国待太久了。毕竟之前三年她一次都没回来过,而他习惯了独立,应该很不希望有人回来管着他。

孟濡语气轻松地开玩笑:"你放心吧,这半年我都会住在覃郡剧院的公寓里,不会影响你,也不会再替你做任何决定,不过你得偶尔陪我回去看看姥姥。"

陆星衍停顿了下,似要开口解释:"我……"

他不是讨厌她替他做任何决定,也不是从未把她当作亲人。

他只是，只是……

陆星衍迟迟没有说出后面的话。孟濡也等不到了，她突然提起座椅上放的包包，对陆星衍说了声抱歉，朝洗手间走去。

陆星衍看着她离开。

孟濡在洗手间待的时间格外久，她出来后漱了漱口，又在镜子前站了一会儿。

她没有立刻回去，而是在外面找了张稍远的空桌椅坐下，剥了颗薄荷糖含入口中。

胃里翻滚的不适感才稍微被压下去一些。

孟濡吃着糖，不知为什么，突然不想让陆星衍看到现在的自己，于是没坐多久，起身去前台结了账。

从烤肉店出来，孟濡给陆星衍发了条微信。

她不经常撒谎，但这次骗起小朋友来却得心应手：舞团团长打电话找我，我先走了。账我已经结过了，你吃完也早点回学校，有什么事情再联系我。

另一边，陆星衍迟迟等不到孟濡回来。

他叫来服务员准备结完账再等，却被告诉已经有人付过钱了。

陆星衍似有预感，下一秒，他手边的手机响起。

看到孟濡发来的微信，陆星衍起身就要往外走，然而才走一步，又忽然停了下来。

追上以后能说什么呢？他连句"不想被你当成小孩"的解释都说不出口。

陆星衍瘦长的手指紧紧捏成了拳。

与此同时，被他随手扔进口袋的手机又响了一声。

这次，是他的一位高中同学。

阿衍，明天有空吗？

孟濡离开后没有去找舞团团长，也没有回公寓，而是沿路返回了覃大艺术馆。

她换上练习服，一个人在空旷的排练大厅练习点足、旋转、小跳、大跳，直至精疲力竭。

夜晚，覃大艺术馆的灯都熄了，她才换回日常衣服离开排练室。第二天没有课,她打算好好休息一下,然后去附近的超市买点东西。

覃郡剧院虽然准备得面面俱到,但例如抽纸、水杯这些基础的东西是没有的,还有碗筷和调味品。孟濡虽然做饭的手艺一般,但偶尔也会自己做点东西,买来准备着总比没有好。

但是第二天中午,孟濡还没起床,就被一通电话吵醒。

她从被窝里探出头,睁开惺忪睡眼,伸出胳膊去够手机。

屏幕上显示的是一串陌生号码。

孟濡本不打算接,但又担心是舞团的人联系自己,最终还是按下了接听键。

"喂?"她的声音清甜,带着未睡醒的懒散鼻音。

电话里的人滞了下,然后问:"请问是陆星衍的家长吗?"

孟濡知道陆星衍会把她的名字写在家人联系栏里。她说"是",坐起身拉开厚重的遮光窗帘问:"请问你是?"

电话里的女声说:"您好,我是计算机学院陆星衍的辅导员。"她告诉孟濡,一字一字简练清晰,"陆星衍昨晚和前几天晚上都不在学校,这学期的专业课也几乎没上,我和他的舍友现在都联系不上他。"

她问:"请问你知道他在哪里吗?"

…………

辅导员:"根据学校规定,一门课程旷课次数达到三次,这学期末就会被取消考试资格。陆星衍已经有五门学科需要下学期补考了,如果补考不过,人——很可能会被留级。

"希望家长在这方面多注意一下。"

原本,辅导员是很少和家长沟通学生在学校的情况的,但是今天辅导员联系不到人,而孟濡又正好问了一句"不上专业课会有什么后果",才正好撞到年轻辅导员的"枪口"上。

挂断电话,孟濡满脑子还都是辅导员最后说的几句话。

她踩着拖鞋走进厨房,打开直饮水的开关俯身喝了口水,直起身后,拿手机给陆星衍拨了电话。

电话响至结束,无人接听。

她再打,还是没有人接。

不过孟濡回国后换了手机号码,陆星衍没有存过,他不接陌生号码也是正常的。

孟濡打开微信，找到陆星衍给他发了几条消息。

濡如：你在家吗？

濡如：你的辅导员好像有事找你，你看到记得给她回电话。

孟濡还想打下一句问"为什么今天没有去上课"，但是想到自己昨天刚承诺过不会影响他，又忍住了。

她发完，随便给自己点了一份早餐外卖。

然而直到她吃完，把剩下的食物收拾好，陆星衍也没有回复。

孟濡倒是不太担心陆星衍的安危，这小孩从上初中起就特别难管教，经常打架，惹是生非，是所有老师都头疼的刺儿头。

孟濡在意的是"留级"两个字。

他究竟在做什么？需要旷这么多节课呢？

一直到下午孟濡买完东西从超市出来，她仍然没有收到陆星衍回的电话或微信。挑东西时，孟濡打电话给长期去她家做家政的胡阿姨问了问。胡阿姨是她没出国前就聘请的家政阿姨，每隔半个月会去她和陆星衍的家打扫一次卫生。

今天恰好是胡阿姨去的日子。

但胡阿姨说陆星衍不在家里，还用略带口音的普通话亲切地告诉孟濡："小衍最近都不怎么回家，他自从上大学以后就忙得很哦。我看新闻说您回国了，能不能抽空多陪陪他，这孩子其实很孤单嘞……"

孟濡顿了下，点头说"好"。

不知是不是受了胡阿姨那段话的影响，孟濡没有立刻回家，而是把刚买的东西寄存在服务台，打车去了刚回国那晚阮菁为她接风的酒吧。

这次孟濡熟门熟路地上到顶层。

酒吧还未开门营业，人迹寥寥，只有吧台后面站着一个男生正在擦桌子，正是孟濡来那天为她引路的小哥。

孟濡走上前去，客气地问道："请问陆星衍在吗？"

男生抬头看她，大概是认出了她，灿烂地朝她一笑说道："姐姐，阿衍今天不值班。"

孟濡微微征了征。她以为陆星衍除了家和学校，来的地方只有这里，但既然这里也不在，他还能去哪里呢？

孟濡又问："他昨天晚上在这里上班吗？"

男生摇了摇头说："阿衍一周休息两天，正好是昨天和今天。"

孟濡只好向男生道谢，离开酒吧。

她坐在酒吧外广场的石阶上，手指细细捻着被冻红的关节，突然有些失败感。

她自以为很了解陆星衍，可是连他消失了一天去了哪里都不知道。

孟濡慢慢将手指搓热了，站起身准备回去，躺在包里安静了一整天的手机终于响了起来。

是陆星衍打来的。

孟濡按下接听，那边听起来很吵闹，一瞬间，孩子的叫声、音乐声、说话声各种不同的声音挤入耳朵。

陆星衍的声音被埋在这些噪音中，磁性又动听，带着一丝不易察觉的懒意。他好像一下子就能认出这是孟濡的手机号码，开门见山道："辅导员给你打电话了？"

孟濡"嗯"了一声。

少年极低地"啧"了声，他没有听出孟濡语气中的异样，还在向她解释："我手机一直放在休息室里，刚才才看到它没电关机了。你不用在意她说什么，明天我会给她打申话的。"

说完，那边有人喊他，他就要挂断电话。

孟濡及时叫了他一声。

陆星衍周围太嘈杂，没有听清，他问："你说什么？"

孟濡深深吸了一口气，傍晚的凉风钻入肺腑，冻得她的声音很慢很慢："你、在、哪、里？"

陆星衍说的地址距离孟濡很近，就在隔着一条路的商场，六楼，电玩城。

孟濡走路过去，十几分钟后就到了。

已是晚上七八点，商场里很多饭后逛街消遣的人。孟濡找不到直梯，乘坐扶梯一层一层上到六楼，迎面就是电玩城的入口。

电玩城里的人比外面更多，灯光斑斓，摩肩接踵。

孟濡从门口的跳舞机走到里面的灌篮机旁，绕了大半圈，依然不见陆星衍的身影。她打算走另一边继续找，却听到斜后方被机器挡住的地方，一个声音漫不经心道："小鬼，你都在这儿坐一天了，打算什么时候回家？"

孟濡移步,转身朝那个方向走去。

体型庞大的电玩赛车后面,陆星衍斜斜倚着显示屏幕,漂亮的眼尾轻垂,没什么表情地看着面前深陷在座椅中的小男孩。

他面前的小男孩十一二岁,穿着校服,长相端正,此时正一脸认真地盯着屏幕玩赛车游戏。

小男孩又是第一名,抬起头来回答陆星衍:"只要比赛得第一就能免费继续玩,这不是你们规定的吗?我每次都能得第一,为什么不能继续玩?"

陆星衍微挑眉毛,大概是觉得小孩这个说法很有意思。他抬眼看了看男孩身后排起的长长队伍以及一脸无奈来找了男孩四五次的男孩的姐姐,低头懒笑说:"没毛病。那这样,你和我玩一局赛车,如果你赢了,还能继续坐这儿玩。如果你输了,就和你姐姐回家,让后面的人玩一会儿。"

小男孩丝毫不把他的挑战放在眼里,骄傲地看了他一眼,欣然答应和他比赛。

陆星衍坐到旁边一男生让出的电玩赛车后,投币,联机,选择车型。

陆星衍选的是默认赛车,不似小男孩的那般花里胡哨。

小男孩选了自己最熟悉的赛道,待得画面上"3、2、1"的数字逐渐跳出后,他先一步脚踩油门飞快地冲了出去。

陆星衍不慌不忙地跟着出发。

小男孩的水平确实不错,而且他整整一天玩的都是这个地图,漂移,过弯,加速,熟练得很。

第一圈他遥遥领先,陆星衍操纵的赛车始终落后他一段距离。

然而到了第二圈,陆星衍熟悉了赛道,开始提速。

第三圈起点,陆星衍的车擦着小男孩的赛车一掠而过,并迅速远远地超过他。

五圈下来,比赛结束。

小男孩慢了陆星衍一分多钟。

小男孩心服口服,慢吞吞地从椅子上爬下来,朝陆星衍做了个鬼脸,扭头跑开了。

陆星衍也起身,把位置让给顾客,抬手摸着后颈,准备去一旁休息一会儿。

他一转身,看到了后方娃娃机前站着的孟濡。

孟濡在那里站很久了,只不过刚才被宽大的椅背遮挡,陆星衍没看到罢了。

她穿一件芋紫色的羊绒毛衣,外面搭一件长外套,平常扎起的头发披散了下来,衬得那张脸蛋越发小。

看起来还没陆星衍的巴掌大。

陆星衍动作一顿。孟濡刚才在电话里问他在哪里,他以为她只是问问,没想到她会来找他。

现在,少年醒过神后,几步走到孟濡跟前,漆黑眼仁凝视着她被晚风吹得微微有些泛白的脸蛋,疑惑地问:"找我有事吗?"

孟濡只是看着他不说话。

少年真是长大了,比起三年前更加肩背挺拔,眉眼英隽,也更加难以管教和沟通。

她的视线从他身上缓慢移向他后面一整排的电玩游戏机,又转回他身上,缓声问道:"你也在这里打工吗?"

陆星衍微怔,然后说:"不是。这是朋友开的店,喊我来帮忙看一天。"

孟濡又问:"你昨天晚上也在这里?"

陆星衍没有否认。

这家电玩城虽开在商场内,但有一部独立的电梯供顾客上下,通宵达旦营业。昨天陆星衍收到梁雪康的微信后,就直接过来了。

倒不是为了帮忙,而是他接了一个翻译工作,需要用这里的电脑。

但他并没有向孟濡解释这些。

果然,孟濡唇瓣抿了抿,脸蛋很白,似乎在忍耐什么情绪。她问陆星衍:"那你什么时候能走?"

陆星衍:"现在不行。"

"为什么?"孟濡不能理解。

他就侧了侧身,示意孟濡看店内喧嚷的人群。

意思是他还要看着他们。

孟濡却执拗:"如果我非要你现在回去呢?"

陆星衍微感意外。孟濡很少对他提什么要求,仅有的几次,是希望她不在国内的时候他能替她去看望姥姥。

陆星衍几乎每年寒暑假都去。

但是现在，他看着她脸上难得露出些许在意的表情，再联想到她回国之前唯独不联系他，突然就有点坏心思。

陆星衍抬手摸摸耳钉，然后指向刚才和那个小男孩比赛时玩的电玩游戏机，说："你刚才也看到了，我想让那个小鬼听话，就和他比赛赢过他。"

他偏头看向孟濡，嘴角挑起一抹带着坏而故意的笑，对孟濡说："如果你想让我回家，就和我比赛，三局。只要你赢一局，让我做什么都可以。"

孟濡沉默。

孟濡自己都不知道为什么要答应和陆星衍比赛。

她明明从未玩过电玩，也不懂赛车比赛。可是他说"让我做什么都可以"，她脑海中闪过一个念头，一时冲动就答应了。

现在她坐在电玩赛车座椅中，看着面前的操作板、方向盘和加速器，是否该庆幸这个和汽车的操作大同小异？

那边，陆星衍已经选好赛车和赛道，进入等候页面。

他单腿屈起踩在座椅上，两只手心搭在膝盖上，脑袋贴上去，脸颊冲着孟濡这边，黑黢黢的眸子仿佛饶有兴致地在问孟濡"好了吗？需要帮助吗"。

孟濡不想被他看扁了，迅速选择好赛车，也进入赛道等候。

这个地图是一个荒败的城市，周围都是废墟，只留出中间一条宽敞的车道。和他们一起联机比赛的还有同一排另外两个男生，看模样都是学生。

孟濡的手搭在方向盘上，还未来得及适应一下这个方向盘的手感，屏幕上的数字就开始倒数。

"3、2、1！"

陆星衍和另外两个男生冲了出去。

孟濡也立即踩油门出发。

但……她显然高估了自己玩游戏的水平。

比赛开始不到半分钟，孟濡操控的赛车已经开出赛道三次，撞上两辆系统自带的警车。

屏幕上已经看不到陆星衍的赛车了。

孟濡抽空往旁边看了一眼，果然看见陆星衍游戏屏幕左上角一个醒目的"第一名"。

这局比赛结束，陆星衍毫无悬念地领先第二名整整一圈。

孟濡调整心情，开始第二局比赛。这次的赛道是一个盘山公路，孟濡一开始开得挺稳的，中间一度冲到第三名。

然而在最后登顶的一段路上，孟濡被后来的第四名追上，第四名从内道狠狠地撞了她一下，她的车整个翻飞着落到了山底。

——又成了最后一名。

孟濡一时哑口无言，还有没有天理了？

她正无奈着，陆星衍已经低垂着头，抬手撑着额头低声愉悦地笑了起来。

少年早已抵达终点，目睹了全过程。

他笑够了，偏头对着孟濡的眼睛，抬起食指竖起，比了个"1"，意思是你只有一次机会了。

孟濡移开视线，轻轻呵出一口气。

她当然知道自己赢不了他，他以前就经常来电玩城，第一名可以免费再玩一次，所以他只用出一次游戏的钱就可以玩一整天。

这里的游戏他样样精通。

孟濡不是对手。

但刚才陆星衍开出条件的那一瞬间，她竟然觉得可以试一试。

真是想得太简单了。

第三局比赛开始，依旧是盘山公路。孟濡开得比前两局稳很多，操作也熟练得多，但依旧是第四名。她这次只想安安稳稳地跑到终点，就算不能赢过陆星衍也没关系。

然而，她行驶到中间过半时，就见屏幕左上角的排名突然从"第四名"变成"第三名"，过了几秒，又突然跃至"第二名"。

孟濡很是疑惑，她明明没有超过任何人。

旁边两个男生发出"干吗他妈撞我"的声音，孟濡扭头看去，这两人的车都已经落在了山底重新出发。

而肇事者陆星衍撞了人后，不知是搞混了方向还是别的什么，他驾驶着赛车一路朝反方向开去。

孟濡往前开了很远，才反应过来刚才擦着自己车身而过的赛车是陆星衍的车。她提醒他一句"你的车开反方向了"，陆星衍才调转过头，

往终点方向开。

但为时已晚。

孟濡的车稳稳地顺利冲过终点线,赛道周围绽放出属于第一名的礼花。

比赛结束,屏幕跳转到成绩页面。孟濡看着画面中央硕大的"1st"有些出神,还没反应过来怎么回事。

她转头想问陆星衍为什么要把那两个人撞到山底,陆星衍已经在看着她,他仍维持着那个屈起一条腿、双手搭在膝上,头枕着手背的动作。

他只看着她,漆黑的眸里仍有未褪的一丝笑意。

少年开口,在吵闹熙攘的环境中,一字一字用口型对孟濡缓慢说:"回家吧,濡濡。"

回家吧,濡濡?

孟濡站在地铁车厢中,看着面前倚靠着座椅隔板玩手机的少年,突然想到他刚才在电玩城里最后说的那句话。

当时周围太吵,孟濡并未注意他后面的那句称呼是什么。她只看到他说"回家",就带着他到负一层的地铁口坐地铁。南大的方向与孟濡公寓的方向相同,所以他们两人在同一车厢。

现在想来,这小孩是不是太没大没小了?

孟濡不禁抬手,轻轻叩了下陆星衍小朋友被额发遮挡的脑门,提醒说:"你是不是忘了,应该叫我姐姐?"

陆星衍小朋友撩起眼皮,长得过分的睫毛下一双星眸如点漆,定定地看了孟濡半晌,既不出声也不反驳,然后转开视线盯着车厢外飞速翻动的广告牌。

孟濡就当他是听懂了,不再追究。

反正他能听话地跟她回来就已经很让人意外了。

很快,孟濡要下的站到了。

她准备下车。陆星衍也直起身子,将玩了一路的手机揣回兜里,跟在孟濡身后说:"我送你。"

其实地铁出口距离孟濡住的公寓很近,用不着送。而且孟濡下午买的东西还在超市里,她得先去超市一趟。

不想太麻烦陆星衍。

但她转念一想，买的东西太多，一个人拿不完，而且还有另外一件事——旷课。

于是她就没有拒绝陆星衍。

他们出站。马路对面就是超市，孟濡领着陆星衍来到超市二楼的服务台。服务员将孟濡寄存的两大购物袋东西提出来，放在地板上。孟濡正想找推车把东西推到门口，陆星衍已经弯腰将那两袋东西轻松自如地提到手中。

他偏头看孟濡，语气坦然问："往哪儿走？"

孟濡指了个方向。

陆星衍朝那边走去。

见少年步履轻松，孟濡不得不感慨男孩子的体力就是好。她把这些东西放在收银台时就费了很多时间，而陆星衍在电玩城帮了一整天忙，现在提着它们就像没有重量似的。

出了超市，再过两条马路就是公寓。陆星衍在前，孟濡跟在身后不时地为他指路。快到小区时，陆星衍却停在一处路牌前，盯了足有三四秒。

孟濡随之看去，也微微一怔。

这块路牌上的名字和他们以前住的家在同一条路上，也许是以前从未往这边来过，孟濡竟然不知道这两个小区隔得这么近。

孟濡还未说话，少年已经提步，往小区内走去。

他把东西送到孟濡住的单元楼下，孟濡接过，朝他道谢。

陆星衍后退一步，抬起黑眸："你住几楼？"

孟濡没有回答这个问题，她仰头看他，胜雪的脸蛋在夜灯下滢润美好。她认真地问："你今天说只要我赢你一局比赛，就让你做什么都可以，这句话是真的吗？"

陆星衍似是没料到她还记得这个，嘴角一挑说："真的。"他不认为她能提什么要求。

孰料孟濡拿出手机，对他说："那把你的课程表发给我吧。"

陆星衍疑惑地看着她。

孟濡弯起眼眸，对上他的视线，浅浅一笑："以后你周一到周五想出校门，都要发微信告诉我一声。晚自习如果不想上可以不上，但专业课不许翘。还有下学期开学补考，我要你每一门课都过。"

孟濡不等陆星衍开口，又说："对了，你的辅导员说你综合英语也挂了，需要我为你辅导吗？"她笑，"寒假的时候你会在家复习吧，我会过去监督你的。"

陆星衍没想到她会提这么多要求，一时间有些头大，抬起手指摸头发说："我不用复习……"

大一教的那些数学，他高三就全部学会了。

孟濡却问："那英语呢？没有平时分，你的英语能考60分吗？"

陆星衍无话可说，孟濡说得不错，他的英语一直是弱项，高考时，英语就给他拉低了很多分。

陆星衍不反驳，孟濡以为他答应了，从购物袋里拿出一瓶桃子味乳酸菌递给他说："那就这么说定了。你现在早点回学校，不要忘记给你辅导员打电话。"

陆星衍一动不动。

孟濡却忽然伸手，踮脚在他柔软的发丝上很轻地揉了揉，笑意温软道："乖啊。"

陆星衍整个定住。他看着孟濡在灯下精致的小脸，突然……所有的不甘都成了情愿。

他接过那瓶桃味酸奶，喉结动了动。

又过了许久，他才转身大步离去。

陆星衍回到宿舍时刚过九点半，程麟和岳白间在玩游戏，秦献和女朋友在图书馆学习。

陆星衍把那瓶桃味酸奶放在书桌最上层，拿了衣服准备去厕所洗澡。

程麟从对面上铺探头，看到他回来，讶异地说："阿衍，你昨天晚上去哪儿了？辅导员早上找不到你，给我和献哥都打了电话。她还问我们你最近在没在学校，献哥一紧张就全说了，她没为难你吧？"

陆星衍否认。

程麟放了心，又开始好奇地问："辅导员找你什么事啊？"

陆星衍："元旦晚会节目的事。"

计算机与科学学院下周四晚要举办元旦晚会，每个专业都要出两个节目。程麟、岳白间他们几个知道陆星衍会拉小提琴——宿舍衣柜顶上放着个精美的小提琴琴盒，陆星衍每周都会拿下来把琴盒擦一遍。虽然他从未拉过。

程麟几个人就起哄着给他报了名，陆星衍也没有反对。

原本陆星衍只想随便拉一首曲子，直到前天，孟濡回来。他改变主意，刚才给辅导员打电话重新确认了表演的曲目——圣桑的《天鹅》。

至于挂科五门的事情……陆星衍倒不觉得岌岌可危，反正他肯定会通过下学期的开学补考。但想到孟濡玩游戏时的认真和提要求时的狡猾，他眼睑低敛，嘴角却轻微上挑。

他把课程表给孟濡发过去，然后走进洗手间洗澡。

外面，程麟和岳白间聒噪的玩游戏的声音被水幕隔绝了些，但依旧能听得清楚。

陆星衍把水量开到最大，才勉强遮住这两人吵闹的声音。

十分钟后，他洗好澡出来。程麟和岳白间已经打完一局游戏，程麟正坐在陆星衍书桌前默不作声地玩手机，程麟的桌子太乱，平时也会坐到他们的位置上，大家都习惯了。

陆星衍走过去，拿了香皂盒准备去阳台洗衣服，余光里看到程麟手中似乎拿了瓶东西正喝得津津有味。

他一愣，视线盯着程麟问："你在喝什么？"

程麟昂头，尚未感知到危险降临，单纯地晃了晃那瓶已经被他喝得所剩无几的酸奶，问道："你刚才带回来的酸奶。阿衍，你不是不喜欢喝酸奶吗？这次是哪个妹子送给你的？以前也没见你拿回来过啊。"

陆星衍脸色变化，盯着程麟看了大概有七八秒，突然感觉到一阵暴躁的情绪，他抬脚踢向程麟身下的凳子，幸好程麟反应快，迅捷地抓住一旁床铺的楼梯，稳住身子。

程麟无辜地说："干吗？我帮你喝了还不好吗？以前有妹子往你桌上放吃的，你不是也都给我了？万一这次你喝了，妹子误以为你喜欢她怎么办！"

陆星衍没出声。

程麟又火上浇油地说："不过阿衍，这次的酸奶挺好喝的，你能帮我问问那个女生在哪儿买的吗？"他也想买。

陆星衍眼眸一深，终是没忍住，再起一脚踢翻了程麟坐的凳子。

程麟惶惑，戚戚然地看着他。

陆星衍抬手，指向程麟那乱成一锅粥的书桌，说："滚吧，趁我还没打你。"

程麟迟疑了一瞬,默默把酸奶瓶放下,坐回自己的桌后。

过了很久,他才福至心灵地反应过来——阿衍这么生气,是不是这次的女孩和以前都不一样啊?

"不一样女孩"孟濡第二天有一整天的芭蕾课。她早晨起得很早,给自己煎了两个溏心荷包蛋,七点半从公寓出发。

八点来到覃大艺术馆。

排练室里已经有近一半的成员到了。他们九点半才开始基础训练,此时早到的人都在热身。六间排练室俱静悄悄的,无人闲聊,也没有人做其他的事。

孟濡对这个现状还挺满意的。

她走到排练大厅的镜前,放好包包,扎头发。

排练大厅里没什么人,孟濡在这儿热了一会儿身。不多时,有个女生过来拿羊毛护腿,看到孟濡后有些讶异的惊喜,小声问道:"孟老师,你也来得这么早?"

孟濡点点头,在镜子里看她说:"是哦,来检查你们早功认不认真。"

女生有些拘谨,却仍旧大着胆子回答:"那我肯定是最认真的。"说完,她不好意思看孟濡的反应,转身先回第二排练室了。

孟濡看着她的背影不免好笑。

这个女生名叫徐离离,是覃郡芭蕾舞团的独舞。她的履历相当漂亮,获得过全国性芭蕾舞比赛的奖项。那天向孟濡提问"在意大利待久了,是不是也会变得嘴甜"的女生就是她。

她基本功扎实,技巧也好。

孟濡原本想让她担任《白毛女》的女主角喜儿,但舞团团长却属意另一名叫黄冬玥的女孩。

黄冬玥也很出色,情感充沛,只是技巧稍逊徐离离一等。

孟濡和团长商量过这件事,最后决定让黄冬玥扮演年轻时的喜儿,徐离离扮演躲入深山的白毛女。孟濡为此特地让两人在同一间排练室训练,但是几天下来,发现并不那么容易。

这两人性格有些不合。

黄冬玥和她的朋友聊天时,徐离离从不搭话。

比如今天中午,孟濡和舞团团长在教师食堂吃过午饭,回到艺术馆。

排练大厅已经有不少人回来了,以黄冬玥为首的几个女孩坐在大厅前的长凳上,正在兴致勃勃地讨论什么。

黄冬玥看到孟濡进门,热心地邀请问:"孟老师,下周四南大计科学院举办元旦晚会,所有人都能去看,我和邹霜她们打算都去,您要不要一起去呀?"

孟濡笑着摇了摇头。

黄冬玥也不为难,继续和姐妹讨论元旦晚会。

孟濡走到一旁,从包里拿出盒牛奶扎开,一边喝一边看大厅对面独自训练的徐离离。

徐离离在练习四位转,一遍一遍,格外认真。她无意加入这边的对话,跳累了休息一会儿再继续。

孟濡看了她很久。

待手中的牛奶喝完,孟濡直起身,走到门边的垃圾桶丢掉牛奶盒,黄冬玥她们关于元旦晚会的话题还没结束。

孟濡都有些好奇了,问道:"南大的元旦晚会有什么节目,让你们这么期待?"

几个女孩的脸上都有些羞赧表情。唯有黄冬玥大大方方,笑着回答:"孟老师,南大计科学院的晚会往年都没什么好看的。但是今年,有人会拉小提琴曲压轴——"

孟濡:"谁?"

黄冬玥说出:"陆星衍。"她解释,"计科(2)班的陆星衍。"

陆星衍虽然不常上课,但在这届新生中名气很高,经常有女生为了偷看他特地跑到计算机学院听课,却发现他根本没来上课。

别说外院的女生,就是同班同学,一学期到头也没见过他几次。

所以这次有女生看到晚会节目表,立刻把节目拍了下来。不知怎的,流传到了黄冬玥她们手中。

尽管没有人听过陆星衍拉小提琴,但这个消息就足够让人期待。

孟濡却是听过的。

黄冬玥仍在解释陆星衍是谁,孟濡却想到了他们第一次见面的场景。

那是六年前的事了。

孟濡刚从英皇芭蕾舞学院毕业,担任意大利圣卡罗芭蕾舞团的首席

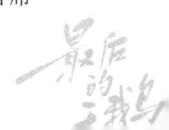

舞者。第一年,孟濡几乎都在外演出,年末正好巡演到国内,就回了覃郡家里一趟。

回家之前,孟濡已经得知大家庭里来了一位新成员。这位小少年小提琴拉得很好,舅妈经常拿他当榜样教训表弟姜冶。姜冶一时不忿就故意恶作剧地把他从小拉到大的小提琴摔坏了。

所以孟濡在巡演到邻国时,特地在当地知名手工作坊为他挑了一把新的小提琴作为见面礼。

第一次见面是在姥姥的生日宴上,宴会厅里很多人,舅舅、姨母几家亲戚都来了,小孩子有四五个,唯独不见那个新面孔陆星衍。

孟濡看向坐在大厅沙发上玩游戏机玩得不亦乐乎的表弟,问:"姜冶,你看到陆星衍了吗?"

姜冶连头都顾不得抬,扭着下巴随便点了个方向说:"你去棋牌室看看。"

孟濡朝棋牌室走去。

门是锁的。她只能找到酒楼的服务员拿钥匙打开了。

门推开,孟濡被里面的场景吓了一跳。正对着她的地板上,躺着一个瘦削干净的男孩。男孩抬手捂住左眼,身躯轻颤,旁边是一把摔破的小提琴,以及敞开的琴盒。

孟濡不知道他是怎么了,赶紧上前把他扶起来,询问他哪里不舒服。

男孩不说话。孟濡就把他一直捂着眼睛的手拿下来,再看到他另一只手拿着的胶水,立即明白了怎么回事。

她让服务员送来盐水和棉签,轻轻把少年扶起来倚靠着棋牌桌的桌腿,用棉签蘸生理盐水一点一点小心翼翼地敷在他的眼睛上。

男孩起初很抗拒,后来就渐渐老实了。

他漂亮清瘦的小脸冲着孟濡,两人之间仅隔着十几厘米的距离。

孟濡让他转眼珠,他就转眼珠,让他闭眼睛,他就闭眼睛。二十几分钟后,孟濡总算是帮他把溅进眼睛的胶水清理掉一些。

但孟濡还是不敢松懈,跟家里的长辈说了一声,开车带他去附近的医院就诊。

医生也说没什么大碍,回去后用生理盐水经常敷一敷就好了。

回去的路上,孟濡看向身旁阴郁寡言的男孩,问道:"你为什么要锁门?"如果她不找服务员拿钥匙,那他的眼睛后果不敢想象。

男孩倚着靠背，眼睛看窗外，过了一会儿才慢吞吞不耐烦地说："他们吵死了。"

这个"他们"，孟濡不知他是指姜冶那几个小孩，还是指他们在场所有人。

孟濡问："你不喜欢我们吗？"

她眼里映着他小小的身影，唇边带一点浅笑，整个人沐浴在窗外柔媚的阳光中。十九岁的孟濡仍有一些稚气与赤诚，却是暖融融的。她抬手轻轻揉了下男孩鸦黑柔软的发丝，轻声对他说："我们以后是家人哦。"

男孩深陷在日光中，被胶水溅到的左眼仍有些刺痛与模糊，他低下头不敢揉，所以眼睛越来越酸。

孟濡没有注意到他的反应，到酒楼后从车后座上拿下一个崭新的小提琴琴盒，递给陆星衍。她俯身看着他的眼睛说："对不起，姜冶把你的小提琴弄坏了。这把新的送给你，旧的那把我会拿去尽量让人修好的。作为谢礼，你一会儿能拉一首小提琴曲给我听吗？"

男孩捧着琴盒，面对这突如其来的惊喜，第一反应不是感谢，而是拒绝。

他不肯收，孟濡就把背带展开挂在他背后，不给他拒绝的机会。正好那边有大人出来，看到他俩站在酒楼门口，问了句："濡濡，你带陆星衍看医生看得怎么样了？他眼睛有没有事？"

孟濡说"没事"。她几步跳到大厅前的台阶上，回身，站稳，抬起左臂做了个持琴的动作，右手轻轻拉了下虚拟的弦。

女孩朝小少年浅盈盈一笑，意思是不要忘记演奏小提琴啊。

那天的宴会上，陆星衍当着众人的面给姥姥拉了一首巴赫的《E大调第三组曲》。音乐激荡，无拘无束。孟濡站在一组沙发靠背后，双手撑着座椅，认真看前面台上合眼演奏的小少年。

小少年忽然睁开眼看向她，她弯眸回以一笑。

座椅前的姜冶还在低头玩游戏机，孟濡抬手敲了下他的头，说："以后不许再欺负陆星衍。"

姜冶喊冤枉，撩起衣服让孟濡看他青青紫紫的胸腹，说："我欺负他？姐姐你不要被他的外表欺骗了，你看他把我揍得不惨吗？"

孟濡："你不摔他的小提琴他怎么会揍你？"

姜冶一时语塞。

那次生日宴结束后，孟濡就直接回意大利了，接下来的一整年，她都在国外。

他们再次见面是一年后。

孟濡下课后又是最后一个走，她收拾好东西准备回公寓，忽然接到一个电话。

是姜冶打来的。

姜冶和陆星衍同岁，今年也是南大大一新生，学的是电子专业。几位堂兄弟姐妹中，他和孟濡关系最好。孟濡回国前一天，他还在问用不用他第二天去接机。但孟濡当时已经和覃郡芭蕾舞团联系好了，所以拒绝了。

孟濡接起电话，那端的少年嗓音清爽："姐姐，你今晚有空吗？"

孟濡今晚没什么事，一边关门走出排练大厅，一边说："有空，怎么了？"

姜冶语气轻松，似乎是刚刚下课，周围还有男生的笑声。他解释说："今天晚上西铎哥来我们学校附近，上次他帮我介绍了一个家教工作，我想请他吃一顿饭。正好你也在覃大，我们三个已经好久没见了，能不能一起吃个晚饭？"

姜冶说的周西铎，是上回帮孟濡办接风宴的好朋友之一。

他和孟濡是舞蹈学院的同学。当年入学时孟濡七岁，他八岁。他、孟濡、阮菁三人经常在一起训练。

所以尽管后来周西铎不学芭蕾了，他们三人也一直是很好的朋友。

姜冶和周西铎见过几次面，他们两个也挺熟的。现在姜冶要求三个人一起吃饭，孟濡没有多想就同意了。

姜冶心情舒畅，阳光地说："那待会儿我选好店以后给你发定位。一会儿见，姐姐。"

"一会儿见。"

孟濡挂断电话，没多久姜冶就把定位发来了，他选的是南大附近的一家火锅店。孟濡到时，火锅店门前已经排了很多人。

姜冶正坐在门口高凳上打游戏，不见周西铎。

孟濡走上去问："周西铎呢？"

姜冶抬头看到她，很高兴地弯眼笑了下。这对表姐弟有五分相似之处，笑时两只眼睛都亮亮的，仿佛融了世间千万盏灯。

姜冶说："铎哥在楼下停车，找到车位后就上来了。姐姐，你也坐这儿等会儿吧，马上就排到我们了。"

孟濡点点头，在他身旁坐下。

不多时，排号叫到他们。

那边电梯口一个西装革履的男人走了出来，他长得很高，肩膀宽阔，五官有些锋利的英俊。

大约是小时候学过跳舞的缘故，他肩背挺得很直，身材比例完美。

是很多女孩都会关注的精英男士风格。

姜冶看到他，远远地就跟他打招呼："铎哥！"

男人朝这边看，目光先落在孟濡身上，然后举步，往这边走来。

正好另一部电梯也到了，从上面下来三个大学男生，看样子是同一宿舍的。其中一个穿英伦风衣的男生朝电梯里喊道："衍崽，走快点啊，我们排的号到了。"

从电梯里慢慢走出来一个男生，高个子，腿很长，穿着黑色印白字母的外套，模样看起来懒懒的，引来和他坐同一部电梯的女孩频频回头。

刚才那个喊人的男生和另一个穿休闲装的男生已经走到近前，问服务员："我们刚才在手机上排了号，上面显示排到了，请问我们可以进去吗？"

服务员接过他的手机看了看，又接线问店里的服务员，一时面上露出犹豫之色。

岳白间疑惑地看着服务员。

服务员说："不好意思，同学，刚才我们店里的人没留意网上排号，现在里面已经没位置了。"

岳白间一时无语。

后面，陆星衍和秦献也走了上来。

服务员只得向他们两个又解释一遍。陆星衍却一眼就看到店门外站着的孟濡、姜冶和周西铎三人。

他定住，黑漆漆的眸先看孟濡，然后扫向她后面的两个男人。

姜冶也看到陆星衍，不由自主地发出一声惊呼。

孟濡早在陆星衍走近时就看到他了。

小朋友和舍友相处得不错，孟濡还挺开心的。她正想跟他打招呼，那边服务员又接了一个连线，挂断以后对岳白间和孟濡他们几人说："刚才店里的人说，里面还剩下一张八人大桌。如果你们不介意的话，我在桌子中间放一张隔板，你们拼桌行吗？"

服务员的话将岳白间和程麟的视线都吸引过来。

刚才店门口人太多他们没注意，现在看来，那个站在最前面很漂亮气质贼好的姐姐不就是覃郡芭蕾舞女神孟濡嘛！

岳白间和程麟呆了。

而这边，姜冶却第一个提出反对："不行。"

与此同时，陆星衍懒洋洋地站着，两手插进口袋，薄唇边勾起一抹有点坏又恶劣的笑，同意说："好啊。"

火锅店内，几个人都显得有些局促。

场面一时沉默。

这大概是孟濡吃过的最安静的一顿饭。服务员当真在他们两桌之前放了一个小隔板，只可惜高度不够，仅到孟濡的肩膀，约等于无。

陆星衍在孟濡身旁的座椅坐下，斜对面是姜冶，两人自进店后就没有打一声招呼。孟濡在坐下时朝陆星衍的舍友们笑了笑，几个男孩受宠若惊，坐在椅子上都不好动了。

周西铎不知陆星衍与姜冶之间的过节，叫来服务员点菜。

程麟这桌则低下头，开始"噼里啪啦"地在宿舍微信群打字。

群名是"下辈子不做代码狗"。

程麟：我是不是在做梦？我们是遇到孟濡本人了吗？

岳白间：冷静点，你不是说她在覃大当芭蕾舞指导老师吗？偶遇也是正常的吧。

程麟：可是她刚才对我笑了！为什么，她会对我笑？

程麟：她本人也太好看了吧，比上镜还好看。什么神仙颜值啊！

岳白间：别想太多，可能是因为你丑。

程麟和岳白间在宿舍群里聊得热闹，陆星衍放在桌面上的手机一直"叮咚"响个不停。

斜对面姜冶毫不掩饰地"啧"了一声。声音刻意，整个八人桌上的人都能听清楚。

孟濡也好奇地偏头看向陆星衍。

正好此时秦献也在群里说话了：她对面的男生是不是电子专业的？看起来有点眼熟，和我们住在同一层楼？

程麟回复：好像是，我在洗衣房见过他。他刚才是在嘲讽我们？我们和他有过节？

岳白间说：比起这个，你们不好奇他为什么能跟孟濡一起吃饭吗？

程麟：朋友吧？或者家人，总不可能是男女朋友。

秦献：我觉得他旁边那个男的更像孟濡男朋友。

陆星衍懒得看这些糟心的对话，伸手屏蔽了宿舍群。

秦献也叫来服务员开始点菜。一群男孩子吃火锅就是方便，除了肉，其他菜看都不用看。

很快，他们就点好了十几种肉，麻辣锅。

而旁边，周西铎还在问孟濡和姜冶想喝什么饮料："大红袍奶茶还是酸奶冰沙？"

姜冶撇撇嘴，意有所指地说："冰沙吧，肉吃太多了会腻。铎哥，你也多点几个菜。"

周西铎点好菜，将菜单递还给服务员，若有所思地笑着看他："上个月吃饭的时候不是还说吃肉才痛快吗？怎么，忌口了？"

姜冶面上红了三分，却仍旧嘴硬说："我这不是在为我姐姐考虑嘛，我姐姐肯定不喜欢吃肉。"在他眼中，仙女都是喝露水的。

他不知想起什么，又笑着说："不然一会儿吃完饭，铎哥你陪我姐姐去南大转一转吧，我们学校晚上很漂亮，还有喷泉，就当散步消化了。"

周西铎不说话。

孟濡捧着茶杯喝水，说："改天吧，我今晚想早点回公寓，我那里还有好多东西没有收拾。"

她这么说，姜冶就更理所当然地提议了："那一会儿让铎哥开车送你回去吧？铎哥的车就停在楼下。姐姐，你不是换公寓了吗，那个地方离这里远不远？"

孟濡想起自己回国后跟姜冶提过她现在住在外面的公寓，没想到姜冶还记得。

她的手指摩挲着杯沿，正在想怎么拒绝。

旁边桌子上有个男生不小心碰倒了水杯，柠檬水洒一地，他忽然跳起来说："阿衍，你撞我干什么？"

陆星衍手撑着下巴，眼尾一挑，毫无诚意地说了句："不好意思，手抽筋了。"

程麟无语。

服务员过来擦地板，递毛巾，程麟折腾了好一会儿才弄干净。

他重新坐下。

姜冶也完全忘了刚才说的话题。

不一会儿，孟濡这桌点的锅底上来，鸳鸯锅，清油麻辣和菌菇汤。

等锅底沸后，姜冶给孟濡和周西铎都盛了一碗汤说："姐姐，铎哥，这家店的菌汤特别好喝，你们尝尝。"

孟濡舀了一勺吹凉后喝了，确实比别的地方的菌汤要鲜美。

而旁边，只点了麻辣锅的陆星衍宿舍的众人不能喝汤，程麟已经下了两盘肉进去。

程麟将火开到最大，两盘羊肉很快就熟了。

一分而光。

岳白间又下了两盘牛肉和一盘牛肉丸，忽然想起什么，问程麟："麟儿，高等代数的作业你写了吗？明天有课。回去让我看一下，我完全忘了这回事。"

计科（2）班的高等代数老师是一位非常严厉的教授，学生的平时作业要被收上去批改，没交或者写错都会扣平时分。

程麟说写了，又问秦献："老大要看吗？"

程麟虽话痨，却是货真价实的学霸，高考是他们省里第三名。

秦献不客气："看。"

三人下意识地不问陆星衍。虽然高等代数老师是唯一一个不怎么点名、完全按作业算出勤率的老师，而这门课也是陆星衍为数不多的还没被记挂科的课程之一，但他们确实没怎么见过他写作业。

不料，陆星衍垂着眼睑，一边玩手机一边忽然出声问了句："什么作业？"

程麟受惊不小，扭头问陆星衍："阿衍，你要写作业吗？"

"写写呗。"陆星衍收起手机，"麟儿把题目发给我吧，我回去写完，明天你帮我交。"

程麟费解："你为什么不自己交？"

陆星衍面色不改，坦然又理所当然地说："因为我明天早上想翘课。"

程麟张大了嘴巴。

不怪程麟惊讶。

毕竟以前陆星衍翘课，哪里跟他们报备过？他晚上不回宿舍能提前跟他们说一声就不错了。

然而这还不是最惊讶的，在陆星衍说完这句话之后，旁边的孟濡怔了怔，忽然扭过身来看陆星衍，她的鼻尖被火锅热气烫得有一点点红，眼睛沾了水雾显得更加乌亮。

她说："不行。"

孟濡这桌，姜冶和周西铎也看了过来。

岳白间和秦献停下吃饭的动作，一起看向陆星衍和孟濡。

孟濡偏着头，漆黑眼瞳直视着陆星衍说："你答应过我的，周一到周五不会翘课。小孩子才会说话不算数。"

也许是"小孩子"三个字起到作用，就见陆星衍沉默片刻，他转过身，黑眸里倒映着孟濡的身影，说："谁说我说话不算数？"

孟濡不信，她刚才明明听见了，说，"你说你要翘课。"

陆星衍不置可否，身躯陷在柔软的座椅中，缓慢地说："你说周一到周五想出校门，都要发微信跟你报备一声。"

他抬起眼眸，星目里有不易察觉的坏意，动动嘴角无声地念出两个字后说："我现在跟你报备，明天想出校门，可以吗？"

孟濡一时无话。

这小孩，真是太不好管了。

可毕竟陆星衍从小到大只叫过自己一次姐姐，孟濡也不能强行改变他，于是问："你明天出去有什么事？"

陆星衍没有撒谎："我的小提琴琴弦松了，明天想去换一副琴弦。"

"一定要明天去吗？"

他大可以周末去，或者选一个没课的早晨，为什么非要明天翘课去？孟濡不理解。

陆星衍"嗯"一声，替她解惑："那家店只有明天早上开门。"

孟濡托着脸颊，蹙着眉心想了想："这样吧，你把店铺地址发给我。明天早上我帮你去买，你想要什么样的琴弦？"

陆星衍还没说话，这边程麟、岳白间和秦献三人听他们的对话正听得津津有味，那边姜冶已经听不下去了，往锅里狠狠煮了几片大白菜说："姐姐，你不要相信他。他翘课的次数比我上课的次数还多，有哪一回是为了正经事？"

陆星衍偏着头，好整以暇地看斜对面的姜冶，挑衅道："哦，原来你对我这么关注？"

姜冶不如陆星衍脸皮厚，翻了个白眼："你每天上了多少节课都有人议论，我还用关注嘛。"

陆星衍眼神淡淡的，问道："那你说说我都去干了什么。"

姜冶自然说不出来。

他和陆星衍虽然在同一所大学同一栋宿舍楼，但两人几乎没有交流，陆星衍在学校的时间少之又少，而姜冶也不会刻意去打听。

两人尽管是名义上的表兄弟，但关系向来不怎么样。

陆星衍摸着眼尾，故意放低嗓音说："我的眼睛进过胶水，所以每周都要去医院复诊。"

姜冶信他的话才有鬼。

但也是陆星衍的这句话，让孟濡想起他小时候为了粘那把摔破的小提琴，一个人被锁在棋牌室，被胶水溅到眼睛里的场景。

孟濡暗含警告地轻轻瞪了姜冶一眼，示意他不许欺负陆星衍。

姜冶很冤枉，说："我怎么知道他一个人在那儿粘琴，还连胶水都不会用……"

孟濡不理会他的解释。她转头对陆星衍说："明天我买好琴弦之后去南大找你，你不许翘课，好好写完作业。可以吗？"

陆星衍也不觉得她这哄小孩的语气有什么问题，唇角浅浅牵起，慢吞吞应了一句。

"可以啊。"他说，"你说什么就是什么。"

同一时间，"下辈子不做代码狗"群又一次热闹起来。

程麟不好现在当面询问陆星衍，只好在群里疯狂"艾特"他：@Deneb @Deneb @Deneb @Deneb，阿衍出来挨打！

程麟：老实交代，你为什么会认识孟濡？

岳白间：她为什么还要监督你上不上课？

秦献：你还有她的微信。

程麟：她，还帮你，买琴弦？

岳白间：衍哥，瞒我们瞒得够久哈。

陆星衍的手机又开始"叮咚"响，他打开微信随手往上一翻聊天记录——毫无回复的欲望。调出表情页面，陆星衍随手回了个微笑的表情，然后锁掉屏幕，起身离开座位。

火锅店楼下毗邻街道，街上车来人往，商铺众多。

远处暮霭沉沉，近前灯火通明。

陆星衍走出楼梯间，站在火锅店前的一块空处，从口袋里摸出一盒喉糖。

他背脊宽阔，身高腿长，微微低着头时能看到后颈瘦削性感的脊骨。玻璃窗透过迷蒙的光，模糊了少年漂亮的眉眼，唯有下颌线条清晰完美。

坐在孟濡这个位置，恰好能看到陆星衍的全身。

孟濡垂眸搅着杯子里的冰沙，有些心不在焉。

对面的姜冶还在说自己教的那个高中男孩有多不听话，列举了几个顶撞自己的例子后，问孟濡："姐姐，你那时候是怎么管教他的？"

这个"他"，除了陆星衍没有别人。

孟濡眨了眨眼，舀了一口沙冰放入口中，凉意遍布口腔，酸甜取代辛辣。

孟濡轻声说："我没怎么管过他。"

这是实话，孟濡刚把陆星衍接到家里那两年，留在国内的时间不超过三个月。

她总是匆匆回来，又匆匆去意大利。

尽管知道陆星衍在学校并不怎么学习，经常打架旷课，她也没有太严格地管。而且这小孩本性就不服管教，野性难驯，管得太多只会让他更加逆反。所以孟濡对他的态度是"好好生活"就行。

姜冶似乎有点意外，筷子夹着的毛肚掉进辣锅里，他找了半天，咕哝说："我看他现在还挺听你的话的。"

孟濡若有所思地"唔"一声，好像是有一点。

是因为上次电玩城玩赛车他输给她答应的条件吗？

但说起来，他为什么故意输给她？

这顿饭吃了一个多小时。

陆星衍在楼下站了几分钟才上来。

周西铎去前台结完账后,回来拎起外套,拿着车钥匙对孟濡说:"我送你吧,这时候外面也不好打车。你住哪里?"

孟濡拒绝的话刚到嘴边,陆星衍却突然稍稍直起身子,说:"也送我吧,我今晚正好要回家一趟,顺路。"

少年的身高完全不输周西铎,他在楼下时那种颓懒的气质没有了,只剩下冷淡与从容。

孟濡沉默两秒,看了眼两个站在她身旁的人。最后,她没有让周西铎送,也没有让陆星衍回家。陆星衍明天早上还有课,想回家只能周末再回。

她自己打车回公寓。

孟濡回到公寓,先坐在客厅的沙发上休息了一会儿,然后去卧室拿了睡衣洗澡。

她洗澡时水温开得高,浴室玻璃门上蒸出氤氲水雾。

半个小时后孟濡出来,一张小脸透着薄红,两扇睫毛被水打湿,显得又黑又密。她抿着饱满弧度好看的唇,站在镜子前吹头发。

因为举吹风机举得手太累,她索性放弃继续吹发,将半干的头发披在肩后就回了卧室。

孟濡坐在卧室床上涂润肤乳,放在腿边的手机响了一声。

是陆星衍发来的琴行位置。

她查了一下琴行和自己的距离,不是太远,打车二十几分钟就能到,于是计划着明早的出门时间,就看到陆星衍还给自己发了一条消息。

陆星衍:那家店的老板会欺负生面孔。你去了说是帮我买的,他会帮你挑琴弦。

孟濡垂着纤颈,伸出手指点开一个蜜桃猫比"OK(好)"的表情回复过去。

过了一会儿,她涂好润肤乳,想起来问陆星衍:你想买什么琴弦?

陆星衍过了几秒钟回复:羊肠弦。

孟濡点点头,记下了。

其实她很想问陆星衍,他不是自初三后就不再拉小提琴了吗,为什么又重新拾起?

但是担心揭开他不好的回忆,她又忍住了。

那边陆星衍仿佛知道孟濡想问什么，主动说：下周四南大计科学院元旦晚会。

陆星衍：舍友帮我报了名。

大约半分钟后，陆星衍问：去看吗？

孟濡盘腿坐在松软的被子上，拿起手机本想回复"去"。

今天在排练室，女生们问她去不去覃大看表演，她并不知道陆星衍会演奏小提琴，所以拒绝了。

现在想来，她其实也很久没听过陆星衍拉小提琴了。

去听一次也不错。

但想到姜冶今晚的话，她再联想到陆星衍最近的举动，换了一种语气问：你希望我去吗？

那边久久没有回复。

孟濡身躯后仰，脑袋轻轻地碰着被褥，在想是不是自己想多了。他并没有开始把她当作家人，也并非想和她改善关系。

然而下一秒，孟濡颊边的手机"叮咚"一声脆响。

她偏过头去，锁住的屏幕上自动弹出收到的微信消息。

陆星衍回复她五个字：去看吧，姐姐。

Chapter 02·你要看着我

你真的也看不出来,我那首曲子是拉给谁听的吗?

第二天,孟濡按照陆星衍发的位置去琴行。

琴行位于一条古旧的街,正是清早,街上开门营业的店铺不多,有些清冷,行人稀少。

孟濡下车后,跟着导航走了四五分钟,最后停在一家橱窗里摆放了几把小提琴的琴行前。

门庭冷落。

她推门而入,店里只有一位上了年纪的老人在修复一把破损的小提琴。

果真跟陆星衍说的那样,老人在看到有人进来后连理都不理。

孟濡只好主动说明自己的来意,又跟老人说:"陆星衍说您知道他要什么样的琴弦。"

老人这才缓慢地抬起头来,混浊黯淡的目光在孟濡身上停留几秒,然后走到一旁的实木柜子前,挑出一副 4/4 羊肠弦套弦递给孟濡。

孟濡接过,问了价钱后扫柜台上的二维码付款。

老人这才开口,嗓音沙哑地问:"他自己怎么不来?"

孟濡付好款,把琴弦放进包包里解释:"他今天有课,不能来。"

"他不能挑个没课的时候来吗？我又不是只有今天早上才开门。"老人不屑地讥诮，"平时可没见他这么听话好学。"

孟濡想到昨天陆星衍正经地说这家店只有今天早上才开门的样子，半天没有说话。

过了片刻，她问店长老人家："您跟陆星衍很熟吗？"

老人继续修刚才那把小提琴，语气不满地说："他现在背的那把小提琴的琴弦以前都是我换的，每次换都差点跟我动手，生怕我把他的小提琴弄坏了。"

老人补充："我这一把老骨头可经不起他一拳。"

孟濡默然。

她知道陆星衍爱惜琴。

当初他从小拉到大的小提琴坏了，迟迟没有扔，还特地买了胶水带到宴会厅黏补。

所以听到老人这么说，孟濡也没有往深处想，只是垂着眼睫轻轻一笑。

从琴行出来，孟濡低头戴上贝雷帽，恰好看到店门前的小路上嵌着一个一个音符。

音符由碎石铺就，与周边石头的颜色明显不同。

阳光从对面商铺的屋顶上斜斜洒下来，映照着满目的音符，仿佛这条古朴、无人问津的街道谱写的五线谱，下一秒就能奏出属于它的优美寂寥之声。

孟濡停步，蹲下身拿出手机对着琴行门口几盆多肉下的八分音符拍了张照片。

她打开微信，附上照片，更新了许久没有动静的朋友圈：

回到覃郡后发现的第一个惊喜——原来音符也会离家出走。

[图片]

孟濡发完朋友圈，沿着音符走回路口。

等车时顺便刷了下朋友们的点赞和评论，有人问这是哪里，有人问她什么时候回的国，孟濡都一一回复。

她在这些人中精准地看到陆星衍的名字。

陆星衍：as you（像你）.

孟濡沉默了。

她退出朋友圈，点开陆星衍的聊天窗口。

孟濡：姐姐的忠告，上课时间不许偷偷玩手机。

陆星衍：……很无聊。

车到后，孟濡上车。

陆星衍没过多久又给她发来一条消息：你什么时候来？

孟濡叫的车是直接开往南大方向的。

半个小时后，车停在南大南门口，这时第二节课还没下课，校门口的人不多。

她以前没有来过南大，于是向往校外走的一个男生询问了计算机学院的位置，朝那边走去。

计算机与科学楼下。

红砖建筑，质朴恢弘。

孟濡站在楼前一棵耸立的大叶榕下，给陆星衍发了消息，让他下来拿琴弦。

不一会儿，宽敞明亮的大楼前走出一个身形修长挺拔的少年。他刚走出没几秒，下课铃声就打响了。

接着，整栋楼像是苏醒了过来，孟濡站在楼下，能看到走廊上走动的学生，以及朝着楼梯口蜂拥的身影。

孟濡没有上过这种综合性的大学，她十六岁在英皇芭蕾舞学院学习时，每天的课程就是训练、排练、跳舞，很少体会这种抱着书本，在宿舍和教学楼之间穿梭，坐在座椅上昏昏欲睡地听教授讲课的生活。

还挺好奇的。

她忍不住多看了一会儿，连陆星衍走到跟前也没察觉。

直到陆星衍在孟濡跟前站定，偏头顺着她的目光往回看，出声询问"你在看什么"时，孟濡才回过神来。她从包里拿出琴弦，递给陆星衍，问道："你看一下，这是你要的琴弦吗？"

陆星衍接过，随便看了下。似乎仍对她刚才的目光没有释怀，他问道："这栋是平时上课的楼，你要上去看看吗？"

孟濡知道他是误会了，摇了摇头，却想不出一个合理解释的理由。她说："我——"停顿片刻，孟濡看着面前少年英隽的五官，忽然弯起眼眸朝他一笑，说，"觉得有点高兴。"

她一定不知道，她笑的时候有多好看。

今日阳光柔媚，细碎的光从榕树叶缝隙漏下来，尽数停在她身上，衬得她本来就白的皮肤更加晃眼。

陆星衍觉得他周边的空气都静止了，只能听到一声强过一声的剧烈心跳声。他忽然偏过头，视线盯着一旁的道路，抬手摸了摸耳朵，掩饰自己的不自在。

他心脏要跳出病了。

看着他这别扭的样子，孟濡有些疑惑。

陆星衍想到昨天晚上为了让她去看元旦晚会，在微信打下的那两个字"姐姐"。

他现在就已经后悔了。

他永远也不能把她当姐姐。

过了一分钟，陆星衍才轻轻动了动，重新转过头来。

这时候，在计算机楼上课的学生差不多都下来了，频频投来目光。

倒不是他们仍记得这位站在楼前的女人是前不久食堂电视机里那个覃郡最年轻的芭蕾舞演员，而是计算机学院"僧多粥少"，能看到一个漂亮的女孩实在不容易。

而且还是漂亮得这么过分的。

陆星衍不明显地蹙了蹙眉，问孟濡："去吃饭吗？前面就是食堂。"

孟濡摇了摇头，她打算回公寓。话未出口，陆星衍后面一个男生大声叫他："阿衍，你怎么还在这儿？你不是早就出来了吗？"

孟濡站在陆星衍身前，他们从背后只能看到陆星衍微低着头，看不到陆星衍身前的人。

程麟、岳白间和秦献三人走到近前，才看到和陆星衍说话的孟濡。

几人昨晚虽听到孟濡说要帮陆星衍买琴弦，但没想到她会直接给他送到教学楼下。

一时都有些拘束。

还是岳白间先反应过来，由于不知道她和陆星衍的关系，选了个很中规中矩的打招呼方式："老师好。"

陆星衍一头黑线。

另外两人也纷纷打招呼。

孟濡偏头对他们回以一笑，想了想说："你们不是我的学生，不用叫我'老师'，就和阿衍一样叫我'姐姐'吧。"

程麟他们本就想称呼她"姐姐",但是又担心冒犯,此刻听孟濡这么说,自然很乐意地改口。

程麟说:"姐姐,你和阿衍是亲姐弟吗?"

孟濡说:"不是。"

程麟又问:"那是表姐弟?"

孟濡点了点头。

眼看着程麟还想继续问下去,陆星衍抬手,瘦长有力的手指盖住程麟上半张脸,毫无感情地把他推得往后两步。

少年黢黑的眸微微透出不耐烦,薄唇扯成一条线,眼风刮过程麟的脸,半真半假地问程麟:"是不是没被熟人打过?"

程麟就老老实实地"闭麦"了。

孟濡还是没有在南大吃饭,和陆星衍在教学楼前道别后,她在南大门口乘车回去。

而这边,陆星衍和舍友们回到宿舍。

程麟刚才被陆星衍警告以后老实了很多,再加上前几天喝错了陆星衍的酸奶,一直有些心虚。

但今天见过孟濡后,他心里有个念头一直压不住,在自己的书桌前坐了良久,不安地动来动去。

对面上铺的岳白间吃完午饭准备休息,看到他这样,忍不住嘴毒地损了句:"麟儿,我这儿有痔疮医院发的小卡片,送你?"

程麟干脆地回了一个"滚"。

他磨蹭十分钟后,终于忍不住搬着凳子坐到陆星衍身旁。

陆星衍正在用从梁雪康那儿借来的笔记本翻译文章,没有理他。

程麟斟酌用词,问:"衍哥,你和姐姐关系好吗?"

陆星衍停下看了他一眼。

程麟小心翼翼,生怕又惹得这位少爷心情不愉快,问道:"能不能帮我要一张她的签名啊。"

他坐直身体发誓:"我妹妹真的特别特别喜欢她。"

程麟不说这个还好,一说陆星衍就想起来了。前不久食堂播放孟濡的芭蕾舞演出片段时,程麟说过"死缠烂打也要去意大利追她"。

陆星衍看了程麟半响。就在程麟以为他会答应的时候,陆星衍转开视线重新盯着电脑,不给面子地扔出两个字:"做梦。"

孟濡刚回到公寓不久,就接到舞团团长的电话。

她正在准备做午饭,从冰箱里拿出食材。舞团团长在电话里亲切地问:"濡濡,现在有空吗?"

孟濡疑惑地问:"有。您有什么事吗?"

"是这样的。"舞团团长说,"我刚才接到学校里面的通知,艺术馆下周要翻新一楼、二楼的表演大厅,三楼排练室暂时也不能用了。"

孟濡停顿了下。

团长又说:"不过我刚才跟南大那边联系了一下,南大计科学院旁边的教学楼五楼是空的,以前是学校舞蹈队训练的地方,地方很宽敞,我们下周可以搬到那边去训练。"

周末,覃郡下了一场细雪。

雪花清透飘扬,还没落地就完全融化了。尽管如此,依然有很多孩子迫切地追着雪奔跑。

孟濡坐在舞蹈室的地板上,室内暖气开得足。

她看了一会儿玻璃外,然后推开窗户,伸出手指去触碰雪花。

雪花落在指尖,湿润冰凉。

孟濡嫩白的指尖缩了缩,正准备关窗时,一片雪花随着风落在她的睫毛上,一片轻盈。雪融化的凉意驱散了孟濡心里的不平静,也压住了她刚才的不适感。

孟濡缩回脑袋,又练了一会儿基本功,走到客厅给姥姥打了通电话。

周一早上雪便停了,地上积了薄薄一层碎雪。

舞团团长已经跟南大的主任商量妥当,今天上课时孟濡直接去南大就行。

昨天团长说这栋楼就在计算机楼旁边,孟濡并没有放在心上,今天早上谭晓晓开车带她到达时,才发现两栋楼只隔着一条小路和一排高耸的幌伞枫。

从计算机楼上应该能看到五楼一间间空旷的排练室。

谭晓晓将车停在路边,对孟濡说:"孟老师,车进不去里面了,您先进去吧。我去找个车位停好以后再过去。团长和其他两位指导老师已经带着成员们过去了,里面应该还有一些东西要打扫。"

孟濡拢了拢围巾说"好",目送谭晓晓离去后才往里走。

里面小径通幽,这栋教学楼像被幌伞枫包围。

树木葳蕤,枯叶白雪。树枝上一颗融化的水珠滴下来,砸在孟濡的额头上。

她低下头用手理了理头发,再抬起时,看到前方教学楼前的场景,不由得有些想笑。

开阔的草坪前,几个陌生面孔的男生正在积极地帮芭蕾舞团的女孩搬从楼上收拾下来的杂物。

他们早晨原本是来这里上课的,听说覃郡芭蕾舞团要改到这边训练后,纷纷从教室里跑出来献殷勤。

弄得芭蕾舞团的男孩们反而有些不知所措。

有个高高瘦瘦、长相清秀的男孩成员站在教学楼门口,看着他们忙上忙下,有些过意不去地说:"这个我来搬吧。"

"我来我来。"

"这个我扔?"

"还是我来吧。"

"你们不用上课吗?"

男生微笑:"早自习不要紧。"

旁边徐离离听他们对话听得"扑哧"一笑,说道:"李越,你要是真想帮忙,就去楼上把六间排练室的地板擦一擦吧,我们其他人都在楼上擦地板和镜子呢。"

被叫李越的男生摸摸头发,笑说:"楼上帮忙的人更多,都没我站的地方了,哪还用得着我啊。"

徐离离和另外两个女孩就又笑了。

她们刚才去旁边的奶茶店买了几杯奶茶回来,分给帮忙的男生一人一杯,感谢他们。

男生们接过,有两个趁机厚着脸皮要了几个女孩的微信。

李越站在台阶上看到孟濡,几个跨步来到孟濡跟前,弯腰主动帮她提包,说:"孟老师,我帮您啊。"

孟濡看着面前爽朗活泼的大男孩,开玩笑说:"可是我没有奶茶请你喝的。"

李越大方地说:"没关系,那老师就先欠着我吧。"
孟濡一时无言。

楼前的小路上,程麟和秦献正前往计算机楼。
岳白问昨天下午回家了。程麟扭头看了眼幌伞枫后今天有些热闹的教学楼,问秦献:"老大,你有没有觉得那栋楼今天有什么不一样?"
秦献跟着看去,莫名说:"哪里不一样?"
程麟直觉很准地说:"好像阳气没那么重了啊。"
不只是计算机学院,整个南大都偏重理工科,所以女生少之又少,隔壁覃大的学生更是嘲讽他们学校是"覃郡少林寺"。
秦献是高度近视,平时走路不戴眼镜时男女都分不清,此时眯着眼睛看了半天,说:"我没发现。"
程麟也就没放在心上。
他问秦献:"老大,你说阿衍为什么不肯帮我要孟濡的签名?"
秦献不出声。
"他们两个是姐弟,要个签名应该很容易吧?"程麟又说,"我们两个半年的舍友情就这么不值一提吗?"
秦献沉默半晌,终于说:"可能是阿衍比较爱面子吧。"
程麟点点头,想通了,说:"也是。看在阿衍今早发烧的份上,我就原谅他吧。"
陆星衍昨天下午出去,后来裹挟着一身寒意回来,肩上和头发都落了雪花,呼出的气息都是冻彻心扉的。
今天早晨就发烧到38.9℃了。
程麟立刻打电话给辅导员帮陆星衍请假,陆星衍今早才没来上课。
程麟和秦献走到教室,发现教室里空着许多座位。程麟坐下后问后面的女生:"今天早自习怎么没人?"
倒也不是没人,课桌上书本都在,人不见了。
女生看了他们一眼,见他们是真的不知道,才勉强解释说:"旁边那栋楼让给覃郡芭蕾舞团训练了,他们都去帮忙打扫舞蹈室了。"

排练室清理到上午十一点多。
地板整洁,镜面明亮。

其他学院来帮忙的男生们离开后,芭蕾舞团的成员也累得不轻。团长和几位指导老师商量后,就放了他们半天假,让他们到南大校园里转一转。

孟濡也收拾东西准备离去。李越正好跟她一起走,追上来问道:"老师要去食堂吃饭吗?我之前来过南大,知道哪个食堂的菜最好吃,要不要带您一起去?"

这个男孩一向热情,平时舞团里谁需要帮忙他都很主动。孟濡也没有急着拒绝,反正她中午也要在南大吃饭,就和他一起走下楼梯。

楼前的林荫小路,李越走在孟濡身旁,一个食堂一个食堂地介绍:"学一食堂的菜种类多,学二食堂的煲仔饭和小炒最好吃,清真食堂有烤鱼和大盘鸡,还有春晓食堂……"

孟濡听男生说得有条有理,禁不住问道:"你对南大好像很熟悉。"

李越一笑,说:"我爸是南大中文系的教授。"

孟濡了然。

李越见孟濡一直没有表态,就跨前一步,低头看着孟濡问:"老师要去哪个食堂吃饭?前面不远就是一食堂……"

孟濡轻轻弯起嘴角,想说她自己一个人去就好,话未出口,视线落到小路出口对面幌伞枫下蹲着的少年。

少年穿着黑色羽绒服,帽子扣在头顶,阴影下的鼻梁挺而直,俊脸瘦削。

他手里抓着个喝剩一半的矿泉水瓶,手肘随意搭在膝上,目光锐利直接地看着孟濡的方向,以及她身旁的男生。

脚边幌伞枫的枯叶被寒风吹拂,发出不太明显的细碎声响。

李越仍无知无觉,侧头问道:"老师?"

孟濡对他说:"不好意思,你先去吧。"

她绕开李越,走向道路对面,陆星衍跟前。她垂眸看着他漆黑的眼睛问:"你怎么在这里?"

陆星衍对她的问题充耳不闻,抬眸看路对面仍站着不动的李越。他薄唇压成一个不爽的弧度,手臂微抬,将手中的矿泉水瓶重重投进李越身旁的垃圾桶中。

李越一愣。

孟濡察觉到陆星衍帽檐下的脸色不正常,伸手用手背试探了下他的额头,发现他体温滚烫。

孟濡蹙眉:"你发烧了?"

更让她无法理解的是,他发烧不好好休息,跑来这里蹲着吹冷风干什么!

孟濡圈起食指和拇指,轻轻弹了下陆星衍的脑门,说道:"说话呀。"

陆星衍这才转着黑眸看向孟濡,嗓音因为发烧而有些哑,低低复述道:"他们说你以后要在南大排练。"

孟濡没想到是因为这个。

但她转念一想又觉得没错,如果不然,他在这里等谁?

孟濡说:"我原本想下午告诉你的,早上太忙了,根本没有时间看手机。"

她想到什么,莞尔一笑:"这次不是故意瞒着你的。"

陆星衍微微敛眸。他在宿舍睡了一觉,醒来时觉得口渴,宿舍里一口饮用水也没有,便只得换了衣服,到附近的便利店买水。

买完水去医务室的路上,他听到两个男生在谈论覃郡芭蕾舞团搬到南大训练的消息。

于是他没有去医务室,在这里等了半个多小时。

陆星衍直起身时腿有些麻,往前趔趄了下,孟濡顺势扶住他的手臂。

他就理所当然地微弯背脊,滚烫的额头抵在她微凉的肩上,呼吸一下一下,像团燃烧的火球。

孟濡问:"你吃退烧药了吗?"

陆星衍慢慢回道:"没有。"

"去医务室了吗?"

"没有。"

孟濡无声地叹气。

就在孟濡想是把他留在这里,自己去医务室买退烧药,还是带着这个站都站不稳、比她高了一个头还多的少年一起去医务室时,少年趋前一步,抬起手臂虚虚搂着她的腰肢,很低很沉地要求一句:"你陪我去。"

医务室。

校医不建议打针,只给陆星衍开了点退烧药。

孟濡带着陆星衍坐到休息室的椅子上,去走廊尽头的饮水机前接了水,回来掰出一颗退烧药递到他面前。

陆星衍的脸色看起来比刚才好了些,目光从孟濡身上移向她手心橙红色的药丸上。

药丸色深,衬得孟濡托着药的手心愈加柔嫩腻白。

陆星衍微微低头,没有用手,而是薄唇触碰孟濡的手心,就着她的手将那颗药吞了下去。

他挑眉看孟濡说:"我的手没力气了。"

少年的唇滚热,呼气缓重,抵着她的手心一张一合,带来痒痒的触感。

孟濡的手微顿。

她把纸杯递到陆星衍面前,故意问:"那需要喂你喝水吗?"

陆星衍眼尾轻挑,精致的内双内勾外翘,看着孟濡时湿润的双眸如清泉濯洗,说:"你喂我就喝啊。"

孟濡一时无奈,孩子气的小鬼。

她不知道他把药片吞下去没有,于是把纸杯放在座椅的扶手上,从包里取出牛奶盒,把上面的吸管取下来插进水杯中,示意陆星衍喝。

陆星衍也不挑剔,弯腰就着吸管将杯中的水喝光。

孟濡让他坐这儿休息一会儿,她再去给他接一杯水。

饮水机的水没有烧开,孟濡多等了几分钟,回来时就见陆星衍下颌微抬,后脑勺抵着雪白的墙,双目紧合,静静地睡着了。

他旁边坐着一个烫梨花头的女孩,女孩也是来医务室看病的,手边放着校医开的几盒药。

她大概以为这个位置没人,吃完药以后仍旧坐在这里,时不时偷偷转头看身侧熟睡的少年。

孟濡停在几步之外的窗口。

刚才陆星衍跟她说话时虽然精神,但睡着以后却能看得出疲态。

他双眉不舒服地皱着,脸上因为发烧有些红,唇是干的,即便睡着也是不放松的姿态。但他长得太好看了,睫毛又长,此时又闭着眼,让人有种想触碰一下他的"老虎胡须"的感觉。

孟濡想,这大概就是陆星衍在男生众多的计算机学院如此出名的主要原因。

梨花头女生低着头,正在激动地给舍友发消息:啊啊啊,我看到计科学院的陆星衍了,他真的好帅啊。我们班的男生和他一比就是女娲造人时甩下来的泥星子!

舍友问：你不是去医务室了吗？这也能碰到他？

梨花头女生说：对啊，他也在医务室，好像生病了，看起来好虚弱好可怜。

舍友回：拍照，我命令你立刻拍照！

梨花头女生看看四周，只有右手边的窗口站着一个女孩，漂亮，令人惊艳，她看得呆了一瞬。然后，见对方没有注意到这边，她把手机调到拍照界面，小心地对着陆星衍的侧脸准备偷拍。

找好角度，聚焦。

她正准备按下拍照键，忽然被旁边伸出来的一只纤细的手挡住了镜头。

刚才站在窗口的女孩正看着她，模样看起来不比他们大多少，笑容温软，说出口的话却不容人拒绝："不可以哦，他不喜欢被人偷拍。"

陆星衍醒时，时间已经过去很久。

他看向身侧，旁边的女生不是孟濡。女生见到他醒了，又惊又脸红。

陆星衍立刻起身，往旁边找去。

就见孟濡站在几步之外的窗口，正垂首给舞团团长打电话。

"嗯，我大概晚一会儿过去……不好意思，让另外两个指导老师帮我先看一下学生吧，我这边走不开……"

挂断电话，孟濡回头看陆星衍，又看了看他身后座椅上刚坐下的女生。

第四个了。

孟濡不免有些感慨，这小孩也太招人了。

她都懒得管了，反正只要她们不偷拍不做坏事，她就当没看见。

陆星衍睡醒了也仍旧一脸不高兴样，但是脸色看起来好多了。

孟濡去诊室找校医借了电子体温计，举起来踮起脚放在陆星衍的额前，说："测一测。"

陆星衍配合地弯下腰。

38.4℃。

虽然还是发烧，但已经降温了。

孟濡就不让他再在这里待着，问道："你回宿舍吗？一个人能不能回去？"

陆星衍想了想，说："不能。"

孟濡看着他的眼睛,心里轻叹口气,只得再送陆星衍回宿舍。

从医务室到男生宿舍楼还有好长一段距离,几乎跨了半个南大。

孟濡一路上都没有看到校内巴士或者观光车,问陆星衍,他说从来没有坐过,所以孟濡陪着他走了二十分钟才终于看到男生宿舍楼。

快到楼前时,陆星衍舔着嘴角问孟濡:"那个男的是谁?"

孟濡一愣,不知道他在说什么:"哪个男的?"

陆星衍:"娘娘腔。"

孟濡反应了很久,才明白他说的是李越。

孟濡不禁抬手轻轻拽住陆星衍羽绒服后的帽子,勒得他倒退半步。她走到他跟前说:"他比你还大三岁呢,不许没礼貌。"

陆星衍轻扯嘴角,明显对这句话不屑。

孟濡也不能拿他怎么样,反正她从来都管不住他。

孟濡说:"李越是芭蕾舞团的男演员。他爸爸是南大中文系的教授,他对南大挺熟悉的,刚才在替我介绍南大的食堂。"

陆星衍大跨一步追到孟濡跟前,倒退着看她。

他吃完退烧药以后精神了些,又恢复那种吊儿郎当、漫不经心的模样,痞懒十足地问道:"我对南大也很熟悉,你怎么不来问我?"

孟濡恍悟一笑,问道:"是吗?你在南大吃过几顿饭?"

意料之中的回答不出,孟濡笑了笑,偏头看他说:"先把你的病养好了再说吧。"

陆星衍调转方向,面朝宿舍楼,慢慢跟在孟濡身旁。

过了很久,他终于说:"你会跟他一起吃饭吗?"

孟濡:"嗯?"

陆星衍说:"我说真的,不要和他一起吃饭。"

孟濡好奇了,问道:"为什么?"

"他长得丑。"

孟濡一时无语。她已经不想再强调他应该尊重她的舞团成员了,半是无奈半是认可地说:"和你一比,其他人确实长得不太好看。"

陆星衍因为她的夸奖停滞一步,然后慢慢跟上,走到宿舍楼前停下,他盯着孟濡的小脸看了半分钟后说道:"你不是,你好看。"

舞蹈室搬好以后,大家适应了半天。

周三开始正式排练《白毛女》。

尽管有团长和另外两位指导老师的帮忙，一天下来，孟濡仍旧很累。她亲自安排的排练内容，但到头来仅仅是纠正一个动作的统一，就用了一天时间。

覃郡芭蕾舞团不是全国数一数二的芭蕾舞团，成员们大多没有什么舞台经验，都表现得有些局促。

孟濡忽然有些茫然，自己这趟回来到底值不值得。

好在晚上阮菁给孟濡打电话，约她第二天出去玩。

两个女孩早早出门，先去覃郡著名的C100商场逛了半天街，中午吃的杭帮菜，下午去电影院看了最近上映的一部爱情片，然后再去一楼的咖啡馆一人点了一杯摩卡，桌上摆满各种点心和精致的马卡龙。

阮菁对着点心拍了半天照，修图，加滤镜，凑齐九宫格之后发朋友圈，然后才有工夫和孟濡聊天："你最近教那个芭蕾舞团教得怎么样？"

阮菁一聊天就踩雷，孟濡早都已经习惯了。

她没有说太多舞团的事，只是说排练舞剧有点累。

阮菁对丁孟濡放弃意大利那边的事业，回到覃郡当一个小小的指导老师本来就不理解，现在听她这么说，便开始数落："你在意大利舞团当首席不好吗？每年上百场演出，演出费都能拿不少吧，覃郡芭蕾舞团每个月给你开多少工资？而且这还是个吃力不讨好的工作，你排练得好了，台下有多少人知道这是你耗费了心血的功劳呢？"

孟濡不免开口反驳："我不是因为工资回来的。"

当然，覃郡芭蕾舞团为了请她，开的预算不少。

阮菁问："那是因为什么？"她转着眼珠，"不会是因为你家那个小孩吧？"

孟濡："也不是。"

那其他的……阮菁就猜不到了。

阮菁本也不是刨根问底的人，孟濡不说，定是有她自己的原因，阮菁就拿着一块马卡龙咬一口岔开别的话题。

两人不知不觉聊到下午六点五十。

阮菁意犹未尽，还要带孟濡去附近的酒吧玩，她是这里的夜店女王，几乎每一家酒吧都蹦过。

孟濡没什么兴趣，却被阮菁强硬地塞到出租车里。

出租车在一家叫"清醒梦"的酒吧前停下,阮菁拽着孟濡的手下车,准备进去。

孟濡包里的手机突然响起。

孟濡接起,电话里的少年嗓音好听,因为前几天发烧仍有一些低磁,他开门见山地问:"你到哪儿了?"

孟濡不明白他为什么这么问。

孟濡这边不说话,陆星衍自然能够听到她周围喧闹热烈的声音。

他在酒吧打工半个月,很轻易就能判断出是什么地方。

他沉默一瞬,再开口时,声音低了八度,一个字一个字地问孟濡:"元、旦、晚、会、你、忘、了?"

计科学院小礼堂。

计算机学院这次元旦晚会筹备得很精心,前一周就在广告栏张贴了宣传节目单,通往小礼堂的道路上设计了各种各样有趣的引路牌,少女心十足,丝毫看不出这是一群"直男"策划的晚会。

而大家也很给面子,晚会当天来了很多人,百分之六十都是女生。

这在计算机学院几乎是从未有过的盛况。

很多大一满腔热情的男生主动站在小礼堂门口,给刚来的女生引路找座位。

晚会的节目单设计得很有趣,现场郑重又不失心意,结束后还有抽奖和小游戏环节,所以下午六点半开放入场以后,来的人源源不断。

陆星衍给小提琴换好了琴弦,适应了一周之后,琴弦的状态还不错。他在宿舍换好衣服以后,七点十分来到小礼堂,背着小提琴琴盒站在舞台旁向观众席看了一圈,很快就发现孟濡还没有来。

陆星衍走到小礼堂外给孟濡打电话。

他想过孟濡可能是路上堵车了,有事耽误了,大不了迟到一会儿,反正他的节目排在后面。

但是他没有想到——孟濡根本忘了来。

陆星衍站在小礼堂外的银桦树下,听着电话那头背景音里男人酒醉的胡话声,以及酒吧门口传出的重金属音乐,心情也似鼓点重重砸在软床上一般,很闷,却发不出来。

银桦树干摇晃,枯叶在他眼前扑簌簌地慢慢掉落。

孟濡也有点愧疚，毕竟她骗了陆星衍叫了一声"姐姐"，结果昨天被舞团的不顺心影响，加上今天又陪阮菁玩了一天，把晚会这件事忘得干干净净。难怪阮菁说要去酒吧时，她总觉得还有什么事情没有做。

孟濡语气柔软，带着点自己都不自知的哄："不好意思，我现在过去，你的节目什么时候开始？"

"八点。"陆星衍说，抬手随意拨了拨头发上飘散的落叶，视线盯着前方图书馆正门上方的大时钟，问道，"你在哪里？"

孟濡顿了一下："C100 商场。"

C100 商场在覃郡最南边，距离南大很远很远，就算开车最快也要近五十分钟，而现在已经七点十五分，时间根本来不及。

陆星衍刚刚有所平缓的心情变得更加郁躁，他缓慢地蹲下身，声音因为这几天咳嗽而有些哑："你……"

他想说让孟濡不要来了，他下次可以专门演奏给她听。

倒不是生孟濡的气，他只是有些后悔自己为什么没有早点打电话提醒她。

陆星衍的诘述没说完，孟濡那边的环境一下子安静许多。她的声音带着某种安定，像抚摸野猫背后竖起的毛，轻柔但有用："我会赶到的，你等等我，我带了一件礼物送给你。"

挂断电话，陆星衍依旧蹲在小礼堂外的银桦树下。

他背上背着琴盒，手机抓在手中，屏幕早已经暗了。

学院负责后台的女生到外面找他，见他在这里，愣了愣，说："陆星衍，你不去后台准备吗？再过不久就到你的节目了。"

陆星衍这才缓慢地直起身，微偏着头认真问面前的女生："能把我的节目跟后面的人换换吗？"

女生被他看得脸微红，很快反应过来他在说什么："啊？为什么？"

陆星衍摸摸眼皮："我不太舒服。"

女生立刻关心，问道："怎么了，哪里不舒服？需要去医务室吗？"

陆星衍说不用，面无异色道："把我的节目换到最后一个就好了。"

女生虽然不知道他换节目的目的是什么，但思考了一会儿，还是为难地拒绝道："恐怕不行，主持人的台词都是事先排练好的，节目单也发出去了，临时换节目顺序，主持人不好串场……"

陆星衍本就是试着提一句，不能改也没有说什么。

他背着小提琴，长腿一迈，往后台走去。

市区正值下班高峰期，酒吧街人多车多，孟濡很快拦到一辆出租车，坐进去向司机报上南大的地址。

阮菁见孟濡不去酒吧了，也跟着上车。

安静等孟濡的电话结束以后，她才疑惑地问："谁啊，'小狼狗'？"

孟濡没有点头也没有摇头，倾身，指尖搭在司机座椅的靠背上，问道："师傅，可以麻烦您开快一点吗？"

司机师傅是位热心肠，听完立刻提了速，又为孟濡着想说："你去的地方有点远，中间还有一段路比较堵，恐怕不好走哦。"

孟濡思索问："那有什么比较快的路吗？"

司机边开车边说道："有是有，不过收费也会比平时高一点。"

阮菁在一旁搭腔，语气悠然地说："您尽管开，走近路，这位太太有的是钱。"

司机师傅笑着应下了。

孟濡虽然很不想带上阮菁，但是人都跟来了，她也不能再把阮菁赶下去。

只是如果阮菁知道她是去听陆星衍演奏小提琴，一定会说很多不着边际的话。

可她根本没有想那么多，只是去听一个熟悉的弟弟拉小提琴罢了。

司机换了一条路，车辆不如刚才那么多，也许是受到孟濡情绪的影响，一路上，车行驶得飞快。

孟濡担心阮菁到南大以后，当着陆星衍和他朋友的面说出什么出格的话，她松开靠背，转身对着阮菁的嘴做了一个拉拉链的动作，说："一会儿到了南大你就只管看节目，其他话不要说。"

阮菁挑挑眉，意味深长道："真是他啊？"

孟濡轻轻点头。

阮菁嘴角带笑，觑着孟濡："你怎么这么听话？他说让你去南大看表演，你就连玩都不玩了赶紧过去。怎么被他吃得这么死，真不是对人家有非分之想吗？"

孟濡被阮菁问得没脾气了，唇线抿直，过了一会儿说："他比我小六岁。"

"六岁怎么了？"阮菁丝毫不以为意，还开解孟濡说，"你现在觉得六岁差挺多的，但是等到五十年以后，你七十五岁，他六十九岁，两个人都一样满脸皱纹，也差不多嘛。"

孟濡沉默，她还从没有想过这么远……

"而且……"孟濡不说话，阮菁又开始胡言乱语，"'小狼狗'都是很黏人的，又爱吃醋，体力又很好吧，你家那位看起来就是这种类型。在一起之后绝对完全以你为中心……"

孟濡听不下去了，把包放在一旁倾身捂住阮菁的嘴巴，小声说："他是我弟弟。"

阮菁被她松开后不屑地"啧"一声，说："又不是亲的。"

孟濡不言。

在她看来，亲不亲的没有太大区别，她对陆星衍只会有姐弟之情。

也许是孟濡的神情太绝对，阮菁终于收敛了些说："你这个女人好可怕，这么好看的小帅哥放在身边，居然一点都不动心。"阮菁奇怪，"你不怕别的女人对他下手吗？"

孟濡随口问："你吗？"

阮菁立刻竖起手指向天发誓，说："我很有道德的，好朋友的弟弟我不会染指的。"她动了动脑子说，"而且我看得出来，他还挺在乎你的。"

孟濡歪着头，不明所以地问："怎么看出来的？"

阮菁总共没有见过陆星衍几面，怎么得出的这个结论？

"就……"

阮菁回忆起自己和陆星衍仅有的两次见面经历，上次在酒吧就不用说了——那么混乱喧闹的环境，他肯定早就注意到了他们那桌，也听到了他们要为孟濡准备接风宴。所以在孟濡来到之后，路过他那桌时，他直截了当地伸出长腿绊倒孟濡，在大庭广众之下将她搂入怀里。

但阮菁想到的是四年前那件事。

那时孟濡回国休息一个月，恰好赶上陆星衍开家长会。

孟濡的车被她爸爸开走了，阮菁正好在附近，就开车送她去陆星衍的学校。

一路上，车里只有阮菁和孟濡说话的声音，陆星衍穿着校服坐在后面一句话不说，阮菁当时还觉得这小孩挺安静的。

直到阮菁将车开到校门外，孟濡去班级里给他开家长会，陆星衍和阮菁在教室外面等。

当时教室外也有许多等候自己家长的学生,有一名和陆星衍同班的男生看到孟濡坐在陆星衍的座位,发出惊叹的赞美:"哇,阿衍,你妈妈好漂亮啊。"

阮菁愣住了。

陆星衍展开双臂搭在后头的栏杆上,冷着声音说了第一句话:"胡说什么,她不是我妈妈。"

男生疑问:"啊,那她是你什么?"

旁边另一个穿校服、裤脚被改得窄窄的男生笑了,舔着牙齿说:"后妈吧。你看她这么年轻,和陆星衍长得一点都不像。阿衍,你爸爸一定很有钱吧?"

他的声音并不小,周围几个学生都听到了,可能还包括坐在窗口的几名家长。

阮菁蹙了蹙眉,想教育乱说的男生。就见离他最近的陆星衍收回一直盯着教室内的视线,侧了侧头,黑沉沉的目光落在那个男生身上。

那男生脸上还挂着不知所谓的笑,忽然被陆星衍伸手攥紧衣领。

陆星衍俯身凑近男生,漂亮凌厉的脸上毫无表情,隐藏在那副乖巧外表下的阴郁和暴戾悉数爆发,像撕咬同类的幼狼。

他看着那男生的眼睛,冷静地威胁:"会说话吗?需不需要让你爸爸教你怎么说话?"

那男生沉着脸不敢回话。

后来,那男生没有把事情闹大,孟濡也不知道那天在走廊里发生的事情。

阮菁却见证了陆星衍护短时的可怕,虽然他们从头到尾没有说过一句话。

这也是为什么后来阮菁一直对孟濡说陆星衍是"小狼狗"的原因。

现在,阮菁看着身侧乌眸黑白分明,仍在等她说话的孟濡,半晌叹了一口气说:"算了。"

孟濡一脸不解。

她怜爱地轻捏孟濡柔嫩的脸,充满同情道:"你早晚会被他吃得死死的。"

司机紧赶慢赶，终于在近八点时赶到南大小礼堂。

孟濡和阮菁下车，从小礼堂的后门进入。

此时，舞台上的帷幕刚刚拉起，上一个合唱节目结束。孟濡弯腰拾起被人随手扔在地上的节目单，离陆星衍的小提琴独奏还有一个话剧。

看来是前面的节目超出了时间。

孟濡和阮菁找到两个空座位坐下。

坐了片刻，孟濡起身对阮菁说："我出去一下。"

阮菁抬头问："去哪儿？"

孟濡抬手指了指帷幕，朝她眨眨眼睛说："后台。"

阮菁就不再说什么，看着孟濡离开了。

孟濡没有什么特别的想法，只是她差点忘了陆星衍的表演，想趁着他上台之前表达一下歉意。

后台摆满表演的道具，很是凌乱，好在剩下的人不多，只有两个搬道具的男生来来回回地忙碌，以及一名表演诗朗诵的女孩在低声念稿子，再有，就是前方站在舞台入口处，背对着她，背着琴盒的俊朗少年。

前面舞台的声音很大，孟濡轻轻走过去，在陆星衍身后一步定住，从包里取出刚才在酒吧街买的小礼物，微微弯下腰身，轻轻地将那个小礼物挂在陆星衍垂在身侧稍微蜷起的右手尾指上。

陆星衍察觉到动静，收于回身。

孟濡就在他跟前，抬起皎白的脸朝他粲然一笑，举起两只手臂做出投降的动作，对他说："不好意思，我来迟了。"

陆星衍盯着孟濡好几秒，然后抬起右手，看向尾指上挂着的小物件，是一个星空麋鹿的钥匙扣。

一只长着繁复鹿角的麋鹿抬起前足，向前奔跑，前方是猩红庞大的月亮，星空璀璨，它逐渐靠近。

孟濡抬手轻轻拨了下鹿角，面向陆星衍问："你喜欢吗？鹿，星星，和你的名字一样。"

陆星衍右手一拢，将那个小礼物牢牢收进掌中，不回答孟濡的问题，反而问道："我给你发微信为什么不回？"

孟濡拿出手机，果然见到锁屏页面有几条陆星衍的消息。

她实话说："我路上忘记看手机了。"

舞台上话剧表演的声音落下帷幕，主持人上去串场，穿着剧服的演

员们一个一个从舞台上下来。

孟濡对这些有着职业的敏感，偏头追随去看。陆星衍看着她精致的侧脸，忽然出声叫道："孟濡。"

孟濡没有想到他会直呼她的名字，诧异地转回头。

下一瞬，陆星衍稍稍俯身，脑袋搁在她的左肩上，上半身的重量几乎全部压在她身上。

少年耳朵微凉，耳郭轻轻蹭过孟濡的耳垂，冷意瞬间传递给孟濡，她侧头向后躲了躲。

陆星衍一动不动，额头依旧抵着她的肩，嗓音是沉的，仿佛这句话已经思考得足够久。

"一会儿，"他缓慢开口，提醒她说，"你要看着我。"

"你，不管在哪里，只能看着我。"

孟濡回到观众席。

陆星衍那句似呢喃又似命令的低沉沉的"看着我"，在孟濡听来，好像并不是指这次表演这么简单。

他想让她看着他什么呢？

当时，表演完话剧的学生们都从舞台下来了，路过他们身边，不免好奇地投以视线。

光线阴晦的后台，一个高个子男生颓懒又任性地枕着一个漂亮女生的肩膀。他们的身高差略大，男生微弓着瘦薄有力的背脊，被女生的侧脸挡着看不见五官，但后背背着的小提琴琴盒已足以让人知道他是谁。

女生侧脸柔和，是毫无瑕疵的长相。

最绝的还是那对睫毛，长而翘，仿佛阴影里一排密密的落羽杉。长睫微微掀起，她看身侧的男生时，那双又黑又大的瞳仁藏着迷茫和专注。

大家都觉得这个女生有一点面熟。

但到底是谁，他们想不起来了。

阮菁看到孟濡回来，别有深意的目光明显在说"唷，看完你家'小狼狗'回来了"。

孟濡不想搭理阮菁，坐在座位上拿出手机，把陆星衍不久前发给她的微信看了一遍。

当时孟濡正在路上和阮菁聊天，阮菁的话越来越出格，孟濡一心想着阻挠她,没有留意手机的动静。

他发了三条消息,是在她快赶到南大的时候。

陆星衍:我的节目推迟了十分钟。

陆星衍:你到哪儿了?

陆星衍:可以多给你十分钟时间,不用着急。

孟濡可以想象他百无聊赖地站在后台,明明有些在意又假装不在乎的模样,不禁弯唇浅笑。

身旁的女生忽然变得热情高涨,一个一个打开了手机摄像头,还有把手机照明灯打开的,一束束夺目的光从小礼堂座位席投出,周围霎时变得明亮,像涨潮的海水,铺天盖地席卷了刚刚把手机收起来的孟濡。

台上主持人报幕念到"小提琴曲,《天鹅》,计科(2)班陆星衍"时,台下掌声响动。

阮菁不无感慨地摇头称叹,凑近孟濡耳边说:"我以前表演芭蕾舞时都没有这么热烈的观众,长得好看就是有优势。"

孟濡剥了一颗椰子糖含入嘴里,看着舞台说:"那是因为你芭蕾舞也跳得不怎么好吧。"

阮菁:"行,你够狠。"

护短的女人太可怕了。

阮菁白眼也懒开不在了,掌心朝上向孟濡索要道:"还有糖吗?给我也来一颗。"

孟濡从包包里抓出四五颗椰子糖放在阮菁的手心,扶住阮菁的手臂往旁边推了推,示意阮菁别影响她看表演。

阮菁撕开一颗糖吃,却忽然想起什么似的又问孟濡:"你以前不是杜绝一切甜食吗?怎么这次回来包里总放着糖,不怕发胖了?"

孟濡睫毛轻微地颤动了下,然后面色如常地小声"唔"一声,平静地说:"反正我很瘦,吃不胖的。"

阮菁沉默,她就不该多嘴。

同时,台上的主持人退场,陆星衍的节目开始了。

手持小提琴的少年从一侧登台,迈开长腿走到话筒之后。

他今天穿着崭新的白衬衣、黑裤子,袖扣扣紧。大约是拉小提琴的缘故,他通身没有其他多余的装饰,只是领口扣子依然不太规矩地敞开两颗。对上少年那双懒洋洋的眸,能够看到他傲慢入骨的散漫与不驯。

陆星衍站在台上没有立刻开始演奏,而是掀起黑眸,往观众席看了一眼。

他一边扶了扶话筒,一边弯起唇角低低一笑。

陆星衍在学校本就是不爱与人打交道的类型,很少有人能看到他除了漫不经心之外的表情。

此刻他一笑,前排几个离得稍近的女生发出小声尖叫。

少年将小提琴抵在左面锁骨上,下巴轻轻贴着腮托。

他微歪着头看向观众席某一处,在演奏之前,突然开口说道:"这首曲子的名字叫《天鹅》,没有什么别的意思。

"只是——"他眼尾一挑,稍微俯身,尾音缱绻又动听,含着电流般的喑哑,"想送给我心里唯一的那只天鹅。"

《天鹅》的旋律几乎没有装饰。

沉静优美的曲子开始,便让人联想到粼粼湖面上一只高贵的天鹅缓缓展翅,俯瞰倒影中的自己。

曲子温柔,舒缓深沉。

陆星衍刚拉下第一小节,台下的声音都寂静了,所有人屏息聆听,生怕破坏了这样深情优美的乐曲。

陆星衍站在敞亮的舞台,微合着眼,熟练地演奏这首已经练习过多遍的曲子。

他让孟濡回想起第一次听他拉小提琴的时候,少年也是这样,自我、孤独、沉默。

他不太会表达自己的情感,音乐能替他说出未完的话。第一次是在姥姥生日宴上拉的那首《E大调第三组曲》,那是家庭聚会时最适合的曲子。

现在,小提琴琴声忧郁又一往情深,一闭上眼,便是那只天鹅在湖水中游弋。

但于他而言,天鹅不是徜徉在湖水中,而是在他的心上。

这首曲子有多美?短短三分多钟的乐曲结束,依然有人沉迷在乐曲的氛围中。坐在孟濡旁边的女生没有回神,眼泪顺着脸颊"啪嗒啪嗒"地流下,哭得上气不接下气。

不只是她,周围几个女生也"呜呜呜"地哭了起来,边哭边问:"陆星衍说他心里的天鹅到底是谁啊……"

"也太幸福了吧,如果有人愿意这么给我拉一首小提琴曲,我愿意胖二十斤。"

"陆星衍如果追不到他心里的天鹅,能不能考虑来追我?或者我倒贴也行。"

"我只想说,他小提琴拉得真好啊!"

孟濡和阮菁交换了一下眼神,都从对方眼里看到了笑意。孟濡是为陆星衍高兴,阮菁则是在想"这群小女孩真青春,年轻真好"。

接下来只剩两个节目,一个是诗朗诵,一个是游戏互动。

阮菁没什么兴趣,打算先回去。孟濡想了想,也和她一起走。

台上诗朗诵表演刚刚开始,孟濡和阮菁起身,一同离开座位席。

刚出小礼堂,阮菁把包包递给孟濡,说:"哪儿有洗手间,我要去一下。"

孟濡伸手指了栋最近的实验楼,阮菁朝那边而去。

孟濡站在小礼堂对面,背倚着一棵银桦树,拿出手机玩。

她闲着无聊刷了一下朋友圈,就见阮菁除了今天下午拍的那些糕点之外,还发了一条刚才陆星衍拉小提琴的视频。

配字:别人家的神仙弟弟。

孟濡点开,微信小视频只有六秒。

因为她们坐的位置不太好,视频中只能看见陆星衍的一小张侧脸,好在音乐足够清晰。

现场静谧,音乐优美娴静。

孟濡恍惚间又回到刚才坐在礼堂内听陆星衍演奏小提琴的时刻。

说实话,挺惊艳的。孟濡以为陆星衍这么多年不拉小提琴,水平会退步,没想到却和以前一样好。

这小孩平时一定偷偷练习了吧?

孟濡将那段小视频保存在手机内,抬头想看看阮菁回来没有。

只是她没看到阮菁,余光里却看到几名女生推推搡搡、说说闹闹走出小礼堂。

走在最前面的女生问:"你们说,我真的要去问他吗?万一他指的是别人呢……"

"除了你还有谁啊?天鹅,你之前跳的《四小天鹅》不是很有名气吗?而且大一刚开学有个女生向他表白,他说只喜欢跳舞好的女生,那时候大家就都猜是你了。他也没有反驳过。"最左侧的女生说。

"对啊,对啊。"走在右侧的女生附和,憧憬道,"而且他刚才往我们这边看了很多次呢。"

"那……"最前面的女生虽也是这么认为的,却有些忸怩地说,"为什么我要去向他表白,他喜欢我,不能主动对我表白吗?"

"拜托,玥玥,他刚才在小礼堂说的那些话,跟当众表白有什么区别啊?"

"对啊,邹霜说得没错。千万不要错过这个机会啊,玥玥!"

伴随着最后这几句话,孟濡也看清了这几个女生,黄冬玥、邹霜,右侧那个女生她叫不出名字,但也是她的学生。

女生们也看到了她,先是有些惊讶,紧接着上前热情地跟她打招呼。

邹霜最喜欢孟濡,主动问道:"孟老师,您不是说不来看元旦晚会吗,怎么也来啦?"

孟濡轻笑,避重就轻答道:"我和朋友一起来的。"

邹霜"哦"一声,也不好意思多问。几个女生小声说了几句什么,又开始推黄冬玥。

孟濡看着黄冬玥微红的脸,再联想到她们得知陆星衍要演奏小提琴那天时黄冬玥的活跃。

虽心如明镜,她还是故意问:"你们要去做什么?"

黄冬玥不好意思。邹霜想着她们刚才的对话孟濡肯定听到了,再看黄冬玥也没有反对的意思,才神秘地说:"孟老师,黄冬玥要去向刚才拉小提琴的男生表白……"

她问孟濡:"您觉得那个男生刚才拉的《天鹅》好听吗?"

孟濡夸赞起陆星衍来向来不遗余力,实话实说:"非常好听。"

邹霜:"他是特地拉给黄冬玥听的呢!"

孟濡配合:"哇!"

黄冬玥虽瞪了邹霜一眼,但也没有否认这句话。

"那您觉得黄冬玥要主动去表白吗?"邹霜替好朋友问道。

孟濡歪着脑袋仔细想了下,说:"主动又不是什么丢脸的事。"她朝黄冬玥一笑,鼓励说,"不试一下怎么知道结果呢?"

"对啊,我也是这么认为的。"

"过了这村可就没这店了！"

邹霜和另一个女生纷纷赞同。

正好那边小礼堂的侧门，背着琴盒的少年缓慢走出，没有注意到这边。邹霜顺势推了黄冬玥一把。

黄冬玥往前走了两步，不知是不是受到孟濡那两句话的影响，先踟蹰了一下，然后慢慢走到陆星衍跟前停下。

少年被挡住去路，先掀眸看了她一眼，毫无反应，绕过她继续走。

黄冬玥出声叫住他："陆星衍……"

陆星衍脚步停下。

黄冬玥抿了抿唇，心里虽然羞赧，但还是鼓起勇气低声说："你刚才这么说我，我心里其实很高兴。"

陆星衍看着她的眼神里多了丝莫名其妙。

黄冬玥又补充："上次我邀请你去覃大看表演，你没有去，我还以为你不喜欢我呢。"

陆星衍表情不太耐烦："所以呢？"

这个女生到底想说什么？

"所以，"黄冬玥抬起头，仰望着陆星衍问，"你……刚才在舞台上那句话，是说给我听的吧？你心中唯一的白天鹅，是我吗？其实，我也喜欢你……"

女生说完，唯有寂静。

一阵寒风从两人身后卷过，衬得那落叶婆娑声更加凄楚。

陆星衍缓慢站直身体，眉宇之间透出烦躁，说出口的话也有些不留情面："没睡醒？"

他凝视黄冬玥，微微敛低眼睑，是最熟悉的目中无人的欠揍表情："我，说给你听？谁给你的勇气这么问？"

黄冬玥的脸颊更加绯红，这次却是因为耻辱："不是吗……"

陆星衍眼皮都懒得抬一下："不是。"

"可是……"她的目光下意识看了陆星衍斜后方一眼，不太相信地问，"那你是说给谁听的？"

陆星衍察觉，侧身向后看去。

就见十几步外的银桦树下，孟濡和两个女生一起站在他身后。也许是他刚才没往那边看，竟然一直没发现他们之间隔得并不远。那两个女生是黄冬玥的朋友,现在这个场景看来,更像是她们撺掇着黄冬玥来表白。

陆星衍黑眸深了深。

黄冬玥还想说什么,陆星衍看着那边,薄唇动了动,用口型对孟濡说两个字:"过来。"

孟濡一时没动作。她本意是不想过去,先不说黄冬玥是不是陆星衍心里的那个女孩,现在有人向他表白,她过去像什么话呢?而且他长大了,到了谈恋爱的年纪,不管他追谁喜欢谁,她都不会阻拦的。

但是孟濡看那边的情况似乎又不大对劲,想了想,还是走过去。

孟濡停在近前。

陆星衍盯着她,半晌直接开口:"是你让她来表白的吗?"

孟濡看到眼眶微微发红的黄冬玥,大约明白了怎么回事。她犹豫自己刚才那番话算不算怂恿,陆星衍却微微俯身,与孟濡靠得很近,他与她鼻尖对着鼻尖,唇线扯直。

"濡濡。"

少年叫她,抬手将她鬓边垂落的软发挽到耳朵后,语气忍耐,又控制不住愠怒,问:"你真的也看不出来,我那首曲子是拉给谁听的吗?"

孟濡十九岁时就被粉丝称为"东方第一白天鹅"。

因为她在芭蕾舞剧《天鹅湖》中饰演的白天鹅凄美幽婉、纯洁美丽,无论是音乐感、情绪还是技巧都无可指摘,与黑天鹅的骄傲热情形成鲜明的对比,而她还能在这两种角色中转换自如,轻松应对。

这也是为什么她一毕业,出演舞剧,就被各大舞团注意的原因。

但芭蕾这块儿被誉为"天鹅"的演员太多了,孟濡对这个词其实并不敏感。

更何况刚才在小礼堂门口,黄冬玥和邹霜几人信誓旦旦地认为陆星衍的小提琴曲是拉给黄冬玥听的,她就更加不会联想到自己身上。

现在,看陆星衍认真的神情,孟濡直觉他下一秒要说出别的名字。

但她顾不得细想了,那边阮菁已经上完厕所出来,她也不希望让陆星衍说出什么绝情的话招惹女孩子记恨,抬手将陆星衍放在她耳畔的手掌拿下来,温温软软一笑说:"不要着急,不管你是拉给谁听的,姐姐都支持哦。"

说完,她举步朝阮菁走去,却在下一瞬突然被陆星衍抓住手腕。

陆星衍垂眸直勾勾地看着她，脸色算不上好看，像是要破坏什么一般，直接说："如果我是拉给你听的呢？"

孟濡脚步定住。

陆星衍目不转睛，手臂一点点收紧，有一丝藏不住的、不太明显的紧张与焦虑。

似是担心孟濡听不清，他又快速而清晰地重复了一遍："我是特地拉给你听的。"

今夜风大，月亮的光芒被摇碎，斑驳星点投射在孟濡脚下，她对上少年真诚的眼眸。

孟濡轻轻挣脱了一下，少年却将她的细腕握得更紧。

站在远处的阮菁不明白这边的状况，只看到小礼堂前的草坪上平白多出了很多人，没有贸然上前。

黄冬玥站在一侧，从听到孟濡对陆星衍自称"姐姐"时已经很讶然，现在仍未回过神来。

孟濡反而有些庆幸这两人的沉默。

她也不知道该如何应付面前的这种状况。陆星衍刚才的话和他在小礼堂时说的"送给我心里唯一的那个天鹅"重合，隐隐约约让孟濡意识到了什么，但是又不敢往深处想。

似乎过了很久，少年趋近一步。

孟濡在陆星衍开口说出下一句话之前，抬起另一只手摸了摸他的头发，嘴角带笑，眼如清水地说："是吗？那姐姐感觉很高兴。"

陆星衍缓慢地皱了皱眉。

孟濡收回手，最终还是挣脱了陆星衍，想起什么似的，说："第一次听你拉小提琴是送给姥姥，没想到这次是送给我。今天是什么特别的日子吗？"

她不无遗憾说："可惜我没有带摄像机，不然一定从头录到尾。"

少年不出声。

不能再待下去了，这是孟濡的第一直觉。

可恨阮菁今晚格外有眼力见儿，既不上前也不出声叫她。

孟濡只好又微笑着对陆星衍说："你今天晚上很累了吧？早点回去休息，我和朋友也先走了。改天再让你陪我一起回去看姥姥。"

远处，阮菁终于等不及远远地喊了孟濡一声："濡濡——"

孟濡转身朝那边走去。

原地，黄冬玥终于回神，忘了告白不告白的事情，上前迟疑地问陆星衍："陆星衍，孟濡是你的姐姐吗？"

陆星衍看着孟濡走远，过了良久，才转回目光对上黄冬玥探究的眼神。

他下颌收紧，乌眸深重，一直在忍耐着某种情绪到达尽头，不知是对自己还是对他们之间的身份说了声："去他的'姐姐'。"

回去的路上，孟濡偏头看着窗外，夜晚的覃郡灯光迷醉，霓虹闪烁。

时间是晚上九点半，夜生活才刚刚开始。

孟濡自上了车后就一言不发，阮菁开口叫了她好几次，她都毫无反应。

"欸！"阮菁伸手在孟濡眼前晃了晃，控制不住提高音量说，"醒醒，回魂了。"

孟濡这才轻轻眨眼，扇动着浓长的睫毛看向阮菁，用眼神询问"有事吗"。

阮菁指指前面的司机，说："司机师傅刚才问你两遍了，前面的路口是左转，还是继续直走。"

孟濡转头又确认了一下外面的路，才对司机师傅说："左转。"

旁边，阮菁抱臂一脸高深莫测地看着她。

到了小区门口，孟濡下车，阮菁也跟着从另一边走下来。

孟濡疑惑地看着她。

阮菁站在孟濡面前，接过她手中的门禁卡刷开门，开门见山地说："说吧，今天晚上怎么回事？"

孟濡莫名其妙，等阮菁给自己刷开门后也走了进去，问道："什么怎么回事？"

阮菁举起一只手掌竖在她面前，问道："你知道这是几吗？"

孟濡沉默，虽然很不想回答，还是乖乖地说："五。"

很好。阮菁点点头："我路上总共叫了你五次，你都没理我。

"刚才师傅问你往哪儿走，你明明一直看着窗外，还要再看一遍。不是发呆是什么？"

阮菁这一刻仿佛福尔摩斯，目光犀利地盯着孟濡说："我去上个厕所回来你就怪怪的，一路心不在焉，是不是你家那位跟你说了什么？"

孟濡停顿，下意识地不想让阮菁知道陆星衍说的那两句话。

阮菁原本就爱开她和陆星衍的玩笑，知道后难免不会想更多。

虽然她自己觉得应该不是那么回事……孟濡随便扯了个理由说："刚才有个女生向陆星衍表白。"

果然，阮菁开口："干吗，你吃醋了？"

孟濡偏头看看阮菁，目光纯澈："那个女生是芭蕾舞团的成员。"

"哦……"阮菁了悟，这才恢复一点正经模样，"不是很正常吗？你家弟弟那张脸，没有女生向他表白才奇怪吧。"

孟濡面上不显，心里却也是这么觉得的。

以前陆星衍每周回家书包里都能掏出十几封外表精致的情书。孟濡从外面回来，坐在沙发上缝足尖鞋的缎带时，陆星衍就懒懒散散地斜躺在一旁，一封一封读他收到的情书，然后再不为所动、面不改色地将它们扔进垃圾桶。

孟濡一时无语，她缝好缎带，将足尖鞋穿在脚上，系好缎带试了试松紧，正合适。她步履轻盈地跳了一圈四位转，然后俯身问一旁行为过分的少年："你为什么不回卧室看，不怕我偷看你的情书吗？"

少年抬着黑漆漆的双眸转过来，答非所问："这么多情书，你不担心我起了心思吗？"

"担心啊。"孟濡当时根本没想那么多，诚实回答。她看一眼桌旁垃圾桶内扔着的五颜六色的信纸，提醒说，"所以你只可以看看，不可以有回应。"

现在想来，少年那天的表情，和今天晚上截然不同。

他当时在高兴什么？又在生气什么？

孟濡经常不懂。

然而今晚，又好像差一点就能懂。

但仅仅这一点，孟濡不愿意再往前。

阮菁见孟濡半天没回应，又捏了捏她的脸颊，问："你在担心什么，那个女生告白成功了吗？"

孟濡想到当时的场景，摇摇头说："没有。"

"不出所料。"阮菁说。

孟濡疑惑地看着她。

阮菁叹了口气，慢条斯理地说："不是跟你说了吗，'小狼狗'……一般都喜欢姐姐啊。"

孟濡上前追上她，阻拦说："快闭嘴吧。"

这晚，阮菁到孟濡的公寓里坐了一会儿，没有多待，因为第二天要上班，很快就回去了。

孟濡送走阮菁，换上舞蹈服，在舞蹈室里练了两个小时基本功，十二点结束，然后洗了个澡躺在床上。

孟濡本想早点睡着，但是一闲下来，她脑海里就开始自动浮现陆星衍在小礼堂门外抓住她的手，急切又专注地说"我是特地拉给你听"的画面。

而后就是少年站在舞台上，懒洋洋地笑着陈述"没有什么别的意思，只是，想送给我心里唯一的那只天鹅"的画面。

这就是他让她看着他的原因吗？

她可否理解为这是对姐姐的感情？

孟濡越想越乱，索性关掉床头灯，抓着被子蒙过头顶，将整个人填进黑暗。

过了很久，枕边的手机发出微弱的亮光——是一条新闻推送。

孟濡将吹干的头发拢到耳后，侧着身子看新闻，企图分散自己的注意力。但是她不知怎么不小心点到相册，小拇指指腹碰到最新保存的那段视频。

《天鹅》小提琴曲在夜晚骤然响起。

突兀又震耳。

孟濡手忙脚乱地想关掉，手一不稳，手机"咚"地掉在床下。

她弯腰拾起来时，六秒的视频已经播完，画面定格在陆星衍抬起双眸，定定朝着这个方向看的一幕。

孟濡拿着手机怔了一会儿，没有再看，关掉屏幕睡觉了。

第二天，孟濡去南大上课。

排练任务很紧，黄冬玥大概是被昨晚陆星衍拒绝她的事影响了状态，舞团团长单独点名了她几次。她虽然知道了"孟濡和陆星衍是姐弟"这件事，但迟迟没有找机会询问孟濡。

孟濡轻松很多。

傍晚放学，孟濡锁门离开排练室。

楼前幌伞枫掩映的小路上，有很多拉着行李箱往校门口走的学生。孟濡看了眼时间，这才发现明天就是元旦了。

学校放三天假。

不知道陆星衍会不会回家。这是孟濡的第一个想法。

但她也没有特地问，从昨晚到现在，两人一直没有联系。

假期内，孟濡第一天被阮菁拉着和以前的朋友又聚了一次，第二天独自出门逛了一天街。

第三天下午，她突然想起自己当初从意大利寄回国的东西还放在她和陆星衍的家里。因为东西都不太要紧，孟濡之前不着急拿，但今天既然有空，她就想着搬过来。

孟濡去之前，给陆星衍发了一条微信：你在家吗？我想回家拿东西，密码锁有没有变？

陆星衍没有回复。

自从元旦晚会过去四五天，孟濡和陆星衍还没有说过一句话。

原本陆星衍答应她出校门时都会告诉她一声，但因为这几天放假，也没有那个必要。

孟濡只好自己打车先回去。

大不了问家政阿姨密码是什么。

车停小区门口，小区保安甚至还记得孟濡，高兴地叫出她的名字。

孟濡礼貌地一笑。

她熟门熟路地找到单元楼，上电梯，出电梯，输入密码……成功进家门。

家里没有人，客厅安静。三室两厅的空间被家政阿姨打扫得很干净，玄关鞋柜上摆放着一束新鲜的蓝绣球，鞋柜下放着一双男式拖鞋，和一双新买的、被随意扔在鞋盒里的男生球鞋。

孟濡弯腰换鞋时顺便将那双球鞋摆正，然后看了两秒，鬼使神差地伸出自己的脚放在旁边比了比。

行吧，知道你长得高了。

孟濡将换下的鞋子放进鞋柜，踩着堆堆袜进屋。

她的快递应该被家政阿姨放在最里面的房间，那里以前是舞蹈室，但她很少在那里练舞，久而久之就成了储物间。

孟濡推开舞蹈室的门，果然看见角落里堆着三四个正方形的快递箱。

里面都是些杂七杂八的东西，孟濡自己都忘了是什么。她拿剪刀拆开快递箱，一样一样收拾出来。

玩偶、小音箱、书本、十几双缝好缎带的足尖鞋……除了足尖鞋，她当初究竟为什么要寄这些东西回来？

孟濡不是很懂自己。

她一个人肯定是拿不了这些东西的，阮菁今天要加班，不能来帮忙。

孟濡只能把玩偶、书本之类的物品放进自己以前的房间。仅仅是这几个小箱子，孟濡就收拾了两个多小时。

因为孟濡的卧室久不住人，床铺虽罩了一层防尘罩，桌面和置物架却难免积灰，孟濡又拧了湿毛巾全部擦一遍。

倘若不是床单被罩很久没换过，孟濡真的很想躺上去休息一会儿。

收拾到最后，孟濡在床头柜上发现了一副几何样式的银色耳钉。

孟濡没有耳洞，家里只有陆星衍会戴耳钉。

可能是家政阿姨误会了，以为这对耳钉是她的，放错了房间。她把耳钉拢入掌中，打算放回次卧陆星衍的房中。

次卧的门虚掩，从门缝里看过去，男生的卧室风格随意又简练，深蓝色床罩露出凌乱一角。

孟濡在门前停顿片刻，推门而入。

门内和五年前她亲手布置时一样，又有点区别。

一副黑色降噪耳机被扔在床上，置衣架上挂着一顶棒球帽和一件连帽外套，床头柜上放着一只制作很精细的瓶中船。

书桌上干净得只有一个打火机和一个马克杯而已。孟濡没有多看，把那副耳钉放在床头柜上就准备离去。

视线落在蓬松干净的床上时，孟濡脚步顿了一顿。

陆星衍回家时，日色西斜，时间刚过下午四点。

他在路上看到孟濡发的微信，给她回复：没变，636478。

孟濡一直没有回。

陆星衍以为她今天不会来了，在小区楼下遇到今天来做家政的胡阿姨，两个人一前一后地上楼。

进屋后，陆星衍从冰箱里拿了一瓶矿泉水喝。

胡阿姨把带来的东西放下，准备开始做家务，问一旁站着的陆星衍："小衍今天又去做兼职了吗？"

陆星衍点点头。

胡阿姨很关心陆星衍，边忙边问道："还是在那个酒吧吗？怎么酒吧白天也上班。"

陆星衍说："不是。"

酒吧只有晚上上班，他今天是去给一个初中生做家教。他说："朋友介绍了一个家教工作，我今天去见家长。"

胡阿姨惊讶，诚心夸赞："呀，小衍这么厉害，都能给人当家教了。"

陆星衍一时无话，他不算爱学习，不过理科成绩还可以，但是被胡阿姨这真心诚意地称赞，陆星衍不知怎的，想到孟濡得知他五门成绩被导师挂科时，既在意又强忍着急的表情。

然后就想到，元旦晚会那天的事。

陆星衍将喝完的空矿泉水瓶扔进垃圾桶。

胡阿姨不用他回答，又忍不住问："小衍，濡濡不是每年都给你生活费吗？我看你也没有大手大脚买过东西，怎么老是需要打工哦？你是不是别的地方需要钱？"

陆星衍没说话，转身往卧室的方向走，停在门口才说："没，就是想多存点钱。"

"那也不要把身体搞坏了，平时要多多注意休息……"胡阿姨仍在客厅絮絮叨叨，想起什么，又提声说，"小衍，我一会儿还是先打扫你的房间吧？你的房间有什么不能动的东西吗？"

陆星衍推开门，旋即停在原地。

卧室浅色的地板上，一个女孩半趴在他的床沿。

她两只胳膊枕在脑袋下，不知是不是顾忌着这是陆星衍的床，只占了很小一角。她两条纤细长腿蜷起，裤脚稍微往上滑，赭红色的袜子上露出一截纤细白嫩的小腿。

不知道是太累了还是身体不舒服，刚才外面的说话声都没有把她吵醒，她眉心浅浅蹙着，耳后的碎发垂下来，衬得那张原本就小的鹅蛋脸更加小得可怜。

这么小一只，还妄想当他的姐姐。

陆星衍立在门边看了很久。

外面胡阿姨发现了什么，往次卧走来说："小衍，濡濡是不是回来过了？我看舞蹈室里的快递都拆开了，全部摆在她的房间，她是不是打算回家里住了？我怎么没看见她人呢……你的房间乱不乱，我先收拾你的房间吧。"

胡阿姨人未走近，陆星衍先一步迈进房内，单手关门上锁说："不用，我的房间有个小麻烦，我先自己解决一下。"

胡阿姨疑惑："哎呀，什么小麻烦？需要我帮忙吗……"

但陆星衍不再回答了。

他一步一步走近，停在孟濡身边，屈膝蹲下。

女孩尚未察觉危险降临，即便睡得不舒服也没有醒。

陆星衍一只手撑在床侧，沉沉的视线盯着她，颀长高大的身躯轻而易举就把她笼罩。窗外暮色笼罩，房间的光线暗昧，陆星衍抬起两指，像平时孟濡对他那样不太用力地轻弹了下她的脑门。

只要想到她在自己房间睡得这么安稳的原因，很大一部分是把他当成小孩、弟弟，他心里就更加不爽了。

少年心思恶劣，一只手穿过孟濡纤瘦的腿窝，另一只手扶着孟濡脑后的脖颈，直起身，轻轻把她放在他松软舒适的大床上。

孟濡动了动，似有所感，耳朵在枕头上蹭了蹭。

陆星衍屈起一条腿压在她的身侧，两只手臂撑在孟濡耳边，俯低身子，额头很轻很慢地碰了碰孟濡的眉心，嗓音低沉不满地说："都说了不要把我当小孩啊……"

孟濡是被饿醒的。

醒来时肚子空空，手脚虚软，一点力气都没有。她睁开眼睛看了看四周，厚重的窗帘遮住光，一片幽暗，不知道现在是几点。

孟濡抬抬手，发现自己身上盖着一床棉被——她是睡在床上的。

干净宽大的被褥有雪松和柑橘的气味，淡淡的，很好闻。

闻着这个略带一丝果酒的香味，孟濡只觉得更饿了，脑子也有点转不过来。

她不是来拿快递的吗？

然后收拾了一下卧室，看到陆星衍的耳钉……孟濡记得自己拿来还给他了。可是为什么会睡着？孟濡眨着眼睛仔细想了下，好像是当时太疲惫了,她踩在陆星衍房间的地毯上,看着他那张略显凌乱却不失舒适度的大床,一时忍不住就蜷在角落想休息一会儿。

几乎下一秒,她就失去意识,比晕倒还快。

这么说,她现在在陆星衍床上?

孟濡立刻撑起身体坐起,按照和自己房间相同的格局,找到床头灯"啪嗒"打开。

满室明亮。

确实是陆星衍的卧室。

孟濡穿着袜子从床上下来,走到门口打开门,来到客厅。

客厅也亮堂堂的,但空无一人,窗外夜景灯光斑斓,墙上挂钟直指八点半。

她睡到这个时候了?

孟濡走到洗漱台前洗了下脸,到主卧搬出自己收拾好的一小箱快递箱,里面装着几双足尖鞋和几本书,她放在玄关的地板上,准备穿鞋离去。

身后洗手间的门忽然发出"咔哒"一声响。

紧接着,是少年随意又懒散的声音。

"要走了?"

孟濡动作停住,回身看去。

洗手间前的过道上,陆星衍干插进口袋斜斜倚着墙壁,身上穿着黑色纯棉T恤,裤子松松系着,清俊的眉眼倦懒又专注地盯着她。

孟濡早就猜到应该是陆星衍回来了,不然她这会儿应该还在次卧地板上,哪能舒舒服服地躺在被子里。只不过她刚才醒来看见客厅和卧室都没人,就以为他又出去了。

孟濡思忖,点了下头,指指地板上的快递箱子说:"其他东西我都收拾好了,舞蹈室里有一些不要的杂物,我明天让胡阿姨来打扫……"

"胡阿姨今天来过了,舞蹈室也打扫干净了。"陆星衍站直身体打断她。

孟濡瞪着他。

其实元旦晚会那天之后,孟濡再想到陆星衍,心里总会有一些说不出来的情绪。比如他那晚的表情,他握着她手腕的温度,以及她最后说"姐姐感觉很高兴"时他眼底猝然熄灭的一束光。

总之,不太自在。

但陆星衍看起来比孟濡自在多了,好像那天晚上生气、憋闷、发脾气的人不是他。

少年走进厨房,从橱柜里拿出碗,打开电饭煲盛了一碗胡阿姨走之前煮好的粥,又端出两盘胡阿姨炒的家常小菜,放在餐厅桌上。

他坐在餐桌后舀了一口粥,问站在玄关的孟濡:"你不吃点东西再走吗?你睡觉的时候肚子叫的声音我在客厅都听到了。"

孟濡虽然觉得陆星衍在说谎,但她真的饿得不轻。就连刚才从卧室走到客厅那一段路都是轻飘飘的,如果这样走回公寓,她真的担心自己撑不下去。

而且胡阿姨做的还是她最喜欢的家常小菜和滑鸡粥。

孟濡只犹豫了不到两秒,就脱掉鞋子重新洗了手,坐在陆星衍对面的椅子上,抬起双肘支在桌上,手心托着腮理所当然道:"那你帮我盛一碗吧。"

少年黑亮的眸看了看孟濡,起身去厨房帮她盛了一碗粥。

孟濡接过道谢,慢条斯理地吃着。

他们两个人都是话不多的类型,吃饭的时候更加安静。以前孟濡会时不时地找些话题,询问陆星衍在学校的生活,陆星衍会有一句没一句地应。

今天孟濡脑子有些转不过来,话也比以前少,导致餐桌上很是安静。她吃完了半碗粥,终于恢复一点力气,想起来问陆星衍的时候,陆星衍却不像以前那么给面子。

孟濡咽下一口粥问:"你什么时候回来的?"

陆星衍已经吃完一碗,又盛了一碗粥,坐下说:"你睡觉的时候。"

孟濡还没来得及岔开话题,陆星衍就直直地看着她,似是忍耐很久,问:"你为什么睡在我房间?"

该来的还是来了。

孟濡在心底叹息,她如果早知道自己会在陆星衍的房间睡着,肯定是不会那么做的。

只是当时身体太累,她也不知道怎么就倒下了。

孟濡脑子转了转,慢慢扯出个理由说:"胡阿姨把你的耳钉放错在我房间了,我去还给你。"

陆星衍静默。

不知是不是错觉，陆星衍在孟濡说出这句话时脸色微不可察地变化了下。

很快又如常。

孟濡见他没反应，故意歪头笑问："怎么，我现在连你的房间都进不了了吗？"

陆星衍不答，夹起一颗虾仁放进嘴里之前说："你如果还住在这里，就不会回来连睡觉的地方都没有。"

孟濡轻抿着唇，看了他一眼。

吃完饭，孟濡将碗筷放进洗碗池，陆星衍说他一会儿洗。

孟濡到玄关穿好鞋，对餐厅里懒洋洋坐着的少年说："我走了。"

陆星衍倒坐着椅子，两条长腿伸直在跟前，胳膊搭在椅背上，遥遥看着孟濡，继续刚才的话题："胡阿姨走之前把你的房间打扫了一遍。"

孟濡停住。

陆星衍又缓慢说："床单也换了新的。"

孟濡不明白他到底想说什么。

陆星衍语气执着又坦然："你打算什么时候回来住？"

孟濡顿了一下，然后抱起脚边量很轻的快递箱，朝他展颜一笑说："我会好好考虑的。"

话虽如此，孟濡也没有想好要不要回去住、什么时候回去住。

一开始是因为她半年前和陆星衍在电话里起了争执，陆星衍那番毫不留情的话让孟濡以为他一定讨厌极了她。

再加上他们三年不见，昔日的男孩长大成人，他们毕竟没有血缘关系，住在同一个屋檐下会有诸多不便。

所以在覃郡舞团主动提出要提供公寓的时候，孟濡没有拒绝。

现在陆星衍看起来虽然没有那么讨厌她，但……孟濡心里多了一团似朦胧似清晰的迷雾，却觉得更加不能回去住了。

晚上十点，孟濡回到小区。

她把抱了一路的快递箱放在花圃边的座椅上，想休息一会儿。

大约坐了两分钟，斜前方的珊瑚树轻轻颤动了下。孟濡抬头看去，珊瑚树树丛漆黑，别无他物。

但孟濡似乎察觉到有一道视线投在她身上。

她拢了拢眉，起身上楼。上楼时她多留了一个心眼，将电梯楼层层数按到自己住的上面两层，然后再走楼梯下来。

一夜过后。

早上，谭晓晓开车接孟濡去南大。

地下停车库，孟濡打开车门坐进车内，视线无意间瞥向右侧的后视镜，又好像看到一个身影一晃而过。

孟濡再仔细看时，那里已经没有人。

谭晓晓见她眉心不展，一边将车开出停车场一边问："孟老师，您在看什么？"

孟濡收回视线，想了想说："你刚才停在那里的时候看到停车场有别的人吗？"

谭晓晓回忆了下，如实说："有四五个男人，都是上班族吧……我没有太留意，他们坐上车就走了。"

孟濡不语。

谭晓晓不解："怎么了，孟老师看到什么了吗？"

半晌，孟濡勉强地笑了下，说："没什么，可能是我想多了。"

她觉得可能是自己最近太累了，看东西产生错觉，不然怎么老觉得有人跟着自己？

当晚，孟濡从南大回来，倒是没发现什么异常。但第二天傍晚，房间停电，孟濡去物业中心交电费，回来时透过前面两名装修工人搬的镜子看到身后有一个亦步亦趋的男人。

男人穿着休闲装，帽檐遮住大半张脸，身材略高。他察觉到孟濡在镜子里看他，迅速低下头，伪装若无其事地走上另一条路。

孟濡定在原地。

她回到房间就拨打物业的电话，但物业回答小区里的门禁系统很严格，能进来的一般都是小区住户，没有看到什么可疑的人。

孟濡正想是不是真的是她多心了，当天晚上就毫无防备地被吓了一跳——她晚上不想做饭，点了一份外卖，但她收外卖之前都会有透过猫眼往外看的习惯，这次见对方快上来了，就起身趴到门上，往走廊看。

却看见门前站着她傍晚看到的那个男人，近在咫尺，手里拿着几张照片徘徊，眼神狂热。

孟濡立即后退一步。

后来是外卖员上来，男人受惊，才大步从消防通道离开了。

孟濡开门接过外卖，门口掉着一张略旧的照片，上面是她第一次出演舞剧《天鹅湖》的画面。

照片中她穿着白天鹅舞裙，展臂点足，舞姿轻盈。孟濡注意到照片上她的面容都模糊了，像是被人用手指摩挲过很多遍的痕迹。

孟濡关上门，倚着门板，手脚虚软，过了很久才缓过来。

她立刻收拾东西，离开公寓，到离小区稍远的一家酒店开了间房。

第二天孟濡把这件事告诉谭晓晓，谭晓晓来酒店接她，告诉她已经帮忙报警了。

但是监控里没有拍清男人的面貌，而她们也没有足够多的证据，如果那个男人还是小区住户，就更不好判断了。

万一他只是走错房间呢？

谭晓晓建议孟濡先住在酒店，并充满歉意地保证舞团一定会解决这件事。

孟濡在酒店住了四晚。

周五晚上，她洗完澡从洗手间出来，床上的手机响了一声，是陆星衍发的微信：胡阿姨做了点桑饭糕让我带给你，我在你公寓楼下。你下来拿，还是我送上去？

过了很久，孟濡没有回复。

陆星衍又发了个问号给她。

孟濡蜷起双腿缩在旁边的沙发上，指尖戳着输入框，打下的好多字都删掉了。

她不知道该怎么跟陆星衍说，倒不是不能说实话，只是一旦实话实说，陆星衍就会知道她宁愿被变态跟踪狂逼得住进酒店里，也不愿意回他们的家里了。

明明她前几天还说"会好好考虑的"。

孟濡垂了垂眼睫，打下一行字：我在外面，马上就回去了。

她一边换衣服穿鞋，一边又补充：等我一下。

那边没有再催促。

孟濡拿上房卡，将前天买的防狼喷雾装进包里，走出酒店。

孟濡打了个车，五分钟就到了。

远远就看到公寓楼前的石凳上蹲着一个姿态闲适的大男孩,他手里提着个塑料餐盒,另一只手捏着半块粢饭糕在喂面前两只刚出生没多久的小奶猫。奶猫是小区散养的,平时有物业的人喂,此时上前闻了闻油炸糕点,不感兴趣地垂下脑袋。

陆星衍抬起手指,轻轻弹了下左边那只毛色更白的小猫的耳朵。

小猫冲他"咪呜"了一声。

孟濡走上前,看着陆星衍毫无经验地喂猫,有些好笑地提醒道:"猫不能吃糯米的。"

陆星衍抬起头,视线在她半干的头发上停留了一下。

孟濡注意到他的视线,抬手摸了摸稍湿的发梢。刚才在酒店没有来得及吹干,她面色如常地撒谎:"我去理发店洗了个头发,没有吹干就回来了。"

陆星衍从石凳上跳下,不知道是信了没有,抬手把装着粢饭糕的塑料袋递给孟濡,说:"胡阿姨记得你爱吃这个,多做了很多。"

孟濡伸手接过,打开餐盒看了看。

粢饭糕刚炸好不久,金黄透着酥软,冒出的热气将餐盒周围都氤氲了一层白雾。

孟濡抬起脸颊,朝陆星衍浅浅笑了笑,说:"替我谢谢胡阿姨。"

陆星衍眉梢一扬,算是应下。

孟濡站在陆星衍面前,等着他先离开。只是少年稍稍直了直身体,仍旧没有要走的意思。

夜晚风大,孟濡穿得又单薄,微湿的发梢贴着羊毛衫洇出浅浅一层水痕,冷风一吹,她轻轻打了个寒噤。

"你这么晚出去洗头?"陆星衍脱掉外套,展开兜头罩在孟濡的脑袋上,宽大的外套瞬间将她上半身遮住,他单刀直入地问。

孟濡怔了怔,思索理由:"小区停水了,我头发三天没洗了……"

为了骗陆星衍,她连自黑都用上了。

好在陆星衍没有再执着于这个问题,看了眼孟濡身上披的他的外套,说:"我走了,衣服你先穿着。"

孟濡将头顶的衣服拿下,拢在肩上。

男生的外套仍残留着他的体温,披上后确实比她刚才来时暖和多了。

陆星衍迈开两步,又回身看向孟濡,他眉眼漆黑,内容直白:"考虑好了吗?"

孟濡愣了一下才反应过来他在问什么,笑着摇了摇头说:"没有。"

陆星衍就不再问,利落地大步离去。

孟濡站在公寓楼下,等陆星衍走远了,才认真地穿好他的衣服,拉链一拉到底,掩住半张弧度秀美的下巴。

她提着餐盒,慢慢地往小区门口走。

孟濡知道长期这样下去不是办法,但谭晓晓说舞团那边已经在解决了,警方那边也会多多催促的,等过了这一阵儿就为她重新安排公寓。

孟濡知道,这种狂热粉丝一般很难解决。

她在意大利不是没遇到过这种事,有人特别喜欢她,花大价钱追问到了她住的地址,大半夜出现在她住处的窗外,要签名,要合影,只是那时候她仍和舞团的成员们住一起,那人还没近她的身就被其他人报警带走了。

现在她一个人住,如果对方又是同小区的居民,他只要不伤害她,短期内就拿他没办法。

夜晚车辆少,孟濡等了很久都没打到车,只好步行回酒店。

人行道行人匆忙,路灯昏暗。

也许是前两次被跟踪留下的阴影,孟濡不敢在外面久留,加快脚步。但……她走了三四分钟,觉得身后有个脚步声一直跟着自己。

那脚步不快不慢,始终和她维持着一定距离。

孟濡心跳都加快了,想到那天看到的被摩擦掉五官的照片,连回头的勇气都没有。

她一边走,一边紧紧攥住包里的防狼喷雾,打算等对方走近就对着他的眼睛喷。

她的手臂轻轻发抖。

走过前面的拐角,就是酒店。

孟濡不由自主地走得更快了些,身后的人却比她更快一步地来到她身后,抓住她的臂弯低问:"你去哪儿?"

孟濡被吓得不轻,下意识地挣扎尖叫,那晚带给她的恐惧太过毛骨悚然。

她举起防狼喷雾就朝对方喷,却先一步被对方擎住手腕,停在半空。

然后，她听到了熟悉好听的少年音，带着安抚："孟濡，别害怕，是我。"

孟濡整个停下，看着面前的陆星衍。

少年的黑发被路灯照得发软，半张脸容沉浸夜色中，唇线紧紧地压成一条，似乎在为她担心。

孟濡看着熟悉的面孔，心底的恐惧骤然消失了，再一联想到最近的遭遇，眼尾忽然就有些发软发酸。

陆星衍还想问孟濡来这里干什么。他刚才察觉孟濡有些不对劲，走出小区后没有立刻回去，到对面的小店买了包糖，然后就看到孟濡出来，往另一个方向走。

这么晚了她去哪儿？陆星衍举步跟上。

不知道孟濡要去哪儿，所以他在后面不紧不慢地跟。

却见孟濡逐渐加快脚步，眼看前方就是路口，陆星衍才上前捉住她的手腕。

陆星衍想问孟濡些什么，刚一张口，就看见她的眼眶含着泪，眼尾红红的，像是饱受了委屈，睫毛向下一眨，一颗泪珠顺着她的脸颊滚到了腮边，掉落在他的外套上。

陆星衍愣住了。

孟濡这一哭，像是要把这些天所有的担惊受怕都哭出来似的，面子不要了，姐姐形象不要了。

泪水一颗一颗地往下砸，偏偏她还哭得并不歇斯底里，只是气息浅浅地抽着，让人的心几乎都要化成水。

陆星衍不知该怎么安慰，孟濡从来没有在他面前哭过。

他找遍全身没找到纸巾，就用孟濡穿的他的外套袖子给她擦眼泪，收敛了懒散语气："怎么了？我吓到你了吗？你要去哪里，跟我说一声？哎，怎么这么胆小……"

孟濡垂着眼睛继续哭，哭湿的眼睫毛一绺一绺，显得那对长睫毛又黑又密。

陆星衍实在没办法了，直起身胡乱扒头发，又弯腰凑到孟濡脸前哄："别哭了，我送你回去。你要是想住那个公寓就继续住，我又不会强迫你，不用见了我怕成这样吧？"

孟濡摇着头，慢吞吞地解释："不是……"

不知是说不想回公寓，还是说不是害怕他。

陆星衍等她解释。

孟濡伸手拽住陆星衍的衣袖,抬起头,平时里气质漂亮的脸蛋哭得眼睛红红、鼻子红红,有些狼狈,语气也带着点为难和鼻音说:"不要回公寓。"

酒店,孟濡的房间。

孟濡从洗手间出来,已经洗了脸,扎好头发,除了眼尾仍有些红红的,看不出哭过的痕迹。

少年斜倚在墙边,眼睛看着窗外,脸上表情淡淡的,看不出情绪。

孟濡刚才在来的路上已经把前几天的事情跟陆星衍说了,陆星衍听完就一直沉默,不说话。

孟濡毕竟十分钟前在人家面前大哭了一场,有点不好意思。她一边拿着白毛巾擦脸颊,一边把桌上的矿泉水递给陆星衍,问道:"你要喝点水吗?"

少年不接,也不答。

孟濡就把矿泉水放到他身前的窗台上,抿了下唇说:"没事的,舞团那边已经在找新的公寓了,到时候我会小心一点,应该不会再碰上那个人了。"

陆星衍终于转身,眼神直直看着孟濡问:"如果他再找到你呢?"

孟濡噤声。

少年一句一句,俊俏的脸庞凑近她面前,带着压迫感地缓慢问:"如果他跟踪你,从南大到你住的地方,像我今天晚上对你这样,抓住你,你能反抗吗?"

陆星衍看着孟濡湿润的眼睛和软塌塌的睫毛,其实还有更多残忍露骨的话,只是忍住了没说。

孟濡转了转乌浓眼眸,想办法说:"我可以在包里准备防狼棒、防狼喷雾,上下班都让舞团的人接我……"

"所以,你宁愿这样,也不愿意回到家里是吗?"陆星衍打断她的话问道。

孟濡停顿,然后抬头说:"你长大了。"

"然后?"少年的眉眼满是桀骜。

孟濡斟酌说:"我觉得我们分开住比较好。"

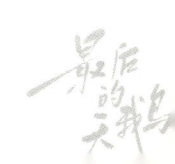

陆星衍胸口憋着一口气,想说出什么反驳,却又什么都说不出来。

最后,他问:"这就是你考虑的结果?"

孟濡点了点头。

陆星衍收紧下颚,莫名的怒意翻涌,却因为是她,最终什么都没说。

Regret Pub。

陆星衍今天来得晚,看起来心情也不好。

经理原本安排他站在电梯口引路,却因为他顶着张毫无表情的脸,懒散散的模样劝退了好几拨来酒吧的人,只好让他去后面包厢收拾桌子。

陆星衍从卡座区走过,路过一桌都是女孩的酒桌,其中一个女孩看到他,眼睛亮了亮,喊陆星衍过去和她们一起玩游戏。

陆星衍黑眸一转漫不经心地扫过去,连停顿都没有。

需要收拾的包厢内,除了陆星衍,还有另一个年纪不大的男生,叫齐修。

齐修就是孟濡第一次来 Regret Pub 时为她引路的小帅哥。他和陆星衍一样在读大学,家境还不错,是个娇生惯养的小少爷,来酒吧打工纯粹是为了"体验生活"。

齐修将桌子擦干净,又将地板扫了一遍,抬头看那边一动不动窝在沙发上玩手机的陆星衍,顿时不乐意了,将扫把一扔站在他面前说:"我怎么觉得你更像一个少爷?"

陆星衍眼皮撩了下,不为所动,伸出长腿将桌边的垃圾桶踢到齐修身边,示意他把垃圾扔这里。

齐修乖乖地把垃圾倒进去,倒在旁边的沙发上和陆星衍一起休息,扭头问道:"你今天怎么半死不活的,遇到什么事了吗?"

陆星衍不理他。

过了一会儿,齐修站起来说:"我去外面找妹子聊天了,你休息一会儿得了,被经理看到该扣你工资了。你不是一直很缺钱吗?"

陆星衍没有告诉过任何人打工的原因。在外人看来,他同时兼职几份零工,无非是缺钱罢了。

更何况他还自己交学费。

陆星衍没有反驳,坐直身体,眼睛瞥向齐修,问:"你和女孩同居过吗?"

齐修："哈？"

陆星衍又仰躺下去，抬起一只手掌盖住眼睛。

"算了，当我没问。"

"不是……"齐修走上前去，嘴边的笑意不掩，若有所思地问，"你想和谁同居啊？"

陆星衍说完就后悔了："滚吧。"

齐修却没那么好打发，难得探究到一点陆星衍的事情，他好奇心大发："你刚才就是为了这个烦？你想和人家同居，人家拒绝了你吧？"

陆星衍乜着他。

齐修坐下来认真地给陆星衍出主意，问道："你们交往多久了？不管是三个月以上还是三个月以下，我这儿都有一套哄女朋友的方案，保证百分之八十成功率。"

陆星衍沉默片刻，开口说："我们没交往。"

齐修看陆星衍的眼神变了，似是过了很久，语重心长地说："阿衍，做个人吧。"

深夜十二点多，孟濡还没有睡。酒店的暖气不太足，她往小腿上戴了两个羊毛护腿，坐在地毯上拉了拉筋。

起来时，房间的门被叩响两声。

孟濡直起身，光着脚踩在柔软地毯上，不明白这时候还会有谁找自己。

她警惕地问："谁？"

门外是陆星衍熟悉又平缓的声音："是我。"

孟濡这才走上前开门。

门外的少年穿着白天那件卫衣，外套仍在她这里，他这一副毫不保暖的打扮让人看着都冷。

"你怎么这个时候过来了？"孟濡惊奇地问。

陆星衍低眸看她，舔了舔唇，开门见山地问："你是因为我长大了，担心我对你做什么，所以不和我一起住吗？"

孟濡不知道他为什么又提起这茬，没有回答。

少年走近一步，球鞋的鞋头与孟濡饱满圆润的趾头只隔着一毫米，高挺的少年向纤柔的女孩靠近，低头对她说："我保证，不做任何让你讨厌的事情。"

孟濡仰头，陆星衍的面容近在咫尺，气息扫过她耳畔，她的睫毛轻轻擦过他的下巴。

安静的酒店里，少年的声音格外好听沉缓："现在可以回家吗？我帮你收拾东西。"

不知是因为他的保证，还是孟濡心里也需要一个温暖安全的家，鬼使神差地，她点了一下头。

孟濡给舞团的人打了个电话，告诉她最近不用为她寻找新公寓了。

谭晓晓在那边疑惑地问："怎么了，孟老师？这件事确实是我们考虑得不周到，那您打算住哪里呢……"

孟濡没有怪舞团的意思，看一眼那边已收拾好行李、不太耐心地支着长腿坐在拉杆箱上的陆星衍，轻声说："我回家住。"

谭晓晓并不知道孟濡还有家人在覃郡，毕竟当初舞团提供住处时，孟濡没有说过。

如今得知她能和家人一起住自然更好，谭晓晓关心了孟濡几句，就结束了通话。

孟濡从一旁的衣帽架上取下陆星衍的外套，递给他，思考着问道："你能陪我再回公寓一趟吗？"

孟濡有一些重要的东西仍在公寓里。原本她一个人是不敢再回那地方的，但是陆星衍在，好像就没有那么害怕。

少年眼尾轻抬，轻易答应道："好。"

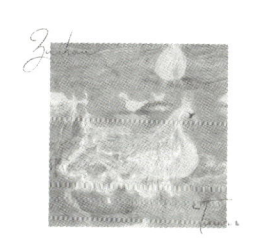

Chapter 03 · 不要把我当小孩

少年的眼睛是亮的，嗓音喑哑，有种既然藏不住，就不想再隐瞒的破罐子破摔的决绝，他说："就是你想的那样。"

　　孟濡在这间公寓住的时间不久，东西本就不多，前几天去酒店时已经收拾得一空，只剩下几件衣服和十几双足尖鞋。
　　孟濡把衣物装进另一个拉杆箱里，然后打开床头柜的抽屉，取出两枚奖牌。
　　这两枚奖牌分别是孟濡十六岁时在瓦尔纳国际芭蕾舞比赛中获得的金牌，以及十七岁时在美国国际芭蕾舞比赛中获得的金牌。
　　于她而言意义匪浅。
　　孟濡将奖牌装好，回到客厅，就见陆星衍站在玄关，手里拿着一张照片神情冷沉。
　　孟濡上前问道："你在看什么……"
　　话音顿住。
　　陆星衍手里拿的是那天掉落在她门口的照片，照片中的女孩五官模糊了，但依稀能辨得清是孟濡。
　　照片老旧，却看得出被人很好地珍藏过。
　　那晚孟濡看到这张照片后立刻扔了回去。

她当晚就住进了酒店,也许是次日打扫的阿姨看到,以为是这家人遗落的东西,就又体贴地放在门口。

陆星衍在孟濡开门时就看到了。

少年面无表情,从裤子口袋里掏出打火机,打火,毫不犹豫地将照片点燃了。

火舌眨眼间吞噬掉大半张照片。陆星衍将剩余的一点余烬扔进客厅桌上的烟灰缸。

火熄灭,只剩残灰。

孟濡怔忡。

陆星衍将打火机重新揣回口袋,回身对上孟濡的视线,问道:"你的粉丝?"

先前孟濡只对陆星衍说了遇到跟踪狂,并未点名是自己的粉丝。陆星衍是看到这张照片猜到的。

孟濡点点头:"嗯。"

少年眉微抬,轻松问道:"你们芭蕾舞圈也有'私生饭'?"

孟濡不知道该用什么表情回答这个问题,眼睛不由自主地睁圆,说道:"我也不知道他是怎么找到我住的地方,可能他原本就是住在这里的。芭蕾舞圈的粉丝也不都是这样,大部分都会买票去剧院看我的表演。"

她还挺维护粉丝。

陆星衍明白,口中却挑逗说:"所以你为了他们,每年出演上百场舞剧,连家都顾不得回一次。"

孟濡不知道他怎么又提起这件事,想张口说话,却看到少年乌眸黑润,眼里并无愠色,漫不经心的语气也露出些微调侃之意。

她这才明白陆星衍是故意说这些话让她放松心情。

孟濡讷讷解释:"也不全是为了他们……"

也是为了她的事业,为了自己。

陆星衍不知有没有听懂她未说尽的话,抬起手掌放在孟濡发丝柔软的头顶,轻轻揉了揉,说:"知道了。"

他黑魆魆的眼里倒映着她的身影,嗓音沉沉的,手心传来的微凉温度让人觉得安心与可靠:

"没事的。

"这次有我在了。"

安静的公寓里，少年温声哄她。

孟濡乌亮的瞳仁微微闪烁。

少年嘴角轻勾，眉眼扬着，是独属于他的不可一世与朝气。

孟濡顿了顿。

第一次，她觉得面前的少年不是小孩了。

他十九岁，已经成年。可以保护她，安抚她，为她独当一面。

几个小时前在路口，他握着她的力度让她挣都挣脱不开。

这是她看着，从十二岁长到现在的少年。

孟濡很久都不说话。

陆星衍加大了点力度，在她头上又摸了摸，问道："看什么？"

孟濡回神，把他的手从自己脑袋顶拿下，轻轻拍打了下他的小臂说："你对我越来越没大没小了。"

手下触到的皮肤肌肉紧实，他穿着衣服看似瘦削，但坚硬有力的臂膀告诉孟濡这是一个成熟男人了。

陆星衍接过她手中的包包往外走，坦然强调说："对啊，只对你。"

这一次，孟濡罕见地没有教育他，沉默地跟在他身后。

电梯里，陆星衍看着身前迟迟不说话的女孩，不太放心地转到她身前问："怎么，你生气了？"

孟濡偏开头，面向着镜子。

镜子里的少年抬手轻轻触碰她的发顶，将刚才被他拨乱的她的头发顺了顺，挑唇笑问："你不喜欢我这么对你吗？"

孟濡举手轻轻拍开他的手。

陆星衍举起手臂做出投降的姿势，像他承诺孟濡的那样，说："好，你不喜欢，我就不做。"

言辞恳切，语气却丝毫没有忏悔之意。

回到家楼下，陆星衍在前推着两个拉杆箱，孟濡慢慢跟在身后。

小区外仍是那名保安，看到孟濡时热心地打招呼："你回来这里住喽？上个月就听说你回国，我还以为你不在这里住了呢！"

孟濡抿抿唇，回以一笑。

陆星衍淡定地拿出门禁卡开门。

保安看看陆星衍，又看看孟濡，不知怎么得出的结论："是不是小情侣吵架，又和好了？"

孟濡一呆。

陆星衍脚步定住，转头看着保安。

保安每次看到孟濡都会热情地和她打招呼，但其实他对孟濡了解得不多，只是知道眼前的女孩是跳芭蕾舞的，是在国际上都很有名的舞者。

在他眼中，孟濡以前每次回国都会和这个少年住一起，两人长得不像，颜值又是神仙似的般配，少年看孟濡的眼神也从来不像看姐姐，这在外人看来，两人就是一对小情侣。

孟濡想要解释。陆星衍手臂绕过孟濡的头侧，手指轻轻掩着她的唇，眼尾掺着一点微不可察的笑问保安："看得出来吗？"

保安点头，为了印证自己的话说："她前几天回来搬东西，把自己的东西都搬走了，今天又跟你回来，不是吵架是什么咯。"

孟濡摆手："我们是……"

不等她说完，保安又下结论道："你们是不是异国恋？都说异国恋很辛苦，很多人连异地恋都坚持不下来，我和我女朋友在不同的市，她三天两头就要和我闹分手。"

孟濡已经不知道要说什么了。

偏偏保安还鼓励地看了她和陆星衍一眼，感慨颇深道："加油，不要轻易放弃。你们能坚持这么久，感情一定非常深厚，就算吵架也不要再随便搬出去住了，搬来搬去多麻烦啊。"

陆星衍没有反驳的意思，承认说："嗯，是很麻烦。"

孟濡默然。

离开保安室，她追上陆星衍的脚步，偏头在一侧追问："你为什么要对他那样说？"

她看对方的模样是真的误会了。孟濡难以想象以后每次进出小区，她和陆星衍在保安眼里就是一对情侣。

恰好此时一辆车驶进，陆星衍伸手虚揽住孟濡的肩，将她换到道路内侧。

陆星衍垂着眸，神情疏疏懒懒的，问孟濡："哪样说？"

孟濡不言。

陆星衍摸摸耳朵，一笑："承认我们是情侣吗？"

他这句话很有歧义，孟濡蹙着眉正要纠正，陆星衍已经若有所悟，尾音拖得长而松散地说:"哦,我懒得解释——"

孟濡才不信。

他刚才说的那些话,比解释他们是姐弟也简单不了多少吧?

前几天胡阿姨来时才帮孟濡换过床褥,孟濡自己也擦了桌椅柜子,她的房间倒不是太脏。

孟濡很快收拾好,将不必要的东西扔进垃圾桶,白天换下来的衣物扔进阳台的洗衣机。结果无论她怎么按,洗衣机都毫无反应。

"斑斑,"孟濡叫陆星衍,苦恼地问,"洗衣机是不是坏了?"

良久,次卧无人回应。

孟濡又摁了几次,洗衣机还是不动。

孟濡转着眼珠,故意坏心眼地又叫:"斑斑——"

还是沉寂。

孟濡直起身,视线转向次卧很轻地叫了声:"陆星衍。"

就见刚才还蜷起一条腿坐在地毯上不动声色玩手机的少年站起,朝阳台走来问:"怎么?"

孟濡指指洗衣机,有点茫然地问:"洗衣机是不是坏了?我刚才放了衣服进去都没反应。"

陆星衍走上前,将孟濡按到脱水挡位的洗衣机关掉,再重新打开,快速按了两下,洗衣机就开始运转了。

孟濡略有气馁,轻轻皱眉说:"我几年不回家而已,洗衣机都不认识我了。"

陆星衍语调平平:"不只是洗衣机,这个家里很多东西你都不认识。"

孟濡没有反驳,这间房子虽是她的,但她住在这里的时间委实不多。

女孩跟在陆星衍身后走出阳台,微微含笑,扯着陆星衍的衣摆问:"我刚才叫你,你为什么不应我?"

陆星衍脚步顿了顿,回身,面上没有丝毫犹疑,问:"没有吗?我不是来帮你看了吗?"

明明是她改口之后才过来的。

孟濡知道为什么,却还是想逗一逗他:"那我叫你'斑斑',你为什么不答应我?"

少年转开头,清俊的脸上终于露出些许不自在。他抬手摸了摸后颈,

说:"我说过不要叫我这个名字。"

"可是很可爱啊。"孟濡乌眸亮润,遗憾说,"而且很适合你不是吗?"

陆星衍冷静:"不适合。"

这个名字是孟濡刚把陆星衍接到身边时取的。

当时的他清瘦冷僻,像一只漂亮的小鹿,加上他的姓氏和"鹿"同音,孟濡就照着小鹿斑比的名字叫他"斑斑"。

结果遭到了他强烈反对。

一开始孟濡这么叫陆星衍,陆星衍根本不答应。后来孟濡叫得多了,陆星衍也很是无奈。

有一次陆星衍在孟濡这么叫他时,面色认真地询问她:"你看过《哈利·波特》吗?"

孟濡摇了摇头。她的职业不允许她童年拥有太多的快乐,在其他小孩轻松愉快地看喜爱的电影、小说时,她正一个人在舞蹈室里孤独地练习留头、旋转、跳跃。

小少年陆星衍坐在书桌后面,手里拿着笔,面前摊着试卷。他耐心地一本正经地向刚洗完脸、头上戴着猫耳束发带的孟濡解释:"里面有一只老鼠,魔王的走狗,也叫'斑斑'。"

孟濡沉默。

从那以后,她就很少叫陆星衍这个名字了。

小少年目的得逞,轻松了很长一段时间。但在孟濡心里,斑斑依然是一只轻灵漂亮的小鹿,尽管她这几年都没这么叫过他。

也许是今天回家,孟濡心里轻松,才会又想起这个名字。

陆星衍还是和以前一样不配合。

说完那句"不适合",陆星衍走到餐厅桌边坐下,手臂搭着椅背问:"吃夜宵吗?我点外卖。"

现在是凌晨两点,陆星衍上了半个夜班,是有一些饿,而孟濡晚上也没有吃什么东西。

不过孟濡不太想吃外卖,她这几天住酒店几乎每天都吃得敷衍,本来就不好的胃口看到重油重盐的食物更加难以下咽。她现在只想吃些家里煮的清淡食物。

孟濡坐在沙发上,抱着抱枕问陆星衍:"简单做一碗面可以吗?我想吃你煮的面。"

陆星衍微顿了一下,眉毛扬起,问:"你确定?"

孟濡点点头,想了想又补充道:"不许做得太难吃。"

以前孟濡晚归,而陆星衍又恰好打游戏到很晚,在厨房煮面的时候,孟濡都会让他帮自己做一份。但陆星衍不知是厨艺技能被人加了 Debuff(减益魔法),还是真的做饭没天赋,除了泡面,做的东西没有一次是好吃的。

可比起外卖,孟濡还是选择他煮的面。

陆星衍"啧"了一声,想想说:"行。"

少年起身,乖乖去厨房看了一遍现有食材,拿出两颗西红柿和两颗鸡蛋,准备做一碗西红柿鸡蛋面。

他在厨房洗菜、切菜、打鸡蛋,动作娴熟无比,孟濡坐在客厅沙发上看着,恍惚中真的有种陆星衍做饭很好吃的错觉。

然而十五分钟后,陆星衍做好面,端出两碗放在餐桌上。

孟濡坐过去尝了一口,脸上的表情非常微妙。

似乎对她的反应有所预料,陆星衍面不改色地吃了一大口,淡然说:"觉得不好吃就别吃了。"

孟濡挑起一筷子面,迟疑道:"也不是不好吃……"

就是陆星衍做面的方式很奇特,不是先将西红柿和鸡蛋炒熟,而是下面前把西红柿块儿和鸡蛋液一股脑地倒进锅里,快煮熟时再加盐和醋调味。

孟濡说不上来好不好吃,就是……她问:"你没看过胡阿姨做西红柿鸡蛋面吗?"

"看过。"陆星衍说,眨眼就吃掉了小半碗西红柿鸡蛋面,低下头时看不清表情,"我刚才炒了一次,太难吃,倒了。"

孟濡就不知道再说什么了。

为了填饱肚子,她勉强自己又吃了几口索然无味的面,只是吃到一半,胃里又突然泛起一种不适。

孟濡竭力忍着,等陆星衍吃完饭去厨房洗碗时才放下筷子,走到洗手间对着马桶干呕。

她关着门,竭力使自己的呕吐不发出声音。

胃痉挛着,一阵一阵酸水往上泛。孟濡左手轻轻压着胃部,眼睛逐渐变得湿润,直到把胃里的东西都吐空了,她才感觉舒服一些。

孟濡在洗手间待了很久，出来时站在洗漱台洗了脸和手，等面色恢复得正常些，才走回餐厅。

陆星衍已经把餐桌收拾干净，她没吃完的半碗面还在桌上，孤零零的。少年双手撑着桌面，面色凝重地问她："你，难吃到吐了？"

孟濡知道他还是听到了一些声音，但她没有说实话，不置可否地上前摸摸陆星衍的头，就势说："没有，我今天胃本来就有些不舒服，不全是你厨艺的错。"

陆星衍无言。

后来，不知是不是被孟濡的反应刺激到了，陆星衍没有再追问此事。

这一晚终于结束，孟濡洗好脸，回到久违的房中，从包包里拿出一瓶调理脾胃的药，倒出一颗就着水吞了下去。

次日，陆星衍有兼职，孟濡被舞团团长叫去讨论排练的事情。

陆星衍八点钟出门，孟濡已经不见了。

陆星衍骑自行车到需要补习的男孩家中。这个男孩刚上初三，头脑聪明，只是初一、初二的时候插科打诨、打架惹事，耽误了不少课程。

陆星衍家教的时间是早上九点到中午十二点。

他给男孩发了一张物理试卷，让男孩做一遍，然后批改，针对男孩做错的内容再拿出课本详细串讲。

一上午补课结束，男孩的妈妈要留陆星衍在家里吃饭。

陆星衍刚才接到岳白间的电话，让他回学校一趟，就拒绝了。

另一边，孟濡结束和舞团团长的谈话，确定寒假时的排练计划，走出校门，打算坐公交车回家，因为她家小区门口就是公交站，非常方便。

只是孟濡今天早晨出门得急，没有吃早餐，现在有些目眩无力，走到一旁的报亭买了一根棒棒糖，剥开糖纸含在嘴里慢慢地等车。

公交车站人不多，但都是学生。

孟濡站在人后，等了好一会儿，她等的那辆车才姗姗而来。

几个学生上车，孟濡跟在最后准备上车时，身后忽然传来一阵混乱声。

她回头看去，就见几步之外的站台上，一个少年伸出手臂紧紧锁住身前男人的脖子，男人摔向地面，面朝着地，少年的膝盖顺势顶着他的背。

男人戴着遮住大半张脸的帽子，看不清容貌，衣服仍是那天被孟濡发现时穿的休闲装。

少年结实的小臂扣着男人,男人动弹不得。

男人面色隐隐发白,少年脸色也不多好看。

陆星衍另一只手抬起,毫不留情地掀飞男人的帽子,抵着男人后背的膝盖又重了几分,男人发出痛苦的一声叫。

陆星衍将男人握着相机的手扣住,低头,漂亮的脸贴近,无论是声音还是表情都又痞又狠。

"想进医院看照片?"

岳白间叫陆星衍回来其实没什么事。

只是今天周六,程麟回家了,秦献和女朋友去外面玩,而陆星衍又正好是覃郡人,岳白间就叫他回来陪自己吃午饭。

得知岳白间目的的陆星衍回到宿舍还没坐下,就转身拉开宿舍门说:"走了,拜拜。"

岳白间立刻追上去,攀着他的肩膀说:"别啊,衍哥。那家店只有两个人去才打八折,正好你也没吃午饭,陪我一起去呗。"

陆星衍根本没兴趣,他这会儿只想回家,看看孟濡回来没有。

但他从宿舍楼到南门口,岳白间一直在耳边叨叨:"衍哥,不是我吹,那家店的钵钵鸡真的贼好吃,藤椒味绝了。"

陆星衍表情更绝,说:"我不爱吃藤椒。"

岳白间不死心,继续推销道:"那换成麻辣味,清汤味也行?我都不挑……"

陆星衍被烦得不轻,视线往前面的公交车站看去,想坐车回家。

这时公交车站前大多是学生,偶尔有一两个穿着成熟的社会男性,看起来很显眼。

其中一个男人把自己包裹得很严实,戴着帽子,一身漆黑。他弯着腰在公交站牌旁的垃圾桶里翻找什么,很快捡出来一张彩虹色的糖纸,看都没有细看便塞进裤子口袋里,然后拿起身前的相机,躲在人群后对着前方一个女生的背影猛拍。

女生背影纤细,一侧顺滑的头发挽到耳后,露出莹润雪白的耳朵。

远处一辆车过来,她准备上公交车。前面一个学生提的行李箱太大,卡在门口上不去,她微微歪了下头,上去帮忙。

也让陆星衍看清了她的模样,以及她嘴里咬着的棒棒糖棍。

学生成功上车，向她道谢。

孟濡也要上去时，人群后的男人收起单反相机，迈步跟上。

陆星衍想起昨天晚上孟濡对他说的那些话。

她在路灯下微颤的身躯，掉落的眼泪，以及她抓着他衣摆时带着哭音说"不要回公寓"。

还有那张被他烧掉的、模糊了五官的照片。

陆星衍眼眸深了深，不顾岳白间还在耳旁说那家钵钵鸡店有多好吃，上前拨开人群，抬腿便踢向男人。

岳白间看到这一幕，蒙了。

周围的学生也被这突如其来的变故吓住。

孟濡回头，看到了陆星衍。

岳白间不知道怎么回事，迅速上前问道："怎么了，这男人是谁？他偷你东西了？"

陆星衍不答，掀了男人的帽子，视线落在男人的脸上。这是个不超过三十岁的男人，身材很瘦，眼底下有很浓重的青黑，除此之外与普通人无异。

陆星衍在男人的口袋里随便掏了掏，掏出糖纸、牛奶盒吸管和纸巾……都是孟濡用过的东西。

陆星衍面容冷峻，又将男人手中的单反相机夺了过来，想看清上面拍了什么内容。

突然，男人不知从哪里掏出一把手工小刀，狠狠向后一挥。

陆星衍向后一退，手工刀划过他的手臂。

男人趁此机会爬起，将单反相机抢了回来穿过人群就往外逃。

陆星衍直起身，唇线扯直，几乎没有犹豫地也跟上。

"陆星衍！"

这一系列的变故，快得几乎让人反应不过来。

孟濡站在站台前，在看到男人的装扮和相机时就已经反应过来他是谁，继而又看到陆星衍从他身上搜出的东西，还未来得及惊愕，已被男人拿出的锋利小刀吓了一跳。

刀刃划过陆星衍的小臂，陆星衍追过去时孟濡明显看到他左臂的袖子被划破，不知道有没有受伤。孟濡想叫他不要追，但少年和男人的速度太快,眨眼就看不到踪影。

孟濡先拿手机报了警,然后看到一旁,陆星衍的舍友。

孟濡对这个男生有些印象,之前他们一起吃火锅,以及孟濡去学校找陆星衍时,男生向她打过招呼。

印象中是一名谦逊有礼貌的男生。

但现在孟濡顾不得和他客气,点了点头,就朝陆星衍的方向追去。

岳白间反应也快,大概明白是怎么回事。从一旁路过的同学手里借了辆自行车,骑上,追到孟濡身边提议说:"姐姐,坐上来吧。我骑车追得比较快,我大概知道他们会跑去哪里。"

孟濡看看岳白间,又想到刚才那个男人手里的刀,没有忸怩,坐上去说:"麻烦你了。"

孟濡坐在岳白间的车后座上,想到一会儿追上陆星衍的画面,满脑子都是担忧。男人身上有刀,陆星衍虽会打架,但毕竟没有真刀真枪地动过手,万一那个男人冲动起来伤害了他……

孟濡心里紧张,唇紧紧抿着,扶着自行车座的手沁着冷汗。

五分钟后,岳白间当真带孟濡找到了男人逃跑被陆星衍追到的地方。小路后面就是一个繁华的生活区,从这里通过后,男人躲进里面他们就未必追得上了。只是他对这里不熟,而南大的学生经常来这里吃饭。

狭窄偏僻的小路上,男人身体匍匐在地,握着手工刀的那只手被陆星衍踩在脚底。

陆星衍蹲在男人身前,右手抓住男人前额的头发,左手持那部单反相机,唇角讥诮,非常不爽又冷厉地说:"说吧,还偷拍了哪些照片?"

男人被迫抬头,混浊的眼珠里满是不服,咬牙切齿地说:"关你……屁事。"

陆星衍点着头,没再开口,稍微抬起男人的脸,再狠狠摩挲在粗粝的地面上。

男人抬起另一只手挥拳向陆星衍,被陆星衍稍稍侧头避过。

男人用尽全身的力气挣扎开,跳起来又要跑,被陆星衍勾着后衣领带回,他抬起膝盖顶在男人的腹部,男人下意识地弯腰,他用手肘抵着男人的喉咙将男人压向墙壁。

男人彻底老实了。

孟濡觉得自己刚才的担心太多余了。

陆星衍似才回忆起男人的话，半垂着眼，不以为然又恣肆地一笑："关我屁事？"

他偏头看一眼巷口坐岳白间的自行车过来的女孩。

孟濡停在几步之外，男人的视线随之看来，惭愧、迷恋、憧憬，唯独没有歉意。陆星衍伸出另一只手，握住孟濡细骨伶仃的手腕，将她带到自己身后，遮住男人灼热的目光。

少年舔了舔唇，直视身前的男人，轻飘飘地说："当然关我的事啊。"

不算安静的小巷里，外面车鸣声、人声热闹。

陆星衍的声音在这些噪音中，清晰，带着毫无原则的袒护："谁叫你把她弄哭了。"

警察来得很快。

因为男人的相机里存着大量偷拍孟濡的照片，不只是今天，还有前几天他在小区里跟踪孟濡的偷拍。

孟濡坐在楼下花圃旁休息的照片、孟濡站在地下停车库和谭晓晓说话的照片、孟濡背影的照片、孟濡在站牌前悠惬地吃棒棒糖的照片……

再加上男人持刀划伤了陆星衍的手臂，故意伤人，警察将男人带回了警局。

孟濡、陆星衍和岳白间也被要求到警局做笔录。

做完笔录，三人从警局出来。

岳白间骑着自行车回学校。

孟濡得知陆星衍受伤，一路上都想看看他伤得怎么样，但陆星衍却说没什么大事，回去时坐在出租车副驾驶座，不让孟濡看他的手臂。

到了家里，孟濡跟在陆星衍身后走向次卧。

女孩停在门口，陆星衍进屋，关门。

孟濡动作迅速，在他关门之前伸手插进门缝里。

门框打在手背上，还未伤到孟濡，陆星衍已及时地拉开，他站在门后，表情略带一丝不自然，说："真的没事。"

孟濡趁机走进屋内，视线落在少年垂在一侧的右臂："那你让我看看。"

如果真的没事，那他为什么下车时开门都用左手？

孟濡清楚地看到那把明晃晃的手工刀从他的小臂划过。

陆星衍知道躲不过，起身走回床边，身子一倾重重倒向床上，右臂放在身侧，一副任君处置的模样。

孟濡脱掉鞋子上床，盘腿坐在陆星衍身侧，抬起他的手臂放在自己膝上。她把他袖子一点一点轻轻往上捋，果然看到精瘦小臂上有一道不浅的伤口。

伤口撕裂，皮肉鲜红，周围一圈模糊的血痕，看得出来刚开始流了不少血。

现在血已经止住。

而他伤成这样，居然还敢瞒着她？

孟濡轻轻皱鼻子，有一点心疼。这种心疼不是因为陆星衍是为了帮她才受伤，而是……而是什么呢？

孟濡也说不上来，但是看到陆星衍不把自己身体当回事的态度，她就来气。

偏偏陆星衍还不以为然地对上她的视线，歪着嘴角笑："我说了，没什么事。"

孟濡被陆星衍小朋友逼得快要在心里骂脏话。

她抬起指腹在他伤口处轻轻摁了下，如愿以偿地听到陆星衍忍不住重重"嘶"了声。

孟濡秀眉轻蹙，对陆星衍说："你在这里等我，我去拿消毒药水过来。"

陆星衍不动，偏头看着她的背影。

没一会儿，孟濡回来，手里拿着消毒药水和干净的纱布。

这是孟濡从意大利带回来的，她跳芭蕾时经常会意外受伤，身边常备医药箱，只是这次回国自己还没用过，倒先让陆星衍用了。

孟濡让陆星衍坐到床沿，手臂伸向床外，底下放着垃圾桶，用消毒药给他冲洗伤口。

消毒到一半，孟濡仍旧不放心，垂着眼眸对陆星衍说："下午你再去医院打一针破伤风吧。"

虽然伤口不太深，但万一那个人的刀子不干净呢？

陆星衍这次没有反驳，他屈起一条腿，手肘撑着膝盖，托腮问："你陪我去吗？"

孟濡动作微顿，仰头问陆星衍："你不知道怎么打针吗？"

陆星衍一闷，说："知道。"

"那你就自己去吧。"她下午还要和意大利舞团的团长视频电话呢。

女孩专注地给陆星衍的伤口消毒,她动作很轻,另一只手无意识地轻轻握住陆星衍的手,五指纤纤,骨肉停匀。

被她触到的地方略有一丝痒,痒意蔓延,连伤口都不那么疼了。陆星衍的手指不由自主地微动,想将孟濡的小手拢到他的掌中。

孟濡不知所觉地又靠近一些,头发恬雅的馨香传入陆星衍的鼻子,不是特别浓郁的味道,但是配合着她身上淡淡甜甜的香水味,让人欲罢不能。

陆星衍忽地向后一退。

孟濡紧张:"怎么了?疼吗?"

陆星衍侧开视线,手掌掩着唇说:"没。"

那他躲什么?

孟濡不明所以,继续消毒。

过了片刻,陆星衍转回眸盯着孟濡,出声叫道:"濡濡。"

孟濡很早就想纠正他的称呼了,上回元旦晚会在小礼堂也是,他当着她学生的面叫她"濡濡",究竟有没有把她放在眼里?

孟濡还没回应,陆星衍自觉地说:"我刚才救了你。"

这是事实,他不说孟濡也会一直记着。孟濡的眼神蓦地变得柔和,轻声说道:"嗯,谢谢你。"

"没有那个男人,你会住回那间公寓吗?"陆星衍问。

孟濡给陆星衍缠纱布的动作顿了顿,她倒是没想过这个问题,不过既然搬回来了,当然还是家里住着舒服。

孟濡摇摇头说:"我不会搬回去了。"

少年刚才略平直的嘴角上翘,眉宇舒展,又恢复那种懒慢的腔调:"那我为你受伤,你要怎么谢我?"

孟濡歪头:"你想让我怎么谢你?"

陆星衍垂着眼尾,看她。

很久。

久得孟濡以为他不会对自己提条件了,少年抬手轻弹了一下她光洁的额头,眼眸认真,慢吞吞又直白地说:"学会依赖我,不要再把我当小孩子了。"

孟濡去外面接电话。

陆星衍独自坐在床上，把孟濡缠到一半的纱布打了个随意又敷衍的结。

他拿起手机，微信上是岳白间发来的关怀短信。

岳白间：兄弟，怎么样？受伤严重吗？

岳白间：说实话，我觉得不太严重，那个男人看起来比较惨……但出于礼貌还是问一下。

陆星衍随便划拉了下手机，没有什么玩的欲望，顺手回复道：没事，谢了。

岳白间很快又回：程麟应该感谢你平时的不打之恩。

岳白间：没想到你动起手来这么狠。

岳白间不知是不是无聊，平时都没这么多话，今天却对孟濡的事很感兴趣：那个男人是你姐姐的私生饭吗，怎么跟到我们学校？

大概是得知孟濡的行程，特地到学校门口蹲守。陆星衍这么想，却摸了一下左耳上的耳钉没有回复。

"姐姐"两个字看得他刺眼。

少顷，岳白间又自作聪明地发了句：让你姐姐最近都和男朋友一起住吧，遇到这种事情，家里有个男人总会安全一点。

陆星衍盯着对话框里"男朋友"三个字，过了半晌，扯着嘴角轻轻呵笑，气息浅淡，似讽刺又似愉悦。

他给岳白间回：多谢提醒，她现在和我一起住。

岳白间根本没多想，单纯地说：也是，你们是表姐弟，又都是覃郡人。我表姐偶尔来我家玩时，我妈也喜欢留她过夜。

不一样。

陆星衍把手机扔向一旁，侧头看向阳台。

孟濡正坐在吊篮椅里打电话。她人半个身体缩进吊椅中，垂下的小腿又细又直，在不太温暖的阳光下白得晃眼。瘦弱的踝关节连着双足，雪白饱满的趾尖轻轻点着地。足尖上有不太明显的伤痕，是她常年跳足尖舞的漂亮"徽章"。

她脚尖一荡一荡，踩在陆星衍的心上。

他和她的关系不是普通的表姐弟。

陆星衍和孟濡没有血缘关系，甚至不是真正意义上的亲缘关系。

陆星衍不过是，孟濡的姨夫姨母收养的小孩。

童年，陆星衍记忆里最深刻的地方是孤儿院，灰色的、窒闷的、苦涩的，所有东西都被蒙上一层灰蒙蒙的阴霾。

他没被爱过，感情淡薄，桀骜阴戾。

现在想来，他很大一部分性格的形成都跟这段经历有关。

陆星衍孤孤单单地长到十二岁，突然被一对男方姓陆的夫妻收养。

他们把他领回家，改了名字叫"陆星衍"，为他提供所有他们能想到的东西。

他们很周到，这点连陆星衍都不能否认。他们还把他介绍给家里的所有亲戚，席间，所有人谈话中都会出现一个名字——濡濡。

"濡濡去英国学芭蕾舞是不是快回来了？"

"明年吧，明年濡濡十九，马上就毕业了。"

"到时候再介绍阿衍和濡濡认识。"

"濡濡和姜冶都能相处得好，阿衍肯定也喜欢这个姐姐。"

那个时候，陆星衍并不知道"濡濡"是谁，只是对这位尚未谋面的姐姐没有任何了解的兴趣。

直到一年后，又是家庭聚会，那位深受所有人喜爱的"濡濡"终于回国了。

昏暗无人的棋牌室，孟濡与陆星衍靠得太近，他不得不睁开眼睛，整个眼里都是她。

她紧张地叫他转眼珠，细心地拿棉签一点点蘸去他眼中的胶水，他能清清楚楚地闻到她身上若有似无的柑橘香。

后来他才知道，孟濡那时刚吃完一颗橘子。

聚会的最后，陆星衍听从孟濡的话，在所有人面前演奏了一首小提琴曲。

但演奏完，孟濡再也没有出现过了。

一年后，陆星衍的养父母车祸身亡。

再次见到孟濡，是在他养父母下葬前，冷冰冰的殡仪馆中，所有人都离陆星衍很远。

少年穿着一身黑，头发被外面的细雨淋湿，肩膀瘦削，面容苍白，孤僻得要命。他从头至尾没有落一滴泪，也许是将自己封闭了。

但是孟濡来了，女孩越过人群第一眼看到他。

她上前坚定又轻柔地握住他的手,手心比他还凉,将他带往灵堂旁的家属位置。

她从口袋里拿出手帕,一点一点细细擦拭他头发、额头、眼睫毛上沾的水珠,然后摸摸他的眼尾说:"你还记得我吗?"

这是那些天里,陆星衍听到的,别人对他说的第一句话。

他们把他当成灾星,当成噩运,对他避之唯恐不及。唯有孟濡,次一次向他靠近。

在陆星衍不明显地点了一下头之后,她说:"姨母走之前让我好好照顾你,你是我弟弟,以后有什么事,都可以来找我。"

陆星衍垂着头,不知道把她的话听进去没有。

家属答谢完,孟濡姨夫姨母的尸体要被送去火化。入殓师为两人上了妆,他们看起来与生前无异。

与陆星衍共同生活了两年的养父养母,在一场大火中被焚化。

火势由大到小,陆星衍一直一动不动地站着。

火势渐熄,骨灰入葬。

蒙蒙细雨仍未停止。

葬礼结束,孟濡的亲人逐渐离去,没有人愿意多看陆星衍一眼,更没有人愿意带他回家。

因为他是麻烦,也是克星。

孟濡不忍心陆星衍一个人回到姨夫姨母生前的房子,更何况那房子最近被挂到交易市场了。她匆匆拦住即将离去的舅妈一家,恳请道:"舅妈,陆星衍能先在你家住一段时间吗?姨夫姨母走了,他一个人不能生活。我在国外很少回来,如果你愿意收留他,我每个月都负担他的生活费。"

那时候孟濡刚毕业一年,积蓄不多,却从未想过放弃陆星衍。

但是孟濡的舅妈晦气地摆手,一脸不愿意地说:"我家有姜冶和姜净了,要那么多孩子干什么?况且谁不知道,要不是因为他……"

后面未尽的话,舅妈不说,但所有人都知道是什么意思。

孟濡又转着迷茫的乌眸看向在场的其他亲戚。

所有人都避开视线,意思不言而喻——没有人愿意要陆星衍。

陆星衍早在孟濡的舅妈说第一句话时,就转身走出山上墓地。

他也许是真的亲情缘浅薄。

陆星衍心里很平静,没有悲凉没有难过,只是觉得理所当然。

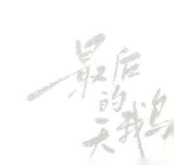

理所当然孤身一人，理所当然回到起点。

下山的路略陡，加上细雨不断，道路泥泞湿滑。陆星衍走得并不快。孟濡帮他擦干的头发又被打湿了。

他走着走着，似乎听到身后有人在一声接一声地喊他：

"陆星衍！"

"陆星衍，等等我！"

陆星衍停步，回头。

山间苍翠的绿树间，一个女孩撑着伞，快步又不管不顾地跑向他。

她步子迈得大，左手牵着裙摆，腻白纤直的小腿溅上泥泞，裙子被雨打湿，颊边黏着湿漉漉的乌发。

她模样狼狈，却是陆星衍一辈子都会记得的一幕。

恰好此时，山顶的云翳缓慢拨开，金黄色的阳光投向大地。

孟濡踩着一路霞光坚定明确地跑到陆星衍跟前，她将伞撑到陆星衍头顶，微微张口喘着气问："你怎么说走就走了？"

陆星衍看着孟濡的眼睛沉澈透亮，仿佛在说不走留在那里干什么。

孟濡也知道自己的问题没意思，抬手将唇边的长发挽到耳后说："我在覃郡有一套房子。"

她说得没头没尾，陆星衍也没反应。

孟濡微微抿唇，唇色极浅，勉强一笑，说："如果你不介意我很久才回国一趟，平时没有人聊天，做饭洗衣服打扫卫生都要亲力亲为的话，你可以先住在我那里。"

陆星衍看着她。

孟濡眨眨眼又说："我会定期给你生活费，如果你无聊了，可以给我打越洋电话。"

"你觉得怎么样？"

当时孟濡根本没想那么多，只是觉得既然答应姨夫姨母要好好照顾他，那就要尽心尽责。

可小少年陆星衍想了很多。

他看着面前的女孩，知道现在的自己不足以和她谈任何条件，所以点了下头。

"好。"

于是，拨云见日。

没有人要的陆星衍，孟濡要。

这时，孟濡打完电话。

她想看看陆星衍的伤口处理好没有，次卧的门虚掩，她没有多想地推门而入。

门内，刚才说完"不要把我当小孩"的陆星衍正侧着身换衣服。

少年两只手臂微抬起，侧腰肌肉线条紧实，背脊微弯，后背鼓胀的肩背硬朗。

肩宽腰窄，简单的动作充斥着男性荷尔蒙。

陆星衍没有察觉到孟濡进屋，脱掉T恤，光裸着上身伸手拿衣帽架上另一件衣服。

他微微侧身，清楚地让孟濡看到了他左侧腰部的文身。

像是……天鹅？

文身是水墨样式，黑白风格，攀附在陆星衍腰背上，由下至上延伸。

图案精致简约，白天鹅闲适地舒展翅膀，微垂着头，颈项细长，似是在俯瞰水面涟漪。那是极漂亮单调的文身，却将天鹅的高贵和神韵刻画得淋漓尽致。

孟濡怔愣，不由自主地向前一步，想将图案看得更清楚。

陆星衍却转眸看见她，不着痕迹地侧了下身，将那片文身隐匿在晦暗之中。

他迅速套上一件干净T恤，将那件被割破的外套扔进垃圾桶，偏头用牙齿咬住手臂上的纱布结随便紧了紧，头也不抬地问孟濡："想好怎么送我谢礼了吗？"

刚才陆星衍向孟濡讨要谢礼，孟濡问他想要什么。

少年一本正经说不要再把他当小孩子了，孟濡当时怔忡，正好一个电话打来，她接起之前匆匆对陆星衍说了句"我考虑一下"。

现在，陆星衍来"讨债"了。

孟濡被他问得暂时顾不得文身的事，眨着眼睛慢慢开口："你十九岁，本来就不是小孩了。"

陆星衍动作停住，转身直直看着孟濡说："我那句话的主语是你。"

你，不是别人。

你要学会依赖我，你不要再把我当小孩。

孟濡微微抿着唇，陆星衍背后一闪而过的天鹅文身仍在眼前，他抓住那名跟踪狂时紧紧把她护在身后的模样，孟濡脑海中的记忆被一只手打碎，再重新组合拼凑，有些事情似乎变得明晰。

　　她偏开头，组织了一下语言，说："只要你做事有分寸，不把自己当小孩，我就不会把你当小孩的。"

　　陆星衍半垂着眼思考，半晌一笑，走到孟濡跟前说："你说的。"

　　孟濡凝重地点头。

　　陆星衍微俯着身，俊俏的脸颊就在孟濡面前，将她困在门板与他的胸膛之间。他漆眉微扬，唇角勾着笑意又不正经又似威胁地说："你以后也不许在心里叫我小孩。"

　　陆星衍停了停，补充："小朋友也不可以。"

　　孟濡沉默，原来他都知道。

　　陆星衍紧盯着她的神情，他当然知道孟濡曾经对他的态度，每次她那么想时，就差把"这个小孩"四个字写在她漂亮的脸蛋上了。如果不是她的乌眸里包含纵容，陆星衍早就不忍了。

　　孟濡沉默着，别开视线，过了一会儿又转回来轻轻摸摸陆星衍的头发，说："我叫你小孩，不是真的觉得你小。而是一种爱称，昵称你懂吗？证明我觉得我们关系很亲密。"

　　她嘴巴甜起来要命，在意大利待了几年就是不一样。

　　陆星衍撩人不成反被撩，那种心跳"扑通扑通"的感觉又上来。他从身旁的衣柜里拎出另一件外套，咳嗽一声，面色如常地说："我去医院打破伤风针。"

　　孟濡在他身后，不着痕迹地微微松气。

　　总算是不再继续这个话题。

　　门外，陆星衍走到玄关。孟濡脑海中却记着刚才看到的文身，迈步走出房间问："你什么时候文的文身？"

　　空气寂静一瞬。

　　陆星衍抬头，穿外套的动作停了下，如实回答："高考完。"

　　也就是，他们为了陆星衍志愿的事吵架之前。

　　孟濡蹙眉："为什么不告诉我？"

　　陆星衍坦白："你不会同意的。"

　　确实如此。

又过了一会儿,陆星衍换好外套,穿好鞋,却不急着走。孟濡看着少年的侧影,心里明知答案,却还是期望他说出不一样的回答。

"是文的……天鹅吗?"

陆星衍几乎没有间隙答:"是。"

他拿起门禁卡,打开门。

离开之前站在门外看孟濡,少年的眼睛是亮的,嗓音喑哑,有种既然藏不住,就不再想隐瞒的破罐子破摔与决断。

"就是你想的那样。"

就是她想的那样?

他怎么知道,她想的哪样?

陆星衍离开后,孟濡倚着门,缓慢坐到陆星衍卧室门口的地板上。

她双腿蜷起,双手拢着膝,脑袋微微向后仰。

思绪有点乱,不知道该从哪里捋起。

她明明……一直把陆星衍当成弟弟,所以理所当然地认为,陆星衍也应该把她当姐姐。

尽管陆星衍曾说过从未把她当作亲人,但她只把那当成小孩子的口是心非,并未想过还有其他意思。

那天他在小礼堂为她拉一首《天鹅》尚可理解为对姐姐的感情。

但是今天,她看到的文身又该怎么解释?

孟濡不想白作多情。

可陆星衍不是对芭蕾感兴趣的人,他也没有认识其他被称为"天鹅"的芭蕾舞演员,更没听他说过喜欢天鹅这种动物。

那,他为什么要在高考后文这种文身?

不知道洗文身很疼的吗?

孟濡不知不觉瞎想起来,黑眼珠缓慢转动,正想把刚才给陆星衍消毒的东西收起来,视线落在一旁陆星衍的书架上。

书架最上面摆着一个篮球,是陆星衍十五岁生日时孟濡送他的。

篮球是限量版的,粉色,充满少女心。

孟濡送这个礼物完全是为了满足自己喜爱之情,可陆星衍收到以后也没见喜欢,面无表情地道了谢。

孟濡以为他早就把这个篮球弄丢了,没想到他还好好地放在书架里锁着。

除此之外,透过玻璃,还能看到孟濡曾送给他的其他东西。

连前几天的星空麋鹿钥匙扣也被锁在里面。

孟濡站在书架前看很久,最后拿着消毒药水和纱布走出房间,回到客厅把东西放回医药箱。

她放消毒药水时不慎失了手,一整瓶药水打碎在地板上,液体四溢,瞬间蔓延到孟濡脚下。

沾湿了她的棉拖鞋和裙摆。

孟濡伸手揉了揉脸颊,有些不解,有些无措。

女孩低着头,过了很久,懊恼地在空旷的客厅里发出一声疑问:"怎么会这样啊……"

陆星衍打完破伤风针,没有回家,给孟濡发了条微信。

陆星衍:我一会儿去酒吧打工,凌晨回来。

不知道为什么,孟濡看到这条微信反而不自觉地松了一口气,大概是因为她现在也不知道该怎么面对陆星衍。

孟濡傍晚跟意大利舞团的团长打了通视频电话,得知他们下个月要来中国巡演。她答应到时候和舞团的人见一面后,又多聊了一会儿,才结束了通话。

吃过晚饭,孟濡想早点休息。

她最近几天都睡得很早,大概是当指导老师真的很累。

还有一点……

尽管孟濡不太想承认,但确实如此,如果她早点睡着,就不用和去酒吧打工下班回来的陆星衍碰面了。

然而"时运不济",似乎是要故意跟她作对似的,孟濡刚拿了换洗的衣服准备去洗手间洗澡,花洒下的水管毫无预兆地爆开。

水花飞溅,一瞬间就打湿了孟濡的衣服。

她不知所措,没见识过这样的场景,赶紧放下衣物,下意识伸手去捂漏水的水管。

然而水管冲击力强,水花从手心、指缝喷溅,落在孟濡的眼睫毛和头发上,水珠凝聚得多了,顺着孟濡的脸颊"啪嗒"滚落。

孟濡头大如斗。

谁能告诉她这种情况该怎么解决？

孟濡这个房子满打满算才买了六年，平时住人的时间也不多，这三年只有陆星衍会周末回来住。平时也没有人会注意水管的情况，谁能想到它忽然今天爆了？

孟濡现在松手不是，不松也不是，只能自我安慰似的把几条毛巾覆在水管上，以期望它能漏水漏得慢一点。

孟濡逃到客厅给物业中心打电话，说明了下家里的情况。

物业却告诉她："不好意思，维修师傅这会儿都下班了，只能明天早上来修。麻烦您先坚持一晚上可以吗？"

孟濡扭头看看洗手间里逐渐漫出来的水，她倒是很想坚持一晚上，但这样下去，用不了一晚上，她家就被淹了。

孟濡也没有其他维修师傅的电话。

如果她想找其他人，只能打电话问陆星衍……但那样的话，她为什么不直接叫陆星衍回来？

洗手间的水越来越多，有的顺着下水管道流下，更多的不断积攒，逐渐溢出洗手间。

孟濡这些年专注芭蕾，生活技能基本为零，平时能做几个菜已经不错，这种修水管的技能实在添加不来。她在客厅和洗手间转了一圈，终于决定放下心里的顾虑，准备打电话给陆星衍。

她才刚解锁手机，就有一个电话打进来。

是阮菁的。

那边的背景音鲜明，节奏强烈，孟濡一下就猜到阮菁在哪儿。阮菁问："濡濡，你在哪儿？"

"家。"孟濡生怕阮菁又叫自己去酒吧，提前交代，踢了踢脚下有些漫到客厅的水说，"我家水管爆了。"

阮菁没料到会得到这样的回答。

她确实是打算叫孟濡去酒吧的。她前几天听孟濡说了跟踪狂的事情，并不知道今天陆星衍已经把跟踪狂抓住了，以为孟濡还为这事提心吊胆地住在酒店。

今晚 Regret Pub 来了一支非常有名的地下乐队，她就想叫孟濡过来放松一下心情，时间晚了她可以送孟濡回去。

万万没想到，孟濡已经回家，而且家里水管爆了。

阮菁在那边抓抓下巴，问："你什么时候回去的？不是不打算和陆星衍一起住吗？"

孟濡一时半会儿解释不清，说得多了又担心阮菁误会她和陆星衍有什么……她本来就够头疼的。

孟濡简单说道："舞团那边暂时找不到合适的公寓，家里安全。你还有其他事吗？没有的话我就挂了，我还要问维修师傅的电话。"

停顿了一下，孟濡说："你有维修师傅的电话吗？大半夜很多人都不愿意上门，我可以多付一点维修费。"

阮菁退出，翻了一下通讯录，说："我家这边的维修师傅离你家太远了，他们未必肯过去……"翻到一半，阮菁想起来问，"你不是就在家里吗？为什么不找你家'小狼狗'修，干吗舍近求远？"

孟濡脸上掠过一抹不自然，说："他今天晚上要打工。"

阮菁夸张地遗憾地"哦"一声，又忽然问："Regret Pub？"

孟濡"嗯"一声，想起阮菁很可能就在 Regret Pub，犹豫了一下，阻拦说："你不要告诉陆星衍，他知道了也不能回来。我找到维修师傅让人上门修一下就好了。"

孟濡这么说，阮菁也没有想太多，理所当然地觉得孟濡是不想耽误陆星衍工作。正好前面地下乐队的主唱开始与台下互动，阮菁一边举手一边转了转脑筋说："这样吧，我这里有一个人，可以帮你修水管。我一会儿联系他，让他直接去你家。"

孟濡惊喜："真的吗？他愿意来？"

"当然。"阮菁说，"只要你有麻烦他肯定会去的。"

孟濡没有追究这句话里的深意，向阮菁道谢，挂断电话后，开始研究怎么让洗手间爆掉的水管控制一下漏水的程度。

她打开百度搜索，看到有人说要先关闭供水总阀门。

孟濡照着图片中阀门的模样，在洗漱台下找到，蹲下身子费了好大劲儿才拧紧。

水管总算不再往外喷溅水花。

另一边，阮菁走到一处相对安静的角落，拿手机拨了一通电话。

等对方接起，她开门见山地问："喂，现在有空吗？"

孟濡换了身干净的家居服，把溢到客厅的水扫了一遍，又拿干抹布擦拭了地板。

家里有些电器沾了水,不知道会不会漏电,孟濡把插头全部拔掉了。洗手间还是湿淋淋的,没有来得及打扫。

外面门铃响时,孟濡正在客厅和地毯做斗争。

她家的地毯很大,平时可以坐在上面看电视和休息,但是清理起来很不容易,以前都是家政胡阿姨来打扫的,今天被水打湿了,她就想把它拿到阳台晾一晾。

她得先把桌子和沙发移开,才能把地毯顺利挪到阳台。

然而被打湿的地毯太重……孟濡费尽了力气也没搬动多远。

孟濡以为是维修师傅上门,放下地毯先去开门。

女孩一边开门,一边急急说:"师傅,我家的水管不知道怎么坏了,麻烦您帮忙看一下……"

话音在看到门外的人时戛然而止。

门口,周西铎穿着轻松的休闲服,像是刚刚锻炼完过来。他手里提着一个黑色袋子,里面装着维修水管需要的各种工具。看到孟濡呆站在门口不动,他眉毛一挑,说:"哪里需要修理?"

孟濡怔住,没想到是他,连先请人进屋都忘了:"你怎么来了?"

周西铎轻笑,坦白:"阮菁打电话给我,说你家的水管坏了,找不到人修理。"

孟濡一时沉默,她真的很想问阮菁,周西铎是修理工吗?叫周西铎来干吗?

然而人已经来了,孟濡也不能再把周西铎赶走,更何况她是真的需要有人维修水管。

见女孩站在门口迟迟不动,周西铎举了举手中的维修工具说:"不相信我的技术能力吗?维修工人上门,怎么不让进门。"

孟濡这才仓促地请他进屋。

屋里被孟濡打扫到一半,显得有些乱。孟濡带着周西铎绕过被她摆乱的各种家具,来到洗手间,指着刚才漏水的水管说:"就是这里。"

周西铎家境优渥,小时候学芭蕾是因为他母亲有一个芭蕾梦,自己实现不成,就把希望寄托在唯一的儿子身上。

后来周西铎实在不爱学,他妈妈认清现实只得放弃了。

现在他是一家游戏公司的高管,"五指不沾阳春水",孟濡以为他

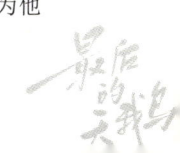

应该不会修水管,没想到这位少爷看过水管裂隙以后,捋起袖子,竟然拿起工具像模像样地修理起来。

孟濡站在一旁问:"能修得好吗?"

周西铎如实道:"不太难,没什么问题。"

孟濡放了心,一面又疑惑:"你怎么会修水管,这些东西是你从家里带来的吗?"

"不是。"周西铎抬头看了她一眼,动动嘴角说,"我也是第一次修。"

孟濡没再说话。

Regret Pub。

阮菁蹦完一轮,坐回吧台自己的位置上,向酒保重新要了一杯饮料。她打开手机,看到孟濡十分钟之前给她发的消息。

孟濡:你不是说帮我叫维修师傅吗?怎么是周西铎?

言辞困惑,一股谴责。

阮菁喝了口莫吉托,不以为然地"噼里啪啦"地打字:反正你想找人修好水管嘛,究竟是谁又有什么区别?而且这么晚了,你这么好看,陌生男人进你家门我才不放心。你和周西铎都那么熟了,让他帮一次忙又怎么了?

阮菁发完,孟濡那边不再有回复。

阮菁百无聊赖地喝完半杯酒,支着下巴在酒吧里张望。远远地看到一名穿服务生制服的男孩,肩宽腿长,背脊挺拔,身材很好。阮菁正想对着人家吹一声口哨,男孩转过头来,正是孟濡家的"小狼狗"那张标准厌世脸。

阮菁一时无语。

她当即转换目标,看向另一旁站在卡座前和两名女性顾客对话的娃娃脸小帅哥。

娃娃脸帅哥扭头看到她,朝她灿烂一笑。

啧,真可爱,还是这样的"小奶狗"好。陆星衍那样兽性深藏的"小狼狗",只有孟濡能够消受。

阮菁和齐修碰上两次视线以后,就不再看他。正好那边陆星衍过来收拾旁边桌子上个客人留下的酒杯,阮菁本来没打算跟他搭话,不知想起什么,突然就想推波助澜一把,把孟濡嘱咐她不要告诉陆星衍的话忘到了九霄云外,在陆星衍走过身边时故意问道:"咦,你怎么还在这里?"

陆星衍停住脚步,看向阮菁。

孟濡的朋友,这是陆星衍对阮菁的唯一印象。

阮菁搅了搅杯子里的冰块,笑容不怀好意:"刚才我打电话给濡濡,听她说家里的水管爆了,问我有没有维修师傅的电话号码。她没有告诉你吗?"

陆星衍面无表情。

阮菁沉吟,又说:"不过这会儿应该已经修好了,我给她推荐了一个维修师傅上门。"

她看看陆星衍:"你不用担心,也就是洗手间和客厅都被水淹了,她浑身淋湿了。没事的,你专心上班吧。"

一个小时后,周西铎把破损的水管修好了。

起初周西铎说他是第一次修水管,孟濡还担心了下,没想到他最后还成功了。

孟濡向周西铎道谢,把人请到客厅,本来想倒杯水让他休息一下,但是看了眼一团乱的客厅,只好让他站着,从冰箱里拿出一瓶矿泉水说:"辛苦了。"

周西铎拧开瓶盖干脆地喝了两口,看向一旁移动未遂的地毯问:"需要帮忙吗?"

孟濡犹豫了一下,不好再麻烦他,摇摇头说:"我等陆星衍回来以后再弄吧。"

周西铎以前只知道孟濡在资助她去世的姨夫姨母留下的儿子,后来是姜冶提过一次,周西铎才知道孟濡和陆星衍并没有血缘关系。闻言,他停顿了下,问道:"你还和他住在一起吗?"

孟濡点头,不欲与人多说这其中的周折。

周西铎喝掉半瓶水,拧紧瓶盖放在一旁的柜子上,问孟濡:"你打算帮助他到什么时候?"

孟濡认真思考过这个问题,她一开始就是这么打算的:"等他大学毕业后。"

这个回答合情合理,周西铎不再说什么,征求了孟濡的意见后,去洗手间洗了把脸。

他刚才修水管时也被弄了一身水,头发和肩膀都湿了,出来时询问孟濡:"有毛巾吗?我擦下脸。"

孟濡把陆星衍不常用的那条毛巾递给他。

周西铎擦完脸和头发,准备道别时,门外的密码锁忽然传出输入密码的声音。

"嘀嘀"几声,门被打开。

挺拔俊逸的少年站在门外,进屋。

陆星衍停在玄关,视线在门口的鞋子上睃了一圈,抬起漆黑幽深的眸看向客厅,视线在触及周西铎的瞬间,蓦地冷下来。

孟濡不料他会回来,还在诧异。

陆星衍歪头看了看周西铎背后修理好的洗手间、一旁喝剩一半的矿泉水、脚下的拖鞋、手里拿着擦头发的毛巾,都是他的。

"你回来了?"

寂静之中,孟濡率先打破沉默。

她问门口沉默伫立的少年:"今天怎么这么早?"

陆星衍收回视线,从鞋柜里取出备用拖鞋换上,将手上买的一提袋水管修理工具放到柜子上,音色偏冷说:"听说家里水管坏了,请假回来修水管。"

不用猜,肯定是阮菁多嘴。

孟濡这会儿真的想跟阮菁绝交了,阮菁什么时候才能不给她添乱?

眼下这境况,孟濡不得不开口解释。

上回在火锅店,陆星衍和周西铎虽然见过一面,但因为他们是两桌人,各吃各的,孟濡就没有特地介绍两人认识。这样算起来,现在应该是他们两人第一次正式见面。

孟濡对陆星衍说:"这是我以前舞蹈学院的同学兼好朋友,周西铎。水管他刚才已经修好了。"

说罢,她又对周西铎介绍陆星衍:"这是……我弟弟,陆星衍。"

周西铎是不苟言笑的类型,此刻只是微微弯了下唇,主动朝陆星衍打招呼道:"听濡濡说过你几次,你好。"

陆星衍只是扫了他一眼,算作回应。

生气了。

孟濡大概知道陆星衍为什么生气,但是无能为力,只是抱歉地朝周西铎笑笑。

周西铎倒是不放在心上。陆星衍走进客厅,视线从两人身上毫无温度地掠过,再看了看一片狼藉的客厅和搭着周西铎外套的沙发椅背,问孟濡:"你叫他来的?"

孟濡不言语。

虽然不是她叫的,但是她想到陆星衍出门前说的那句话……迟疑片刻,她没有否认。

陆星衍眉毛紧蹙,漂亮的脸孔沉下,似是很不满又找不到发泄口地询问孟濡:"你不是答应我,会学着依赖我吗?"

才一天不到,她就变了卦。

旁边周西铎的视线看过来。

孟濡担心陆星衍说出什么别的话,也担心周西铎看出什么不寻常,她只能装作不懂,不能给予陆星衍任何回应。

她抬手轻揉陆星衍的发丝,是安抚小朋友的语气:"我也想依赖你,但是你在打工,万一被经理责怪了怎么办?我知道你长大了想帮上忙,但是事急从权嘛。"

陆星衍眸子深深。

孟濡又看向客厅的地毯,从手腕上褪下一根浅色橡皮筋,将陆星衍的头发扎成一个苹果头,说:"正好我还没来得及收拾客厅里的地毯,你帮我移到阳台吧。"

陆星衍迟迟不说话,周西铎挽起袖子帮忙说:"我来吧。"

陆星衍这才淡淡撩起眼皮,看一眼周西铎,平静无澜却能气死人的语气:"不用,我家里穷,付不起维修费和清洁费两个费用。"

站在一旁的孟濡看了他一眼。

周西铎浅浅地弯唇,看向面前敌意鲜明的少年,说:"你可能不太清楚,我和濡濡认识快二十年了,今天这么晚过来确实不太妥当,但我和她不需要这么客气。"

陆星衍轻轻呵笑,神情不屑:"那你说说,想怎么不客气,让我清楚清楚。"

孟濡不知道这两人之间为什么有这么重的"硝烟味儿"。

陆星衍明明是第一次和周西铎接触,怎么看起来很讨厌周西铎的样子?

孟濡担心这两个人再站在一起就要动手了,她从后面轻轻拽了拽陆星衍的袖子,对周西铎说:"今天晚上麻烦你了。"

这句话的意思足够明显,周西铎不再说什么,拿起沙发椅背上的外套说:"没事,我走了。"

孟濡走到玄关送他,等周西铎站到门外,还说了一句:"下次我请你吃饭。"

回到客厅,孟濡看向那个已经把地毯移到阳台,坐在沙发上面色冷郁的少年。

陆星衍抬起头,视线从孟濡脸上移向紧闭的门,没来由地问:"为什么给他用?"

孟濡不明所以:"什么?"

陆星衍垂着眼尾,一样一样地算:"毛巾、拖鞋、水,都是我的,为什么给他用?"

孟濡没想到陆星衍在意的是这个,他一回来就臭着张脸,难道是因为她把他的东西给周西铎用?

但那时候孟濡根本没想那么多,她一心想着修好水管,连周西铎进屋穿的哪双鞋都没注意。

水是从冰箱里顺手拿的,没记错的话还是她买的。

这小孩怎么这么小气?

孟濡明白了原因,哄起来也方便得多,顺着陆星衍的话说:"你如果不喜欢周西铎碰你的东西,我再给你买新的。"

说完,她踢了踢陆星衍的踝骨,努力和平时一样与他姐弟相处:"现在快起来,帮我收拾屋子,洗手间里的水还没清理干净呢。"

她转身往洗手间走。

陆星衍深陷在沙发中,看着她的背影,忽然毫无预兆地开口:"你从来没有把我的话当真。"

孟濡回身,看陆星衍。

少年神情凝重。

一瞬间,孟濡仿佛知道他要说什么。

但她不敢听,所以笑着出声打断:"怎么没有?你说的话我都认真听着的。"

"没有。"陆星衍执拗地重复，影沉沉的眼眸深藏暗涌，是压抑太久后的不甘与嫉妒。

他说："我让你依赖我。"

你没有听。

直到刚才，还在把他当小孩。

少年微微敛眸，就看不到眼里的波澜。

"我不喜欢别人碰我的东西。"

你还把他叫到家里来，与他离得那么近，和他独处几个小时。

"我不喜欢你和周西铎来往。"这句话陆星衍说得很任性，他抬起头，目光澄澈，灼灼逼人，撕破一切的伪装，"你如果当真了，就不会是现在这样，把我当成弟弟。"

孟濡一定不知道，陆星衍对周西铎的敌意是因为她的几条朋友圈。

陆星衍刚搬来和孟濡一起住的时候，从孟濡和朋友的电话中偶尔能听到这个男人的名字。

那时候陆星衍根本没在意。

真正记住这个人是三年前，孟濡去意大利三年不回来的第一年。

那一天，陆星衍给孟濡打电话，讨论选文还是选理。其实陆星衍在此之前就已经决定选理科，但是跟孟濡说起时却说自己想选文科，只是想听孟濡劝说他时多说的几句话。

那次孟濡刚列举完选理对于陆星衍的种种好处，背景有一个男声低问："想吃什么？"

孟濡声音停顿，跟陆星衍说了句不好意思，然后快速点了几个菜，才继续和陆星衍说文理分科的事情。

但陆星衍后面几乎不再说话。

那天晚上，孟濡的朋友圈里出现了一名男人的身影，是两人在美轮美奂的斯卡拉大剧院门口拍的合照。

那天孟濡发的配字、孟濡和周西铎的表情，陆星衍都忘了，但看到那张照片时的冲击却依旧清晰。

慌恐、害怕，以及无措。

后来的半年，孟濡发的朋友圈偶尔几次会出现周西铎的影子。

不是爱人，更像是朋友。但那时候陆星衍根本不会多看，更注意不了那么多细节，只是觉得刺眼。

如果没有记错，那个男人的工作在国内。

终于有一次，陆星衍在微信里对孟濡说：你朋友圈可以不发别的人吗？我不喜欢看。

孟濡以为他嫌自己朋友圈发得多，回道：好。

她还向陆星衍解释了周西铎是因为工作需要，来意大利学习半年，明天就回去了。

可陆星衍甚至不敢多问。

所以孟濡回国那天，陆星衍脸色难看一是因为孟濡回国没告诉他，二是因为周西铎。

再加上今天看到周西铎，勾起了他那半年所有阴暗的回忆。

陆星衍直勾勾地看着孟濡仓皇地走进洗手间，不小心碰掉了洗漱台上的东西，"丁零咣当"掉落一地。

孟濡蹲在地上捡。

陆星衍起身走到她面前，跟着蹲下身。

少年的眼神炽热又真诚，他决心这次一定要让孟濡知道，低声在她头顶上方说："我说过，就是你想的那样。"

孟濡拾木梳拾了好几次，脑袋里"嗡"的一声。

她就知道、她就知道……这个小孩，离经叛道。

他怎么能……她是他的姐姐。

仿佛知道孟濡在想什么，也担心自己说得不够清楚，被孟濡像元旦晚会那天拿"姐姐"当借口岔过去，陆星衍拾起孟濡迟迟捡不起来的梳子，梳齿朝内，紧紧地握着，他看着孟濡，一个字一个字地说："我从来没有把你当姐姐。"

他顿了下，喉结滚动，既迫切又步步为营。

"我也不想当你的弟弟。"

长大后，知晓自己心思的陆星衍给孟濡的微信备注是"My sin"。

我的罪恶。

你照顾我，关心我。

而我只想得到你，独占你。

孟濡姿势僵硬地蹲在原地,久久没有动。

指尖触到的地板积水冰凉,一点一点传递至全身。

脑海中的情绪在受到巨大的冲击后,所有被她刻意忽略的细节强行重演,不断回放。

少年的心思昭然若揭,孟濡再也骗不了自己。

陆星衍说从来没有把她当亲人,因为他想要的远不止亲人这么简单。

他不愿意离开覃郡,因为她会回来这里。

他从来没有叫过她儿次姐姐。

他不愿意被当成小孩。

灯光聚集的舞台上,陆星衍说,送给我心里唯一的天鹅。

他说,我是特地拉给你听的。

他说,这次有我在了。

濡濡,你真的也看不出来吗?

孟濡仓促地起身,后退一步,后背抵着冰凉的洗漱台,摇头否定说:"不可以。"

陆星衍的眸清亮。

孟濡吸了一口冷气,强迫自己镇定下来,急急地又说一次:"不可以,陆星衍。我只把你当弟弟。"

陆星衍缓慢直起身,少年身形英挺,手脚修长,在狭窄的洗手间里姿态迫人。

他微微低头对上孟濡的眼睛,扯一扯嘴角,有点不服气地问:"你和我有血缘关系吗?"

"过家家"的游戏,他早就玩腻了。

孟濡垂着眸,不正面回答他的问题:"不管有没有,我和你都只能是姐弟。"

"凭什么?"少年反问,不由自主地向孟濡靠近,"既然没有血缘关系,我凭什么只能当你弟弟?不能当你男人?"

孟濡睁大眼,难以置信这句话是出自她一直当弟弟的小孩口中。

他说什么?孟濡迎上陆星衍的视线,迟了好一会儿才说:"凭姨夫姨母去世前,托我好好照顾你。"

当年那场车祸,孟濡匆忙回国,还没见过陆星衍,先去 ICU 病房见了重伤的姨夫姨母最后一面。

面色苍白虚弱的女人卧在病床上，呼吸仅靠氧气罩维持，抓着孟濡的手却用尽了全身的力气。

说起来也是好笑，孟濡姥姥生的兄弟姐妹三人，孟濡的妈妈去世了，孟濡的爸爸不靠谱，剩下孟濡的舅舅舅妈一家人早早撇清关系。最后只能只能将十几岁的陆星衍托付给当时刚满二十岁的孟濡。

孟濡的姨母张着嘴，眼神恳切忧虑，缓慢地用气音说："照顾好阿衍，濡濡，求你。"

所有人都认为是陆星衍的出现，才害得这对夫妻出了车祸。

姨母却告诉孟濡："不怪他……是你姨夫酒驾了，阿衍当时拼命劝阻过他。"

姨母走之前嘱托她好好照顾的陆星衍。

只能，是她的弟弟。

陆星衍瞳孔微缩，但仅仅是这个理由仍旧让他无法信服。少年不以为然道："我没有过户，严格来说不算是你的家人。"

孟濡没有表态。

陆星衍逐渐察觉到不妥，似乎事情没有往他以为的方向发展。少年趋近一步，咄咄逼人地问："没有他们，你对我一点弟弟之外的感情也没有吗？"

过了很久，孟濡坚定地答："没有。"

"我不信。"少年下颌收紧，死死盯着她，"你对我和对别人不一样，孟濡，我感觉得到。"

"那是因为我把你当成家人。"孟濡清楚又残忍地说道。

矛盾再次回到原点，像永远只有一面的"莫比乌斯环①"。

"而且，"孟濡再次开口，打破少年的一切希冀，"我对身边的人都是这样。"

狭迫安静的空间中，少年低声冷冷轻笑。

再开口时，他语气里已经没有了温度："对周西铎也是这样？"

孟濡不知道陆星衍为什么提周西铎，迟疑了一下，为了加深可信度，说："是。"

陆星衍动也不动，极艰涩地问："你喜欢他，是吗？"

孟濡不太懂他是怎么得出的这个结论，但他这样误会，总好过她一遍一遍地强调她不能和他在一起。

①注：是一种只有一个面和一条边界的曲面，也是一种重要的拓扑学结构。

于是孟濡顺水推舟,模棱两可地说:"不管怎么样,我和他,比我和你在一起合适。"

明亮的灯光下,孟濡说完这句话,陆星衍本就偏白的肤色变得更加苍白,手背骨节突起。

孟濡在他开口说什么之前,轻轻推开他。

第二天早晨,孟濡甚至不能多想前一晚究竟是怎么收场的。

她推开了陆星衍,没有看他的表情。

陆星衍没过多久就离开了家里,孟濡不确定他是不是回酒吧继续打工了,因为他一整夜没有回来。

孟濡站在陆星衍的卧室门口,里面空荡荡的,床褥仍是昨晚陆星衍回来之前的模样,一切都没有变。

但孟濡知道,不一样了,这一晚变化太多了。

陆星衍那段恣睢无礼的"凭什么",一直在孟濡耳边回响播放。

少年的表情困惑不甘,像挣扎在困兽笼中撕咬的狼崽。

以至于孟濡昨晚仅仅睡着两个小时的梦中,都能梦到她怀里抱着一只湿淋淋的雨中捡来的小狗,小狗在她怀里不安分地挣扎,后来变成一只牙齿尖利、目露凶光的小黑狼,小黑狼在梦里也是陆星衍的面孔。它扑到她身上,咬着她的脖子恶狠狠、凶巴巴地说:"我为什么不能当你男人?"

一身冷汗。

孟濡从睡梦中惊醒,再也睡不着。

不能让事态这么发展下去,孟濡想。

她早早地起床后在客厅沙发上坐了几个小时,大约八九点时,发了一条微信给周西铎:可以再帮我个忙吗?

过了几分钟后,那边回复:什么忙?

孟濡捏着手机,敛眸盯着聊天框迟迟不知道该怎么开口。

她昨天拿周西铎当挡箭牌,只是想劝退陆星衍,现在不应该再来打扰周西铎,但……为了让陆星衍更加信服,她不得不这么做。

她希望陆星衍最好不对她抱有一丁点希冀。

孟濡指尖动了动,在屏幕上摁下几个字。

孟濡:明天能不能麻烦你来南大一趟?

周西铎这次回复得很快：可以。

周西铎：告诉我什么事？

孟濡向一侧躺下，脑袋枕着沙发扶手，斟酌了很久才一个字一个字地敲：我以后跟你解释。明天如果陆星衍问你我们是什么关系，你先不要否认，让我来说可以吗？

周西铎：嗯？

孟濡几乎难以启齿，却又不能解释这其中的原因。她一直以来当作弟弟的男孩向自己表白了，他们还住在同一个屋檐下。早知如此，孟濡当初就不应该回来，她到底为什么被那个小孩蛊惑的？

孟濡回复：拜托你了。

不知道周西铎是不是敏锐地猜到了什么，却没有直接说，过了很久才回：我知道了。

周西铎：不用和我这么客气。

周西铎：濡濡。

周西铎：你的事情不是麻烦。

孟濡感激他没有多问，却也没有工夫想他这句话饱含的深意。

她现在满脑子都是陆星衍，一团乱，顾不得别人了，只回复了一句：谢谢。

此时，曜安大厦第五十九层，宽敞舒适的办公桌后，周西铎盯着那句生疏的"谢谢"，眉毛不动，很久才转着大班椅看向窗外的琼楼厦宇。

远处，覃郡标志性的莲花湖清波荡漾。

冬日苦寒，湖畔树木的叶子都落光了。

他捏捏眉心，不由自主地想到昨晚在孟濡家，那名少年看他时眼里的戒备与敌意。

当时周西铎以为自己多虑了，现在现在看来，很可能不是。

那确实，是"野狼护食"的眼神。

直到星期一早晨，陆星衍也没有回来。

孟濡想他或许是回学校了，毕竟除了家和宿舍，他也没有别的地方可去。

但她却不能打电话询问他，因为现在的情况……他们联系了也不知道该说什么。

孟濡照常坐谭晓晓的车去南大上课,一早上都有些心不在焉。

学生排练动作失误了,请孟濡做示范,孟濡站在光可鉴人的地板上,思考了半分钟才想起来那个动作究竟是二位转还是五位转。

中午休息,几个指导老师和舞团团长坐在休息室。

舞团团长在和另外两名指导老师研究舞剧排练的进度,孟濡收起双腿缩在休息椅中,手指漫无目的地戳着手机屏幕。

她这两天已经把陆星衍的朋友圈看了无数遍,几乎都快会背下来了。

一开始她是想多了解一下这个小孩都在想什么,可是他发的朋友圈数目很少,而且大部分都和他自己无关。

不是路边的野猫,就是商铺橱窗里精美的天鹅八音盒,要么是分享的小游戏消息。

最后一条,是高考结束那天拍的照片。

高三走廊围满了人,从教学楼飞舞出去的试卷,雪花一般,将楼下花圃铺了满满一层白。

陆星衍配字:迫不及待。

孟濡盯着这四个字,再次出了神。

这条朋友圈下还有她当时点的赞,她那时根本没想那么多,只觉得是他迫不及待想要毕业。

现在想来,他的迫不及待,还有别的意思。

迫不及待长大人。

他长大后做什么?

孟濡不可避免地,又想起前天晚上的对话,鸵鸟似的迅速关闭了朋友圈。

舞团团长在总结刚才商量的结果:"年前我们要把《白毛女》第一遍排练过了,到时候我安排几场演出,在覃郡大剧院表演,看一下学生们的舞台表现……"

说完,她目光转向孟濡,慈爱地问:"那时候正好意大利斯卡拉芭蕾舞团也会来覃郡巡演《唐吉诃德》,濡濡会去吗?"

孟濡毫无反应。

旁边一名指导老师轻轻拍了拍孟濡的肩膀,孟濡才眨着眼睛缓慢回过神来,朝舞团团长歉意一笑,说:"不好意思,我今天有点不在状态,您说什么?"

舞团团长问:"怎么了,身体不舒服?"

孟濡怔了怔,撒谎说:"嗯。"

舞团团长又关心了孟濡几句,才把刚才的问题重复一遍。

孟濡耷着眼睫毛思考说:"斯卡拉舞团团长邀请我了,我会去看……但,不一定登台演出。"

她跟斯卡拉芭蕾舞团的成员们已经很久没有一起排练过了,舞台效果不一定好。

而且这次巡演,每个角色肯定早有固定,她去了也只会当一名普通的观众。

她说完,大概是见她兴致不高,舞团团长宽慰道:"真的吗?那太好了,我和另一位朋友也想去看意大利芭蕾舞团的演出,可惜票刚一发售就早早地卖空了,你是舞团成员,能不能帮我们问问还有没有空票?我们可以出高价买。"

孟濡哭笑不得,有点无奈地翘起嘴角说:"我会问问的。"

从休息室出来,午休时间仍未结束,学生们三三两两地围在一起,或闲聊或讨论基本功。

孟濡站在走廊外,给意大利斯卡拉芭蕾舞团的负责人发了条留言。

那边没有回复,和国内有七小时的时差。

孟濡撑着围栏看了会儿对面的教学楼,这时正是快要上课的时间,学生络绎不绝地从宿舍楼来到教室。

风吹动着窗帘,满目都是朝气的学生。

隔得太远了,孟濡不确定这些人中有没有陆星衍。

一直到上课铃声打响,孟濡才转身,回到排练室。

下午的排练还算顺利,除了中间一段时间音箱电源线坏了,李越和另外两个男生去对面的计算机楼借了台教室音箱。

傍晚,孟濡难得没有留到最后一个走,收拾了东西就离开排练室。

她站在教学楼前小径的一棵幌伞枫下,手里提着一个很大的包。这个包是她平时放一些需要用的东西的,因为今天放了几双未缝补的足尖鞋,看着非常鼓胀沉重。

孟濡站在树下等了一会儿,听到对面计算机楼的下课铃声打响。

不多久,计科学院的学生陆陆续续从教室里走出来。

他们无论回宿舍还是去食堂都必须经过孟濡跟前这条路，所以两三分钟后，形色各异的学生就充斥孟濡的眼前。

她大约等了十分钟，忽然明白那天陆星衍蹲在这里等她时是什么心情。

少年发着烧，看着一个一个人从教学楼里出来。

不是她，不是她，一次一次失望，又一次一次打起精神继续等。

孟濡体会到了迟来的心疼。

终于，道路尽头走过来了两个男生。

其中一个背书包的男生对另外一个身高颀长的男生说："阿衍，不是我说你。你行行好，下周就要期末考试了，你还能把专业课书丢了，要不是我让你回去找，你是不是连这唯一没挂的高等代数也不打算过了？"他一边说，一边叹气，"我要是辅导员都替你发愁了。"

旁边的人垂着眸，嗓音喑涩，不太耐烦地说："别说话。吵。"

程麟就安安静静地闭嘴了。

又走了几步，程麟抬头忽然看见前面枫树下站着的人，惊喜地叫住陆星衍说："阿衍，那不是你姐姐吗？"

少年的脚步停下，黑眸抬起，朝前方看去。

程麟还在耳边问："她站在那里干什么，是不是等你？"

孟濡站的位置，正好是那天陆星衍发烧蹲着等孟濡的地方。

一模一样的场景，只是孟濡的姿态看起来更柔和一些。同样是等人，她边的头发松松地被挽到耳后，垂落的发丝贴着修长的脖子散至锁骨，乌木黑搭配象牙白，侧身对着他们的脸庞又美又仙。

有一瞬间，陆星衍几乎也以为孟濡是在等他。

她要对他说什么？

那天晚上的拒绝还不够吗？

程麟不知道他们之间的事，心疼地"哎"一声，催促陆星衍说："阿衍，你姐姐提的东西看起来太重了，你快去帮帮她，仙女怎么能自己提东西呢？"

陆星衍停在原地不动，心里虽觉得不可能，但难免抱有一星半点的期望，期望孟濡来找他，告诉他那晚她说的不是真话，她不再把他当弟弟。

程麟又催促陆星衍几声，陆星衍迈开一步，正要上前时，孟濡的面前停了一辆黑色的奥迪。

驾驶座车门打开，从车上下来一个男人，西装挺括，五官深刻。他

径直走到孟濡跟前,熟稔地接过孟濡手中重量不轻的包,打开车后排门放进去,然后又拉开副驾驶座的门,请孟濡上车。

孟濡朝他微笑,坐进车内。

这是一条单行道,奥迪不能调头,径直朝前经过陆星衍和程麟的身旁。

直至远去,不曾停下。

程麟出声插刀:"咦,你姐姐不是在等你啊?刚才那个男人是她男朋友吗?"

等了半晌,旁边的陆星衍都不说话。

程麟察觉到不对,回头朝陆星衍看去。

小路上,学生行色匆匆,站在原地没动的陆星衍抬手抓了抓额前碎发,手掌盖住半张脸,忍耐得手背青筋明显,气息暴戾。

他骂了句脏话。

车开出南大,越来越远。

孟濡坐在副驾驶座上始终没说话。

窗外行道树落光了黄叶,剩下光秃秃的枝丫,阳光穿透而过,阴影如黑白影画,一帧一帧晃过孟濡的面颊。

孟濡捏着指尖,白嫩的细指被她机械般的动作搓红了,她却仍未停下动作,仿佛这样能转移心里酸涩堆积的情绪。

周西铎直视前方,问孟濡:"去哪里?"

他以为孟濡今天叫他来是为了一起吃顿饭,毕竟上次他帮她家修水管,孟濡说过下次请他吃饭。

但过了半分钟,孟濡才恹恹地答:"送我回家吧。"

前面就是红灯,周西铎将车停在斑马线前,扭头看了看身侧的女孩。

就见孟濡微微抿唇,眉眼因为某些情绪倦倦的,整个人看起来无精打采。周西铎虽猜测孟濡的情绪和陆星衍有关,但也不知道这两人之间具体发生了什么。

见孟濡心情不好,他抬着眉梢调侃道:"让我来南大找你,我特地推了今天晚上和客户吃饭的局,就是为了让我送你回家吗?"

孟濡微怔,抬起头看周西铎。

她也觉得自己做得不太好,拿周西铎欺骗陆星衍,让陆星衍知难而退。

但目前看来,这确实是最好的方法。

她刚才刻意忍着不去看陆星衍的方向，已经耗尽了全身的力气。这会儿心里仿佛堵着一团棉花，棉絮蓬松碎软，填塞她心里每一个角度，呼吸不畅，说不清的酸软和愧疚。

　　孟濡实在没有精力再应付别人，斟酌了一下，提议说："不然你把我放在前面路口吧，我自己回去。"

　　周西铎："嗯？"

　　真是难为她能想出这个折中的办法。

　　周西铎发动车子，挑唇无所谓地说："反正现在过去也赶不上饭局，不如送你回家。"

　　孟濡倚着座椅继续看窗外，不发表态度。

　　又过了个路口，周西铎眉眼平常，似乎只是刚想起来，顺口问："刚才好像看到你姨母家那个小孩了，怎么不跟他打招呼？"

　　孟濡半侧着头，看不见她的表情，只是声音有一点迟疑："是吗？我没看到。"

　　周西铎不以为意，边开着车边问："昨天你说他问我们是什么关系，什么意思？为什么不让我回答？"

　　他顿了下，又说："如果他问了，你想怎么回答？"

　　孟濡走神了下。

　　怎么回答？其实一开始就没有答案，因为孟濡知道，按照陆星衍的性格，大概率是不会上前问周西铎这种问题的。

　　她那么说，也只是为了以防万一罢了。

　　现在周西铎问，孟濡却想不出什么答案。

　　一直到周西铎将车开到孟濡家小区门口，孟濡推开门下车之前，手扶着门把，半真半假地说："可能实话实说吧。"

　　她下车，朝周西铎笑了笑说："今天谢谢你了。"

　　周西铎看着女孩笑意弯弯的眼睛，还想再说什么，但他看着孟濡很快垂下的眼睑，逐渐收起的笑意以及眸中露出的懒倦，知道她没有心思听别的。

　　他迟疑了下，对她说："不用客气，上去吧。"

　　孟濡点点头。

　　周西铎关上车窗，开车离去。

　　孟濡目送周西铎离开后，才反应过来自己放在他车上的包忘了拿。

但她也懒得再打电话叫周西铎回来了，反正那几双足尖鞋也不急着穿。她转身进小区，没走几步，便慢慢缩起身体毫无预兆地蹲下来。

她脸色瓷白，眉心微微蹙着，额间浸出一丝冷汗。

保安亭里又是那名保安，从窗口探出脑袋问孟濡："你没事儿吧？看起来脸色不太好。"

孟濡摇摇头，勉强感激地回答："没事。我只是，没吃午饭饿了。"

保安在那边嘀咕："再忙也要按时吃饭啊……"

其实孟濡说没吃午饭真是客气了，她刚才打不起精神，一部分原因是因为陆星衍，还有一部分是她从前天晚上到现在，就一口东西都没有吃下去。

不是刻意节食，她尝试过做很多不同的东西给自己吃，但是都咽不下去。

如果勉强自己，就会像陆星衍给她做西红柿鸡蛋面那次一样，即便吃下去也会吐出来。

以前也有这种状况，但孟濡不会把自己搞得这么难堪，她会吃巧克力或者糖果补充糖分。但这两天被陆星衍的事情刺激，她连吃糖都会反胃，这会儿才会这么没有力气。

孟濡抬手摁着胃部，不知道缓和了多久，才勉强恢复一点体力。

她用手指擦了擦眼尾冒出的水珠，又蹲了一会儿才上楼去。

南大，游泳馆。

偌大空旷的游泳池里，只有一个矫健迅捷的身影在水中穿梭，他每游一个来回都像是游最后一圈那般竭尽全力，但游了一周又一周，始终没停。

岸边，程麟穿着泳裤裹着毛巾，冻得瑟瑟发抖。

他难以置信，自己竟然会大冬天过来陪陆星衍游泳。

原本他下完课后是打算去食堂吃个晚饭，再去图书馆待几个小时，睡前跑跑步，生活美滋滋。

但是陆星衍在看到他姐姐和另一个男人坐车离去后，不陪他去食堂了，一言不发地拐上去南边游泳馆的路。

这个季节游泳的人太少，程麟见陆星衍脸色不太对，担心他一个人淹死在游泳池里也没人知道，不得不像个老妈子一样跟过来。

但他显然低估了陆星衍的游泳水平。

陆星衍在前台买了条泳裤，去更衣室换上，一头扎进水里，从傍晚下课到现在，已经足足游了两个多小时。

　　程麟早就不行了，瘫在岸上的椅子里看陆星衍动作标准、不知疲惫地划自由泳，心里佩服这人体力也太好了。

　　而且，现在是冬天，这个游泳馆还是露天场馆。

　　什么人啊！

　　程麟觉得自己跟过来真是太多余了，因为陆星衍看起来完全不需要人陪的样子。他跟陆星衍说了不少于五十句话，陆星衍一句都没回应过，就像一个游泳机器，一遍一遍地来回，蹬壁、转身，似乎要发泄掉多余的体力。

　　但更像是跟谁过不去，又或者是跟自己过不去。

　　程麟终于还是看不下去了，在陆星衍又一次游到这边时，站直身体问陆星衍："阿衍，你到底打算游到什么时候？再好的体力也给我歇会儿吧，一会儿腿抽筋我可不能保证能把你救上来，而且人家游泳馆都快闭馆了。"

　　陆星衍没听到似的，蹬壁、转身，又游了两个来回。

　　终于在另一侧时，他身体一松，沉入冷冰冰的水下。池水没顶，水流包裹着他的全身，冰凉又解压的感觉。眼睛因为长时间进水，酸胀模糊，睁不开也闭不上。

　　但都这样了，他心里积压的无望和郁躁仍旧无法得到纾解。

　　想发泄，想破坏，有一股强烈的摧毁欲。

　　摧毁什么？

　　大概是刚才在路上看到的那一幕。

　　他的孟濡。

　　她说和那个男人在一起，比和他在一起合适。

　　他们上了同一辆车，他们或许在一起过，他们认识了近二十年。

　　陆星衍只要一想到他们，就嫉妒得胸腔都要爆炸了。

　　凭什么，不能是他。

　　陆星衍久久地沉在水下，眼睛睁着，眸底清明。

　　过了很久他都没有露头，程麟在岸上察觉到不对劲，扔掉毛巾对着水底问："阿衍，你怎么不上来了？你还好吗？你不要吓我啊！"

　　水下寂寂。

就在程麟担心得不轻，"扑通"一声跳进水里准备救人时，对面的陆星衍迟迟冒出头来，抹了把脸上的水珠，朝岸边游去。

程麟呼出一口气，您能别随便吓人吗？

陆星衍上岸，湿淋淋地准备去淋浴间洗澡时，一边的程麟也跟着爬上来，说："衍哥，你这闭气时间有点牛，不知道的还以为你打算在水底下冬眠了……"

他视线一转，落在陆星衍后背那片毫不遮掩的文身上，顿时忘了自己要说什么。

程麟瞠目结舌道："阿衍，你这文身是真的吗？"

陆星衍看了看他，大概是觉得他问了句废话，没理。

程麟跟上来，近距离趴在陆星衍背后仔细看了看："你文的这是什么……天鹅？"

陆星衍没有打算隐瞒自己的文身，此刻只是默认。

程麟更加惊奇，疑问："上回你在小礼堂也说天鹅什么的，又把天鹅文在背上，你对天鹅究竟有什么执念啊？"

陆星衍一顿。

其实程麟这么问，没有指望陆星衍能回答。

毕竟每个人都有自己的隐私和癖好，陆星衍背上的天鹅，明显和某个人有关。

而且那个人百分之九十的可能性是女孩。

可没想到陆星衍回答了。

他漆黑的双眸看着程麟，面色如常，语无波澜，似在陈述一件很稀松平常的事情，但字与字之间都是决然。

"你想象不到的，"他说，"执念。"

陆星衍和程麟回到宿舍。

刚过九点，岳白间正在津津有味地看剧，秦献在和女朋友视频。

岳白间扭头看到陆星衍和程麟两人头发半湿不干地回来，愣了一下，又望向窗外，问："下雨了？"

程麟说没，如实地把陆星衍给卖了："衍哥锻炼身体，去冬泳了，我陪他。"

岳白间钦佩地竖了个拇指，和程麟一模一样地感慨："牛。"

陆星衍没有理会这两个人，头发也没吹，拿出笔记本电脑准备翻译上回译到一半的文章。

这台笔记本电脑是陆星衍向梁雪康买过来的，二手的，价格便宜，就是速度格外慢，像老年代步机，但平时写个代码翻译个文章看看视频什么的还是绰绰有余。

程麟问陆星衍不吹头发吗，他头也没回。

连岳白间都看出来了，半开玩笑道："宿舍最近多了具尸体。"

程麟认可："阿衍平时上课，班里几个女生总喜欢坐在他旁边。这两天他满脸写着'臭挨老子'，身边的女生都少了。"

岳白间："是我也吓跑了。"

两人在背后一人一句，陆星衍恍若未闻。

他英语很差，这篇英语文献翻译得很吃力。当初接这个兼职只是想多赚点钱，现在译完一段自己看了看，都觉得对方如果愿意给钱就是冤大头了。

但陆星衍必须找点别的事做，还是坚持着把这篇文献翻译完了。

他点击保存，又把硬盘里的视频拷进这台电脑里，看一眼电脑右下角的时间，刚过十一点半。

秦献和程麟在打游戏，岳白间还在看一部青春校园剧。

陆星衍没有打算看，只是在关掉电脑去刷牙时，听到岳白间手机里传出女生痛苦的声音："我说了，我不会和你在一起的。"

陆星衍脚步停下。

紧接着，手机里传出一个男声不忿道："为什么？我不信你没有一丁点喜欢我，你对我那么好。"

女生哽咽着，明明拒绝人的是她，却好像她比对方还要委屈："你不要问了，我对你好是因为把你当好朋友……我喜欢的是别人。"

岳白间一边看一边嫌弃总结："恶俗。"

陆星衍掀眸看他："什么意思？"

岳白间看到正酣，急需向人倾诉，正好陆星衍主动撞上来，他便开始一通吐槽："你看不出来吗？这女的明明喜欢这个男的，但是因为家庭原因不能和这个男的在一起，男的向她表白，她就用喜欢别人拒绝了，其实她根本不喜欢别人。"

岳白间摇头："这种套路也太常见了……都二十一世纪了，女生想

拒绝人,能不能换个别的借口?我高中同学前几天也被女生这么拒绝了,这电视剧太没新意,要不是看男女主角演技好、颜值高,我早就弃八百回了。"

他说完,就见陆星衍影沉沉的眸子盯着他,许久不动。

岳白间被盯得奇怪,问道:"干吗?"

陆星衍滞了滞,听了半天只总结出一句话,嗓音低涩,慢吞吞地开口:"你是说……她在骗人?"

"是啊。"岳白间不满地"啧"一声,点评说,"这个女的在男的落魄的时候救了他,在男的生病时陪在他身边,还特地从外地赶去看男的地下演出,她不可能不喜欢这男的。"

说罢,岳白间一下子把进度条拉到最后一集,给没有经受过电视剧荼毒的陆星衍科普说:"不信你看,最后这两个人还是在一起了,男的知道了女生的苦楚,千里迢迢、坚持不懈追妻,两个人一起克服困难,大团圆结局。"

岳白间的手机屏幕中,烟雨朦胧的小巷,男主人公将女主人公紧紧拥在怀里。

两人额头相抵,缠绵对视,画面就此定格。

陆星衍站在岳白间背后,看了半分钟,不知是想到什么,还是受了什么启发,拎起椅背上的外套往外走。

岳白间叫住他:"阿衍,你去哪儿?"

陆星衍停了下,如实说:"回家。"

岳白间被他这一系列反应搞得很蒙,不明白这电视剧和回家之间有什么必然联系,说:"现在宿舍楼都锁门了,你怎么出去?阿姨不会给你开门的。"

陆星衍也是想到这一点,脚步才停了下来。

就算宿管阿姨给他开了门,他现在出去,回到家都十二点多了。

孟濡早就睡了。

他要把她叫醒吗?

问她是不是拿周西铎骗他?

陆星衍停步片刻,终于还是忍住了,把外套重新放回去。

反正这两天都忍过来了,也不介意再多一晚。陆星衍刷完牙,准备睡觉时,路过岳白间书桌看到他还在看刚才的电视剧,一边喝水,一边快进。

陆星衍随口问:"这电视剧叫什么名字?"

岳白间意外,以为陆星衍有兴趣,报了个名字后问:"阿衍,你也要看吗?"

"不。"陆星衍简洁明了地拒绝。

他拿毛巾擦了擦头,薄唇张动,似是真心诚意地称赞了句:"这电视剧,挺有深度。"

岳白间一脸蒙,他就是纯粹打发时间看的,看了二十集,也没看出这电视剧的深度在哪儿。他质疑地看了眼陆星衍,听见陆星衍这么说,于是又撑着多看了两集,想看看究竟有什么深度。

第二天满课,岳白间不出所料地没起得来。

陆星衍却是宿舍起得最早的,他收拾洗漱,去了教室。

上午两节大课和下午一节大课,陆星衍竟一节都没翘,模样懒懒散散,态度恣肆地坐到了最后。

这在以前几乎是不可能的事情。

最后一节课下课,陆星衍将书本扔给程麟让他帮自己拿回去,迈开长腿向对面罩郡芭蕾舞团排练舞剧的大楼走去。

程麟抱着陆星衍的书,看看已经走远的陆星衍,问一旁的岳白间和秦献:"衍哥干啥去?"

两人都是一脸不知情。

Chapter 04 · 厌食症

你明天没事的话,来看我的演出吧。
我正好有一张票,你来,我就把票送给你。

陆星衍站在排练楼外的树下。

他是来堵人的。

孟濡的舞团排练还没结束,刚才从教室里能看到这边排练室里人影翻跃。陆星衍倚着树干,一等就是两个多小时。

五点半,芭蕾舞团下课后,学生一个一个往外走。

大家都是匆匆离去,显得对面姿态闲闲、面色淡淡的陆星衍格外瞩目,有不少女生情不自禁朝他看去。

陆星衍微偏着头,目光只锁定在教学楼出口。

终于,孟濡出来了。她穿着米色的羊绒外套,围着围巾,露出下面两截纤细小腿。一辆车从教学楼侧面开出来,停在孟濡面前,孟濡开门上车。

这会儿路上的学生多,车开得不快,慢慢吞吞才移到小径出口,距离陆星衍几步之远。

陆星衍撑直身体,上前,走到车外,弯腰敲了敲副驾驶座的车窗。

孟濡正在低头用手机预约医生,刚才也是因此才没看见陆星衍。她偏头，看到车外立着的少年，手机从指间滑落掉到腿上。她打开车窗问："你怎么在这里？"

少年不答，看了眼驾驶座上的谭晓晓，视线又落回孟濡身上，反问："我能上车吗？"

孟濡不说话。

陆星衍稍微垂眸，摸了一下耳钉，有点示好地说："我想回家，不能和你一起回吗？"

谭晓晓每天下午都会开车送孟濡回家，除非是孟濡有事，不需要她送。

现在，少年站在车外，问能和孟濡一起回家吗。不管前几天他们之间发生了什么，但现在陆星衍没有提，孟濡也不能当着外人的面拒绝得太彻底。

孟濡朝谭晓晓轻轻点了下头，谭晓晓将后车门打开。

陆星衍钻入车内。

车拐上稍微宽敞的道路后，开得快了些。谭晓晓一边注意路上的学生，一边笑着问孟濡："孟老师，你们认识呀？"

孟濡点头："嗯。"

谭晓晓从后视镜好奇地看陆星衍。少年歪坐在后座中，黑黢黢的眸子盯着孟濡的后脑勺，模样懒懒的，像大型的雌伏凶兽。

谭晓晓又问："是你的学生吗？"

孟濡将手机拾起，重新预约刚才那位医生，否认说："不是。"

谭晓晓对这个长相漂亮的少年很有些好奇："那是……"她问完，车厢里很安静，两人不约而同地都没有回答。

孟濡是不肯承认自己有这么个弟弟，陆星衍则是不支持、不配合，懒得回答，完全等孟濡怎么说。

过了两分钟，还是没人说话。

谭晓晓有些尴尬地看着两人，以为自己问了不该问的问题，正要转移话题时，孟濡才抿着唇角，不情愿又故意撇清关系地说："亲戚家的小孩。"

谭晓晓了然，羡慕地总结："孟老师家的基因真好，以后的孩子肯定长得也漂亮。"

后座，陆星衍手肘撑着车窗，托着下巴，没来由地发出一声短促的轻轻的哂笑。

他的笑声不高,但在狭小的车厢里极其清晰。不知是在嘲笑谭晓晓说的话,还是嘲笑孟濡的欲盖弥彰。

车开了二十分钟,停在孟濡家地下车库。

孟濡和陆星衍下了车,一起乘坐电梯上楼。

整个电梯里只有孟濡和陆星衍两人,镜子中映出女孩和少年的身影,一个柔软细致,一个挺拔俊朗,静谧又完美地协调。

气氛有些尴尬。

孟濡身形直直地站在前面,看着电梯上方逐渐跳动的楼层数字,第一次觉得这电梯怎么上得这么慢。

她背对着陆星衍都能感觉到他直勾勾的目光。

陆星衍目光微垂,看着她浓长的眼睫毛轻轻扇动。

他懒懒洋洋地倚着一侧的扶手,模样随意又不端正。他摸了摸眼尾,好像那晚被孟濡拒绝、深受打击的人不是他,又好像昨天下午那一幕他什么都没看见。

他到底想搞什么?

孟濡不明所以,却不能像陆星衍一样当什么都没发生过。

电梯门打开后,她摁密码进屋。

孟濡拿了羊毛护腿就要往里面的舞蹈室里走:"我去练会儿舞蹈基本功,你忙自己的事情吧,没事不要找我。"

假的。

孟濡在南大排练室就练过两三轮基本功了,往常也只需要在睡觉前压压腿、拉拉筋,根本不急着在晚饭这会儿练功。

她这么做,无非是不想和陆星衍待在同一空间罢了。

陆星衍斜靠在玄关墙壁上,眼尾耷拉,动了动嘴角,有些散漫又有些任性地说:"可是我饿了。"

孟濡脚步顿了顿,狠下心没有回头:"你自己做饭。"

陆星衍诚实:"我做饭难吃。"

孟濡替他想办法:"那你叫外卖。"说完,孟濡回头看身后野猫一样难驯又令人头疼的少年,怀疑地问:"你会叫外卖吗?"

陆星衍点点头。

孟濡就放了心,转身再次走向舞蹈室,陆星衍在身后徐徐开口:"你要吃什么?"

孟濡其实不想吃东西,但为了自己的身体着想,也是不想让陆星衍看出什么,思考了一下回答:"和你一样。"

陆星衍就不再缠着她,拿起手机去一旁点外卖了。

孟濡松了一口气。

跳芭蕾舞的时间过得格外快,孟濡站在整面落地镜前,对着镜子练了几组大跳。

因为今天没有什么跳舞的心情,她跳了几次后,抬起左腿放在把杆上休息。

只是走了一会儿神,二十分钟就过去了。

孟濡是被家里的门铃声吵回神的。

她家的门铃声响亮尖锐,格外刺耳,偏偏还不能调小音量。

上次周西铎来时没有摁楼下的门铃,而是从侧门上楼的。孟濡回国后已经很久没有听到这报警器般的铃声了。

她抬起双手捂住耳朵,猜测是陆星衍点的外卖,他应该很快就去开门了。

可是,报警器铃声足足响了半分钟,依旧无人理会。

孟濡实在听不下去,收起长腿走出舞蹈室,到玄关的可视门铃前给外卖员开了门。

反正一会儿还要再开一道门,孟濡索性就没有回去,站在门口等外卖员上来。

陆星衍不知道去哪里了,客厅没有人,这么长的时间也毫无动静。

门被敲响,孟濡先通过猫眼看了看来人,然后才开门。

外卖员递上来一大袋东西,陆星衍点了四五种菜。

孟濡正要伸手去接,身后突然传来拖鞋趿拉的声音,紧接着,一道修长的阴影将孟濡笼罩。

消失好几分钟的少年出现,伸长手臂正好环住孟濡的身躯,微微俯低身,声音就在孟濡耳畔,呼出的温热气息扫过孟濡薄薄的耳郭。

陆星衍对外卖员说:"谢了。"

外卖小哥看了看姿势亲昵的两人,以为他们是情侣,笑了笑,不好意思地说了句"不客气"。

孟濡等人走后,后退一步离开陆星衍的臂弯,抬起双眸看着陆星衍说:"陆星衍,你想干什么?"

她漂亮的唇微抿,眉心浅蹙,大概是刚才跳完舞的缘故,脸颊有一点不易察觉的浅淡绯红。

她眸光清澈,定定地看他。

孟濡对陆星衍警觉很久了,他今天忽然提出要和她一起回家,还一副什么都没发生过的态度。

他到底想干什么?

陆星衍只是抬了抬手中的外卖塑料袋,面色不改地说:"拿外卖,不是吗?"

孟濡不相信:"那你为什么现在才出来?"

陆星衍扒扒头发,眉眼有点困倦:"有点感冒,我刚才睡着了。"

孟濡默然,她虽怀疑,但一时半会儿从陆星衍脸上看不出什么不寻常。她停了停,对走向餐厅的少年说:"下次不要再做这些没有意义的事情了。"

陆星衍脚步顿住。

孟濡转开眸:"陆星衍,我的想法不会变的。"

她认为自己已经拒绝得很明显,也做好了从他脸上再次看到受伤神情的准备。

但陆星衍只是顿了下,把点的晚饭放到餐桌上,回身对上孟濡的视线说:"我知道啊。"

孟濡一愣。

陆星衍抬着眉梢,拉开一张椅子坐在餐桌后面,手搭在椅背上,语气淡淡地说道:"你不是把我当成弟弟嘛。"

孟濡不置可否。

陆星衍拭了拭嘴角,有点邪气又不愿意地说:"那我们就继续做姐弟呗。"

孟濡不相信陆星衍居然这么好说话,她上前一步,歪头质疑地问:"真的吗?"

陆星衍"嗯"一声,模样端正,嗓音如常。他身体前倾,带着椅子也微微向前斜,模样懒懒看着孟濡:"现在可以过来吃饭了吗?"停了下,怕孟濡不信,"我好饿。"

孟濡将信将疑地走过去,绕过陆星衍身侧,想到他对面的餐桌后坐下吃饭。

却在路过陆星衍身边时,被少年毫无预兆地牵扯住手指。

孟濡微讶,下意识地想抽出手:"陆星衍!"

下一瞬,陆星衍握着她的手,覆在他的额头上。他抬着眸,低声问:"我有点难受,你摸摸我是不是发烧?"

孟濡不自在:"你自己去拿温度计……"

"我不会用。"陆星衍说得很坦然,说完见孟濡还是一副抗拒的样子,黑眸闪了闪,似是不太明白地问孟濡,"怎么了?"

他的手没有用力,正好是让孟濡挣不开逃不掉的力度。

陆星衍直直地凝望着她,不由自主地舔舔唇,嗓音平静,不给孟濡拒绝的机会,问:"你不关心我?"

他说:"这不是姐弟之间很平常的动作吗?"

孟濡说不出反驳的话,手下的肌肤凉润,传递着少年的温度。

凉凉的,体温正常。

再看陆星衍双眸明澈,气色健康。

哪里像是发烧?

孟濡的手被迫贴着陆星衍的额。顶着少年灼灼的目光,她将一边头发挽到耳后,如实说:"你没发烧。"

"是吗?"陆星衍盯着孟濡别起头发后露出的耳珠,喉结微动,有些遗憾地松开手说,"那我怎么头痛?"

孟濡怎么会知道。

她本来就对陆星衍刚才的话心存疑惑,但是少年只是抓着她的手让她试温度,没有做其他过分的举动。

孟濡被他那句"姐弟之间平常的动作"说服,也不相信陆星衍能做出别的出格的事情,迟疑了下,走到陆星衍对面的餐桌后坐下。

少年将点的菜用盘子一盘盘装好,再端出来放在孟濡面前。

他坐下,不知是故意还是随口说了句:"我昨晚去游泳池游泳了。"

孟濡下意识看了眼外面的天气,零摄氏度,玻璃上结了一层氤氲霜雾,他这个时候去游泳?

不等孟濡说什么,陆星衍又说:"我没吹头发,回去的路上风好大。"

孟濡总算是知道他为什么头疼了。她一边生气他不知道照顾自己身体,一边又不太想关心他。

她忍了忍,看着面前一桌都是她喜欢吃的菜,还是心软了,对陆星衍说:"一会儿你冲一包感冒颗粒,头疼会好一点。"

少年仍不满足,夹起一筷子笋干肉丝放到孟濡碗里,看着她佯装冷漠的小脸,说:"你帮我冲吗?"

孟濡愣了下,对面的少年神情坦荡,似乎只是普通地问一句。

孟濡吃掉他夹的笋干,咽下去后用陆星衍曾经说过的话堵他自己:"你不是说自己不是小孩了吗,怎么连冲感冒剂都不会?"

陆星衍被噎回去,半晌没说话。

最后,他撑着下巴,低低散散地轻笑起来,妥协说:"行吧。"

自己冲就自己冲。

吃过饭后,孟濡回到舞蹈室。

陆星衍将桌面收拾了下,然后找出不知道什么时候买的感冒灵颗粒冲了两包,端着马克杯来到里间舞蹈室门口。

孟濡正对着镜子练习单足旋转,细长柔韧的单腿直立,足尖支地,另一腿优雅地抬起,足尖恰好停在左腿的膝盖处。

她注视着镜子,留头、转身,动作优美且熟练,一定是练习过太多遍,才能做得如此轻松。

孟濡从镜子里看到陆星衍进来,少年自己找了个角落坐下了。

她缓慢停下转圈,淡声问陆星衍:"你怎么进来了?"

陆星衍悠然自在,盘起一条长腿,腿上搁着台笔记本电脑,腿边一杯感冒灵,打算写代码。

他头也不抬地说:"外面太静了。"

少年抬起眸,八风不动:"以前我也可以在这里写作业,不是吗?"

陆星衍说得不错,以前孟濡确实是允许陆星衍在旁边写作业,自己在镜子前专心跳舞的。

那时候陆星衍刚搬来这里,像一头四处碰壁、太没有安全感的小鹿。

孤独、阴郁、寡言。

孟濡即便回到家里,大部分时间也都是在舞蹈室跳舞,一跳就是整个下午或整个晚上。

她担心陆星衍长时间不跟人说话,会更加孤僻,甚至得抑郁症,于是便提议陆星衍到舞蹈室里写作业,反正这里空间大,他搬一张椅子来就够了,没想到陆星衍立刻答应了下来。

从此以后,将近两年的时间,陆星衍的作业都是在这间舞蹈室完成的。

孟濡有时候会像现在这样开音乐,在舒畅的乐声中,女孩跳舞,男孩做题,各不干扰,互相陪伴。

孟濡被陆星衍的理由说服,不再赶他走。

就当身后那名存在感强大、变得手长腿长、不再是清瘦小男孩的陆星衍不存在。

过了半个多小时,陆星衍代码写到一半,忽然抬起头毫无预兆地问前方身姿轻盈小跳落地的人,说:"你昨天晚上吃的什么?"

孟濡猝不及防地被问,落地后怔了一下,忘记自己的下一个动作是什么,疑惑地问:"问这个干什么?"

陆星衍耸肩,随口诌个理由:"看你刚才吃得不多,想问问你现在喜欢吃什么。"

孟濡虽奇怪,但还是如实说出两道家常菜名:"手撕包菜和炒蘑菇。"

没想到她说完,对面的陆星衍就露出意味深长的表情,若有所思地问:"你昨晚不是和那个周西铎在一起,就吃这些?"

失策了。

孟濡没想到陆星衍还记得这件事,一瞬间的慌乱后,她睫毛颤了颤,勉强定神,说:"还有别的菜,只是我这两样吃得比较多。"

陆星衍冷冷淡淡地"哦"了一声,似乎对他们吃什么比较感兴趣:"川菜吗?是在C100商场二楼那家?"

孟濡望着他,轻轻点了下头。

其实她不知道C100商场什么时候开了家川菜馆,但看陆星衍模样认真,猜测应该是前不久开的。毕竟她离开覃郡好几年了,这里的变化日新月异,多了家川菜馆也不足为奇。

陆星衍问完,神色平静,没再继续说什么,低头打码。

孟濡以为自己胡乱蒙对了,转身时悄悄鼓了鼓脸颊松气。

又过了十几分钟,少年敲完代码,站直身体慢吞吞伸了个懒腰,对孟濡说:"走了。你跳舞到几点?洗澡吗?我提前帮你开热水器烧热水。"

孟濡想了想,告诉他:"十点。"

陆星衍答应下来,迈开长腿离开舞蹈室。

厨房内,穿着居家服、连帽衫的少年打开冰箱门,目光从上往下扫

视了一圈。

他周末买的食材大部分都在冰箱里,除了孟濡说的那两样:包菜和蘑菇。

孟濡平时白天在学校吃饭,只有晚上需要自己做菜。当然,这两种菜也可能是孟濡前天晚上吃的。但,陆星衍刚才问孟濡"C100商场二楼的川菜馆",孟濡点了下头。

C100商场二楼根本没有一家川菜馆。

陆星衍这么问,只是为了套孟濡的话而已。

他想到女孩信誓旦旦点头的模样,扯一扯嘴角,漂亮的脸蛋露出个冷飕飕又气不过的浅笑。

呵,骗他。

第二天,孟濡预约了医生。

她今天虽不用上课,但还是起得很早,长发散落满肩,穿着薄睡衣和棉拖鞋走向洗漱台,准备洗漱。

孟濡刚拿起牙刷,旁边厕所的门就被打开,扑面而来的氤氲水雾,热气争先恐后往外涌。她偏头,看到陆星衍站在门口,只穿着条长裤,上身赤裸,水珠顺着他好看的瘦削胸肌往下落,下身长裤被打湿留下几块水印。

陆星衍拿着条新毛巾,正在胡乱擦头发。

孟濡的动作停住。

陆星衍看到孟濡也怔了怔。

他今天早上第一节没课,第二节才有一节语文课,不急着走,昨晚睡前喝了两包感冒冲剂,睡觉出了一身汗,所以一大早起来就先洗了个澡。但没想到孟濡今天没有课,也起得这么早。

陆星衍很快回过神来,牵着嘴角歪着头问门外双眸乌润、带着点惺忪睡意的人:"看什么?"

孟濡的目光忘了收回来。

经他提醒,孟濡佯装平静地收回视线,拿牙膏挤上牙刷头,淡定地问:"你怎么现在洗澡?"

"早上洗澡舒服。"陆星衍不太在意地答,站在孟濡身后问,"你起这么早,要出门?"

孟濡点了下头。

陆星衍又坚持问:"去哪儿?"

孟濡将牙刷头放入口中,抬起头,一眼就看到赤着上身大刺刺地站在她身后的人。

孟濡垂下长睫,努力不去看他,说:"有点事。"

陆星衍却没那么好打发,执着地问:"什么事?"

孟濡不知道他哪儿来这么多问题,刷好牙后擦了擦脸颊,伸手推着陆星衍往外走,像哄小朋友一样赶他走:"你不需要知道那么多。你不是还要上课吗?快点吹完头发去上课吧。"

陆星衍被赶走,拨了拨头上的水珠,不太满意地说:"语文课,时间还早。"

孟濡却不理,把人赶走后继续留在洗漱台前洗脸。

洗完脸后,孟濡出去,看到陆星衍还是没穿上衣站在客厅中,手里拿着吹风机,正在"嗡嗡嗡"地吹头发。他肩膀宽阔,动作时牵扯着肩胛肌肉轮廓,流畅肌骨下似乎潜藏着无穷力量。

孟濡正要说话,陆星衍迅速关掉吹风机,扭头对孟濡决定说:"我陪你去。"

陆星衍算是想明白了,不管孟濡去见谁,反正不能去见周西铎。

她既然能拿周西铎骗他一次,就会有第二次。

他不可能让这种事发生第二次。

所以孟濡去哪里,他都想跟着。

但孟濡却无情地拒绝了他,她走到客厅倒了一杯水后说:"不用,我自己去就行了。"

少年沉默,黑漆漆的双眸平静地看向孟濡,似乎很不满。

孟濡假装不知情,转着眸子看向落地窗外慢慢喝水。过了一会儿,她又转回来问陆星衍:"你怎么还不穿上衣服?昨天不是说感冒了吗,现在不觉得冷吗?"

少年身躯挺拔,一边吹乱糟糟的头发一边说:"我洗澡时忘了拿上衣,在我房间的柜子里。"

说完,他偏头凝望孟濡,顺势问:"你帮我拿一下?"

得寸进尺。

孟濡脑子里现在只有这四个字。

她发现自从陆星衍昨天说要和她做寻常姐弟后,指使她的行为越来越自然了。

孟濡虽很不想让陆星衍太得意,但考虑到他昨天感冒,现在又不知道好了没。踯躅一番,她还是往陆星衍的次卧走去。

房间干净,被褥松散。

陆星衍的房间是孟濡亲手布置的,她很熟悉东西的摆放。

她熟门熟路地来到第二扇柜门前,打开,拿出陆星衍需要的上衣。

孟濡正要往外走时,低头,看到里面那扇衣柜的柜门下夹着一根浅色的缎带。

她停下来,仔细看了看,像是足尖鞋的绑带。

孟濡以为是家政阿姨打扫时把她的东西遗忘在这里了,屈膝蹲下,手指轻轻扯住那根浅色缎带的一端。

稍一用力,整扇衣柜缓慢地向她打开。

孟濡仰头。

面前是一整个衣柜的足尖鞋,崭新的,样式精致,颜色各异却都鲜亮美丽,一双一双整齐地被摆立在衣柜中,呈现在孟濡眼前。

足尖鞋有的缝了缎带,有的没有缝,千丝万缕的缎带缠绕、散落在一起,一些从衣柜前轻飘飘地垂落,盈满孟濡的眼睛,像一张精心编织、秘密筹措的网,一旦沾惹就再也无法摆脱了。

满满整衣柜的足尖鞋,孟濡都不确定自己的足尖鞋有没有这么多。

她呆愣愣地看了很久,甚至忘了从地上站起来。

门外,吹干头发久久等不到她的少年走过来,停在次卧门口。

陆星衍疑惑地问:"你还没找到吗……"

孟濡如果反应足够快,这时候就应该立刻关上衣柜门,假装什么都没有看见。

但她太惊讶了,滞住,连陆星衍进屋都没有回头。

少年停在她身后。

来不及了,孟濡心想。

陆星衍站在几步之外的地毯上,抬头,目光顺着孟濡的往前看。

满满一衣柜的精美亮丽的足尖鞋,款式大同小异,有的是定制款,价格不菲,有的是普通款,设计别致。但这些足尖鞋都有一个相似之处,那就是都是孟濡的尺码。

每双足尖鞋或舒适、或好看、或是孟濡喜欢的牌子，足以看出挑选鞋子的人多么认真。

少年藏了整整一衣柜的秘密，被孟濡这样毫无准备、一点也不隆重地打开。

陆星衍也来不及反应。

"你……"

过了两三分钟，孟濡才缓慢地回过神，站直身体，难以置信地看向身后神色难辨的陆星衍。她斟酌了一下开口，声音带着点涩涩的试探："为什么有这么多双足尖鞋？"

从被发现到被质问，陆星衍只用了很短的时间，就从错愕到镇定。

陆星衍抓了抓头发，坐在旁边的床沿上，一条长腿伸直，抵着对面刷白的墙，沉默了下，抬头朝孟濡歪出个笑，不正经地说："买的呗。"

孟濡当然知道他是买的，但现在的问题是……她绷着脸，不允许陆星衍再轻易糊弄过去："你买这么多足尖鞋干吗？"

收藏。

兴趣。

送人。

孟濡在心里想好了为陆星衍解释的借口，无论他说哪一个，她都会接受。但没想到陆星衍看着她，极其自然地脱口而出："送给你。"

想送给你，不是别人。

窗外阳光倾泻，细碎光芒洒在孟濡身上和尚未合拢的柜门里。

一排一排足尖鞋鲜亮明丽，仿佛少年赤诚的心，敞开被送到她面前。

孟濡瞳仁里微光闪烁，这一刻差点溺在陆星衍眼底的温柔中。她轻咬着牙齿，努力使自己不要被打动，不要太快软化。她问："为什么送我？我有很多双足尖鞋。"

"不知道。"陆星衍如实回答，耸了耸肩，看向孟濡背后占据半面墙的足尖鞋，摸摸眼尾说，"觉得你穿上应该会好看，就买了。"

仅此而已。

陆星衍说起来轻松，但孟濡知道这几十双足尖鞋肯定花费了不少钱和心思。

除了 Gaynor Minden（盖纳·明登）、Tiffany（蒂芙尼）等一些

大牌外,还有十几双是定制款。

而且,陆星衍是怎么知道她的定制尺码的?又是怎么和定制商家联系的?

孟濡低垂着眼眸,无数思绪翻涌而来。

如果陆星衍真的想知道,其实也不难。

以前住在家里时,她会向一些价格适中、穿起来舒适的商家定制足尖鞋。她用过的尺码随手会放在客厅桌子上,陆星衍经过,看一眼就记住了。

这之中,陆星衍为孟濡买的第一双足尖鞋,就是孟濡最喜欢的一个品牌。

那原本是孟濡为自己定制的,只是后来她飞去了意大利,鞋子送来时她已经在米兰。足尖鞋只交了定金,陆星衍用自己攒下来的钱付掉尾款,替孟濡买下了那双足尖鞋。

第二双,是陆星衍意外在一条简陋古朴的小巷里发现的,那里居然有一家芭蕾舞鞋店。一双足尖鞋立在橱柜中,颜色浅橘,做工精致。像极了他第一次看孟濡表演舞剧时穿的足尖鞋。

少年带着与别人打架弄出的一身伤,擦了擦嘴角的斑驳血迹,走进那家装修典雅的芭蕾舞鞋店。

再后来,一双又一双,仿佛成了习惯。

陆星衍想一直看孟濡穿着足尖鞋,站在舞台跳舞的模样,所以看到好看的足尖鞋都想为她买下来。

不久前,孟濡回国了,不再住在家里,陆星衍反而找不到机会送给她。

陆星衍以为还要再等一段时间,没想到,现在孟濡自己发现了。

也好。

反正,他也不打算藏了。

陆星衍轻轻偏头,看着一动不动的孟濡,扯一扯嘴角勾笑:"你不是也经常送我东西吗?"

他轻飘飘地问:"我想送你足尖鞋,有什么不可以?"

孟濡沉默,这个话听起来似乎没什么太大差别,但,她送给他的都是单一的、不太花费心思的礼物,哪里像他一样花费时间精力收集一整衣柜足尖鞋?

太隆重了不是吗?

孟濡说不出话。

陆星衍以为她不肯收,摸了摸耳钉,有些狡猾又有些勉强地说:"就当是弟弟送给姐姐的礼物,也不行吗?"

又是这招。

孟濡吸一口气,想说什么。

但她抬起目光时对上陆星衍清明澄澈的双眸,少年的眼神太过真诚,让她一时想不出拒绝的话。

过了半晌,孟濡才想起来问:"你买足尖鞋的钱是打工赚的吗?"

陆星衍垂头,诚实地说:"嗯。"

说完,似是不想让孟濡在这方面问太多,陆星衍上前取出孟濡头后那层架上第一双浅橙色的足尖鞋,转移孟濡的注意力问:"这些足尖鞋的带子为什么没缝上?需要自己缝吗,我缝了一双,你看看?"

孟濡接过,在看清陆星衍缝的成果时静默了下。她抬头看陆星衍,半天没说话。

陆星衍不明白她为什么沉默。

孟濡斟酌,以一种不太打击人的口吻问:"你以前缝过东西吗?"

陆星衍。"没有。"

孟濡指了指鞋后跟缎带的缝接处,坦白地说:"这里开线了。"

陆星衍一时无话。

"不过针脚还算缜密。"孟濡看了一圈后补充,停了停,实在没忍住,翘着嘴角轻轻溢出一声笑。

她摸着陆星衍的头发,笑时眼睛弯弯的,温软又有点无奈的语气:"不过你知道,芭蕾舞演员的足尖鞋,最好是自己亲手缝缎带吗?"

这点陆星衍是真的不知道,他以为缝上这根带子就完事儿了。

因为每位芭蕾舞演员的双足都不一样,缎带缝纫的位置也有细微的差别。孟濡天生脚背软,缝纫缎带时也需要更用心一些。

陆星衍干巴巴地问:"那这双鞋子不能穿了?"

孟濡看了下缎带缝接处,安慰少年说:"我把这根缎带重新缝一下,应该是可以穿的。"

她问陆星衍:"你只缝了这一双?"

陆星衍点点头。

孟濡将足尖鞋放回柜子。

和其他大部分芭蕾舞演员一样,她对足尖鞋也有一种强烈的热爱。她自己本身的足尖鞋也很多,但这次没带回来多少,和这一整柜的足尖鞋相比还是相形见绌。

如果不是孟濡十点钟预约了医生,她可能会将这里的每一双足尖鞋都仔细看一遍。

时间来不及了,孟濡走出次卧,来到玄关换鞋准备出门。

陆星衍立在身后,已经穿好上衣,头发清爽,沉不住气地问孟濡:"你到底要去哪里?"

十点,医院。

尽管今天不是双休日,医院里仍旧人满为患,就连孟濡挂号的科室也不例外。

虽然孟濡提前预约了,但她来得比预约的时间早,也要在外面等候一会儿。

拿着挂号单,孟濡坐在诊室外的长椅上。

她来之前在家里喝了杯牛奶,但是刚才在医院的厕所里全吐了。这会儿肚子很空,她从包包里拿出几颗牛奶糖,随便挑了一颗剥开糖纸放入嘴里。

奶糖外的糖衣在口中化开,浓郁奶香发散,虽然还是没什么食欲,但孟濡心里舒服了。

她对面坐着一位小女孩,女孩的妈妈在旁边陪着。女孩大约十三四岁的模样,身材清瘦,脸蛋暗黄。

女孩的妈妈拧开一瓶矿泉水递给女孩,女孩伸手去接。

空荡荡的袖口下,女孩的手腕快瘦到皮包骨的程度,孟濡只看了一眼,就移开视线不再看。

女孩喝了几口水,下一秒就忍不住去一边的垃圾桶旁吐了出来。

女孩的妈妈看着女孩的背影,眼眶蓦地红了,忍不住转身拭泪。

孟濡拿在手中的挂号单被她捏皱了,指尖细微地颤,她用了些力才忍住。

她心里恐惧,以前虽然知道自己生病了,但这是她回国后第一次来医院。

也许是周围的人太多,焦虑与畏惧的气氛更能感染人,再加上面前这对面容憔悴的母女，孟濡第一次如此清晰地感受到她好像病得很严重。

她有点害怕，害怕自己会和那个女孩一样。

她的心被揪紧，脑海里不断回忆女孩那截细瘦的手腕……

孟濡浅浅地吸了一口气。

几分钟后，轮到孟濡进诊室。

诊室中央坐着一名穿白大褂的医生，戴着眼镜。

医生看到她，温声问："你怎么了？"

从诊断到检查身体，用了一上午时间。

医生询问了孟濡的症状，又了解到她这个状况已有半年时间，让孟濡先去检查体内微量元素，又去做了胃镜。结果出来后，医生先给孟濡开了几种口服液药物，让她定期来医院复查身体。

孟濡站在医院门口，转眸寻找过马路的斑马线，耳边却还是医生最后说的那句话——

"不一定有用，这属于心理疾病，如果不是刻意节食，你有什么工作压力吗？建议你调整心态，保持乐观的心情。如果后期没有用，可能精神心理科更适合你现在的情况。"

孟濡将小半张脸缩进樽领毛衣里，过了路口站在路边打车。

一辆出租车在孟濡面前停下，司机问她去哪儿。孟濡犹豫了半天，还是说出家的地址。

她现在其实不太想回家，但除了家里，好像也没有别的地方可去。

早上出门时陆星衍问孟濡到底去哪儿，孟濡撒谎说："舞团组织体检，你也要跟去吗？我会跟大家说你是我弟弟。"

陆星衍这才放弃了。

最后陆星衍和孟濡一起出门，他去学校，孟濡去医院。

回到家，空无一人。

孟濡喝掉两小支医生开的口服液，路过陆星衍的房间时，门开着。装满足尖鞋的那扇柜门已经合上，外表看起来毫不起眼，里面是送给她的童话王国。

孟濡情不自禁地上前，打开柜门。

这次她将每双足尖鞋都拿出来看了一遍，再逐双摆放回去，仿佛能

看到少年收集这些鞋子时所费的心思。

孟濡还看到了以前她为自己定制的那双足尖鞋。

也就是说，陆星衍从那时就开始为她买鞋子了。

要怎样的心思，才能坚持这么久。

孟濡现在还想不到。

她拿下那双被陆星衍缝缎带缝得乱七八糟的足尖鞋，走回自己的房间，找到针线盒打算重新缝一遍。

她拆掉陆星衍缝的线头，按照他缝纫的痕迹再一点一点穿针引线。

她以为陆星衍旷课打工是自我放弃。

她以为陆星衍从来不在乎她是跳芭蕾，还是跳别的什么。

她以为……却原来，陆星衍会用他打工的钱，给她买一整柜足尖鞋。

缝好缎带，孟濡穿上试了下，大小和舒适度都刚好，她踮起脚尖在地板上转了个圈。

忽然，她又想起医生说的那句话——心理疾病。

孟濡缓慢地停下，手扶着一旁的柜子。

她知道，医生这么说不无道理。

其实从一年前开始，孟濡察觉到自己的事业进入瓶颈期，就开始有些焦虑。

舞台效果不完美，技巧和乐感停滞不前，孟濡觉得自己好像进入了一个怪圈。

永远觉得自己不够好。

她拼命努力，想将更好的舞蹈呈现给台下的观众，同一个动作可以重复练习几个小时，忘记吃饭，却仍旧觉得自己做得不够多。

但她太过用力，事实往往不尽如人意。

一次，她在俄罗斯的莫斯科大剧院上台演出之前，由于太过劳累，身体虚弱，晕倒在了后台。

那场演出不得不换成另一名首席演员代替她登场，而她休息了三天。

学习舞蹈的人都知道一句话：一天不练，自己知道；三天不练，观众知道。

之后孟濡更加努力地练习，从早到晚，不知疲惫。

同一芭蕾舞团的演员们看到她这样，也不免很有压力——舞团最优秀最年轻的芭蕾舞演员都这么努力，她们还有什么资格休息！

那一段时间，整个斯卡拉芭蕾舞团都格外紧张，生怕自己一偷懒就落后这个中国女孩一大截。

所有人都觉得孟濡很优秀，但孟濡自己不那么觉得。

她为此一年没有再登台演出，舞团团长也告诉她，她现在的状况不太适合上台表演。

孟濡没有任何抱怨，依然跟着舞团的成员一起训练。

直到一次周末，孟濡和舞团成员一起去吃她最爱的中国菜。

可口熟悉的饭菜端上来，孟濡举起筷了，却没有任何食欲，她夹了一块红烧排骨，还没吃进去就有点想吐。她放下喝了一口水，也是咽不进去。

舞团成员看着她，说："孟，你的症状很像厌食症。"

那个时候，孟濡才意识到自己不是不饿，而是生病了。

她去医院诊断，医生判定为厌食症。

医生建议孟濡住院接受治疗，时间少则一个月。孟濡不想在医院浪费时间，而且她在医院也不能练习芭蕾。

正好覃郡芭蕾舞团的人联系孟濡，邀请她回国担任指导老师，指导覃郡芭蕾舞团的成员排练。

她想着回国休息半年，或许能让自己的情况得到改善，于是答应了。

阮菁以为她回国是为了陆星衍。

根本，不是。

陆星衍下午说会回家，孟濡在他回来之前收好诊断单和药，还做了一桌子菜。

孟濡在国外也会自己做菜，手艺虽算不上太好，但做家常小菜绰绰有余。

陆星衍推门进屋时，孟濡正把最后一道滑菇鸡丝粥端到餐厅桌上。

他脚步微怔，看向孟濡问："都是你做的？"

"当然。"孟濡毫不谦虚，解下围裙放在置物架上，对陆星衍说，"快去洗手吃饭。"

"为什么做这么多菜？"四菜一粥，孟濡回到家后还从来没有认真做过菜。

孟濡坐在餐桌后，手托着下巴说："多吃自己做的菜，少吃外卖，不好吗？"

当然好，陆星衍找不到理由说不好。

少年依言洗完手，回到餐桌边，接过孟濡递来的筷子还没有坐下就夹了一块仔姜焖鸭。

孟濡仰头看他问："好吃吗？"

陆星衍爽快地点点头，竖了下拇指。

孟濡又噙着笑问："和你做的比呢？"

陆星衍不回答了，抬眉看对面的人，试图绷了下脸，没绷住："故意埋汰我？"

孟濡浅笑，不置可否。

陆星衍主动给两人一人盛了一碗粥，孟濡一口一口慢慢地喝粥，几乎没吃什么菜。

也许是今天看到那个女孩的场景刺激了她，也许是收到陆星衍送的一整柜足尖鞋心情很好，孟濡努力让自己多吃一点，最后成功吃掉了半碗粥。

剩下的大部分菜都进了陆星衍的肚子，他今天胃口很好，盛了两次粥。

看到孟濡一小碗粥还剩下半碗，陆星衍微微皱了皱眉，还是什么都没说。

饭后，陆星衍收拾碗筷，擦桌子时，忽然开口问已经坐在沙发上准备看电视的孟濡："你吃这么少不会饿吗？"

孟濡换台时的手顿了下，扭头朝陆星衍一笑，说："不会啊，我白天吃得很多。"

陆星衍凝视她，神色不动，没来由地冒出一句："程麟说你是仙女。"

孟濡没反应过来，陆星衍转身进厨房，留给孟濡一个背影说："仙女都不用吃饭。"

孟濡默然。

晚上，孟濡在舞蹈室练习芭蕾，没一会儿陆星衍也进来了。

一开始孟濡以为陆星衍抱着电脑坐在地板上是在写代码，后来孟濡转身，从陆星衍背后的镜子里看到他的电脑屏幕上是游戏界面。

少年操纵着坐在缸里的游戏人物，拿着一把榔头用力地爬山。

他向上爬了很高一段距离，一个操作失误，又向下滑落到山底。

陆星衍神色不变，继续往上爬。

这么认真，不知道的还以为他在解代数难题。

孟濡看了他一会儿。

少年察觉到她的目光，抬起头："要玩吗？"

孟濡询问："你不复习吗？"

上次她听到程麟说，他们下周就期末考试了。

陆星衍摸摸耳朵，有些不以为意地说："我没带书。"

"那你明天把书带回来，在家里看。"孟濡知道他在学校不会看书，想让陆星衍好好复习，只有这一个方法，"如果你晚上不看书，就不要来舞蹈室了，晚饭我也不会给你做的。"

少年从这句话中敏锐地捕捉到重点，思考了下问："如果我看书，你会每天晚上做饭吗？"

孟濡原本也有每天好好做饭的意思，听陆星衍这么问，面不改色地点头："嗯。"

于是陆星衍咋了下舌，痛快地说："行。"

看书就看书。

接下来的几天，陆星衍每晚都会回家，孟濡做晚饭，陆星衍洗碗。

吃完饭后，孟濡偶尔会坐在沙发前的地毯上看会儿《新闻联播》，然后再去舞蹈室跳舞。

陆星衍就拿着专业课的书在舞蹈室找个地方做题，他们偶尔会说话，大部分时间都很安静。

就像几年前陆星衍在这里学习的场景。

每天早上，孟濡如果不去南大上课，就会在楼下的小区里跑步半小时。

她希望回来时胃口好一些，能多吃点早饭。

然而，收效甚微。

陆星衍得知孟濡晨跑后，第二天也换上运动服跟着下楼。少年手长腿长，几步就拉开孟濡一段距离，没几分钟就超过孟濡整整一圈。

陆星衍路过她身边，看着孟濡慢慢小跑，再垂眸看她的腿，舔了舔唇，意思不言而喻。

孟濡看看自己的腿，和陆星衍的长腿对比，一下子就明白了什么意思。

她快步追上少年，伸手扯住陆星衍身后的运动衣连帽，带着他不禁

往后一退，轻轻咳嗽两声。

孟濡气不过，说："别得意，你初中的时候腿还没有我的长。"

陆星衍不记得有这回事，想反驳，但看到孟濡努力想找回场子的表情，牵起唇角浅浅笑了一下，说："是吗？那肯定是你吃饭太少，才没有我长得高长得快。"

孟濡一噎。

晨练过后，孟濡有时会回家做早饭，有时会和陆星衍去外面的早餐店吃早点。

今天陆星衍提议去早餐店，少年不顾孟濡的阻拦，特地点了满满一桌早饭，每样一份。

陆星衍面对孟濡疑惑的眼神，从对面伸长手臂，轻轻揉了揉孟濡额前细碎的软发，像孟濡平时对他说话的语气一样说："多吃点吧，争取长得比我高。"

孟濡鼓起白皙的小脸看他。

她不想比陆星衍长得高，她的理想身高是一米六五，虽然现在实现已经不太可能了。

这么多早点理所当然地没有吃完，孟濡让陆星衍把剩下的食物全部打包回去，当作他后面两天的早饭。

少年听话地吃了两天剩饭，第三天早上，终于把最后一只烧卖整个填进嘴里。

他仰面倚着椅子，视线盯着刚吃完早饭就准备去洗手间漱口的孟濡："你不要看我好说话，就这么欺负我。"

她欺负他？

孟濡不明白这小孩何出此言，明明是他点得太多，她还帮他一起吃了，虽然最后吐掉的也不少……

孟濡侧头看着陆星衍，问："你什么时候好说话？"

她记得他每个班主任都评价过他和同学不好好相处，还经常和班上同学打架。

陆星衍稍直身体，眉乌目漆，一本正经地答："对着你的时候。"

孟濡什么都没有说，拿起牙刷，挤了点牙膏，又刷一次牙，显然是不把陆星衍的话放在心上。

陆星衍一只手搭在椅背，若有所思地看孟濡："你最近怎么经常刷牙?早晚刷一次,吃饭后也要刷一次?"

孟濡动作停顿,吐掉口中的泡沫,漱了漱口说:"保持口腔清洁,不好吗?"

听起来是没什么毛病。陆星衍皱了皱眉,走回房间拿出一瓶未拆封的漱口水,放在孟濡手边的洗漱台上,说:"饭后想刷牙就漱一口这个,不要经常刷牙,对牙齿不好。"

孟濡看向面前的少年,勉强牵唇对他一笑,说:"谢谢你。"

陆星衍眼尾一挑,似有深意说:"这个是柑橘味儿。"

孟濡没懂。

陆星衍拿起书本,边走回房间边揉揉头发说:"你接吻的时候也会是柑橘味儿。"

孟濡:"……陆星衍!"

少年不以为意。

反正他喜欢柑橘味儿。

除了对食物没有食欲,孟濡最近睡眠的时间也越来越长。

她很贪睡,如果一整天没有课,她就会睡到中午十二点或者下午一两点才起床。

而之前计划的晨跑,因为对食欲的改善不大,孟濡没跑几天就放弃了,倒是陆星衍住在家里的这几天一直坚持跑步。

常常陆星衍去上课,孟濡中午才起床做饭,但她只吃几口,剩下的就全部倒进了垃圾桶。

孟濡在排练室也经常犯困。中午休息,几个指导老师坐在休息室的长椅上闲聊,孟濡就找一张扶椅躺着,收起双腿蜷着身体沉沉地就睡着了。一个半小时后午休结束,孟濡一点转醒的迹象都没有。

另外两名指导老师叫孟濡,孟濡才缓慢地掀了掀眼睑,困顿地醒来。

其中一名指导老师笑说:"孟老师皮肤这么好,是不是和睡眠好有关系?我在家晚上都睡不着,难怪肤色越来越暗沉。"

孟濡抬手揉了揉眼睛,朝她们不好意思地一笑:"我昨晚睡得太晚了,今天有点困。"

其实,她昨晚十点就入睡了。

同样的事情第二天又发生了一次,孟濡上课时指导学生们排练《白毛女》第二幕,突然没来由地一阵困倦,眼前的景象晃了晃,好像她一闭上眼,下一秒就能睡着。

孟濡强撑着精神,咬了咬牙才忍住了。

学生们都不知道她刚才停滞了一下是为什么。孟濡转身出排练室,对众人说:"你们先自己练,我去下洗手间。"

孟濡在洗手间洗了下脸,出来后从包里拿出一盒提神含片,吃了一片。

这是她在意大利时舞团成员推荐的,提神很见效,吃起来有酸酸甜甜的果子味。

可惜孟濡只带回来这一小盒,而且已经被她吃掉大半。

多亏这提神含片,孟濡一下午都没有瞌睡。

到了晚上,吃过饭,孟濡本想八点以后再去舞蹈室练习一会儿芭蕾,但她坐在沙发上,不多久就倒在一旁合眼沉沉地睡去。

陆星衍正坐在她旁边和舍友组队打游戏。

他们明天开始考第一门,程麟主动提议放松一下,于是四个人打开了游戏,全靠陆星衍带着躺赢。

陆星衍虽打开了语音,但全程很少说话。

只是在程麟和岳白间大喊"那里有人"时,他找好隐蔽位置,扛着一把狙击枪一番操作,随后淡淡地说声:"死了。"

程麟在那头用语音感慨:"和阿衍玩游戏太有安全感了,阿衍要是有追不到的妹子,和她玩一局游戏,对方肯定心动。"

陆星衍闻言,不由得想起和孟濡在电玩城玩赛车的那天,他明明故意输给她,还把另外两名男生的车撞到山底,让她赢得第一名。

可她为什么却无动于衷?

陆星衍扭头,看向一旁的孟濡。

女孩侧卧着,双手放在脸侧,长睫合起,呼吸清浅。

陆星衍这才发现她睡着了。

陆星衍放下手机,不顾进入决赛圈的舍友三人,俯身,手指轻轻勾着孟濡散在沙发上的头发,低低地叫了孟濡一声。

孟濡被少年的声音唤醒,缓慢地掀开眼睑,面前是陆星衍熟悉又俊朗的面庞。她迟疑了下,脱口而出茫然的睡音:"唔?"

陆星衍看着她说:"去房间睡,这里冷。"

孟濡拿起手机看了眼时间,九点半,这时候练习芭蕾也没有精神,她索性坐直身体穿上拖鞋,依言去卧室睡觉。

陆星衍和孟濡说话时没有关游戏语音,他们那两句对话被游戏那端的程麟、岳白间、秦献听得清清楚楚。

程麟大惊失色,连游戏都不重要了:"阿衍,你不是在家吗?你家怎么有女人?"

岳白间听出孟濡的声音,解释说:"是阿衍的姐姐吧,上次听阿衍说他们住一起。"

"不是。"陆星衍开口否认。

少年唇角勾着,模样懒懒散散,语气却认真地纠正:"是我的宝宝。"

第二天,陆星衍开始期末考试,就不再每天都回家。

据他所说需要考一个星期,他虽然只考三科,但都在第一天和最后两天。

陆星衍不在家,孟濡也觉得轻松很多,起码不用每天勉强自己多吃饭,也不用吃完饭不舒服想干呕。

一个星期很快就过去,南大学生考完试,大部分都进入寒假。

而草郡芭蕾舞团的学生却没有那么轻松,别人在休息时,他们还在排练室里不知疲惫地重复枯燥的训练。

这天,孟濡结束一天的芭蕾课回到家,家里无人。

陆星衍昨天就考完试了,因为收拾东西回到家时已经很晚,孟濡今天一早又要去南大上课,两人几乎没有说话。

下午陆星衍给孟濡发微信,说他去做兼职,凌晨以后才回来。

这个小孩,究竟为什么这么着急赚钱?

孟濡上次看到他为自己买的一整柜足尖鞋,以为他赚的钱都用在这个地方了。

但现在孟濡觉得,足尖鞋只是一小部分,陆星衍肯定还有别的事情瞒着她。

孟濡晚上没有吃饭,自己做了点酸奶,加上冻干草莓和麦片,味道居然还不错。

她吃了两小碗。

看会儿电视,练基本功,洗澡。

孟濡和往常一样等到十二点,陆星衍还没回来,她也没有多想,自

己先睡下了。

孟濡入睡很快，大约睡了一个小时，枕边的手机响铃蓦地响动。

黑暗中，她迷迷糊糊地睁开双眼，伸手去够手机，隐约看清屏幕上显示是"陆星衍"，接听，将手机贴在耳朵上，半合着惺忪漂亮的眸不说话。

电话里却不是陆星衍，是另一个男孩的声音："濡濡宝宝？是阿衍的女朋友吗？阿衍在 Regret Pub 遇到麻烦了，你能过来一趟吗？你要是来得晚了他一会儿说不定就被人抢走了。"

孟濡尚未完全清醒，也没听懂这个男孩在说什么，什么濡濡宝宝？她怎么会是陆星衍的女朋友？

对方挂断电话，孟濡才反应过来，他说的是陆星衍出事了。

孟濡立刻下床换衣服，拿上围巾走到玄关穿鞋，一边又给陆星衍拨去电话。

但那边不再有人接听。

孟濡到小区外打车，报上酒吧的地址，并拜托司机开快一些。

大约二十分钟后，司机把车停在酒吧楼下，孟濡已经能很熟练地找到电梯口，上到顶楼。

这是孟濡第二次晚上来这里，环境依旧和上次一样，音乐舒缓，大约是时间不早，客人不如上次多。

孟濡越过舞池，在卡座区找了一圈，没有看到陆星衍。

她询问一名迎面走来的服务生："陆星衍在这里吗？"

服务生点点头，跟孟濡说了里面一间包厢房号。

孟濡朝他道谢，往里走去。

服务生在后面叫住她，说："那间房里现在有客人，你最好等一下再去……"

孟濡停顿了下，浅浅吸一口气，才转回头对对方笑了笑说："谢谢，我知道了。"

但对方离开后，孟濡还是迈开脚步朝里面的包厢走去。

她听刚才那人电话里的语气，以为是陆星衍一时冲动和酒吧里的客人起争执了。或者是他打伤别人，或者是别人伤他，孟濡已经做好看到有人受伤的准备。

孟濡站在服务生说的包厢前敲门，无人回应。

她正准备再敲，里面忽然响起酒杯砸地的破碎声。

孟濡推门而入。

怎么也没想到里面会是这种场景——

没有争执，没有斗殴，只有陆星衍和另外一名女人。

女人三四十岁，保养得宜，珠光宝气。面前放着一支波尔多红酒，满地碎片，深红色的酒液向四周溢散。

她对面，陆星衍神情寡淡，漆黑色的瞳仁没有情绪，脸上是难以掩饰的不耐烦。他薄唇微动，声音不高，但是又冷又硬："我再说一次，滚，别来找我。"

女人伸出染着深红色指甲油的手，试图轻碰陆星衍的肩膀，笑道："对客人态度这么差，不怕我向经理投诉你？"

陆星衍蹙了蹙眉，向后一退。

他身后是沙发，即便后退也退不了多远，女人依旧能触得到他。

孟濡见状，微微蹙了下眉，伸手扯住陆星衍的袖子。少年在被她触碰的一瞬间回头，看到孟濡的脸庞时，想甩开的动作停了下来。

孟濡将陆星衍带到自己身后，纤柔的身躯挡在他的身前，弯一弯唇角，漂亮又清明的眸不露怯地对上面前女人的视线。

孟濡开口，语气轻轻的，却有一丝显而易见的保护和不悦。

"请问你要对我家小朋友做什么？"

那通电话是齐修打的。

当时齐修想找陆星衍，让陆星衍帮忙去门口站会儿，他找个地方偷个闲透口气。

走到卡座区，看到这边有动静。

陆星衍站在一张桌子后，手扶托盘，对面是一名穿着高定连衣裙的女人。

女人昂贵的裙摆被染上酒液，仍在往下滴水，整条裙子都报废了，却不见她多生气，视线只盯着对面面无表情的陆星衍。

齐修对这个女人有些印象，她经常只身一人来酒吧，有时候只点一杯酒，有时候会和酒吧里模样英俊的男人聊天。

没想到今天会故意招惹陆星衍。

明眼人都能看出来，不是陆星衍端酒时无意将酒洒在女人身上，而是女人刻意没有拿稳，一整杯Martini（马丁尼酒）倒在她自己的衣裙上，叫来经理。

经理因为不想惹麻烦，就特地开了间包厢，让陆星衍和这名女人私下里解决。

陆星衍离开时，手机掉在沙发上。

齐修拾起，察觉到不对——他之前拿陆星衍的手机玩过游戏，记得密码，解锁以后翻到通话页面。

最近通话的第一条就是"濡濡宝宝"。

齐修以为是陆星衍的女朋友，迅速拨过去，然后才有了他和孟濡的那通电话。

"阿衍不是自愿的，我做证，你来如果看到什么不好的画面，不要和他分手。"

——这是齐修最后说的一句话。

现在，孟濡站在包厢里，大约明白了齐修为什么要说这句话。

其实在孟濡来之前，包厢里还有一幕，女人不接受陆星衍的道歉，只是叫人送来一瓶红酒，亲自倒了一杯给陆星衍，说只要他喝下这杯红酒，今晚的事情就一笔勾销。

陆星衍没有喝，场面一直僵持着。

女人轻靠在沙发上，手指虚虚支着头，看着面前的少年笑说："不肯喝的话，还是你愿意赔我一条裙子？"

陆星衍当然选择赔裙子。只是女人不给他开口的机会，手指轻轻抚一抚裙摆的精致纹路，摇头说："只是这条裙子是意大利定做的，一条裙子要等大半年，我怕我等不起这么久。"

陆星衍不为所动。

女人似是想起什么，红唇动了动，别有深意地说："或者这半年你不用每天来这里上班了，来我家给我一个人打工，我倒是不介意再多等半年。"

她没给陆星衍选择余地，将酒杯往前递了递。

接着，就是孟濡进门之前听到的那声玻璃碎裂声。

女人看着挡在陆星衍身前的孟濡，皱了皱眉，似是觉得她模样很熟悉，但又一时半刻想不起来。

女人扬着唇，坐回沙发上，笑问："你家小朋友？这么说，他是你弟弟？"

这一次孟濡没有立刻答是，看了眼身后面色不豫的陆星衍，再看向女人，微歪了下头，问："他做了什么，你要向经理投诉他？"

女人以为孟濡不过是来替弟弟出头的罢了，也没有放在心上，把陆星衍端酒时酒水洒在她身上的事情又说了一遍。

女人等着孟濡露出为难的表情，然而孟濡只是浅浅地扫过她的长裙一眼，捕捉到另一个重点，问道："你说是经理让他来和你私下解决？"

女人不置可否。

孟濡轻轻拧眉，抬手，直接摁向左侧墙壁上呼叫器的紧急呼叫按钮。

铃声响起，不一会儿穿着白西装长裤的男人仓皇而入。

经理见房间地板狼藉，还多了个漂亮女孩，挤眉弄眼地问离他最近的陆星衍："怎么回事？"

陆星衍不答，黑漆漆的眸子一直盯着紧紧护在他身前的孟濡。

孟濡这才松开呼叫器的紧急呼叫按钮，扭头看向经理，语气平和地问："请问贵酒吧解决问题的方法，是让我家小朋友忍气吞声，忍受这位女士的骚扰吗？"

刚才那一幕，以及陆星衍语气不善又毫无办法的"滚"，孟濡都听见了。

孟濡话音轻轻柔柔，礼貌客气，却让酒吧经理惊了一惊。

酒吧经理赔笑说："您误会了，我只是让阿衍给这位女士赔罪道歉，毕竟是阿衍弄脏了这位女士的裙子。"

陆星衍在背后轻轻包住孟濡的手，食指在孟濡手心缓慢写下几个字，痒痒麻麻的。

孟濡辨认了将近一分钟，才明白那几个字是——道过了。

孟濡的心一下子柔软，不忍心陆星衍受这种委屈。

她从姨夫姨母手里接过来的陆星衍，她照顾他长大、终于变成挺拔少年陆星衍。她不希望他再受到任何欺负。

孟濡看向女人，思考片刻，开口询问："如果我赔你一条新裙子，这件事可以一笔勾销吗？"

女人不以为然，把刚才跟陆星衍说的话又重复一遍："这条裙子是意大利定做的，你就算现在联系，也要半年以后才能收到成衣。可惜我下周就要穿着参加公司晚宴,恐怕来不及呢。"

孟濡只是轻声问:"哪一家?"

女人说了个家族制衣产业的名字。

确实是一家老牌的制衣商。

孟濡有一场舞剧的演出服就是这家制衣商提供的。那场《白天鹅》舞剧中黑白天鹅的舞服,最后制衣商还特地送给了她。

女人说得不错,半年就能拿到成衣还算幸运了,大多数人连在那里定做衣服的条件都没有。

偏偏那家制衣商老板的夫人特别喜欢孟濡的舞剧,几次和孟濡联系,说想为她量身制作衣服,孟濡都因为不太习惯穿高定而拒绝了。

闻言,孟濡眨了下眼,正色说:"如果你下周能收到裙子呢?"

女人完全不相信孟濡能下周就让她收到裙子,摊手说:"那我就当今晚什么都没有发生过,并为刚才冒犯你弟弟的事情道歉。"

孟濡微微一笑,没说什么,走向包厢另一边。

路过陆星衍身侧时,她摸了摸陆星衍的头发,仿佛在说"等我为你讨回公道"。

陆星衍的视线跟着她。

孟濡站在角落,拿起手机,拨通了一个电话号码。

意大利那边正好是傍晚,电话通了一会儿,被人接起,一名意大利女人说:"Ciao(你好)?"

孟濡用意大利语流畅地接话,对面的意大利女人认出她的声音,惊喜地发出感叹。安静的包厢中,孟濡的意大利语清楚流利,发音标准,尾音有一点轻松和俏皮,格外好听。

坐在沙发上的女人虽从这些话中听到了那家制衣商的名字,但仍有些怀疑,神情不以为意。

几分钟后,孟濡走回陆星衍身边,将正在通话中的手机递给女人,笑笑说:"老板娘想知道你的尺码和要求。"

若说女人刚才是不信的,在接起电话后没多久她就变了脸色。

她去意大利定制衣服时和这家店的老板娘交谈过几句,还记得对方的声音。

女人用不太流利的意大利语沟通了自己的要求,后来老板娘问得越来越细致,她只得又把手机递还给孟濡,不再说话。

孟濡最后问了女人的地址,和意大利老板娘沟通几句后挂断了电话。

孟濡面向女人,平静说:"一周后衣服会送到你刚才说的地址,请问你打算现在道歉,还是收到衣服以后再亲自登门道歉?"

女人面色尴尬,没想到孟濡真的能联系上意大利那边的制衣商,还能让对方一周内加急制作出一件成衣。

她别开视线看陆星衍,少年神情冷淡,根本没有往她这边看,似乎也不在意她道不道歉。

女人说不出道歉的话,只怪自己刚才话说得太满。面对这个桀骜恣睢的少年,她张了几次口,最后提起包包踩着高跟鞋离开包厢,留下一句"是我冒犯了"。

当天晚上,陆星衍从酒吧下班。

孟濡虽然为他解决了这件事,但由于那个女人是酒吧常客,而且和酒吧老板有些交情,经理不想得罪人,就决定把陆星衍开除了。

开除前给陆星衍结算了上半个月的工资。

孟濡在楼下的小巷等待陆星衍,七八分钟后,陆星衍终于下来,将一张银行卡揣进兜里。

少年看到墙下拢着围巾,冻得脸颊发白、鼻尖微红的孟濡,又想起刚才她为了维护他,毅然且坚定地站在他面前。

明明不比他高,明明比他柔弱,明明连说话的声音都没他大,却总能一次又一次如此及时地保护他。

横冲直撞。

陆星衍走到孟濡跟前,将身上的外套脱下给孟濡穿,老老实实地交代道:"我被开除了。"

孟濡确实冻得不轻,她晚上出门时穿得少,又在外面站了一会儿,而这一切都是这个少年的错,她没有推托就穿上了他的外套,轻轻"唔"一声说:"挺好的。"

她早就不想让他在这个酒吧打工了。

"哪里好?"陆星衍没想到孟濡这么平静,迈步跟上往前走的孟濡,伸手将她被压进他外套里的长发拢出,说,"我没工作了,以后不能赚钱了。"

孟濡实在不明白他为什么要执着打工,偏头疑惑问:"你为什么要

赚那么多钱？"

陆星衍眉眼如常，耳朵动了动，语气里掺了一丝不正经，说："我不赚钱的话，濡濡你养我吗？"

孟濡微怔，佯装不懂，模棱两可地说："我不是一直都给你生活费吗？"

陆星衍试探："如果我需要的钱很多呢？"

孟濡想了想，沉吟说："那就多给你一些生活费吧。"

她说完，身后久久没有传来脚步声。

小巷静悄悄，孟濡回头，几步之外的阴影中，陆星衍定定地站着。

少年漆黑有神的眸子看着她，很长时间没有说话。

孟濡被他看得不自在，抬起手指摸摸脸颊问："怎么了？"

下一秒，陆星衍忽地掀起唇角，又轻又突兀地笑了一下。

少年的笑声清明悦耳，在月光下，在小巷中，寂寂散开，像一抔清泉濯洗过孟濡刚被酒吧鼓噪的音乐声污染过的耳朵。

心被击中，毫无预兆地漏跳了下。

陆星衍的眸浸着月色，是柔和的、清亮的。他笑看着孟濡，总结："这么说，濡濡，你心里还是愿意养我的。"

愿意——养他吗？

孟濡没有特地考虑过这个问题。

她从收留陆星衍那天起，就理所当然地觉得自己应该负责这个小孩的生活费。

当时他还小，没有赚钱养活自己的能力，而且姨夫姨母生前的积蓄不多，办完丧事买完墓地之后就所剩无几。

除了她，没有人愿意照顾他。

现在听陆星衍这么说，孟濡不禁反思了下自己。

她一直在养陆星衍吗？

让他住在自己家，每年给他打一笔钱。

他们没有血缘关系。

上回周西铎问孟濡打算照顾陆星衍到什么时候，孟濡说等陆星衍大学毕业以后。

但其实陆星衍上大学后就完全具有生活能力，可以像现在这样打工挣钱养活自己。可是孟濡不忍心他一边上学一边还要分心学费和生活费的事情，所以每年还会尽本该由姨夫姨母尽的责任，给陆星衍打生活费。

那又是什么让她一直坚持到现在呢？

是习惯，还是……她对这小孩的感情比自己想象中更深？

所以舍不得他受苦，舍不得他为了每个月的生活费那么受累。

孟濡看着深巷中仍笑容痞懒的少年，唇瓣轻轻报着，身上包裹的外套仍是陆星衍的体温。

凛风袭来。

"扑通！"

刚才漏跳的心脏重新开始律动。

像活了似的。

陆星衍一步一步走到她跟前，俯身，双手抱着孟濡的腰，忽然用力，将她放在一旁被人遗弃的小矮桌上。

孟濡讶然："陆星衍——"

他松开孟濡，稍稍后退，执起孟濡左手放在他的头顶，轻轻搓了搓。

他抬头仰视她，薄唇微掀，没来由地说："做家务，拿快递，修水管，除了做饭，我都可以。"

孟濡：他在说什么？

接着，陆星衍目不转睛，似呢喃似请求地说："虽然我现在算是小白脸，但你不要把我让给别人啊。"

少年嗓音真切，语气吊儿郎当，却听得出一点撒娇意味。

孟濡不可避免地又想到她在"养"他，而且是没有关系却愿意给钱的态度，她的脸颊腾地绯红，面上的温度越来越滚烫。

好在这条巷道的光线不好，昏昧无灯，无人看见。

孟濡抵抗不了陆星衍撒娇，虽然他总共也没对她撒过几次娇，但每一次都让她束手无策。

孟濡觉得不能再和陆星衍离那么近了，否则她会想得更歪。

这是弟弟！孟濡告诫自己。

她伸手推开陆星衍的肩，匆忙从矮桌的另一侧跳下，边抬步往前走边说："别乱说……快点回家吧，我好困。"

没走几步，孟濡霍地停下。

面前是一堵墙，墙根儿下堆放着空啤酒瓶等杂物，不能再走。

身后,陆星衍愉悦低沉的声音响起,刚才竟没有半点提醒她的意思,眼睁睁地看着她走错路。

"濡濡,你走反方向了。"

孟濡只得转身往回走,路过陆星衍身侧时,伸手扯住少年脖颈上尚未来得及摘下的领带,拖着陆星衍往前走说:"不会把你让给别人的。"

这天之后,孟濡白天去南大上芭蕾舞,晚上回来跳会儿基本功,早早地洗漱完回房间睡觉,尽量不去想她和陆星衍之间的关系。

可陆星衍放寒假后,不再去酒吧打工,空闲的时间多了很多,他们同住在同一个屋檐下,不可避免地会有许多见面的机会。

少年早晨洗完澡满身水雾光着上身行走在客厅;少年趁她做饭时忽然出现在她身后,一手撑着流理台,一手抬起够橱柜里的碗碟;少年盘腿坐在沙发前,盯着她睡着的侧颜,在她困顿地睁开眼睛时,支着下巴说"你最近怎么觉这么多";少年坐在舞蹈室看她跳芭蕾时的存在感越来越强……

孟濡甚至忘了,她还答应过帮陆星衍寒假辅导英语。

舞团最近几天为了赶排练进度,每天都很辛苦。孟濡难得休息一天,中午起床就被堵在房间门口,少年肩膀抵着墙壁,目光盯着她,问:"什么时候帮我辅导英语?"

不得已,孟濡洗漱完,下午开始给陆星衍上英语课。

孟濡十六岁至十九岁都在英国学习芭蕾,班上也几乎只说英语,她的英语听说水平在那三年里突飞猛进。

她看了看陆星衍的课本,又询问了陆星衍平时考试的基本题型,决定从每课后面的练习题开始讲。

次卧里光线一般,下午阳光转到背面,视线微暗。

陆星衍打开桌面台灯,孟濡在灯下乌眸清亮地看着他,半晌,问:"你有笔吗?"

他的书本白得像刚从印刷厂里拿出来一样,不怪孟濡有此一问。

他"啧"了一声,拉开抽屉,寻找半天,终于找到一支不知遗忘了多久的水笔。

孟濡接过,认认真真开始给他讲题。

孟濡平时说话的声音很柔,讲题时故意放慢了语速,像萤火虫轻盈翩舞的夏夜，心旷神怡。

陆星衍一边听着，一边看孟濡轻敛睫毛专注讲题的模样。

那些英语课上枯燥乏味的语法和单词，从孟濡口中说出来，有种干洌令人回味无穷的味道。

孟濡一道题讲到一半，正想问陆星衍听懂了吗，坐在她身旁的少年忽然出声："濡濡，你在意大利那几年过得好吗？"

孟濡声音停下，抬头："为什么突然问这个？"

"好奇。"陆星衍托腮，双眸定定，"不满足一下我吗？"

孟濡回忆了下。

她在意大利舞团那三年，每天机械性重复最多的就是热身、跳舞。尤其是最后一年，她几乎没有任何娱乐时间，每天都在训练、睡觉和吃不下饭之间做斗争。

这么想起来，回覃郡这一个多月似乎比意大利的三年过得还丰富。

孟濡只是浅笑了一下，避重就轻地答："挺好的。"

陆星衍停顿片刻，还是问："如果覃郡舞团没有邀请你，你会回国吗？"

孟濡没说话。

不是不回来，而是，她也说不准。

过了一会儿，陆星衍从她的沉默中悟出答案，身体微微前倾趴在桌子上，双臂交叠，侧头盯着孟濡的双眸总结："……你真狠心啊。"

孟濡不明白，漂亮的眸中浮出疑惑。

陆星衍依旧趴着看她，语气自然平常，仿佛在说一件极普通的事情："把我这样英俊帅气、风华正茂的小伙子扔在家里，你不想我吗？"

孟濡有点好笑："你怎么这么自恋？"

陆星衍不吭声，转头将英俊帅气的脸庞埋进臂弯里，半晌，低声很轻地说了一句话。

孟濡用了很久，才辨出那句近似呢喃的话是——

"我很想你。"

心霎时软得一塌糊涂。

孟濡看着少年的后脑勺，平复了一下情绪，才轻轻提着他的领子无情地说："不许撒娇，好好听课。"

"啧，知道了。"

下午五点，孟濡给陆星衍讲完第一课所有的课后习题，让他自己再做一遍。

陆星衍做题时，孟濡就坐在书桌另一端，拿着陆星衍其他专业课的书看。

《程序设计》——天书一般。

《高等数学》——她数学最差。

《当代国际关系史》——这个倒是还有些兴趣。

然而，孟濡翻开没多久，手指便轻捂着胃部，脸颊贴着书本昏昏沉沉地睡去。

胃一阵一阵痉挛，难受不已，似乎翻涌着想将里面的东西倾倒而出。可孟濡已经两天没有吃下东西了，即便吐也吐不出来什么，再加上这两天舞团很忙，她顾不上自己的身体，唇色失血，刚才给陆星衍讲题时就有些头晕目眩，她勉强才撑下来。

孟濡这一觉睡了三四个小时，醒时天色已暗，窗外夜灯璀璨。

孟濡身上盖着被子，已经在自己的房间。

屋外，陆星衍似乎在和人打电话。

门虚掩着，声音模模糊糊地从外面传入卧室。

陆星衍问："您明天能过来一趟吗？或者告诉我一些滋补的菜名，我搜一下。不是我吃……是，孟濡最近舞团的事情很多，好像很累。"

过了一会儿，少年说："谢谢胡阿姨。"

孟濡坐在床沿，脚尖踩着地板。

她抬起手，看着自己比回国前明显细了的手腕，再听着陆星衍和胡阿姨打电话的声音……心里不无触动，却也有些无力。

如果真的只是太累，多吃点滋补营养的食物就好了。

她自己也不用再这么无望。

第二天，胡阿姨如约过来，给孟濡和陆星衍两人做了一大桌子菜。

孟濡在饭前特地喝了两支医生开的补锌口服液，勉强自己比平时多吃了小半碗饭。

然而，饭后胃里极度不适，她强忍着，不想让陆星衍看出异样，早早回到房间假装自己睡着了。

到了凌晨,孟濡毫无困意,胃里翻江倒海,她终于忍不住,在陆星衍入睡后,来到洗手间将晚上吃的东西全部吐出。

孟濡本就吃得不多,到这会儿也消化得所剩无几,没几下就只能吐酸水。

她的眼睫毛被眼角渗出的湿润打湿,一绺一绺湿漉漉地倒挂在眼睑。

房间黑暗,夜晚岑寂,孟濡压抑着、难受着、哽咽着的干呕声被无限放大。

几分钟后,她终于停止了干呕,扯出几张纸巾擦了擦嘴角,准备到洗漱台前漱口。

她回身,却看见一道峻挺的身影站在未锁门的洗手间门口,手里端着出来接水的马克杯。

陆星衍黑眸盯着孟濡,视线从她柔弱纤瘦的肩膀,到她扶着墙壁、睡衣衣袖下滑,只露出一截润白如玉却瘦得伶仃、令人心碎的手腕。

陆星衍不知在这里站了多久。

他哑着声音,迟迟才问:"你怎么了?"

孟濡扶着墙的手紧紧一颤。

她回视陆星衍,不知道他什么时候来的,也不知道他看到多少,没有轻易回答。

陆星衍走上前,将那只黑白相间的马克杯递到孟濡跟前,试探地问:"漱一下口?"

孟濡迟疑片刻,还是伸手接过,喝水漱口,吐到外面的洗漱池中。

一片安静,很长时间都没有人说话。

孟濡张口说话,却发现被胃酸侵蚀过的嗓子有一些哑和虚弱:"你怎么还没睡?"

"看英语书。"陆星衍简短地答。

孟濡难以置信,这个人,什么时候变得会熬夜学习了?

她有些后悔刚才忘记关洗手间的门,否则也不会被陆星衍看到她狼狈的一幕。

孟濡想用别的话题糊弄过去,陆星衍却执着地问:"你刚才在吐,不舒服吗?"

孟濡迟疑,缓慢地点了一下头:"胃有点不舒服。"她尽量使自己的声音听起来如常,解释,"可能是晚饭吃得太多了。"

陆星衍静默一瞬，揭露道："你只吃了不到半碗米饭和几口笋。"

这也算多？

陆星衍不知道她对"多"的定义是不是有点问题，他觉得自己真该带着她一块儿看"吃播"。

上面的人动辄吃下几大碗米饭，和他们相比，说孟濡是小鸡胃都毫不夸张。

孟濡捏着马克杯耳柄的手指指尖泛白，她勉强弯了弯嘴角，轻声道："你知道很多跳舞的女孩晚上是不吃饭的吗？和她们比起来，我的食量算大的。"

陆星衍不清楚别的女孩是怎么样，不过宿舍秦献的女朋友三天两头就吵闹着要减肥，顺便要求秦献一起减，两个人相约减肥两天后，第三天便庆祝似的去学校外面的火锅店大吃一顿。

他没有见过像孟濡这样长期不怎么爱吃东西的。

她不是只有晚上吃得少，她是中午、早上吃得也不多。

怎么能算正常？

陆星衍还是不放心，收紧眉头："要去医院看一看吗？"

她刚才的脸色着实令人担忧。

孟濡却摇头否认："不用。"

她拒绝得太快，陆星衍反而觉得疑惑。

"为什么？"陆星衍抬手，拇指轻轻拭去她额头上渗出的薄汗，实话实说，"你吐得很厉害，而且这几天脸色都不太好。"

这么明显吗？

孟濡顿了下，抬起手背蹭了蹭脸颊，对着陆星衍安抚一笑："只是消化不好而已，我吃点健胃消食片就好了。"说着，她偏头看了看陆星衍房中昏黄的光线，想转移话题，"你看书也不要熬太晚，不急于这一时半刻，早点休息吧。"

孟濡边说边走向客厅，从茶几下的抽屉中找到一盒健胃消食片，掰出三颗，犹豫了一下，放入嘴里一起嚼。

孟濡将陆星衍杯子里的最后一口水喝完，走回陆星衍面前，将马克杯递还给他，微微一笑，说："我没事了，你回去吧。"

女孩眼眸盈盈，化着碎光，唇瓣沾了水才总算有些血色。

她伸手揉搓陆星衍的头发，告别："晚安。"转身后，眉眼难以掩饰疲态与黯淡，脚步也比平时虚浮。

很不对劲。

孟濡进屋后关上门，陆星衍却站在她卧室门口，凝望着她紧闭的、没有一丝光芒漏出的门，始终觉得不该是这么简单。

手中的马克杯仍残留着孟濡指腹的余温，陆星衍眸色深深，眼睑半合。

真的，只是胃不舒服吗？

次日早晨，孟濡起床后，便听到厨房里传出机器运作的"嗡嗡"声。声音有些吵闹。

孟濡疑惑地朝厨房走去，只见陆星衍立在一台榨汁机一般的机器前，手里持着一本说明书，神情专注，比平时看书时不知认真多少倍。

孟濡走上前，问道："这是什么？"

陆星衍回头看到她，神色如常地解释道："破壁机。"

孟濡记得家里以前没买过这种东西，疑惑："什么时候买的？"

"昨天晚上。"陆星衍的视线重新回到说明书上，因为刚睡醒，后脑勺有一缕头发微微翘起来。他眼睑敛起，侧脸俊俏。

"你不是胃不好吗？这个能打豆浆和米糊，你早晨起床或者胃不舒服的时候喝一点，对胃好。"他微微抬了下眉，"而且这个是全自动的，只需要把豆子和米放进去，选择水量，等二十几分钟就行了。"

昨天晚上？也就是说，昨晚他看到自己吐以后，就下单了一台破壁机？

孟濡的关注点歪了，问道："你哪儿来的钱？"

陆星衍偏头，眉眼一松，似是无奈："孟濡，我有存款，我不是真的小白脸。"

正好破壁机里的小米糊打好了，陆星衍拿起倒进一个小碗里。他将小米糊端到厨房外的餐桌上，抓起门口的外套随意套在身上，准备去上课。他回身见孟濡还怔怔地站在原地，指了指桌上的小碗说："喝完，不许偷偷倒掉。"

随着门关上的声音，孟濡眼睫微眨，抿唇轻轻地笑了一下。

这个臭屁小孩，好像比她认为的长大了一点。

不到一周，意大利制衣商就把那晚那个女人的长裙赶工做完，空运过来。

与长裙一起送来的还有特地为孟濡制作的三套成衣，两条春季连衣裙和一条芭蕾舞裙。

孟濡曾经在那家店做过舞服，所以店里有她的尺码。

孟濡起初以为是送错了，打电话向意大利制衣商的老板娘询问，后来得知没有送错。尽管老板娘多次强调这是送给她的礼物，孟濡还是坚持向对方账户转了一笔衣服费。

这才收下了。

孟濡没有再关注那个女人收到裙子后的反应，一是她身体精力有限，懒得应付。二是她又收到一个通知——意大利芭蕾舞团已经来到覃郡，明晚将在覃郡大剧院演出芭蕾舞剧《唐吉诃德》。

主角原本定的是舞团内一名首席舞者，意大利女孩。

孟濡身体没出问题之前，这个角色一直是孟濡的，意大利女孩虽同样优秀，但最后一幕中的大双人舞却不如孟濡轻盈、有感染力。

女孩在上一场上一站的演出中伤了韧带，已经回国养伤，这是舞团这次巡演的最后一站。

虽然舞团在每场舞剧排练时都会安排B角以防意外发生，但意大利团长想起孟濡也在覃郡市，就特地给她打了电话，希望她能代替受伤的女孩完成这场舞剧。

孟濡接到电话时，正在指导覃郡舞团的学生们排练最后一幕，下周他们也要在覃郡大剧院登台。这两天大家都忙坏了，既要抓紧排练，又要定制舞服、道具，每个人几乎都被掰成了两半使。

孟濡白天忙完，精力耗损大半，晚上回到家洗完澡就睡觉。

然而这样的表演机会，她又不想错过。

她一年没有登台，很想知道自己的能力有没有倒退。

孟濡站在走廊晌，微微俯身趴着栏杆，视线轻飘飘地落在对面教学楼鼓动的窗帘上，用意大利语说："可是我一年没有出演这个角色了。"

"但你去年一年都是和演员们一起排练的。"团长告诉她，语气温和又不强势，"你回故乡这一个多月，放松过训练吗？"

孟濡对着团长乖乖答："没有。"

"那就好。"意大利团长舒一口气，鼓励她，"你和Luca（卢卡）

的大双配合了上百次,今晚和明天白天再多排练几次,我相信你们明晚的舞台不会有任何问题。"团长的问题扣人心弦,"濡,你不想上台表演吗?"

想。

迫切地,非常想。

就是因为太想了,孟濡才会像这样惧怕又怯懦。

她深吸一口气。

也许是团长的话鼓舞了她,她竟觉得自己仍和一年前一样,多努力几次就没有任何问题。

孟濡思考了没多久,答应下来。

当天下午,孟濡向这边覃郡舞团团长请了假。

覃郡舞团团长得知她要出演明晚的舞剧《唐吉诃德》时,没有二话就答应下来,表示支持:"明晚我和家人一起去看这场演出,孟老师一定要去。舞团这边有另外两名指导老师看管,不差这一天半天的。"

这个时候,她改口叫孟濡"孟老师"。

孟濡向覃郡舞团团长道了谢,走出休息室时指尖微微地颤抖,她抬起另一只手按住了。

紧接着,孟濡走出南大,打车前往覃郡大剧院,准备和那名扮演男主角的首席舞者排练最后一幕的大双人舞。

下车后,孟濡步履轻盈。

仿佛海面上的灯塔照亮夜雾,星空中漏出细碎光芒。

她没有和任何人说过,不能登台的那一年,她虽然表面和平时无异,但心里非常失落。

舞团成员去各地巡演时,孟濡就坐在排练室,用手机看自己以前的演出视频。

她有些疑惑,那样自信、轻松、天不怕地不怕的孟濡究竟是什么时候被遗失的?

她真的很想毫无顾忌地再次上台表演。

孟濡走进剧院,向工作人员说明来意后,被允许进入大厅。

两层观众席,一千多个座位,开阔的舞台。孟濡走向舞台,仰头看着空荡荡的台上,有一种阔别已久熟悉又陌生的感觉。

这是她渴望的来源,她舞蹈的归属,这一瞬间,她竟有一些迷茫和无措。

下午,孟濡和Luca重新见了面,没有说太多话,就开始进入排练状态。

他们都知道时间比一般时候紧迫。孟濡态度认真,好在他们之前就搭档过很多次,这次只是熟悉一下,默契还在。

孟濡和Luca练完大双人舞后,又开着音乐,将自己出场的部分从头到尾跳了遍。

Luca休息时去外面转了一圈,回来时看到孟濡还在跳舞,当初被孟濡"吊打"的恐惧又回来了。男人喝了口水,说:"孟,你的舞蹈完全没有退步,今天晚上可以休息吗?明天早上我们还要再排练一次,不要让自己太累。"

孟濡点头,停下,朝他微笑,却还是坚持跳完了自己的舞蹈。

男人在舞蹈室门口放了瓶矿泉水,做了个"苍天啊"的姿势离开了。

直到晚上十一点多,孟濡才想起她还没有跟陆星衍说一声,今天晚上不回家。

巡演负责人为了孟濡明天排练和演出方便,在其他演员下榻的酒店也给孟濡开了间房,就在剧院旁边。

孟濡住进酒店后,才拿手机给陆星衍打电话。

她手机里有十几通未接来电,全部来自陆星衍小朋友。

电话接通,只响了一声,就被人接起。

陆星衍的声音有些冷,似乎一直在等她的电话,开门见山:"你怎么还没回家?"

孟濡走到窗边,拉开窗帘,不答反问:"你吃过饭了吗?"

"这都几点了。"陆星衍对她的问题不以为然。

电话那边传出走路声,似乎是陆星衍要到玄关换鞋,果然,他说:"你在哪里?我去接你。"

孟濡拦住他:"不用。"

她把明天自己要登台演出,以及今晚不能回家、正在覃郡剧院附近的酒店一事告诉了陆星衍。看着窗外繁华的夜景,孟濡弯起眸子说:"你明天没事的话,来看我的演出吧。我正好有一张票,本来打算自己看的,你来,我就把票送给你。"

陆星衍稍微直起身，没有回答。

这么说起来，他好像确确实实没有看过一场孟濡出演芭蕾舞剧的现场演出。以前是没有机会，也没有钱，之后孟濡去了意大利，各国巡演，他就更加看不到。

陆星衍只看过孟濡跳芭蕾的录播视频，或是她在家里练习舞蹈时，他坐在舞蹈室看过她尽态极妍的身姿。

陆星衍没回应。

孟濡以为他是有别的事或者不想来，轻轻勾着笑，说："没关系，你不想来我就送给阮菁。她……"

"几点？"孟濡话未说完，陆星衍就打断她。

"嗯？"孟濡一下子没反应过来，少顷，嘴角又上翘了一分，如实说时间，"晚上七点。"

陆星衍踢掉换好的鞋子，走回客厅开灯，说："我明天下午有兼职，五点结束去找你。"

孟濡和陆星衍商量好见面的地点，挂断电话。

孟濡走进淋浴间洗澡，站在光洁的地板上，赤着双足，花洒水柱淋下，瞬间打湿她乌黑的头发和浓密的睫毛。

孟濡抬手擦了下脸颊，眨了两下眼睛，睫毛上的水珠滚落，顺着面颊流淌到下巴，再汇入锁骨向下。

她抬手抹去面前镜子上的雾气，看见镜中不知何时就扬起唇角的女孩。

孟濡伸手轻轻戳了下女孩的嘴角，有些疑惑地歪歪头。

女孩也跟着她向左歪头。

但还是笑着，不知收敛。

你这么高兴吗，孟濡？

是啊，孟濡告诉自己，能够回到舞台，于她而言就是最值得的事情。

这是一大部分，还有极小的，不太明显的一部分是什么？

——是陆星衍明晚会来看她的表演。

刚才孟濡邀请陆星衍时，内心其实是很希望他能来的，所以当他沉默着没有回答时，孟濡的心情有一些失落。

她希望自己在表演时，能有很亲近的人在台下看着。

爸妈、姨夫姨母、姥姥都不太可能了，唯有陆星衍。

所以她仅剩的一张票，没有给阮菁，而是给陆星衍打电话时第一个问了他。

你要不要来。

要不要看我重新登台表演。

但这种失落,仅仅是因为把他当成亲人吗?

又不太是。孟濡,你究竟在想什么?

孟濡洗完澡,把洗干净的贴身衣物挂起来,穿着浴袍坐在床沿看着窗外擦头发。

不待擦干,就整个人无重量似的往后一倒。

大概是因为陆星衍送她那一整柜足尖鞋,孟濡很想让他看到她在舞台起舞的样子。

只是,这样吗?

孟濡闭上眼,难以回答。

孟濡很快就睡着了,第二天早晨她七点起床,前往剧院排练厅独自练习了一上午。

中午休息,孟濡才来得及和以前芭蕾舞团的成员们见面、打招呼。

迎面一群人正要去外面吃饭,纷纷热情地邀请孟濡和他们一起。

孟濡早上只喝了水,这会儿肚子是空的,但她不觉得饿,甚至担心吃了东西下午胃不舒服,笑了笑,惋惜地拒绝了。

这其中有一名以前和孟濡关系很好的独舞演员,当初也是她率先发现孟濡患厌食症。女孩走近孟濡,小声问:"孟,你的身体好点了吗?"

孟濡没有多说,安抚性地朝她比了个"OK"的手势。

女孩放了心,这才和同伴们一起走出剧院大门。

孟濡目送他们远去,回到排练厅,盘腿坐在地板上,后脑勺轻轻抵着玻璃镜面。

她身体每一处都很累,也许是昨晚到今天练得太多,也许是她的厌食症原因,四肢乏力,眼前一阵一阵眩晕。

还有四个多小时,孟濡悄悄告诉自己。

她紧紧抿唇,唇色失血。

求你了,孟濡说,再坚持一下,那是你最向往的舞台。

如果这一次都不能坚持,那以后还能有回到国际大舞台的机会吗?

渺茫。孟濡心里清楚得很,她已经荒废了一整年,芭蕾舞演员的职业生命本就短，还能再容忍她逃避多久？

正是因为清楚这些，孟濡才缓慢地睁开眼，从包里拿出一条巧克力，撕开包装纸，忍着反胃低头咬了一口。

她一边叼着巧克力，一边抬起手指拢起散落的碎发，将头发重新扎成一个漂亮的花苞。

她再次投入训练中。

家里，胡阿姨今天中午过来打扫卫生。

陆星衍正在吃饭，他自己做的葱油拌面，面条煮得太久了，难吃。

胡阿姨见他难以下咽的模样，心疼他，拿冰箱里现有的两个食材给他炒了两个菜，才开始收拾房间。

陆星衍昨晚说的兼职是给初中生做家教，吃完饭就过去。

他昨天提前准备好了今天上课的内容，如果顺利，五点就能结束，他已经查好学生家到覃郡大剧院的路线，可以直接前往。

"濡濡今天去给南大学生上芭蕾舞课了吗？"胡阿姨一边收拾屋子一边问道。她知道孟濡在南大教芭蕾，却不太清楚她教的是覃郡芭蕾舞团。

陆星衍仰头喝了口水："没。"他把孟濡今晚要去覃郡大剧院出演《唐吉诃德》的事情说了。

胡阿姨一边很高兴，一边忽然想起什么，惊呼一声，忧虑道："我刚才看到濡濡床头柜前放着一双跳芭蕾的鞋子，不知道是不是她准备要带走的？万一是的话，她今天表演要穿怎么办？可别落家里了。"

陆星衍吃完饭，将碗筷放入洗碗槽。虽觉得不太可能，但他还是走进孟濡房间看了看。

孟濡房间是暖色调风，床褥和地毯是同色系，橙黄与白相间。

房间比陆星衍房间略大些，光线明亮，舒适柔软。

白色大气的床头柜前，果然摆放着一双不久前刚缝好缎带、崭新的足尖鞋，鞋下压着个纸袋。正是那双陆星衍送给孟濡，却被陆星衍缝得歪七扭八、孟濡不得不重新缝一遍的足尖鞋。

陆星衍觉得孟濡不会那么粗心，但还是拿手机，打电话给孟濡打算确认一下。

电话拨通，响了几声，无人接听。

一直到挂断。

陆星衍皱了下眉，再次拨打，还是没有人接。

他拿起那双足尖鞋。不管孟濡需不需要，他带上这双鞋总不会费多少力气，反正他傍晚也要去覃郡大剧院。

陆星衍收起手机，准备将鞋子放入下面的纸袋。

不过纸袋提手勾住了床头柜第二格抽屉的手柄，陆星衍微一扯，带着第二格抽屉打开半扇。

这里面以前放的是孟濡的一些零碎小玩意儿，孟濡回国后被她清理掉很多，现在只有——右下角两个长方体的蓝白色口服液显得格外醒目。

陆星衍看出是药，没有尊重孟濡私有物品的意思，拿起那两盒口服液打开看了看。

其中一盒喝了大半，只剩下两小支。另外一盒是空的。

陆星衍翻到背面，密密麻麻的许多字，他垂眸往下寻找药物功效和适宜人群。

看到时，他动作僵了下。

【药物功效】补锌。

【适宜人群】厌食症、营养不良、免疫力低下等。

后面还有又小又密的许多字，但陆星衍一个字都读不进去，死盯着"厌食症"那三个字。

他呆了一会儿，从口袋里掏出手机，一刻不停地上网搜索厌食症的症状。

打开网页，陆星衍一个字不漏地阅读上面的病情介绍。

他越看手心越凉。

他唇线扯直，眸色深黑，在看到常见症状为"恶心、呕吐、眩晕、贪睡、四肢无力"时，握着手机的手用了点力，差点把手机砸到对面的墙角上。

他忍不住骂了句脏话。

症状后面，紧跟着的是——

多有治疗上的困难。

10%～20%的患者早亡。

陆星衍闭了下眼，后牙槽咬得发酸。过了很久，他才缓慢地站起，东西也不拿，朝家外走去。

胡阿姨在身后叫住他："阿衍，你现在就要走吗？书不拿了吗？"

陆星衍停在门外，脑子是乱的。胡阿姨追上前，把陆星衍的书包挂在他的臂弯，叮嘱他路上小心后才让他离去。

陆星衍下楼，原本想直接打车去覃郡大剧院。

他想问孟濡，厌食症是不是真的。但是孟濡这时候肯定在做演出前的准备，她昨天的语气听起来那么在乎这场表演，如果他去了，说他偷看了她的药，只会影响她的状态。

陆星衍忍住了。

他还是先去了那名初中小孩的家里上课。

整个下午他脸色都不好，沉沉的，搞得那名顽劣叛逆的初中生也不敢胡闹，规规矩矩、认认真真地听课。

下午五点，课程内容准时上完，下课后陆星衍直接前往覃郡大剧院。

然而，这时候是晚上下班高峰，道路拥堵，他赶到剧院门口时已经是六点半。

人群开始入场，陆星衍一路上给孟濡打了很多通电话，但她一通都没有接。

陆星衍又打，毫无意外，还是没人接。

少年蹲在路边的绿化带前，手指插入头发中，扒了扒，心里又焦虑又烦躁得不行。

快点接电话啊。

另一边，临近七点，舞剧即将开场，演员们在后台准备。

孟濡换上主角琪蒂的芭蕾舞裙，晦暗光下，她的手扶着一旁的道具，额头却渗出细密的冷汗。

身体越来越不适，孟濡脸色发白、双手冰凉，眼前一幕一幕的画面变得虚幻而模糊，仿佛下一秒她就要晕倒。

她紧咬牙关，努力使自己撑住。

可是却有些撑不下去。

前方意大利舞团团长叫了她一声，似要跟她说什么："濡——"

孟濡松开道具，朝团长走了一步，只一步，她便身体一软，无力地倒在地上。

"濡！"

团长向她跑来，孟濡在倒下的那一瞬间保护了双脚，一只手臂撑着地板，另一只手捂着空瘪的胃。

她闭着眼睛在精美华丽的舞裙上轻轻蹭了下，然后小声地、声音打战地、呢喃地重复着一句话。

团长挨近了，才能听到她在说什么。

"对不起……"

一遍又一遍，绝望又心碎。

对不起。

晚上七点，舞剧《唐吉诃德》准时开场。

酒红的帷幕打开，序幕是唐吉诃德幻想自己是一名骑士，与倒映在墙壁上的自己的影子做斗争，并踏上追寻他想象中的女主人杜尔西娜雅的旅程的故事。

序幕不长，颇有一些怪诞与诙谐。

序幕结束后，第一幕是在熙攘繁华的集市，年轻男女们起舞示爱，音乐喜庆。一座拱桥下，手执折扇，一身红裙身姿轻盈的女主角琪蒂在众人瞩目中登场，连续三次大跳，获得底下观众的掌声。

孟濡侧身坐在后台的塑料椅中，身上盖一张薄毛毯，脑袋轻轻地贴着椅子靠背，额头上有擦干后又隐隐渗出的冷汗。

她左手边的凳子上放着一杯热饮，是意大利舞团团长去排练厅给她接来的，她只喝了一口就放回去。

前台乐队演奏的声音传入后台，孟濡只听音乐就能判断出现在跳的是哪一幕。

这时候每个人都很忙，团长只顾得上给她接一杯水，就急于去指挥其他的演员。

团长走前问孟濡需不需要去医院，孟濡摇着头拒绝了，她不想再麻烦舞团里的人，她觉得自己休息一下应该就好了。而且刚才演出前临时换B角登台，后台好一番忙碌，已经让她特别愧疚。

明明知道可能性很低，明明知道自己现在的身体状况不适合登台。

还是，头脑发热。

团长走时拍了拍孟濡的肩膀，遗憾地说："是我没有考虑到你现在的情况，给了你压力。濡，不要愧疚，这不是你的错，好好休息一段时间，我相信你会好的。"

话虽如此，孟濡还是从团长的眼中看到了无奈。

她抬起腿，蜷缩起身子。

刚才她倒下时何尝不是这么想的呢，无奈。

她跟自己说要坚持，起码坚持到这场舞剧结束，她脑子里也很清楚自己应该这么做。

但是手腿无力，耳鸣，头晕，眼前的地板在三百六十度地翻转。她这段时间积攒的压力，以及长时间不好好吃饭、体力达到极限，所有糟糕的状况在这一瞬间爆发，身体说不行。

她用手臂撑在地板上，竭尽全力也不能站起来。

她咬着牙关，忍得眼周一片红，谁知道怀着怎样的心情，委屈又认输地对团长说——

"对不起。

"换人上场吧。"

她主动放弃了。

她知道这个状态绝对跳不完一整场舞剧。

玩命般努力练习了一天半，孟濡终于认清这个结果。

她双手护住胃，头深深地埋着，倚着靠背，眼角耷拉。

这个地方不太有人注意，每个人回到后台就忙着换衣服，即便有人的视线转向她，也是担忧居多。

孟濡不知不觉地就着这个姿势睡着了，睡了两个多小时。

醒来时，舞剧已经演到最后一幕，主角琪蒂正在和巴西里奥跳著名的大双人舞。

孟濡睡了一觉，身体好了一些。她动了动，身上的毛毯掉下，她弯腰去拾，偏头时看到舞台前的观众席，脑袋里有什么事情迅速闪过，她忽然想起来——陆星衍。

她邀请陆星衍来，说好要把票给他。

孟濡匆忙站起，把毯子放回凳子上，回到排练厅找到手机。

电量只剩百分之一，未接通话三十几条。

联系人：陆星衍（33）

孟濡怀着愧疚的心情，用电量仅剩1%的手机给陆星衍拨回去。

没人接。

孟濡打开微信给陆星衍发了条消息，解释自己不接电话的原因。

她只说排练前出了点意外，没说是自己身体的原因。消息刚发出去，手机就自动关机了。

孟濡找到一名工作人员借了充电器，充上。不能开机的这段时间里，她走到剧院外面看了看。

剧院大门外只有寥寥几个路人，看不到陆星衍的身影。

也是，都已经过了两个多小时将近三个小时了，谁会等那么久啊。

孟濡猜测陆星衍早就回家了。

她回到排练厅，手机开机了，微信里多了一条消息。

陆星衍：知道了。

孟濡更加确信陆星衍先回去了，又发了一条诚恳道歉的消息，接着，前面的舞台响起激烈的掌声。

——舞剧谢幕了。

孟濡捏着手机，一时间五味杂陈。

几分钟后，芭蕾舞演员们陆陆续续回到后台，看到孟濡，有些和孟濡关系好的会亲切地关心孟濡的身体情况。

"孟，你还好吗？"

"是不是昨晚练习得太累？"

"没关系，你好好照顾自己，我们等你回来。"

孟濡一一回应，向他们的善意道谢。

最后一场巡演结束，大家心情轻松，商量着晚上去哪里庆祝。有人问孟濡去不去，孟濡浅浅一笑："我不去了，你们玩得开心。"

演员们换回自己的衣服，一个一个离开覃郡大剧院。

孟濡的衣服在更衣室，她仍穿着女主角第一幕登场的舞裙。后台的道具也撤得差不多了，只剩下一两个员工在整理东西。

孟濡没有进更衣室换衣服，而是踩着足尖鞋，走向舞台。

台下的观众已经走光，座位席空无一人。灯光都熄灭了，只剩下两盏壁灯，孤零零地照着整个大厅。

　　孟濡站在舞台中央，视线看向没有观众的座位席，足有一分钟。

　　她缓慢地往回走，到尽头，转身。她轻轻踮起足尖，抬起双臂，像《唐吉诃德》中第一幕琪蒂出场时那样，向前，抬腿，纵身，一个完美的梦幻般的大跳。

　　空中停顿的那一瞬犹如天鹅。

　　孟濡轻盈落地，鲜红的舞裙在她身后热烈绽放。

　　她脑海中早已保存了舞剧的音乐，几乎不停，优美地跳完三个人跳，每一个步伐都踏在节奏上。

　　她提起裙摆，在无人观看的舞台上起舞。

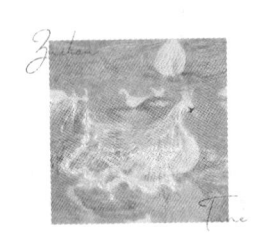

Chapter 05 · 她想亲就亲了

陆星衍，你告诉我，有没有谈过恋爱？

日光褪去，暮霭沉沉。

陆星衍坐在剧院门口的一家冷饮店里，等舞剧结束，所有人散去，他再次回到了剧院大厅。

孟濡给陆星衍打电话时，陆星衍正打给胡阿姨，确认孟濡没有回家。

他收到孟濡的微信，得知她还在剧院，回过一句"知道了"，打算一会儿见面再问她怎么回事。

三小时前，陆星衍在剧院门口给孟濡打了三十多通电话，打得舞剧快开场了，也还是没人接。

他没有票，自然进不去。他打开卖票软件打算买一张票，然而这场芭蕾舞剧提前两个月就开始宣传了，眼下座位爆满，根本没有剩余的票。他蹲在剧院门口的台阶上，一遍又一遍刷新页面，不知道会不会有人临时退票。

皇天不负有心人，还真让他刷出一张空票。他立即选中座位，凭借手速快速付了钱。

陆星衍对芭蕾舞剧《唐吉诃德》没有研究，倒是看过书，他走进剧院，找到位置坐下，没过两分钟，舞剧开始。

开头是两个男人和几个女人的戏份，看起来像是争执，又像是各说各话。

五六分钟后，这一幕结束，下一幕是一场群舞。舞台上站满了年轻的男人与女人，气氛洋溢。

陆星衍看了眼，没有孟濡。

紧接着，一名像是女主角的演员从后方登台，起跳，落地。

身姿不如孟濡优美，动作不如孟濡流畅，落地时不如孟濡轻盈。陆星衍皱了下眉，半个多小时后，所有演员都已经出场，唯独不见孟濡。

前排有个女生不知从哪里听说孟濡今晚会出演舞剧，也是为了孟濡而来，小声地跟同伴抱怨："不是说原来的主角腿受伤了，回国休养，今晚孟濡代她出演吗？怎么没看到孟濡，她是不是不来了？"

女生的同伴附和："我也没看到，是不是消息有误？这场舞剧的主演本来就没有写她的名字。"

女生面露遗憾："我好喜欢她呢……"

陆星衍知道消息没有误，孟濡亲口说过她会参加演出，除非有事，不然她不会不登台。

陆星衍没有继续看下去，起身走出观众席。他来到剧院后面的排练厅，里面空无一人，只有几扇亮晃晃的落地镜。

他再走到剧院外，还是没找到孟濡。

陆星衍给孟濡的手机都快打爆了。

电话不接，人不见了，舞剧也没有参加。

她到底在哪儿？

耍他玩呢？

还是知道他发现了她的厌食症，故意躲着他？

陆星衍中途离场，不能再回到剧院。但他带给孟濡的足尖鞋和书包还在座位席，于是随便找了个冷饮店等待演出结束。

眼下，陆星衍再次回到剧院内，里面已经没有观众，只有零星几个工作人在清扫卫生。走廊内空空荡荡，能听见脚步的回音。

陆星衍还未走进演出厅的门，就听到脚尖很轻地落在地板上的声音。

没有音乐，这声音显得格外孤独。

他没有停步，走进门内。

万籁俱寂的演出厅，一个人的舞台，没有观众的观众席。

孟濡凭借她身体的记忆，点足，起舞，旋转，她像音乐盒里体态完美的跳舞娃娃，一只长腿向后勾起，踮起单足旋转时足下几乎没有移动，舞蹈美丽而轻盈。丝毫不在乎有没有人看她的表演。

因为知道了她身体的情况，陆星衍觉得这一幕更加震撼。

那具纤弱的身体仿佛要将自己最后一丝力量榨干，每一次舒展双臂的跳跃都充满张力，像天鹅奋力地挣脱水面，飞向长空。

陆星衍站在门口看了几分钟。

孟濡没有注意到他。

又过了一分钟，陆星衍转身走出演出厅。

很快他回来，右手拿着一把不知怎么从乐队小提琴手那里借来的小提琴。

孟濡跳到一半，听到一阵悠扬的小提琴声。

她稍微停顿，侧身看向观众席。原本空荡荡的座位间，陆星衍不知何时过来的。他站在最中间的过道上，与她隔着四五级台阶，小提琴抵在左面锁骨上，右手持琴弓，黢黑沉澈的眸不偏不倚地对上孟濡的目光。

他拉的是《唐吉诃德》的配乐。

他竟然知道这首曲子。

孟濡只惊疑了一下，陆星衍拉的曲子重新响起，孟濡跟上他的节奏再次起舞。

空旷的演出厅里，小提琴曲美妙动听，扩向四周，让人联想到轻松惬意的小镇，女孩踩着他音乐中每一个节奏点，轻巧地踮起脚尖起舞，天鹅颈优美，手臂纤细，轻轻后抬，偏头看向观众席，漂亮精致的小脸扬起唇角，露出动人的美丽一笑。

小提琴与芭蕾。

从未配合过的两个人，此时却融合得恰到好处。

最后一段大双人舞，孟濡在没有男演员配合的情况下，除了几个必要的托举动作，她独自一人完成了整支双人舞。

舞蹈最后，孟濡单膝跪舞，臀点着后脚跟，另一条腿前身，手腕在身前交叉，额头深深点着足下的舞台，像一只休憩的天鹅。

她许久没动。

陆星衍放下小提琴，少年腿长，几个跨步就跳上舞台。

"孟濡！"他以为孟濡昏倒了。

陆星衍扶起孟濡的肩膀，孟濡抬头，陆星衍这才看到她眸如清水，只是眼尾湿润，眼眶因为某种情绪忍耐得红红的。

陆星衍想到她的身体，一瞬间碰都不敢碰她。他抬起手指轻轻擦拭她眼睫毛下没有泪的眼尾，问道："你还好吗？为什么不站起来？"

孟濡收起双臂，实话实说："我腿麻了。"

陆星衍微愣，然后转身，屈膝在孟濡面前蹲下，手指向前弯了弯："我背你。"

孟濡仍跪坐在地，看着少年宽阔的背，微微向后的侧脸。犹豫了一会儿，她伸出双手攀住他的肩膀，稍微用了点力才整个人爬上他的背部。

少年起身，双手自然地勾住她的腿弯，稳稳地将她背起，向台下走去。

孟濡趴在陆星衍背上，这个姿势不太舒服，过了会儿，她的手向前搂住陆星衍的脖子，在他身前紧扣。

她眨了下眼睛，额头轻轻抵着他的肩："谢谢你来看我的演出。"

陆星衍脚步慢了下，却没有停。

少年托着她双腿的手心滚烫，走了两步，动动嘴角，微沉的声音传来的力量让人心安。

"以后，"他说，"你的每场演出，我都会看。"

陆星衍背着孟濡走到一半，眼看快出剧院了，孟濡才想起来."去后台……我的衣服还没换。"

她现在还穿着演出时的舞裙。

陆星衍将孟濡往上提了提，朝后台更衣室走去。

更衣室。

孟濡换好衣服出来，腿已经不那么麻了。

门口的少年看到她，却自觉地再次蹲下，指了指自己的背，说："上来吧。"

孟濡有一瞬间的怔忡，轻声说："我可以自己走路。"

"你确定吗？"陆星衍回头看她，一米八五的少年蹲着，肩宽腿长，像一只颇具安全感的"大型犬"，"我不知道你现在的身体具体是什么情况,但你应该很清楚吧。"

孟濡愣了下,直觉陆星衍知道了什么,但他不明说,她便没有再问。

孟濡没有抗拒地重新趴上陆星衍的背。

这次自然地搂着陆星衍的脖子。

陆星衍向前走了两步,停下,把挂在肘弯的书包递给孟濡:"帮我背上这个?"

这个书包有点重,里面估计放着好几本书。孟濡以为陆星衍是嫌拿着累,没有二话,趴在他背上缓慢地背上了。

少年看着剧院出口,低声,似乎叹了一口气:"总算是有点重量了。"

孟濡莫名其妙,没懂他是什么意思。

陆星衍舔了下唇角,目不斜视地说:"我刚才以为自己背着个充了气的娃娃。"

"陆星衍!"孟濡的脸一下子升温,她伸手去捏陆星衍两边脸颊的肉,向外扯,"不许胡说。"

很虚弱的,没有什么威力的阻止。

陆星衍咂下舌,牵出不太明显的一抹笑。

孟濡浑身没有力气,捏了一下就松开陆星衍的脸颊,不再争辩,低头再次贴上他的背。

陆星衍背着孟濡走到剧院外,剧院门口的道路不宽,周围是商业区,经常堵车。

两人站在路边等了半天,没有拦到一辆出租车,孟濡拿出手机软件叫车,上面显示前面还有十三人等待。

孟濡的手机就放在陆星衍面前,陆星衍一低头自然就看到了。少年把她往上提了下,朝回家的路上走去。

"先往前走走,前面那条路上车不多。"

孟濡没有异议。

结果不知道为什么,这一走就走过了好几个路口。身旁马路上的车流变少,夜色深浓,万家灯火,路灯将孟濡和陆星衍交叠的影子拉得很长。经过他们身边的行人都脚步匆匆,陆星衍背着孟濡,一步一步往前走。

陆星衍不提打车的事情,孟濡也没有主动说。

大约走了二十分钟,孟濡才忽然想起来问:"你怎么进剧院里面的?"

她的票明明没给他。

陆星衍步伐沉稳，微微侧了下头，说："门口买的票。"他补充，"多花了五百。"

孟濡沉默片刻，迟疑地开口："那要我再给你转钱吗？你的生活费够不够……"

"不用。"陆星衍果断地拒绝。

孟濡没出声。

过了一会儿，少年察觉她的疑虑，用不太甘心的语气问："你是不是真的觉得我是被你养的小白脸？"

孟濡没说话，看着陆星衍的侧脸。

不然呢？她眼里明晃晃地写着这几个字。

少年耷着眼睑，走过一条红绿灯路口，路边的小店大部分都开着门，暖融融的灯光打在他身上。他喉结滚动，托着孟濡双腿的手忽然用力，走到下一个红绿灯时，停下："高二之前你给我的生活费，我都用完了。"

孟濡不明白他为什么提这个。

陆星衍看着川流的路口，"啧"一声，原本不想这么早说出来。

"你不是好奇我为什么打工吗？"他嗓音低低的，听起来有一点不好意思。

"高三的生活费我只用了一部分，毕业以后你给我的钱，我就再也没有动过了。"

孟濡讶然。

红灯闪烁，绿灯亮起，稀稀拉拉三五个行人向对面走，陆星衍也迈步。

少年走到对面才继续开口："我想把前几年你给我的生活费都赚回来，全部给你。"陆星衍说，"现在才攒了三分之一，还剩下三分之二，假期我多做几份兼职……"

说到这儿，少年想起自己的学业，提前说："下学期开学，我会把挂科的那几门课都过了，下学期也不会再翘课，只不过这样……兼职的机会就少了，全部攒完钱大概要到大三大四。"

"你，"孟濡听到自己的声音有点哑，从陆星衍说他打工的原因时，她就惊呆了，"为什么要这么做？"

少年快速解释："我这么做，不是为了和你划清界限。"

他目视前方，眸子黑漆漆的，身上的气息清新好闻，是独属于少年的硬朗与倔强。陆星衍说："我是想告诉你，我可以养活自己。就算你

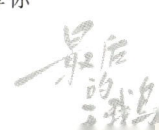

以后不跳芭蕾……孟濡，我也能养活你。"

孟濡惊讶得好长时间没有说话。

她以为陆星衍就是一个顽劣骄傲、叛逆、没有长大的小朋友，他不好好学习，翘课，去酒吧，通通都是他在向她示威、不服管教的证明。

没想到，这个少年早就将他一颗赤诚的心，不加掩饰地摆在了她的面前。

孟濡没反应，陆星衍以为她不相信，撩起眼皮："前面就有一家银行，我存钱的卡就在钱包里。你要是不信，我背你去前面的ATM机查一查余额，除了给你买足尖鞋，我没乱花过。"

孟濡没有不相信，搂着他的脖子拦住他，说："不用……我就是太吃惊了。"

少年这才转回原来的路。

孟濡一直在消化他刚才的话，没有注意陆星衍的脚步慢了下来。

他突然问她："我什么都跟你说了，现在，你是不是该告诉我，你的厌食症是怎么回事？"

孟濡搂着他脖子的手一僵，脱口："什么……"

"我看到你吃的药了。"陆星衍不给她狡辩的机会，"那种药是治疗厌食症的，你有多少天没好好吃饭了？反胃，呕吐，动不动就睡觉，还虚弱，你刚才没有上台演出就是因为这个吧？"

孟濡没想到陆星衍都猜对了，沉默地趴着。

过了一会儿，她不答反问："你知道我为什么回国吗？"

陆星衍面不改色："不是因为我吗？"

孟濡轻轻笑了下："斑斑，你真的好自恋啊。"

孟濡就着趴在陆星衍背上的姿势，张了张口，不知该从哪里说起，索性就从自己一年前在英皇剧院演出时失误那次说起，她越来越强烈地的否定自己，为了追求完美，对自己越来越严苛。

粉丝的失望，团长的期待，其他芭蕾舞团成员的目光，孟濡对自己的厌弃，都成了她的压力。

于是她只能放弃很多东西，每天从早到晚，不知疲倦地训练。为了达到她心中的完美，一个动作可以重复很多很多很多很多遍。

她练习时可以不吃饭，不休息，也许是她的热情将梦想吓退，舞台反而离她越来越远。第一次因为身体虚弱不能参加表演，第二次，第三次……她越来越害怕登台。

她害怕再次失误，害怕不够完美，也害怕身体将她拖累。

她知道自己得厌食症的时候已经晚了，她开始一日三餐按时吃饭，却发现根本吃不下去。

舞台和厌食症仿佛陷入了一个怪圈，一个好不了，另一个也永远别想好。

因为舞台表现不好，她就会焦虑，一焦虑就想拼命练习舞蹈，忘记吃饭，她吃不下饭，就更加没法好好表演。

死循环。

孟濡声音轻轻的，她的眼睛看着路边闪烁的车灯，语气浅淡，像是自言自语一般："我觉得自己很差劲，不配留在舞团和大家一起跳舞了。"

"谁说的？"陆星衍几乎立刻反驳，不用思考就得出答案，"你不差劲，你很好。"

少年声音认真，接着说："宇宙无敌超级螺旋霹雳爆炸的好。"

孟濡抬起身子看他，长睫毛颤了颤，盯着问："哪里好？"

陆星衍语气不顿，极其自然地说："你从头到脚，从指甲盖到头发丝，都特别好。我没见过比你更完美、更合我心意的人。"

孟濡被他的语气逗得"扑哧"一笑。

陆星衍提醒她："我说真的。"

陆星衍见她不信，轻叹了口气，为了哄她，什么都豁出去了，"你知道你对我的影响有多大吗？"

孟濡疑惑地"嗯"一声："多大？"

大概就是……陆星衍抬头，看着远处一座伫立明亮的建筑说："你看到前面那栋楼了吗？"

孟濡跟着看去，点头说："看到了。"

覃郡电视塔，覃郡市第一高塔。

造型美丽婀娜，一到夜晚，塔身五彩斑斓，灯光夺目，周围的高楼大厦在它的衬托下黯然失色，只剩黑糊糊的轮廓。

"你就是那座灯塔。"陆星衍说，"尽管周围有很多高楼，可是我抬起头，只能看见你。就像月亮围绕太阳公转才会发光一样，只有不断向你靠近，我才觉得自己也在发亮。"

你明白吗？

陆星衍永远记得一句话——在我怀疑世界时，你给过我答案。

现在，轮到我给你答案。

孟濡趴伏在陆星衍背上，看着少年漆黑的眉眼，英隽的五官，耳边仍回荡着他的话。

一瞬间，她被这双眼眸吸引、沉溺。

忽然，陆星衍回头，挑唇笑了一下："想吃东西吗？前面有家烧烤摊，味道还不错。"

孟濡匆匆忙忙别开头，心跳剧烈。她低头，脸颊贴着陆星衍的后背，应了一声。

陆星衍带着孟濡来到烧烤摊，将孟濡放到椅子上，叫了服务员过来点单。

他晚上没吃饭，到这会儿也饿了，羊肉串、牛肉串、腰子、掌中宝，点了一堆肉，又问孟濡想吃什么。

孟濡其实什么都不想吃，但还是点了烤茄子和烤鸡翅，顿了一下："再要一听啤酒。"

服务员走了，陆星衍支腮，若有所思地看孟濡："你还想喝酒？"

孟濡学着陆星衍的表情，挑眉回看他："不行吗？"

"行。"少年妥协，低头笑了笑说，"你喝吧，反正有我在。"

后来烧烤上来，陆星衍让孟濡先吃点东西再喝酒。

孟濡只吃了一口烤茄子，再努力吃就想反胃。反正陆星衍已经知道她的身体情况，她就不再装，只抱着那罐啤酒慢慢地喝。

陆星衍神情凝重，低头摸摸眉毛，再抬起时已恢复如常。

"行吧，你不想吃就不吃，剩下的我解决。少喝点啤酒，空腹容易醉。"

然而，一听啤酒的量，最后还是把孟濡灌醉了。

孟濡晕晕沉沉地闭着眼，陆星衍继续背着她，没有打车，前面不远就要到他们住的小区了。

他居然背着她一路走了回来，陆星衍自己都觉得不可思议。

孟濡在他背后撑起身子，喝醉了比醒时闹腾一些，她左看看右看看，最后视线停在陆星衍的侧脸上。

一直盯着，一直盯着。

陆星衍被孟濡看得没有一丝不自在，反而怡然自得。少年掀起唇角，问：“看什么？现在才发现我长得帅？”

孟濡这回没有端姐姐的架子，点了下头，声音被酒意熏得懒散而轻软：“帅。”

陆星衍差点走不动路。

下一秒，孟濡又伸出手，先摸他的耳朵。他的耳骨到耳钉都被她玩了一遍，然后她的手向前，食指轻轻拨他右眼的睫毛，她不忘点评：“没我的长。”

陆星衍服了："你是睫毛精。"

孟濡欣然接受了这个称号。

她饶有兴趣地把玩了很久陆星衍的睫毛，轻轻呼出一口气。

孟濡意外地发现她在朝陆星衍的睫毛吹气时，陆星衍会下意识闭一下眼睛。

孟濡像是得到了什么新玩具，陆星衍每走两步路，她就略微鼓了鼓脸颊，朝陆星衍侧脸，顺着睫毛根儿的位置轻飘飘地吹一口气。

孟濡经常吃糖补充体力，刚才吃完烧烤还吃了一颗玫瑰香硬糖。

她呵出的气息带着玫瑰和薄荷的淡淡清甜，以及酒的醇香，呼吸温温热热的，拂过他的脸颊。

痒是真的痒，不过是心痒。

孟濡喝醉酒怎么这么可爱。

陆星衍忍不了了，停下，扭头看着背上的人。他嗓音喑哑，眼眸黑漆漆地说：“孟濡，你别招我。”

孟濡迎上他的视线，就着路灯从少年眼底看到了迷茫的自己，她稍微歪歪头，不知是不是被他眼里的火苗震慑到。

许久不动。

就在陆星衍以为她肯老老实实时，孟濡抿抿唇，搂着他脖子的手紧了紧，又毫无预兆地朝他的睫毛轻轻柔柔地吹气。

陆星衍快疯了。

接着，孟濡向他凑了凑，低头，柔软的、微凉的、呼吸带着玫瑰香甜的唇瓣慢慢贴在陆星衍抿直的唇角。

她声音柔和动人，却很倔强。

“不。”

——"孟濡,你别招我。"
——"不。"
她偏要招惹他。
孟濡第一次吻上去时,只亲到陆星衍的唇角,少年的唇很热,唇线扯得直直的。
一点也不柔软。
陆星衍偏过头看她,孟濡稍稍直起身子,头前倾,眼眸抬起正好对上陆星衍微缩的瞳孔,她抬了抬下巴,勾着陆星衍的脖子,这一次结结实实地吻上他的唇。
她不擅长接吻,确切地说是没有经验……大部分学芭蕾的人把自己的青春奉献给训练和舞台,挤不出闲暇时间谈恋爱,孟濡也从来没谈过恋爱。
陆星衍误会孟濡和周西铎在一起的那半年,其实只是周西铎到意大利学习半年,周西铎对意大利不熟悉,偶尔会请孟濡带他到周围看看,也会去孟濡所在的舞团找她。
孟濡对周西铎的态度就是把他当成熟悉的好朋友。
她贴着陆星衍的唇停了会儿,眸微醺,迟迟没有下一步动作。
她身下的少年身体僵直,眼神浓黑,由于太过震撼,喉结向下滚动,很清晰地吞咽了一声。
陆星衍真的被她折磨疯了。
孟濡仍睁眼看着陆星衍,也许是少年眼底的躁动太炽热,剩下一点点理智在努力归位。她眨着眼,松了松手想往后缩,唇在陆星衍唇上辗转轻磨了下,趴回他的背上不动了。
"孟、濡。"
少年咬牙切齿,难以置信。
他伸手想把孟濡捉回来,但孟濡始终不出声,毫无反应。
她闭着眼睛睡着了。
陆星衍抬腿踢了下脚边的石子。
他将孟濡放到石凳上,转身扶稳她的肩膀,果然见她眼睛紧闭,睡得很熟。
这到底算什么?

陆星衍额头抵着孟濡的脑门，黢黑的眸看着她，舔了舔牙齿，有些困惑与止不住的狂喜。

他又问一遍：

"这到底算什么……"

孟濡有一个优点。

她喝醉酒以后的事情，第二天都会记得清清楚楚。

虽然她总共也没喝醉过几次——以前孟濡觉得挺好的，不至于酒醒后把自己说过的话做过的事都忘了，也不至于被人趁机骗了。

但孟濡现在觉得这不是优点，她宁愿一点也记不清昨晚发生了什么。

她摸了她觊觎很久的陆星衍的耳朵。

她撩拨了陆星衍，朝他的睫毛吹气。

她还……亲他，亲了两次。

孟濡，想不到你是这样的人！今早在自己房间睁眼，孟濡盯着天花板，昨晚的记忆涨潮一般往脑子里涌。

她自己做了什么，清晰地、慢放地、一幕一幕地重现在她的面前。后来她睡着以后再发生的事就不知道了，她想象不出陆星衍当时是怀着怎么样的心情把她放在床上的。

应该会觉得她虚伪吧。

一面义正词严地拒绝，口口声声说把他当成弟弟。

一面借着酒醉强吻这个"弟弟"。

孟濡自己都觉得，自己太坏了。

所以她正苦恼，留在家里该用什么表情面对陆星衍。

正好今天要回舞团上课，她掀开被子下床，踩着软拖轻手轻脚地走到洗手间洗漱。

刷牙，洗脸，换好衣服，孟濡离开家门之前陆星衍还没起床。

她在小区门口的早餐店买了杯豆浆，自己打车去南大。

刚到学校，孟濡包里的手机就响了下，她拿出来看，果然是陆星衍发的微信。

陆星衍醒了：你不在家？

孟濡咽下一口豆浆，不知道该怎么回复。

走到教学楼下，她试图以正常的口吻说：嗯，我今天要给舞团学生上课。冰箱里有馄饨,你煮几个当早餐吃。

然而,这语气怎么看都透漏出一丝尴尬、客气和逃避。

啧,孟濡摸了摸脸颊。

陆星衍那边沉默了下,不知道是不是跟她一样的感觉,少顷,问:什么时候下课?

舞团今天统一给学生们量尺码,定制演出舞服。孟濡下课比平时要早一点。她打字:下午三点。

这句话过后,孟濡以为陆星衍不会再回复了,没想到过了一会儿手机又响起。

陆星衍:昨晚为什么亲我?

孟濡被一口豆浆呛住,轻咳两下,她站在教学楼门口,拇指戳着聊天框,编辑文字。

昨晚我喝醉了,对不起。

不行,删掉。

你长得太好看,我没忍住……

不行,再删掉。

亲你当然是因为想亲你,还需要理由吗?

孟濡打了个好几个解释,都一一删掉了。

她编辑完最后那条,看了看也想删掉时,后面忽然有个学生走上来跟她打招呼:"孟老师!"

孟濡也许是心虚,手一抖,直接摁下发送键。

手机屏幕上,她发送的聊天框,一句"亲你当然是因为想亲你,还需要理由吗?"无比瞩目。

黄冬玥快步上前,看到孟濡脸色复杂,有点奇怪。她有点犹豫地问:"孟老师,我打扰到您了吗?"

孟濡抬头朝她笑了笑,摇头,迅速地把手机关机,放进包包里,不再多看。

"听团长说您昨晚在覃郡大剧院表演《唐吉诃德》,好可惜,我没有买到票,不然一定也会去看的。"黄冬玥在孟濡身边说道。

孟濡顿了一下,想到昨天晚上差点被自己搞砸的演出。

她没有回应这句话,避重就轻道:"下周你们也会在覃郡大剧院表演,我和团长都会去看的。"

"真的吗？孟老师也去看，太好了。"黄冬玥一边走一边感慨，上楼梯时，落后孟濡一个台阶，"那，不知道您弟弟对芭蕾舞感兴趣吗……"

她是指陆星衍。

黄冬玥不提，孟濡差点忘了黄冬玥曾经向陆星衍表白过。

虽然陆星衍拒绝了……但孟濡想到她好像、似乎、疑似怂恿过黄冬玥向陆星衍表白，一时间脸色有些不自然。

她那时候是真的把陆星衍当弟弟。

没想到，不到一个月，打脸来得这么快。

孟濡轻轻"唔"一声，走上最后一级台阶，回头朝黄冬玥笑了笑，说："他对芭蕾感兴趣。但他……应该不会去吧。"

整一个上午，孟濡都会控制不住地想到陆星衍，她努力使自己想些别的事情，但一看到学生们休息时拿出手机，她就会想到她给陆星衍发过去的那条微信，继而想到她喝醉酒亲陆星衍的画面……

孟濡也是刚刚才想起来，微信消息发出去两分钟内，是可以撤回的。

但她当时根本没想到这回事，现在想撤回也晚了。

不知道陆星衍收到那条微信时是什么反应。

孟濡根本没勇气打开手机看。

他肯定很惊讶，觉得她耍流氓，一边一本正经地装姐姐一边调戏他。

"唉……"孟濡呵出一口气，心情凝重。

下午三点，孟濡下课。

她今天早晨跟谭晓晓说了不用接她，但她身上一块钱现金都没有，无论打车还是坐公交车都需要用手机支付，她只得把手机拿出来，开机。

开机后，页面率先弹出几条广告和几个朋友发的微信。

孟濡一边往校外走，一边往下划拉。其中有几条是阮菁问她什么时候有空，想约她出去聚会，还有一条是姜冶发的，以及几条意大利舞团成员发的关心的微信。

孟濡回了几条。

最后，是陆星衍的。

陆星衍在孟濡发完那句疑似"渣男"发言的话后，很长时间没有回复。大约半个小时后，他发来一张截图，是一个市医院挂号成功的页面。

陆星衍：我帮你挂了下午的号。

陆星衍：下午三点我去学校南门等你，一起去医院。

陆星衍没有继续她的那个话题，让孟濡轻轻松一口气，但是知道他就在学校门口等她时，她的脚步又猛地停下。

因为她刚好走到南门口，陆星衍也看到了她。

少年穿着一身休闲装，上身是白色连帽卫衣，下身牛仔裤裹着笔直的两条长腿。他这次没有倚着墙也没有倚着树，两只手插进口袋里，站在南大门口的花圃旁，视线直直盯着孟濡。

正是放假期间，学校门口没有多少人，只有一两个留校的学生慢吞吞地挪到校外吃饭。

孟濡忽然有点不自在，轻咳一声，缓慢地走到陆星衍跟前。

这还是她亲了他之后两个人第一次清醒地面对面，孟濡下意识抿了抿唇，偏头看着陆星衍胸口的衣服标志，说："之前我手机没电关机了，刚刚才看到你的微信。我一个人去医院就行了……"

她现在撒谎面不改色。

陆星衍没揭穿，垂着眼尾，摸了摸耳钉说："然后再体力不支倒下？那就没有我背你了。"

孟濡绕过他，往前走，想要打车，顺便跟陆星衍保持一点距离。

"我上回一个人去，也没有晕倒。"

"上回你也没抢走我初吻。"少年的声音在身后突如其来地响起，不紧不慢的提醒语气，听不出是什么情绪。

孟濡一惊，回身看着他。

陆星衍终于蹲到她了，早上孟濡不等他醒就一个人走了，还发那样一条微信。

什么叫亲他是因为想亲他？到底有多想，想了多久？

陆星衍一整天都在想这些问题。

他打电话给孟濡，孟濡的手机关机。后来他给孟濡发了那个挂号截图，也是猜她下课后肯定会开机，才在这里等着。

陆星衍几步走到孟濡面前，手从口袋里伸出来，试探了下，想牵孟濡的手指。他弯下腰问："你那句话是什么意思？想亲我，是什么意思？"

孟濡被他的问题连击，心虚地往后退，手一缩，想躲开他伸过来的手。

但没躲开，她的手被陆星衍如愿以偿地紧紧缠住了。

孟濡："就是，我当时喝醉了……"

一听就是想赖账的语气。

做梦。陆星衍盯着孟濡的唇，突然出声问："那你现在还想亲吗？"

"嗯？"孟濡没反应过来，过了几秒，摇了摇头，"我们……"

不是还要去医院吗？

话没说完，陆星衍就低头，薄唇不给孟濡一点准备机会地印上她微张的唇瓣。

他稍抬起身，看了看孟濡的眼睛："可是我想亲你。"

凭什么她想亲他就可以亲？

他想了她那么久，却不行。

陆星衍握着孟濡的手一点一点收紧，循着机会与她手指相扣，另一手放在孟濡的颈后，低头，再次不给孟濡反应时间地吻上她的唇。

学校门口有监控。

孟濡后知后觉地意识到这个问题，抬手推搡面前的人。

但陆星衍纹丝不动，手掌扶着她的后颈在她唇齿间一味索取。

陆星衍这是第一次，也不会接吻，好几次磕得孟濡嘴都疼了，他就像一头初次成功捕获猎物的小兽，激动、莽撞、欣喜，还有控制不住的试探，想一下子将孟濡的所有都夺过去，但毫无章法，太过强势，孟濡的嘴唇又麻又疼。

偏偏他还长得高，第一次接吻衡量不准两人的身高，即便低下头，孟濡也要仰头微微踮脚。

时间一长，孟濡的脖子一片僵硬。

两三分钟后，孟濡终于狠心用了点力推开他。

她的唇湿润，白润的耳珠有些红，不知是今天太阳太炽热还是少年直白情热的吻让她头脑发晕。

她想到也许会被门口保安室看到的监控，气恼地转身，丢下陆星衍往路边走。

孟濡抿唇，几不可闻地轻轻"嘶"一口气，抬手摸了摸下唇，这里刚才磕破了点皮……还真是小狼崽啊。

孟濡想到陆星衍夺食一般的吻，有点生气，有点好笑，还有一点心口酥酥软软、被充盈满的感觉。

她停在路边打车，迟迟没听到身后有脚步声，于是回头，就见陆星衍仍站在南门口的花圃前，肩膀挺直，黑眸一瞬不动地看着她。

明明不讲道理，不分场合亲她的人是他，现在被她推开，傻了一般毫无反应的也是他。

是想让她心软吗？

孟濡本打算硬下心肠不管他，但僵持了一会儿，还是放下准备拦车的手。

她轻轻叹了一口气，踅身回到陆星衍身边，拽住他的手腕往前走："还站在这里干什么？想被其他人围观吗？"

校园内有两个女生外出，不知有没有看到刚才那一幕，向他们这边投来两眼。

陆星衍被孟濡牵着走，视线落在孟濡嫣红唇瓣上的一抹深色，那是被他磕破的。

怎么办。

明明才刚亲过孟濡，但他现在又更想亲她了。

如果再亲一次，孟濡会不会生气？

一路上，陆星衍的目光几乎没有离开过孟濡。

市医院人满为患。

陆星衍帮孟濡挂的号是精神心理科。他昨天听孟濡说了她去年患上厌食症的原因，起初是因为她不好好吃饭，但最大的原因还是她给自己的压力太大，要求太高。

大多数患上厌食症的人，都有这样或那样的心理障碍。

陆星衍上午在家查了很多资料，他得知孟濡说去医院体检那回，根本不是舞团统一体检，而是孟濡来医院消化科检查。

消化科对厌食症患者并无太大帮助，所以他特地帮孟濡约了市医院精神心理科口碑最好的医生。

精神科等候厅的气氛明显与别的科室不同，病人无精打采，神情低迷。

孟濡坐在等候厅最后一排的座椅中，短短五分钟，她已经见到三名貌似比她第一次来医院时见到的那个瘦骨嶙峋的女孩更严重的患者。

孟濡移开视线，没有多看。

与这些人相比，她算得上是状态"良好"的，因为她的眼中没有那种陈朽枯槁的气息。

反观陆星衍，自从进医院后就一直沉默，不声不响。

孟濡将下颌埋进围巾，手里捧着陆星衍在医院外帮她买的玉米汁——她中午没吃午饭。

看了眼前面的叫号屏幕，再看向身旁椅子上一动不动，眉头紧锁的少年，她说："如果你不习惯这里的环境，可以去外面等我，外面有一家肯德基。"

她说完，陆星衍看了看她："不用。"

那他怎么这副表情？

孟濡不知道这位小朋友是什么意思，亲都让他亲了，干吗还摆出这副表情？

"喝玉米汁吗？"孟濡将他买的玉米汁往他面前递了递。

没办法，自己家的小朋友还要自己哄。

陆星衍没有接，低头，就着孟濡的手直接喝了一大口。

他抬头，面前恰好走过一个瘦骨嶙峋的女孩。

陆星衍眉毛皱得更紧，扭头看向孟濡细瘦秀气的手腕，凝眸："如果……我是说如果，"他"啧"一声，"以后你就算和她们一样瘦，也是最好看的，在我心里最完美的。"

孟濡大概知道了他一进医院就面色冷凝的原因。

她想象了一下自己瘦骨如柴的模样，先自己打了个寒噤，然后笑着对陆星衍说道："那你对我的'滤镜'很重啊。"

"嗯。"他供认不讳，双手插进卫衣口袋，垂着眼皮，语气缓慢又正经，"但我不会让你变成那样的。"

孟濡好奇："你打算怎么不让我变成那样？"

她自己都没有把握能不能治好，陆星衍为什么对她有信心？

陆星衍看了眼前面显示屏的排号，马上就到孟濡了。

他舔唇，嘴角上翘，忽然歪出个不怀好意的笑，趁机说道："你说，以后再也不把我当弟弟，让我做你男朋友，二十四小时'营业'陪着你，我就告诉你怎么做。"

孟濡一时无话。

这小孩，学会了。

她没有在医院回应这句话，正好前面叫到她的名字，她起身，陆星

衍将她的包和病历本接过去,一起进入诊室。

医生是一名面容精神、眉眼和善的中年人,坐在宽桌后,平静地看着孟濡。

他让孟濡坐在桌旁的椅子上,针对性地问了孟濡很多问题,边问边做笔记,倒是没有再让孟濡去做胃镜和检查微量元素。

后来问到孟濡患厌食症的前因后果,医生交代道:"最好不要有所保留。"

孟濡将自己上一年的经历娓娓述说,恰好一名二十多岁的实习女医生进来递药单,看到孟濡,脱口而出:"咦,你不就是那个跳芭蕾舞的孟濡……"

医生执笔写字,轻轻咳嗽一声以示提醒。

实习女医生连忙收回视线,但还是看到了主治医生在病历本上写下的病名。她转身离去时,又忍不住看了孟濡一眼,脸上流露出"好可惜啊"的神情。

孟濡无力说什么。

后来主治医生再问孟濡问题,孟濡也都如实回答。

诊断结束,主治医生在病历本写下几行字,另开了些药,让他们去缴费拿药。

孟濡和陆星衍走出诊室。

孟濡缴费回来时,看到陆星衍站在等候厅旁的过道上,肩背挺拔,头微垂,正在和一个人说话。

孟濡走近,才看到他面前站的是刚才进入诊断室的那名实习女医生。

女孩仰头看着陆星衍,脸微红,迅速地点了两下头,似是保证什么,后面有人叫她,她才转身离开。

孟濡上前,疑惑道:"你跟人家说什么?医生的脸都红了。"

陆星衍微微侧头看她,眉毛一扬,吊儿郎当的语气:"你想知道?"

孟濡不知道这有什么好卖关子的,不想惯着他:"你不想说也行。"

少年见状,主动交代:"我跟她说,你是我的女朋友。我学过功夫,扛过刀见过血,还会黑客技术,让她以后网上冲浪,说话小心一点。"

孟濡点评:"你好中二。"但他的心意她却领会到了。

尽管孟濡从来没有在陆星衍面前说过,但陆星衍知道,她不想让更多人知道她的病情。她也不想在大家提起孟濡为何一年没有登上舞台表演芭蕾舞剧时，想到的是她病态虚弱的模样。

陆星衍都知道。

他一直，在用他的方式保护她。

孟濡看着面前这个眉眼俊朗、意气风发的少年，心底温柔，抬手轻轻抚了抚他的头："陆星衍。"

陆星衍顺势俯身，视线一垂，落在孟濡粉润的唇上，嗓音哑了哑，问："什么？"

少年刚尝过甜头，尚未餍足，一和孟濡离得近了，闻到她身上恬淡清香的气息，脑海中就控制不住地闪过很多画面。

孟濡想到刚才那名实习女医生和陆星衍说话时脸红的模样，想到他在元旦晚会上拉小提琴时，底下女生痴迷的状态，以及他从小到大一直吸引女孩喜欢的高人气。

孟濡弯唇，被陆星衍咬破的伤处更添了点女人的柔美，她的声音轻得只有他们两人能听见。

"你告诉我，有没有谈过恋爱？"

这根本不需要多问。

陆星衍收过的情书无数，当面向他表白的女生也有很多。

大学刚开学时，美术系有个女生对他一见钟情，此后一个月展开了大胆热烈的追求。陆星衍虽明确拒绝过她，但女生依然坚持写情书投递，买早餐投喂，抄了陆星衍的课程表跟他一起上课，还在校园广播中实名为陆星衍点播了一首《最美的期待》，最后害得陆星衍和她一起被叫到辅导员办公室教育了一番。

这次之后，女生再也没有纠缠过他。只因为从办公室出来后，陆星衍一字一句认真地说："我有喜欢的人。"

说这话的时候，他眸中是前所未有的柔和，因为他想到了心中的"那个人"。

"除了她，我不会喜欢上别人。"

现在，陆星衍的心上人就站在他面前，笑眯眯地问他有没有谈过恋爱。他喉结动了动，心里有一丝情愫翻滚。他有没有谈过恋爱，她怎看起来挺期待的？

陆星衍莫名不爽，反将一军："你呢？和周西铎谈过恋爱吗？"

这个问题他在意很久了。

孟濡在人来人往的等候厅，被陆星衍问得哑口无言。她牵住他的手往楼梯间走："别问了，陪我去一楼拿药。"

众所周知，医院人最多的地方就是电梯间，孟濡就算是瘦成筷子也挤不进去。

她上次来就是走楼梯，这次也不例外地拉着陆星衍走进安全通道。

只不过安全通道光线暗，楼梯也陡，孟濡为了保护双腿，一进楼梯间就松开陆星衍的手扶住扶手。

陆星衍沉默了下，继而不动声色地重新牵住孟濡的手，走到她下面一级台阶上。

"牵着我，就算你摔倒我也会在前面接住你的。"

孟濡想了想，没有拒绝。

精神心理科在十二楼，下到一楼需要一点时间，楼梯间的人不多，偶尔能看到几名步履匆忙来看病的人。

走到一半，陆星衍清澈的嗓音忽然响起："我没有。"

什么没有？

少年转过楼梯拐角，头顶的声控灯亮起，照得他鸦黑发色变成柔软的褐黄色。

"我喜欢的人一直热衷和我玩姐弟的游戏。"

孟濡沉默，她想扔下他自己走了。

陆星衍掀了掀唇角，有些自嘲的意味："我一直在为你守身如玉啊。"

孟濡没法接这话，默默地跟在他身后走了两级台阶。

忽然，陆星衍停步，回身恰好与孟濡的双眸对上："我都回答了，你呢？"

孟濡没说话。

少年的神情有一丝显而易见的紧张："你和周西铎……有吗？"

孟濡不明白："你为什么这么在意这件事？"

"这会决定我以后见到他，是跟他打招呼还是跟他打一架。"陆星衍随口说。他心里清楚，就算孟濡跟周西铎谈过恋爱，他也不能把周西铎怎么样，他只是嫉妒罢了。

孟濡想到不久前自己为了拒绝陆星衍,没有否认她喜欢周西铎。

这小孩的心结估计就在这里。但如果她说她一直把周西铎当成好朋友,那她骗他的事情不就不攻自破?

孟濡弯眸笑了笑,委婉说:"那都是过去的事了。"

昏暗的光线挡不住少年眼里清亮的光。停顿片刻,陆星衍问道:"那我呢?"

孟濡歪了歪头,明知故问:"你什么呢?"

陆星衍问:"我是你的过去还是现在?"

如果是以前,孟濡会拍拍陆星衍的脑袋,再揉一揉,哄小孩一般地说:"你是我过去、现在,以及未来都要照顾的人。"

但是现在,少年的目光沉静,握住她的手修长而有力,即便站在比她低一级的台阶上,也比她高半个头。不知不觉,那个在葬礼上清瘦单薄的小男孩长大了,变得能够照顾她,变得能够为她买一整个柜子的足尖鞋,变得不需要她资助也能生活。变成一个男人,想要为她遮风挡雨。

孟濡微抬眉眼,正视他的双眸,反问道:"陆星衍,你觉得我们现在在干什么?"

陆星衍一时没反应过来。

孟濡抬起他们十指相扣的手,温和而缓慢地说:"我们在谈恋爱。"

她承认,她早已被陆星衍吸引。

无论是孤僻的他,幼稚的他,像野猫一样的他,还是执拗地在后背文了一只天鹅的他。少年热烈又真挚的感情很难不打动人心,让她立场不再坚定,忍不住说服自己:尝试一下又如何?反正又不是真姐弟。

孟濡声音清晰,一个字一个字地说:"你是我的过去,和现在,至于以后,不是我一个人说了算的。"

一楼,取药处。

孟濡站在队尾排队,人很多,她大概排了十分钟才拿到药。

期间,少年就一直站在她身旁,从下楼开始就握着她的手迟迟没松开,另一只手玩着手机,姿态无比惬意。

孟濡试图挣扎了下,却被他更紧地握住。

拿完药,孟濡准备离去,忽然身后一道迟疑的男声叫住她:"姐?"

孟濡回头。

姜冶站在几步之外的队伍最后，手里拿着张药单，视线停落在孟濡和陆星衍身上："你们怎么也在这儿？"

孟濡几乎是下意识，立刻甩开了陆星衍握着她的手。

他们刚才牵手时正好侧对着姜冶，孟濡的身体挡住姜冶的视线，姜冶不知道有没有看到那一幕。

姜冶离开队伍上前，关心孟濡："你也生病了？"

孟濡没有看陆星衍现在是什么表情，微微一笑，对姜冶解释："最近舞团忙，我身体太累，来医院检查一下，顺便开点药。你呢？"

姜冶不疑有他："我陪我妈来的，她在楼上还没下来。她最近头疼得厉害，我陪她看看怎么回事。"

说话间，姜冶才将视线挪到陆星衍身上，语气里有些疑惑和意外："怎么是你陪我姐来医院？"

陆星衍的声音听不出情绪："不然？"

姜冶也说不出为什么不能是陆星衍陪孟濡来医院。

只是他刚才远远地从背后看，两个人走得很近，陆星衍微微侧着头和孟濡说话，他险些以为这两人是一对情侣。

姜冶撇撇嘴，没事找碴儿："你现在还和我姐一块儿住吗？你怎么没有好好照顾她，还是你给她添麻烦，她才累病了？"

陆星衍比姜冶略高些，眼睑下垂看着姜冶："你怎么知道我没照顾好她？"

姜冶脸上写着"这不是明摆着嘛"的几个字。

"你除了给我姐添麻烦，还会干什么？"

陆星衍懒得反驳。

姜冶以为他默认："我姐照顾你这么多年，你就不能知恩图报，让她省心一点？"

陆星衍对姜冶的偏见不以为然，或者说，他对所有人的偏见早已习以为常。

"你说得对，我会慢慢……"少年拖长腔调，手掌从后轻轻揽住孟濡的肩膀，舔舔唇角，"报恩的。"

孟濡沉默。

姜冶没料到陆星衍今天这么好说话，一瞬间，想怼的话全都憋回了肚子里。

他的视线在陆星衍和孟濡身上看了一圈，总觉得陆星衍和孟濡今天的关系有些不寻常，但至于哪里不寻常……他也说不上来。

正好，电梯口有人喊姜冶一声。

从电梯内挤出一名体态偏胖、四十多岁的女性，烫着小卷，正是姜冶的妈妈，孟濡的舅妈。

"你不排队拿药，干什么呢……"孟濡的舅妈头也不抬地问姜冶。

等走近了，她才看见姜冶身边的陆星衍和孟濡，微感意外地一笑："这不是濡濡和阿衍吗？怎么也在医院，你们俩谁病了？"

孟濡向她打招呼，把刚才向姜冶解释的理由再说一遍。

孟濡的舅妈了然地点点头，走到药房外的队伍末端排队，隔着长长的人堆与孟濡说话："你最近在什么舞团工作？跳舞是比一般人累一点，谁叫你赚的钱多呢，我和你舅舅加一起都赚不了你这么多钱。"

孟濡微怔。

好几排队的人一起向孟濡看来。

姜冶也觉得有些不妥，叫了一声："妈，你先排队吧。"

"怎么了？"孟濡的舅妈不觉得有任何问题，瞪他说，"我这不是正排着嘛，我和你姐姐说话呢，你别插嘴。"

孟濡对这个舅妈没什么感情，当初姨夫姨母去世时，卖掉房子的钱，孟濡还想过分一部分给对方，后来是姥姥出面阻止训了她一顿，她才打消这个念头。

孟濡笑了笑："舅妈，我只是跟大家一样拿工资。"

"可不是嘛，你们跳芭蕾舞的，一场演出费就很高吧。"孟濡的舅妈感慨，语气难免有些酸，"幸好当初我和你舅舅没有收留阿衍，让他跟着你，不然我们可不保证能把他抚养长大，还供他读大学。"

她问孟濡："你一个月给他多少生活费？现在的小孩对物质追求高，可千万不能由着他们。我们家阿冶懂事，我给他的生活费他从不乱花，阿衍看起来挺能花钱的吧？"

孟濡的舅妈将陆星衍从上到下看了一遍。

"阿衍都长这么大了。"她似是才认真看陆星衍，"你们一起住几年了吧？一眨眼，弟弟、弟妹都走这么久了，本来好好的两个人，收养了他没多久就出车祸去世了。那么严重的车祸，我听说现场只有他没事呢，可真命大……"

话里话外，都是在暗示陆星衍"克"死了他的养父母。

一旁越来越多排队的人将目光投向他们，看热闹似的。

孟濡浅浅吸了一口气。

她没有当着大庭广众的面歇斯底里，只是轻轻扯住陆星衍的袖子，将他拉近自己身边。

"舅妈可能不知道，阿衍很早以前就不问我拿生活费了，他大学的学费和生活费都是自己打工赚的。

"而且——"孟濡唇线抿直，如果舅妈不提，她其实不太愿意想起这件事，"姨夫姨母车祸那天，陆星衍也受了很重的伤。舅妈没有印象，是因为没有人去看他，他在医院躺了一周多才出院。"

孟濡简单地跟舅妈道了别后，和陆星衍走出医院。

两人停在医院前的空地上。

姜冶从后面追上，看看孟濡又看看陆星衍，一咬牙，说："姐，对不起，我妈最近心情不好。过几天要回去看奶奶，她总觉得奶奶偏心你和陆星衍。你们别跟她一般见识，就当她是头疼说胡话了……"

孟濡这才想起来，下下周姥姥生日，按例他们几家人都该回去给姥姥过生日。

孟濡偏头看向今天格外安静的少年，伸手扯了扯他的袖子，说："姜冶跟你道歉呢，你没什么反应吗？"

姜冶一愣，没说话。

陆星衍满不在乎，抬手轻轻勾住孟濡的马尾绕在指间："你不生气的话，我怎么样都无所谓啊。"

孟濡沉默一瞬，不期望从陆星衍嘴里得到什么响应。她转头问姜冶："你们什么时候回去看姥姥？"

姜冶说了个日期。

孟濡又和他聊了几句，才道别离去。

回到家里，往常话就不多的陆星衍今天格外沉默。

陆星衍换鞋进屋，将孟濡的药放在客厅茶几上，去浴室洗了个澡，出来后擦着头发坐在客厅沙发上，拿起孟濡的药看上面的说明。

孟濡从房间出来，准备吃药，停在他面前，问："刚才舅妈说你，你为什么一句话也不回？"

她不记得他的脾气这么好。

陆星衍擦头发的手一顿,肩膀微沉,挑唇:"她说得又没错。"

他本来就是被孟濡养着,"克"死了养父母的灾星而已。陆星衍额头碎发半干,补充道:"而且,你不是帮我说话了吗?"

孟濡诧异:"如果我不帮你说话呢?"

"你不会的。"陆星衍语气笃定。

孟濡对他的盲目信任不解:"为什么?"

陆星衍抬头,两只手臂分别撑在岔开的腿上,漆目灼灼地看着孟濡:"你心疼我。"

孟濡沉默。

虽然不想承认,但这位少年猜她心思猜得很准。

舅妈对陆星衍话里话外的嘲讽和蔑视,让孟濡想到了陆星衍不算顺利的童年遭遇。再加上他一路都表现得很低落,让孟濡更加无法忽略他的心情。

孟濡坐到茶几旁的地毯上,盘腿。

"那你刚才一路不说话,也是为了让我心疼?"

陆星衍将药盒打开,掰出一次服用量的药丸倒在手心,既不说是,也不说不是。

可他垂眼看孟濡的乌浓瞳仁明显在说,没错,是这样。

——那你心疼吗?还不快哄他?

孟濡认输了。

她不就是看到姜冶的时候松开了他的手,至于这么记仇吗?到现在还在生气?

但她不觉得自己当时做错了,以他们现在的关系,被姜冶看到了,解释都解释不清。

孟濡明知道这是陆星衍的心机和手段,逼她就范,直视她对他的心。

可偏偏,她还是入圈了。

她承认,她心疼。

她见不得他被人数落欺负,也见不得他颓丧难过。

孟濡咬一咬牙,抬起手放在陆星衍手心朝上的掌中,手指勾缠,红白黄绿的药丸滚落一地。

孟濡仰头看着陆星衍的眼睛,水眸清明:"现在牵手吗?直到你想松开为止。"

陆星衍不动,眼底深处却暗流翻涌,手心的热度传递给孟濡:"如果我一直不想松开呢?"

孟濡知道这是什么意思,也认了:"那就让你一直握着。"

让你一直握着。

陆星衍神色一动:"被人看到也不会甩开我。"

孟濡表情一顿,差点心一软说出"好"字,好在及时反应过来打住。

她认真考虑:"在学校不行,家人面前也不行……我,还没想好怎么跟他们说。"

孟濡想到这个就头疼。

跟姨夫姨母家收养的孩子在一起了,不仅姥姥、爸爸、舅舅舅妈,所有家人知道都会大吃一惊吧?

她到底被他下了什么蛊?

陆星衍却不管那么多,孟濡说的这些他都想过,也在可以接受的范围。只要孟濡答应和他在一起,什么都可以商量。

陆星衍脸上的郁躁消散,唇角不受控制地越来越扬起:"那我以后可以直接叫你'濡濡'了?"

孟濡心想,你以前也没少这么叫,但还是认真点头。

"嗯,可以。"

陆星衍黑漆漆的眸深邃,像一轮漩涡,藏匿着无数星芒。他说:"男朋友能做的事,我都可以做。"

孟濡抿唇:"可以……"

话音刚落,她的肩膀微沉,孟濡就被他扑倒在柔软的沙发上。

陆星衍一手护着她的头,一手撑在她身侧,修长健朗的身躯压在她身上。

陆星衍呼吸灼烫,鼻子轻轻刮蹭了下孟濡的鼻尖,头往下低。

孟濡微讶:"你干什么?"

陆星衍克制不住,再也不想隐藏本性,心里的愉悦与澎湃呼之欲出。他撑着地毯的手移到孟濡柔软的腰上,眼睛看着孟濡,嗓音暗沉沉的:"行使一下男朋友的权利。"

"你是说,你和'小狼狗'在一起了?"

孟濡脸颊绯红地看着阮菁。

星期六，孟濡被阮菁拉出来逛街，终于解救了在家被陆星衍缠腻了两天的孟濡。

逛街时，孟濡给自己买了两件毛衣和一条长裙。

他们下下周要回乡下给姥姥过生日，到时候应该会在姥姥家过年，孟濡给姥姥也买了几套衣服和鞋子，挂得两只手臂满满的。

路过一家饰品店，阮菁饶有兴致地进去继续逛。

孟濡累得坐在店内的沙发上休息，恰好看到身旁玻璃橱柜内一对简约的耳钉。

是一对黑色的小猫，小猫惬意慵懒地趴着，尾巴懒洋洋地翘起。

金属质感，线形流畅，看起来又酷又可爱。

孟濡无端想到了陆星衍，这对耳钉送给他戴真是再适合不过。

少年耷着眼尾看人时，目中无人的表情也是酷酷的。

孟濡让服务员拿出来，她去收银台结账。

阮菁正在试项链，从镜子里看到孟濡的背影，问："你买耳钉干什么？"

孟濡没有耳洞。

孟濡回头，光洁精致的脸颊上露出一点笑，高马尾随着她的动作轻轻扫在细白耳珠上："送人。"

阮菁以为孟濡只是送给哪个普通朋友，没有多问，专心地在两条项链之间犹豫不决。最后她叫来孟濡帮忙参考，才决定买红色小贝壳那一款。

走出饰品店，阮菁在查这家商场有没有什么好吃的，扭头问孟濡意见："濡濡，你想吃什么……"

然而孟濡正低着头，拿着手机在跟某人说话。

"嗯？"孟濡后知后觉地掀了掀睫毛看阮菁。

阮菁重复一遍："火锅还是日料？我想吃梅子茶泡饭。"

你不是都决定好了吗？孟濡有点无奈地发送一条消息，而后认真思索道："日料吧，火锅味道大。"

阮菁也是这么想的，两人一拍即合，来到六楼的一家日料店。

周六，商场里的人多，这家日料店的人却很少。她们一进去就有位置，阮菁点菜，孟濡坐在对面玩手机。

她今天看手机的次数特别多，微信提示音也一直在"叮咚"响。

阮菁觉得孟濡手机对面这人不是有什么急事，就是特别黏人，怎么还聊个没完，吃饭也不让人好好吃？

偏偏孟濡脸上没有什么不耐烦，喝着白水，视线偶尔看一眼手机。如果对方发消息了，她就解锁及时地回复。

这模样……怎么越看越像恋爱中的女人。

阮菁忽然醍醐灌顶，福至心灵。她匆匆点完几样菜合上菜单，伸手盖住孟濡的手机屏幕，视线紧盯着孟濡，问："你在和谁聊天，男朋友？"

阮菁这才发现孟濡下唇有一块不太明显的，被咬破的伤痂，已经快愈合了。

阮菁以为孟濡会先否认一下，没想到，她撑着下巴，乌润水亮的瞳仁转了半圈，承认："嗯啊。"

阮菁诧异了，立刻问："谁？"她脑子转得很快，"你刚才买的那对耳钉也是送给他的？"

孟濡坦白："是。"

"那'小狼狗'怎么办？"

孟濡没想到阮菁对"小狼狗"这么支持，愣了一下，忍不住一笑。

正好她放在桌上的手机响起，是陆星衍发来的微信。

陆星衍：你们什么时候结束？

陆星衍：我买了晚上六点半的电影票，提前半小时去找你。

往上划拉，还有很多自今天早晨孟濡出门起陆星衍就开始发的消息。

孟濡以为两人在一起后，陆星衍在家里对她寸步不离就算了，结果她好不容易出门喘口气，他还每隔几分钟就发过来一条消息，怕她出个门就不见了似的……

他真是有很强的占有欲。

孟濡总算是知道阮菁为什么曾说她会被陆星衍吃得死死的。

微信从上往下，是陆星衍今天一整天发的消息。

陆星衍：到了以后告诉我一声。

孟濡回复：到了。

陆星衍：你想看电影吗？最近漫威出了新电影。

陆星衍：你去的商场就有一家影院。

陆星衍：你陪我看。

陆星衍：中午吃完饭记得吃药。

陆星衍：我把你的药盒放进你包里了。

陆星衍：如果吃不下饭想吐，或者身体不舒服，打电话给我，我去找你。

陆星衍：你在干什么？

陆星衍：濡濡濡濡濡濡。

陆星衍：我好想你。

孟濡抬头，对上对面阮菁的视线，唇边漾出一点浅淡笑意。

她举起手机，把刚才和陆星衍聊天的最后两句话——也就是陆星衍说她们逛街结束后他来找她那两句，给阮菁看。

阮菁盯着上方的人名看了两秒，再看孟濡，这才有了对孟濡的那句问话。

孟濡点着头，大方承认："嗯。"

阮菁只惊讶了刚才的那两秒，很快神色平静下来，撇撇嘴，淡定地喝了一口饮料。

孟濡有点蒙。

她怎么觉得，阮菁一点也不意外？

果不其然，阮菁点评："意料之中。"

"你和别人在一起我还会惊讶一点，你和'小狼狗'在一起，我有什么好惊讶的？我只惊讶他太为你着想了，居然忍到现在才对你动手。"

孟濡默然，她想到阮菁以前就爱开她和陆星衍的玩笑，当时她都没有当真，没想到真的被阮菁说中了。

服务员过来上菜，孟濡等服务员上完菜离开后，说："我以前一直把他当弟弟的。"

阮菁一针见血："那你现在呢？"

现在？

孟濡口里含着刚才逛饰品店时剥的水果硬糖，"咔嚓"咬碎，溢出的酸甜糖浆充满口腔。

她竖起菜单，露出一双瞳仁漆黑又大的眼睛，鼻梁挺直秀气，声音含糊："就……还是弟弟。"

只不过这个弟弟的含义和以前略有不同。

陆星衍可以拥抱她、亲吻她，还能时时刻刻占有她每一寸空闲的

时间。

阮菁果然很懂:"情弟弟吧?"她坐在孟濡对面,"啧"了一声,义正词严地指责,"说真的,如果你的妈妈还在世,他的养父母也没有出车祸,两家人发现你们的关系,一定会想方设法拆散你们。一个送去出国,一个留在覃郡,天南海北,从此再也见不了面。"

孟濡无奈,当初开导她"反正不是亲姐弟"的是谁?

她知道阮菁在开玩笑,夹了一筷子三文鱼鱼腩塞进阮菁嘴里,提醒道:"你是不是忘了,我可以经常全世界巡演。"

孟濡弯眸温温柔柔地一笑。

"所以无论他在哪里,我都能找到的。"

吃完饭,孟濡送阮菁到电梯口,一会儿她要去和陆星衍看电影,打算等阮菁离开再去楼上影院门口等。

为此,阮菁还故意在她耳边叹息:"有了弟弟,忘了闺蜜。"

孟濡抬手轻轻掐阮菁的手臂。

电梯迟迟不来,阮菁无聊地四处张望,她眼睛恰好看到走廊上一道挺拔的身影,对方也看到了孟濡,迈步朝这边走来。

阮菁眼珠子转了转,忽然出声叫孟濡:"濡濡。"

孟濡偏头,恰好没看到身后向她走近的陆星衍,应了一声:"唔?"

阮菁看了眼一层停一下的电梯运行数字,开口问:"你喜欢'小狼狗'还是'小奶狗'?"

孟濡不知道阮菁为什么突然问这个,她摸了摸脸颊,还是认真地思索以后再给出答案。

"'小……狼狗'吧?"

她其实不太清楚这两者有什么区别。

她不刷微博,对网络用语也不敏感,因为阮菁经常在她耳边洗脑"你家'小狼狗'""'小狼狗'都很黏人"之类的,导致孟濡现在听到"'小狼狗'"三个字就下意识地想到陆星衍。

"小奶狗"又是什么?

孟濡垂着眼帘想用手机搜索"小奶狗"的意思,脑子里还在思考阮菁为什么突然这么问,不料身旁的阮菁回头,朝她身后嫣然一笑,挥手大大方方地打了一个招呼:"嗨。"

孟濡有点呆。

她跟着回身,一眼就看到与她仅隔着一步的英俊少年。

她抬头,对上陆星衍清明的目光。

少年也在看她,眉毛不太明显地扬起,唇角下压,似是恍然大悟又似是在认真思索她刚才的话。

明显是听到了她的回答。

孟濡一时无语,真不是你想的那样。

她已经不想说什么了,只想赶紧送走阮菁。

阮菁也察觉到孟濡对她的怨气,没有留在她制造的"灾难"现场,电梯一上来就踩着高跟鞋灵活地钻进轿厢,眯眼快乐地朝孟濡挥了挥手,一副"不用感谢我"的表情。

孟濡在心里轻轻叹了一口气,回身,没有叫住陆星衍,独自走向前往楼上影院的扶梯。

陆星衍迈着步子跟在她身后。

距离他们看的电影开场还有半小时,孟濡等陆星衍取完票后,坐在一排夹娃娃机后面的小圆桌木椅上等入场。

少年刚才问她吃小吃爆米花,孟濡想了想,指向旁边透明容器里装得满满的零食:"吃这个吧。"

陆星衍就起身去买妙脆角。

孟濡托着下巴,看向不远处站在人群后排队的少年。

她突然有种很奇妙的感觉——他们现在很像大学时期约会的情侣。

孟濡和阮菁一起出来看电影时很少买这些花里胡哨的零食,阮菁是不爱吃,孟濡是不能吃。

但是经常有年纪轻轻的小情侣,两个人买一桶爆米花、两杯可乐你侬我侬地分食。

现在,她和陆星衍就跟这些情侣一样,没有区别。

孟濡想到她刚答应陆星衍在一起的那天,少年得到她的松口,凤愿得偿,成功冠上"孟濡男朋友"的称号——兴奋得可以在冬季的布莱德湖游上千米。他的感情像堤口决开的水坝,水流汹涌奔腾地向外翻滚,收都收不住。

孟濡知道,那晚的陆星衍一整夜没睡,睁眼直到天亮,早晨八点准时起床给她做了顿早饭——她还没吃下去。

如果是行使"男朋友"的权利，那陆星衍这两天可行使得太彻底了。

他不是一有机会就亲她，就是研究食谱，怎么能做出好吃的东西让她多吃一点。

孟濡一整天没课，吃完药就换上舞鞋到舞蹈室热身，拉筋，练基础功。

可她毕竟没吃早餐，身体早已经虚弱得不像话，医生也说最好别再吃外卖、路边摊等不健康的食物。

陆星衍就自己拿手机查食谱，输入"营养早餐"，一个早上给孟濡做了七八种种类各异的早餐。

香菇鸡肉粥、葱花蛋饼、鸡蛋面、香蕉燕麦奶昔……

孟濡也不知道陆星衍是怎么把这些听起来就很有食欲的早餐做得让人毫无食欲的。他每做好一样，就拿过来给孟濡吃。试吃到最后，孟濡干脆也不跳芭蕾了，盘腿坐在舞蹈室的落地镜前，特地等着陆星衍，看看他还能做出什么问鼎"黑暗料理界"的食物。

孟濡忍着反胃，每样也只吃得下一点。

最后一道是虾仁蒸蛋，蛋羹里面是生的，虾仁没处理好，也很腥……孟濡终于没忍住，将刚才吃的东西全部吐进了马桶里。

她漱完口后出来，真心诚意地摸摸陆星衍的头："别做了吧。"

与此同时，她吃药的效果也不太显著，一颗药丸反复吞咽了好几次，水也喝了十几口，还是卡在嗓子眼儿，最后转身，吐了个干干净净。

这也是孟濡今天出门陆星衍不放心的原因。

但孟濡不想待在家里继续被投喂"黑暗料理"……而且刚谈恋爱的少年实在是在太磨人了，她想出来喘口气。

那边，陆星衍已经买好零食回来。

他穿着件黑白宽松外套，显得肩颈线条宽又利落，腿更加长。他一手拿着妙脆角桶，一手端着两杯可乐，已经吸引了好几个女生暗暗瞟一眼，又瞟一眼。

孟濡看着他漂亮的五官，以及等人时微微不耐抿起的唇线，忽然觉得，不喘气也没什么要紧的……这小孩真是帅到窒息。

电影开场，孟濡和陆星衍找到他们的座位坐下。

座位稍微靠后，但是位于正中央，视野良好，孟濡很满意。

孟濡看过的电影不多，漫威电影更是没看过几部，只能勉强认识这个是谁,那个是谁,但他们在一起要干什么就不知道了。

她看陆星衍戴着3D眼镜面向银幕,没有打扰他,挣开陆星衍进影厅后就握着她的手,从零食桶里捏了个妙脆角,放进嘴里缓慢地咀嚼。

但毫无吞咽的欲望。

孟濡只好从包里拿出一张纸巾,吐掉,将纸巾团成一团包在另一只手中。

她手放下,陆星衍就把她刚松开的那只手重新握住了,并分开她的指缝,扣紧。

孟濡还没说话,陆星衍稍微侧了侧头,黑色3D眼镜下看不清眉眼,但他温热的吐息轻擦过孟濡耳畔,他的嗓音刻意压低了些,一字一顿很是清晰。

"我有个秘密告诉你。"

孟濡不明所以,也悄悄地问:"什么秘密?"

"我,"陆星衍指了指自己,薄唇掀动,神神秘秘,"特别黏人。"

孟濡看看他,没说话。

陆星衍扣着她的手指紧了紧:"我现在还没发挥一成功力。"

孟濡惊讶地配合:"你以前怎么不是这样?"

"以前你又不是我女朋友。"他歪回座椅中,看似郁郁,唇角却扬起,"我只对女朋友这样。"

行吧。

孟濡不再理会身旁这个谈了恋爱跟变了个人似的少年,垂睫地笑了笑,继续看电影。

电影进行到后半段,正是高潮,孟濡的脸色却越来越苍白,额角甚至渗出一丝一丝冷汗。她已经完全看不进去了,只觉得眼前立体环绕的电影震得她阵阵耳鸣,画面时远时近,时快时缓。

她被陆星衍握在掌中的手心虚汗淋漓,大银幕中正好一个近景特效,一瞬间,眩晕感、呕吐感袭来。

孟濡下意识地想离开影厅,但她的身体虚软无力,双腿似乎陷在沉甸甸的泥沼中,挣扎不出。

失去意识的前一秒,孟濡用尽全身力气钩住陆星衍的左手尾指,向下求助似的扯了扯。

影厅里，属于孟濡和陆星衍坐的两张座椅已经空了。

一个少年在购物中心楼下背着失去意识的女孩，眼眶赤红，搀着她腿弯的手臂肌肉紧绷，微微颤抖。

路过的行人不免向这一对男女投来好奇的视线，这是怎么了？

孟濡双目紧闭，唇色是不正常的白，颊边细碎的软发被汗水打湿，黏在鬓边，人像是从水里捞出来似的。

不一会儿，救护车到来。陆星衍背着她，在护士的帮忙下小心翼翼地将她送进救护车里。

车辆开动，驶往市医院。

护士让孟濡躺在担架床上，稍微抬高她的头和上身，进行了一系列紧急治疗。

"病人为什么突然休克？"护士问紧盯着孟濡的陆星衍。

陆星衍外套内一件T恤已经被打湿透，额前碎发水淋淋的，身上的冷汗似乎并不比孟濡少。

他脑海中晃过孟濡昏倒前的一刻。

她手指无力地在他尾指缠了下，力道轻微，极易让人忽略。他回头，昏暗光线下只能看到孟濡坐在椅中一动不动，眼镜挡住了她的神采。

后来是他手心握着的手温度迅速凉下去，他摘掉孟濡的眼镜，才看到她闭着眼睛已经昏迷。

陆星衍将孟濡的病情向护士说明，救护车十几分钟后抵达市医院，孟濡被推入急诊室。

孟濡醒来是半个小时后的事了。

病房四面洁白，空调暖风鼓动，凉冰冰的液体顺着输液管被注入体内。陆星衍坐在孟濡床边，时刻看着她，她一睁眼，他就坐直了身体。

孟濡水目清灵，漆黑通透的眸缓慢转了一圈，似乎仍有些茫然。

她稍微侧了侧头，看到床边面无表情的陆星衍，唇边下意识地牵出一抹浅笑，浓稠的睫毛扑闪，逐渐想起晕倒前的事情。孟濡抬手摘掉陆星衍一直戴着的3D眼镜，取笑道："不晕吗？"

陆星衍还是一言不发。

孟濡被他弄得有点紧张，以为自己病情加重，咽了咽干干的喉咙，问："怎么了？我是不是治不好了？"

这话说完，他才终于有了反应。

他伸手毫不留情地重重弹了下孟濡的脑门，凶巴巴的语气："闭嘴。"

隔壁病床是一名四十多岁的阿姨，听到孟濡和陆星衍的对话，替陆星衍说话："小妹，你男朋友这么关心你，你就不要说这些晦气话了。刚才你是没看到你男朋友多紧张，一直替你擦冷汗。我看他年纪比你小，但是照顾你的时候不知道多细心啊。"

这大概是孟濡和陆星衍在一起后，第一个没有把他们当姐弟，而看出他们是情侣的人。

孟濡朝对方笑了笑，有点不好意思："我就是跟他开玩笑的。"

但某少年脸上却没有丝毫笑意。

陆星衍看着孟濡，语气平淡，问道："你为什么不吃药？"

孟濡放在被褥上的手僵了僵。

陆星衍又指出："医生过来诊断过了，你是血压低导致的休克。你这几天的药都没有好好吃，对吗？我刚才看了你包里的药盒，中午和晚上的药你都没有吃，你今天一整天都没有吃饭。"

最后这句话不是疑问，而是言之凿凿。

孟濡没有否认。

陆星衍气笑了，是又无奈又心疼。他没有想过孟濡是不愿意配合治疗的，这两天的药，她只当着他的面吃过一顿，后面或许都没有吃。

陆星衍问："你不喜欢吃药吗？"

倒也不是，孟濡起初没有回答。

后来，在陆星衍的目光下，她才掀高被子遮住头顶，怏怏的声音从底下缓慢传出来。

陆星衍没听清。

"什么？"

孟濡又说了一次，这次陆星衍听到了。

——"有激素。"

她这么说。

医生上次开的是激素类药物，一天三次，多吃几次肯定会导致身体乃至脸部发胖。这对身为芭蕾舞演员的孟濡来说，是最难以忍受的事情。

孟濡说完这个原因，自己都觉得太过任性，可这的确是她认真考量过的问题。

她用没打针的手扒下被子,露出一双乌润的眼,认认真真地道歉:"对不起。"

陆星衍扒了扒头发,比孟濡想得更多,蹙着眉毛问:"以后的药,你也不会吃了?"

孟濡没回答,可她的眼神明明白白地告诉陆星衍,就是这样。

陆星衍想开解她:"如果吃了激素的药发胖,等你的病好了以后,可以再减。"

"很难的。"孟濡怎么会没了解过呢,"激素发胖,要减下来的时间很长,我不想再耽误一年两年。"

轴、执拗。

这才是真正的孟濡。

陆星衍尽管担心,却也不能不尊重孟濡的意见。

可不吃药,她的病怎么好?

陆星衍难办地低头,额头抵着孟濡身侧的床沿,嗓音沙沙哑哑的:"孟濡。"

孟濡:"嗯?"

陆星衍:"我刚才快担心死你了。

"你以后能别让我这么经历大喜又大悲吗?我心脏遭不住。"

孟濡摸摸他的头发,忍不住笑了。

接下来三天,孟濡上完芭蕾课后,都会去市医院吊葡萄糖。

和孟濡在病房搭过话的那位阿姨也每天都来挂消炎药水,偶尔遇到,见每次都是陆星衍陪着孟濡,还亲自做不同的饭菜带过来,认真负责体贴周到,她不止一次夸了陆星衍长得俊还对女朋友好。

陆星衍看了眼孟濡快滴完的葡萄糖,把她没吃几口的饭盒收起,摸摸眉毛笑说:"不是我好,是她很好。"

孟濡心里一动。

后来这位阿姨见孟濡每餐都吃得不多,更多时候是什么都吃不下去,好奇地问了下孟濡的病况。

孟濡化繁为简地说了下。

她听说孟濡不想吃激素类药物,就向孟濡推荐了一家地段医院的中医医生,据说很会治疗血压低、气血亏的病症。(注:此内容设定为剧情安排，厌食症是一种心理障碍性疾病，相关治疗方案请谨遵医嘱。）

阿姨劝解孟濡："就当是调理，你一直不吃药也不是办法。你看你男朋友每天多担心你，站在输液大厅外面就皱着眉头，看到你的时候才会有表情。你快点好起来，不要让他每天这么担心啦。"

孟濡谢过阿姨，又详细问了这家地段医院的地址。

第二天，孟濡结束舞团的课程，打算一个人去这家医院看一下。

医院不大，外墙老旧斑驳，门外挂着"社区卫生服务中心"的蓝色牌子。

铁牌经过多年的雨水冲洗，在砖墙上留下了褐黄色的锈迹。孟濡走进医院挂号，见到了阿姨推荐的那名中医。

医生问诊后，确实只开了气血亏、血压低的中药，让孟濡拿回去每天吃。

孟濡一开始也只是抱着试一试的心态，她刚走出医院，陆星衍就打电话问她在哪儿，过来接她回家。

孟濡把自己来看中医的事情说了下。

当天晚上，陆星衍给孟濡热了一碗代煎中药，端给正坐在沙发上看《新闻联播》的孟濡。

这年代还会用电视看《新闻联播》的人真是不多了。

陆星衍坐在孟濡身旁，把她怀里的抱枕放到背后，伸手捋了捋她的马尾辫，像哄小孩似的，说："古董濡濡，来吃药了。"

孟濡抬起冷冰冰的双足贴在陆星衍大腿上，竖了竖秀眉，忽然要求："没礼貌，叫姐姐。"

陆星衍没出声。

孟濡想了想，这小孩一共也没叫过自己几次姐姐，便翘着唇角诱哄道："你叫我姐姐，我就吃药。"

陆星衍沉默。

孟濡也是心血来潮，没想陆星衍会答应她的要求。上一次他叫她姐姐还是在微信里，当面叫更像是上世纪的事。谁知道陆星衍眉毛一挑，漫不经心又痞懒道："行，你先叫我一声哥哥，我再叫你。"

嗯？小孩子吗？

孟濡眼波流转，娇嗔地看他一眼，最后还是没理陆星衍提的要求，从他手里接过药碗，低头抿着唇小口小口地喝药。

中药,无一例外都苦得让人"五官变形"。孟濡皱着鼻尖强迫自己喝完大半碗,还剩下碗底两小口,实在是不想再喝。

陆星衍仿佛看出孟濡的心思,弯起一条长腿面向孟濡,铁面无私地监督:"全部喝完才有效果。"

孟濡也不是喝不完这两口,只是她灵光一闪,想到他刚才的要求,再看看他现在冷飕飕的面孔。

她眨着眼睛,眼珠慢吞吞转向一旁又转回来,忽然想逗一逗面前的人。

孟濡素手托着药碗,捏着汤匙在碗里搅了搅,歪头,乌眸看向陆星衍。

她的声音本就轻柔甜淡,刻意拖长了腔调时,像羽毛做成的钩子,酥酥痒痒挑逗人的心扉。

"哥哥,"她语气商量,微微一笑,"我可以不喝吗?"

空气似乎都停了。

《新闻联播》正在播放国内新闻快讯,主持人字正腔圆的声音在客厅传递。

陆星衍瞳仁深深,喉结清晰地向下一滚,身躯不动。他狠狠磨了下后牙槽,嗓音哑的,看着孟濡:"再叫一遍?"

孟濡也很好说话,叫一声又不会少块肉,何况是对着自己的男朋友。

她放下汤匙,瓷器碰到碗沿发出清脆的一声"叮",伴着她细腻绵长的一声:"哥哥——"

不能忍了。

陆星衍喉头干得不像话,他拿过孟濡手里的碗放到腿边茶几上,手搂着孟濡的腰,将她按倒在沙发上。

喝药不喝药的一会儿再说,他现在只想亲她。

孟濡的唇瓣柔软,口腔里满是中药的腥苦,然而陆星衍尝到的不是苦,是蜜糖。

陆星衍的学习能力强,从第一次接吻时的生涩莽撞冲动,不到一周,他就已经能熟练地一手掌控着孟濡的后颈,摩挲游走,还吻得人很舒服。

孟濡情不自禁地溢出声音。

他喘息加重,身躯也变得火热,手掌与孟濡肌肤相触的地方似要将她引燃。

孟濡察觉到不妥，及时伸手推开陆星衍的肩，偏头看着茶几上孤零零的药碗，轻微喘气。

"我想起来……我有个礼物送给你。"孟濡抿下唇，思维敏捷地转移话题。

陆星衍的手掌撑在她的头侧，从上往下俯看她。他略有不满，脑袋埋进她的颈窝，声音低闷地配合："什么礼物？"

孟濡被他亲得痒痒的，指了指："在我房间的衣帽架上，白色包包里……你帮我拿过来。"

说着，她踢了下陆星衍的小腿。

他只得起身，扯了扯宽松的长裤，坐在沙发上缓了会儿，才走去孟濡的房间。

孟濡起身，趁这个工夫把剩下的中药喝完。

陆星衍很快回来，手里拿着孟濡几天前逛街时买的首饰盒子，眉稍一扬："这个吗？"

孟濡点了点头。

那天逛街，孟濡买完这对耳钉，本来是打算看完电影就送给陆星衍的，但是没想到她在看电影的途中昏迷了……当晚打完葡萄糖从医院出来，已经过了凌晨，她自然也没想起这件事。

这件礼物便也一直放在包里，被她遗忘。

刚才接吻时看到陆星衍耳朵上一闪而过的银色耳钉，孟濡才想起来自己也买过一对耳钉。

陆星衍当着她的面打开礼盒，看到里面的黑色猫咪耳钉："这是定情信物吗？"

孟濡对少年的脑回路诧异，故意反着回："我是见你耳钉到处乱放，小心最后一对都找不到，特地买一对让你备用。"

陆星衍不以为意。

孟濡又想起一件事："上次我刚回国不久，看到我的房间床头柜上有一对耳钉，不是胡阿姨放错的。你去过我的房间，对吗？"

陆星衍耳朵动了动，垂眸，脸上闪过一丝不自在。

孟濡却不放过他，手心撑着他的肩膀跪坐起来，偏头问："你告诉我，去过几次？"

陆星衍磨了磨牙，在孟濡的质问下，抬手箍住孟濡的腰，往前搂紧。

孟濡重心不稳，身躯倒向陆星衍怀中。少年的胸膛又硬又宽，他歪头咬了下孟濡的耳朵，呢喃道："忘了，没数。"

孟濡没回国的时候，陆星衍确实偶尔会去孟濡房间待着。

倒也不做什么，她床上有防尘罩，即便掀开躺着也不舒服。

陆星衍待在那里，最多闭一会儿眼，房间里残留着孟濡惯常用的熏香气味，杜松和薰衣草，淡雅好闻，轻易就能让他茫然郁躁的心情平静下来。

陆星衍没有告诉孟濡这些，只是低着嗓音，要求："帮我戴上吧。"

孟濡连续喝了三天中药。

中药虽然苦，但没有激素导致发胖，她努一努力还是能喝得进去。

中药没有促进食欲的效果，主要调整孟濡长期食量少导致的气血亏和血压低，所以孟濡平时吃饭还是不多，但这几天倒是没有再发生过手脚冰凉、呼吸微弱的休克现象。

到了周日，覃郡芭蕾舞团在覃郡大剧院第一次演出芭蕾舞剧《白毛女》，团长、孟濡和另外两名指导老师领着学生早早地就到了，整个下午都在剧院后台忙碌。

检查舞台、舞服，确认学生的身体状态，调整一些他们细微的肢体动作。

晚上六点五十分，上台前，黄冬玥刚刚缝好她的足尖鞋，徐离离和另外大多数学生在紧张地排练自己的舞蹈部分。

孟濡反而不太紧张，她对自己的教导结果还是满意的。

她中午没有来得及吃饭，只喝了一碗在南大食堂热的代煎中药。这会儿肚子空空，她剥了一颗棒棒糖含入嘴里，团长和另外两名指导老师在让学生们放松，她掀睟看着观众席的方向。

奇怪，明明距离上次意大利舞团演出才过去一周。但她当时绝望无助的心情，现在好像不那么强烈了。

她踩着足尖鞋在宁静空旷的舞台跳舞，原本没有指望有观众。她只是遵从自己心里的声音，哪怕这是一场从头到尾只有她一个人的演出，她跳完了，给自己那两天，甚至这一年的追逐做个了结就行。

但是陆星衍回来了，他不仅做她唯一的观众，还从乐队成员手里借了一把小提琴为她演奏。

那一场演出她有了观众,他是她唯一的共鸣。

少年用小提琴的乐声敲开了她心里厚重的帷幕,浓翳撕裂,月光涌入,投下的方寸光圈成为舞台,随着孟濡的身躯移动,伴着她跳完最后一幕只有女主角的大双人舞。

最后,陆星衍说——

"以后,你的每场演出我都会看。"

其实那天晚上回去,孟濡虽然喝醉了酒,但并不是醉得一塌糊涂毫无意识,她脑子里隐约清楚些什么。第一次亲陆星衍如果可以说是冲动,那第二次就是借酒壮胆,她知道自己在做什么,也知道面前的人是谁。

她的心早就动摇了。

不知道在什么时候。

大概是无意间看到陆星衍为她准备的那一整柜足尖鞋时。

少年的心意,热烈而直接。

任谁都无法拒绝。

可是孟濡也想了很多,身份、家庭、事业,好像每一样都能横亘在她和陆星衍中间,最后孟濡还没想好怎么办,一听啤酒给她壮胆……亲了再说。

所以第二天孟濡清醒后,万般情绪,百味杂陈,唯独没有后悔。

接下来陆星衍回过神来,反客为主,从医院回来逼迫她直面他们两个的关系,一切都顺理成章。

孟濡低敛下眉,抿唇一笑。

正好舞剧开场,黄冬玥穿着喜儿的红衣裳舞衣,路过孟濡身边时笑嘻嘻地称赞:"孟老师,我觉得您最近又变漂亮了。"

孟濡微怔,还来不及向她道谢,对方已经踮脚走上舞台,开始第一幕的表演。

整场舞剧演出还算顺利,像《白毛女》这种芭蕾舞和中国民族舞结合的舞剧,本身就不太容易排练,对于自小学习芭蕾舞的演员们来说,能跳到这一步已经很不错。

孟濡大体是满意的。

九点半,舞剧表演结束,学生们换回自己的衣服,大家照例一起去外面聚会,团长和另两名指导老师也参加。

孟濡本来想拒绝,最后还是没挡住大家的热情,被舞团成员们拽去了。

　　学生聚会的地点选的是一家 KTV，豪华大包厢，酒水零食点了一堆，不断地有人往点歌机里点歌。

　　孟濡坐在离门口最近的沙发，喝了几口矿泉水。她今晚的中药还没吃，正琢磨着 KTV 里有没有微波炉，能让她热一下包里的代煎中药。

　　忽然，隔壁一组沙发上几个学生的笑闹声传来。

　　孟濡抬睫看去一眼，原来是他们在玩"真心话大冒险"，有个人输了，选择大冒险。

　　黄冬玥笑着看向被啤酒瓶选中的李越，视线转了一圈，落在对面的孟濡身上，忽然眼睛亮了亮，对李越意味深长道："不然……你今晚负责送孟老师回家吧！"

　　孟濡一呆。

　　十几双视线一齐向孟濡看来。孟濡弯唇婉拒道："一会儿有人会来接我，不用送我的。"

　　刚才陆星衍给孟濡打电话，孟濡去走廊接起。他问她在哪儿，她说和舞团的人在外面聚会以后，他说结束后过来接她。

　　大家本也是闹着玩，闻言，有人八卦地问："孟老师，是你的男朋友吗？"

　　孟濡的男朋友此刻正在来的路上，孟濡眨眼笑了一下，没有否认。

　　对面几人不禁暗暗朝李越投过去一眼，意思是"你没有机会了"。

　　李越可有可无地一笑，众人对他换了一种惩罚方式，又问孟濡要不要加入他们，一起玩"真心话大冒险"。

　　孟濡反正也是闲着，就加入他们一起玩了两轮，也许是运气好，每一次都没有被啤酒瓶指到。

　　大约十一点半多，聚会散场。

　　团长和另外两名指导老师开车离去，学生们也打车回学校，孟濡站在一根灯柱下等陆星衍。

　　灯光朦胧，晚风萧瑟。她今天出门忘记戴围巾，等了一会儿，耳朵和鼻尖都被冻得通红。

　　与孟濡一起等候的还有李越和黄冬玥几人。黄冬玥她们打的车，司机走错路了，到现在还没到。李越则是想等所有女生都离开后再走。

陆星衍不知道是不是也走错路了，迟迟不来。

孟濡期间给他打了一个电话，他接起，说马上就到。

那边的李越见孟濡嘴唇冻得有些泛紫，上前，脱下自己的风衣外套递给孟濡，说："孟老师等的人还没来吗？先披我的衣服吧，我里面穿得多，不冷。"

孟濡感动了下，但还是拢了拢羊绒衫，笑着摇摇头拒绝了："你穿吧。我等的人一会儿就到了。"

李越却很热心，以为孟濡是客气，一定要让孟濡披上他的衣服。"您这几周为了我们演出的事情够辛苦了，不要再冻感冒。如果您男朋友误会，我会向他解释的，孟老师披上吧，明天上课您再还给我就行了。"

旁边黄冬玥几个女生看到，笑嘻嘻地取笑道："李越，我们也冷，怎么不见你脱衣服给我们穿呢？"

李越倒是大大方方，一笑道："你们那么多人，我的衣服给谁穿都不合适吧？而且尊师重道，你们没学过吗？"

女生们朝他"喊"了一声。

李越仍然坚持要把衣服给孟濡，孟濡向后退了一步，摆手拒绝，却不慎一脚踩空，半个身子仰出人行道，险些跌在外面的马路上。

"老师！"

李越及时伸手拉住她，一手攥住她的手腕，一手搂着她的肩将她往跟前一带。

孟濡向前踉跄，稳住身子，额头在李越胸口轻轻磕了下。

李越的手还没来得及松开，对面几个女生也未回神，孟濡身后，蓦然传来一个划破夜空的重机刹车声。

李越快速松开手，脸上一闪而过的赧然。孟濡朝他道谢，察觉身后有一道视线紧盯着自己，她回头，看见陆星衍坐在几步之外的重机上，单腿支地，路灯将他黑黢黢的影子无限延伸，霸道地直直停在孟濡脚边。

陆星衍穿着黑色外套，脸上戴一副黑色防霾口罩，也许是路上风大，将他额前碎发吹得有些散乱。

少年露出剑眉星目，显然是看到了刚才那一幕，漆目看不出是什么情绪，视线在李越身上停留了两秒，然后落回孟濡身上。

孟濡："嗯？"这位少年哪儿来的机车？

不等孟濡发问，陆星衍发动机车移到她面前，举手摘掉口罩。

他从车前取下一顶头盔递给孟濡，扫一眼李越，漂亮冷隽的面孔明显写着不满的五个字——怎么又是他。

孟濡想起舞团刚搬到南大训练时，陆星衍发着烧在教学楼前的树下等她，就看到她和李越走在一起。担心陆星衍做出什么事情，她主动向他介绍："这是我的学生，李越。"转而又对李越介绍陆星衍，"这是我……"

"男朋友。"孟濡还没说完，陆星衍已经替她答道。

少年看到李越手里的风衣外套，再看孟濡单薄的穿着，脱下自己的外套将孟濡带到跟前，抬起她的手臂一只手一只手地替孟濡穿上外套，再将机车头盔戴到她头上，仔细扣好。

陆星衍抬头看李越："既然你知道尊师重道，就应该有学生的样子，跟自己的老师保持距离。"

陆星衍歪出一个不爽的笑，说："你的老师有她男朋友照顾，以后不要再做多此一举的事了，小徒弟。"

陆星衍的动作占有欲太浓，再加上他出口的话语，李越和那边黄冬玥几人都看得明明白白，听得清清楚楚。

李越微愕。

他听到孟濡承认有男朋友时，第一反应——对方是成熟稳重，比他们年龄稍长一些的男性。

但没想到……他看着陆星衍，对方似乎与他们年龄相仿，甚至还小两三岁。

李越手里拿着脱下的外套，面露尴尬："我刚才看孟老师太冷，没别的意思。"

陆星衍舔了下唇，脸上没什么表情，语气淡淡的："那你能把手从我女朋友肩上拿开了吗？"

刚才李越扶稳孟濡后，紧握着她的手腕虽然松开了，但放在她肩上的手掌却忘了移开。孟濡也是看到陆星衍骑着重机过来太过诧异，才没有留意李越的手放在哪里。

李越匆忙把手拿开。

那边黄冬玥和邹霜几人听到陆星衍的话，脸上的惊愕神色并不比李越少。

她们早前知道孟濡和陆星衍是姐弟，但他们的姓氏不同，应该是表姐弟或者关系更远一些的异姓姐弟,但从来没有想到……有朝一日,这两人会变成一对情侣。

黄冬玥诧异得说不出话,她们打的车终于到了,她没有上车,往前走了两步,走到距离孟濡和陆星衍两步之遥,问:"孟老师,你,你们不是……"

姐弟吗?

孟濡这时候不得不为自己之前为了拒绝陆星衍,拿姐弟当借口的事情付出代价了。她摘掉头盔,抿唇,展颜一笑:"我们不是亲姐弟,没有血缘关系的。我和他是一起长大,关系很好,以前才称呼他'弟弟'。"

少年这时候就跨坐在重机上,长腿轻松地支着路牙子,黑眸闲闲淡淡看着孟濡,一脸"早知今日,你当初就不该拒绝我"的表情。

黄冬玥咬了咬唇,似是不太能理解,有些怨怼:"那……我当初告白的时候,您为什么不告诉我,你们在一起,还鼓励我去表白?"她目光看孟濡,怀疑,"您是为什么看我笑话吗?"

这个误解就有点深了。

毕竟当时孟濡并未察觉陆星衍的心意,也完完全全地把陆星衍当成弟弟。

有女孩子向"弟弟"告白,孟濡于情于理都不应该阻止,更没有立场阻止。

她当时才是最尴尬的人……如果知道陆星衍会说那首小提琴曲是拉给她听的,她万万不会贸然上前。

孟濡想了想,轻轻一笑,上前揉揉黄冬玥的头发,认真地说:"不是哦,老师当时还没有和他在一起,只是觉得能勇敢表白的女生都应该值得被鼓励,绝对没有笑话你的意思。"

她竖起三根手指,眨了眨眼,保证:"老师现在也特别欣赏你。你舞跳得很好,但是应该再多花点时间在训练上,谈恋爱的事情不着急,我们学芭蕾舞,应该分得清什么时候什么事情是最重要的。"

她手指前伸,圈起拇指和食指轻轻弹了下黄冬玥的脑门,劝告:"下次也不要随便拿老师开玩笑了,李越那句'尊师重道'说得挺好的。"

她指的是在KTV黄冬玥起哄让李越送孟濡回家那件事。

原来她都清楚。黄冬玥睁大眼睛,额头被孟濡轻弹过的地方仍留有她的触感。

黄冬玥看着孟濡，又看了看一旁没有表情的陆星衍，一时不知道该说什么。一个是她暗恋的男孩，一个是她最喜欢的芭蕾舞演员……

过了很久，黄冬玥才缓过神来。

她转头看着陆星衍："以前有个女生向你表白，你说只喜欢跳舞好的女孩，指的不是……不是我，是她，对吗？"

——"陆星衍同学，我喜欢你。你能和我交往吗？"

——"抱歉，不行，我只喜欢跳舞好的女孩。"

不是因为喜欢跳舞好看的女孩子。

而是因为孟濡跳舞好看，他才喜欢。

陆星衍挑高眉毛，不知道学校里还流传着这样的说法。他冷漠地淡声承认："是。"

黄冬玥终于明白了真相，被打击得不轻。

她紧咬着唇，身躯微颤，眼睛直直盯着孟濡和陆星衍。

陆星衍的注意力却没有在她身上停留太久，他偏头看向孟濡，拍了拍后座，示意孟濡坐上车。

孟濡也清楚继续留在这里不合适，攀扶着陆星衍的腰坐上后座，戴上头盔。

少年发动重机，眨眼就驶离此地。

回去的路上，经过淞南大桥。

凌晨的桥面上畅通无阻，桥上景观灯流光溢彩，与过往车流的灯柱交相辉映，一片绚烂下，陆星衍载着孟濡飞速驶过一盏又一盏抱柱灯。

寒风侵肌，孟濡双手搂着陆星衍的腰，头埋在陆星衍背后，尽管戴着头盔、穿着陆星衍的外套，她仍觉得冻得不轻。

她身躯向前，对着陆星衍耳畔说了一句话。

他没有听清，扬声问："什么？"

孟濡只得加大音量，重复："你哪儿来的机车？"

她从来没有见他骑过，应该不是他的。

陆星衍骑车驶下大桥，前方是覃郡著名的莲花湖，湖岸萧瑟，湖面漂着碎冰。

陆星衍的声音从口罩下传出："从朋友那儿借的，下午去做家教的时候骑了一下。"

陆星衍："冷吗？"

孟濡用力点了下头，岂止是冷，她的手都快搂不住他的腰了。

"你不冷吗？"孟濡好奇，他的外套被她穿着，他身上只有一件单薄的卫衣。

少年骑车的速度放慢了些，拐进一道小路，狭窄的街巷风不如马路那么喧嚣。陆星衍稍微坐直了身体，为孟濡挡去前方袭来的凛冽寒风。

"我现在一肚子燥火，被你那个李什么的学生气的，一点也不冷。"陆星衍淡淡说。

孟濡无奈。

"他就是我的学生。"孟濡解释，语气有点好笑，"你怎么谁的醋都吃？"

周西铎的事儿在他那里还没过去呢。

他背脊紧绷，显然不太认同孟濡的话，语气冷飕飕的："他摸你的手，还搂你的肩搂那么久，当我死的吗？"他这时候格外有优秀学生的精神，"这是一个学生该做的事吗？"

孟濡心想你是我弟弟的时候也几乎没有把自己当成过弟弟吧……

她还没开口，陆星衍就断言："他就是对你居心不良，你以后上课离他远一点。"

孟濡浅浅的笑声从头盔下传出，她搂着陆星衍的腰紧了紧，揶揄道："难道不是因为你自己居心不良，所以看其他人都对我居心不良？"

前方的少年舔了舔唇，居然没有否认："你说得对。"

他对着漆黑夜空吹了声口哨，声音清晰。

"我，陆星衍，对孟濡居心不良太久了。"

Chapter 06 · 我赌对了，你回来了

给大家介绍一下，这个就是我的男朋友。

距离孟濡姥姥的生日还有几天，不过他们会提前过去。妈妈去世后，孟濡唯一还算亲近的家人只剩下姥姥，所以她对姥姥的生日格外重视。

孟濡爸爸和姥姥家这边的关系不好，今年应该是不会去的。

孟濡爸爸年轻时是入赘到姥姥家的，而孟濡妈妈又是相对大小姐脾气的人，孟濡小时候经常看到妈妈娇惯任性地指挥爸爸做这做那，有时还会出言伤害他的自尊心。

对这个家，她爸爸没有归属感，所以她妈妈患宫颈癌去世后不久，她爸爸就与姥姥家脱离了关系，至今一个人生活。

孟濡只知道他在一个小运输公司上班，具体做什么也不清楚，他很少与孟濡联系。

孟濡每隔一个月都会给他打一笔钱过去。

孟濡想，这点她倒是和陆星衍挺像的，父母感情缘薄。

陆星衍知道孟濡在乎她的姥姥，孟濡不在国内那三年，他每年寒暑假都会抽出一段时间回乡下看姥姥。

孟濡在国内时，就会提前带着陆星衍一起回去，顺便在老家过完年再回覃郡。

今年孟濡也是这么打算的。

正好覃郡舞团的排练告一段落，团长给每位老师都安排了一周多的假期。

晚上，孟濡喝完中药在舞蹈室跳芭蕾。

跳到十点多，打算去浴室洗澡时，一旁看书的少年终于逮到机会，扔下书本上前，抱起孟濡轻托着她的臀将她放到身后的把杆上，低头吻住她的唇，亲身向孟濡证明了什么叫"居心不良很久了"。

他微弯着背脊，后背瘦削的肌肉有力，两只手臂撑在孟濡身侧截断她前后左右的出路。

少年现在接吻技术娴熟，孟濡被吻得舌根发麻。

不知过了多久，陆星衍的手控制不住地从孟濡腰上一寸一寸向上占领，唇舌交缠，孟濡情不自禁地溢出一声轻哼，轻婉动听。

舞蹈室的气温越升越高，孟濡脸颊到耳朵都是红的，不知是跳舞的缘故还是被少年引得情动，她伸手推开陆星衍："我要去洗澡了……"

陆星衍稍微松开孟濡的唇，身躯却纹丝不动。

他埋首在孟濡耳根和脖颈间流连，呼出的气息灼热，体内有一股燥热横冲直撞，却找不到出路，只能一遍一遍低哑地叫："濡濡，濡濡……"

孟濡眼眸含水，狠心推开他："现在不行。明天要回老家陪姥姥，你是不是忘了？快去早点洗漱睡觉，明天下午跟我一起回去。"

陆星衍不满地拧紧眉，想将孟濡捉回来再亲一会儿。

但孟濡已经跳下把杆，伸手安抚地摸了摸他的头，动作迅速地走回房间拿换洗衣物。

等了等，陆星衍才反应过来——孟濡说的不是"不行"，而是，现在不行。

孟濡洗完澡，整理了下要带回去的行李，将两个行李箱放在玄关，就准备回房间睡觉。

陆星衍刚好也洗完澡，他穿了条长裤，上身的T恤被头发滴下的水珠打湿，透出瘦削胸肌的轮廓。

他随手扫了扫头上的水珠，黑眸捕捉到正欲进房间的孟濡，浴室和孟濡的主卧离得近，他两步跨过去就堵在孟濡面前："你刚才说现在不行……是指什么时候行？"

孟濡一愣，没想到她随口一句话，陆星衍就记在心上。

她看着眼前的少年，乌目轻转，笑了笑："你希望什么时候？"

少年黑眸清亮，俯身，手又要黏在孟濡身上。

"我说什么时候都可以吗？"

陆星衍还来不及惊喜，孟濡就伸出双手，将他的俊脸往后推，收起笑意道："当然不行，你想得美。"

陆星衍撇了撇嘴，翘起的嘴角迅速垮掉。

但他还是没离开孟濡的房间，厚着脸皮自然而然地坐在孟濡的床上，人高马大地占据大部分空间。

陆星衍提议："帮我吹头发吧，濡濡？"

孟濡站在门口，穿着棉质睡裙，半干的长发贴着透白洁净的小脸，更加显得乌发雪肤。

陆星衍喉结动了动，眸深黑，适时改口："或者我帮你吹。"

孟濡本来就不喜欢吹头发，虽然知道这人居心不良，但还是点了下头答应了。

陆星衍从她床头柜里拿出吹风机，插上电源，让孟濡侧躺在床上枕着他的腿，他掬起孟濡的头发一捧一捧细细地吹。

孟濡的头发多，平时她自己吹要吹上十几分钟，刚才她已经将头发吹得半干，这会儿陆星衍只吹了五六分钟就停下。

孟濡摸了摸头发，全干了，想坐起来。身旁陆星衍却扔掉吹风机，双手捧起她的脸颊，身躯下压朝着她的唇再次吻下来。

他沉着声，嗓音暗涩，气息悬浮。

"濡濡，你知道我想过多少次在这张床上吻你吗？"

多少次？

恐怕太多，数不清了。

他的手固住孟濡柔软的腰肢，下一秒就被孟濡轻抬着腿踢开，把他赶回自己房间睡觉。

陆星衍虽情绪不满，但也只能依言照做。

第二天，孟濡开着她前段时间新买的车，准备回姥姥家。

姥姥家在覃郡的邻城单海，单海和经济科技都日新月异的覃郡不同，是一座历史悠久的旅游城市。

城镇充满着慢节奏的舒缓生活气息,孟濡每次回去都觉得心情十分舒怡。

她和姥姥三年没见,想早点和老人家团聚。只不过昨天晚上从KTV回来时坐陆星衍的机车吹了风,她早晨起来有点头重脚轻,使不上力气。

孟濡只开了一会儿,就将车停在路边,揉着鼻子轻轻打了四五个喷嚏。

陆星衍坐在副驾驶,探手摸了摸她的额头,不烫。

"应该是感冒了。"陆星衍解开安全带下车,走到街边附近的药店买了体温计、感冒药和退烧药几种药,回来用体温计再次量了下孟濡的体温,确定不烧后,拧开一瓶水让她吃点感冒药。

"我来开车吧,你去后面躺着休息会儿。"

孟濡咽下一口水,眨着眼睛诧异地看陆星衍:"你会开车?"她怀疑,"有驾照吗?"

陆星衍微挑眉毛,俯身解开孟濡的安全带,有点不可一世:"高中一毕业就拿到了。"

孟濡一时沉默。

行吧。

这么说,这位少年高考完后还挺忙碌的,打工,学车,买足尖鞋……还要抽空文个身。

孟濡吃完药,下车前伸手摸了摸陆星衍的头顶,称赞:"我们斑斑真厉害。"

陆星衍捉住她的手腕,往身前带了带,薄唇衔住她的耳珠,用力咬了一下:"斑斑还有更厉害的,只不过你昨晚拒绝了。"

孟濡调戏少年不成反被他调戏,耳朵被咬过的地方迅速泛红,不知道是生气还是羞。

她轻轻推开陆星衍的脑袋,转移话题:"快过来开车吧,不然我们大黑都到不了姥姥家。"

陆星衍"啧"一声,这才慢吞吞地推开副驾驶座的车门,坐进驾驶座。

陆星衍的车技出乎孟濡意料地还不错,一路行驶得快速平稳,就像他玩赛车游戏的水准。孟濡躺在后座,身上盖着一条薄薄的毛毯,没多久就睡熟了。

大约两个小时后,她才慢悠悠地转醒。

她手臂撑着座椅坐起,有些困倦地眨了下眼,耳畔海浪拍击岩石的声音震动。

孟濡抬眸看向车窗外,对面的大海广阔无边,海水粼粼,一碧万顷。

陆星衍从后视镜看到孟濡醒来,伸手从副驾驶座拿出一瓶拧开的矿泉水递过去:"好点了吗?难受吗?"

他的手自然而然放在她额前,似要摸她脑袋发不发烧。

孟濡也是睡懵懂了,没说话,微微合着眼睛乖乖地将额头抵上他的掌心。

女孩肌肤沁凉,额头细腻饱满,额际垂落的发丝扫过陆星衍的手背,又软又舒服。

倒是不烧。

陆星衍收回手,忍不住多看两眼孟濡刚睡醒的模样:"还有十几分钟才到,你要再躺会儿吗?"

"不了,我看一会儿风景吧。"

孟濡掀开身上的毛毯,俯身趴在另一侧车窗上。

窗外海面激湍,一朵一朵浪花被冲到海岸,溅起数米高的水花。远处落日与海平面重叠,映得水面一片灿灿金黄。

陆星衍见孟濡看得眼睛都不眨,提议:"前面新建了座灯塔,可以上去看海景。晚上我再带你过来?"

孟濡立刻答应:"好啊。"

两人又说了会儿话,车子很快抵达姥姥家。

姥姥家是一栋独立小院,四五间房和一层阁楼,与他们来时看到的海隔着两条街。

小院后面是一块自留地,种着瓜果蔬菜,平时老人家自己吃的菜大都摘自地里。

不远处还住着四五户人家,平日里互相串门,孟濡姥姥也不至于太孤单。

孟濡下车,只见院门敞开,院内空无一人,篱笆下一只丑丑的三花猫正在懒洋洋地晒太阳。

孟濡走进去,轻扬起声音叫人。

"姥姥？"

无人应答，她又跑去跟那只脸上仿佛戴了眼罩的猫咪打招呼。陆星衍推着两个拉杆箱进来，慢声说："可能在后院菜园。"

"那我们去后院看看。"孟濡牵起陆星衍的手往下走。

"嘎——"

"嘎嘎——"

还未出门，五六只白花花的胖鹅从外面横冲直撞地进来，伴随着气势汹汹的叫声。

孟濡被吓得连连后退两步，躲到陆星衍身后。

过了一会儿，鹅群后走出一名穿着咖色毛衣、容貌精神的老人，一边走一边叨咕着赶鹅声。

陆星衍叫了声："姥姥。"

老人抬头，看到陆星衍，脸上的皱纹撑开，露出笑意："阿衍到了。"他们回来前给姥姥打过电话，说今天下午来看她。

"怎么只有你一个，濡濡不是也回国了，说会回来吗？"

孟濡这才从陆星衍背后走出来，上前抱住老人："姥姥，您又多养了几只鹅啊，我都不知道。"

老人推开她，略带昏花却清明的眼睛将她仔仔细细看了一遍，嘴上虽然嫌弃，但在看到孟濡时，脸上的笑意收都收不住："你知道点什么？"老人戳戳孟濡的眉心，"这几年连家都不回，每年只有阿衍会来看我。你们这么多人连你弟弟都不如，我看以后只要阿衍这一个外孙就得了。"

孟濡侧头，看了看身旁俊挺的少年，弯眸一笑："阿衍是您外孙，那我还是您外孙女啊。"

陆星衍怔了怔，明白她这句话的意思，翘起唇角。

姥姥没有留意他们两人的互动，撇嘴："回国这么久也不见你来看看我，我可没这么不孝顺的外孙女。"

"真的吗？"孟濡亦步亦趋地跟在老人身后，眨了眨眼，"我给您买了好多礼物呢。"

停了一会儿，老人主动问："什么礼物？"

孟濡如数家珍："衣服、按摩仪、血压计……还有您之前想要的翡翠项链，我也买了。"

老人牵着她的手往客厅走："还不拿来让我看看。"

孟濡盈盈一笑，回眸朝陆星衍wink（眨眼）了下，走进屋子。

事实证明，无论哪个年龄阶段，女人对收礼物这件事都是乐此不疲。

孟濡姥姥收到孟濡的礼物，立刻不生她的气了，还坦白说："你们的房间我都整理干净了，阿衍还睡在二楼第一间房，濡濡睡在阁楼。"

姥姥对翡翠项链爱不释手，戴上看了又看。

"你们先把行李放上去休息一会儿，我去做饭，吃饭了再叫你们。"

孟濡答应。

陆星衍帮孟濡把行李提上阁楼，推开窗户。

阁楼窗外恰好能看到两条街之外的海边，海风袭来，一股清新又腥咸的气息。

陆星衍把体温计和药都放在孟濡的床头柜上，俯身圈住坐在床沿的孟濡："你再睡一会儿，我去楼下帮姥姥做点事情。"

孟濡笑眯眯，仰头亲他的喉结："去吧，弟弟。"

她明显地看到陆星衍的喉结滚动了下，他将她扑倒在床上，吻住她的唇，带着点不忿的报复意味。

两人亲昵地吻了五六分钟，陆星衍还下不去，孟濡担心姥姥发觉奇怪，推了推他的肩膀："快下去吧，不然姥姥该上来了。"

"上来就让她看到。"他低着嗓音。

孟濡微抬眉毛："你答应过我的，先不让家人知道，你忘记了？"

当然没忘。

陆星衍当时是为了让孟濡松口，和他在一起，现在又后悔了："什么时候能让她知道？"

他不想偷偷摸摸。

孟濡认真思考："我会找机会说的。"

他这才慢吞吞地下楼。

陆星衍离开后，孟濡换上睡裙，躺在床上又睡了一个多小时。

醒来时窗外漆黑，耳边浪涛声阵阵，孟濡穿上拖鞋下楼，楼下灯光暖黄，餐厅长桌上已经摆上了饭菜。

孟濡姥姥在厨房盛汤，客厅电视机前，陆星衍蹲在地上喂三花猫吃晚饭。

姥姥看到她招呼："濡濡醒了？我刚做好饭，快来一块儿吃饭。"

孟濡走到厨房帮姥姥端汤,看了看满桌子饭菜:"这些都是姥姥自己做的吗?"

老人摇摇头:"阿衍帮我清洗的海鲜,这道蛤蜊菌菇汤和炒墨鱼都是阿衍做的。"

孟濡听到这话,心想,那这两道菜还能吃吗?

不过少年就在身边,孟濡这句话没有当着陆星衍的面说出来,给他留了点面子。

三人落座,陆星衍坐在孟濡旁边。

姥姥看到后有些奇怪:"阿衍怎么坐得这么远?"

陆星衍捏着筷子的手顿了下,朝老人笑说:"这里离厨房近,姥姥一会儿有什么要拿的,告诉我,我去拿。"

姥姥感慨:"还是你为我着想。"说完,她看了看孟濡,又露出那种"看看阿衍再看看你"的表情。

孟濡无奈。

不过,不知道是不是下午睡得多,身体累,中午也没吃饭,孟濡面对着满桌子海鲜,居然没有反胃的感觉。

她尝了一口陆星衍煮的蛤蜊菌菇汤。

海鲜不需要放太多食材,出锅前加一点点盐就能煮出海鲜的鲜美,也许是做法简单,味道意外地还不错。

蛤蜊鲜嫩,汤汁浓郁。

孟濡低头安静地喝汤,不知不觉,旁边的小盘子里堆了一小撮蛤蜊壳,她将 碗蛤蜊菌菇汤吃得干干净净。

孟濡伸出舌尖舔了舔嘴角,看向旁边不知什么时候停下来看着她的陆星衍,碗递过去,歪了歪头,下意识道:"再帮我盛一碗吧?"

陆星衍迟迟不动。

几秒钟后,孟濡也反应过来——"再帮我盛一碗",她有多久没说过这种类似的话了?

不仅如此,连喝完一整碗汤的情况都少之又少。

所以陆星衍放下筷子,垂眸看了眼碗底,试探地问:"难受吗?有没有觉得不舒服?"

孟濡摇了摇头,完全没有。

"我……"她搭着碗沿的指尖颤了下,抬起眸,自己也觉得不可思议。

她喝完了一整碗不怎么好喝的蛤蜊菌菇汤，不觉得想吐？

而且还没吃饱？

陆星衍眸中是和她同样的惊诧，他反复观察她的脸色，确定她没有表现出哪里不舒服。

他闭了闭眼，伸手接过孟濡的小碗，克制了一下才尽量嗓音如常地说："我帮你盛。"

他走向厨房。

孟濡姥姥不知道孟濡的病情，以为孟濡就是偷懒，便为陆星衍打抱不平："你怎么一回来就欺负阿衍？出国那么久，还变懒了，自己去盛不行吗？"

孟濡软声："他不是离得近嘛。"

姥姥摇头，叹息："也就是阿衍对你好，从小到大被你欺负都不说什么。"

"姥姥，我哪有从小到大都欺负他。"孟濡轻笑，她明明对陆星衍一直很好的。

"你以前带着阿衍回来，早晨吃不完的蒸鹅蛋，不都是硬喂给他吃的？"老人家记性倒是好，说起孟濡的黑历史就像昨天才发生过，"别以为我看不出来你们不爱吃鹅蛋。我给你们做的都是有营养的，对你们的身体好，你看阿衍那个暑假吃的鹅蛋多，现在长得比你高多少？"

恰好去厨房盛汤的少年回来，立在餐桌边。

孟濡坐在座椅中仰视陆星衍，陆星衍也看着她，眼睑微敛，居高临下的角度确实比她高很多很多。

陆星衍将新盛的满满一碗蛤蜊菌菇汤放在孟濡面前，顺便伸手揉了揉她的头发："姥姥说得对，你当时要是多吃点鹅蛋，肯定比现在长得高。"

孟濡一噎。

这人最近是不是太得意忘形了？

孟濡瞪着他，转而又一笑："我是为你好啊，不然你怎么能从瘦瘦的小不点，长成现在的身高。"

孟濡强调："你应该感谢我。"

"感谢你为了让我好好吃饭，自己……吃得那么少？"陆星衍在她身旁坐下，停顿了一下问。

姥姥边剥蟹肉边帮腔："那你好伟大咯。"

行吧，孟濡是看明白了，自己三年不回国，没有来看姥姥，她姥姥已经坚定地成了陆星衍小朋友的拥趸。

她就是没人疼、没人爱、地里一棵小白菜。

孟濡朝陆星衍皱了皱鼻子，舀了一口菌菇汤，桌子底下却伸出穿着拖鞋的脚轻轻踩陆星衍的脚背。

少年面色不改，夹菜的手微顿了下，另一只手从桌底探入，手掌轻松握住孟濡的膝弯。少年的手灼烫有力，逐渐往上游走……孟濡捏着的勺柄豁然一松，汤匙"叮咚"掉进碗里，溅出汤汁。

"怎么了？勺子也拿不稳。"姥姥询问。

孟濡摇摇头："没事……"

她在姥姥疑惑的目光下，拉着椅子向老人家那边移了移，低头继续喝汤，耳尖却露出一点薄红。

"阿衍的腿太长，碰到我了。"孟濡说。

姥姥没多问，将剥好的蟹肉一人一半分入孟濡和陆星衍碗中，提醒说："知道你们姐弟俩感情好，快不要闹了，老老实实吃饭。吃完饭还能去海边玩一会儿。"

孟濡点着头，拢起双腿，不知是因为姥姥的话还是陆星衍的举动，整个耳朵都烧红。

怎么办啊，万一姥姥知道她和陆星衍感情好到成了男女朋友，会不会气晕……孟濡长睫轻扇。

好在陆星衍自然地收回左手，坐姿笔挺地继续老实吃饭。

孟濡的第二碗汤虽然只喝完半碗，但比起之前什么都吃不下的情况已经好了非常多。

她撑得不行，就算之前没有跟陆星衍约好晚上一起去灯塔，也一定要去散散步。

夜晚的海面不太平静，风从遥远的海际席卷，浪打着浪，带来阵阵彻骨寒风和潮湿空气。

一阵一阵潮水涨上沙滩，再缓缓退落，留下满地海螺。

晚上比白天冷得多，孟濡穿着陆星衍的羽绒服，分明是他的上衣却被她穿到大腿，宽宽松松，显得她身材更加纤细柔弱。

孟濡出来后接到了意大利舞团团长的电话，正一脚深一脚浅地跟在陆星衍身后。

上次意大利舞团离开覃郡后，团长关心过一次孟濡的身体情况，这次的开场白也一样："濡，你的身体好些了吗？"

"好点了。"孟濡的声音被灌入海风，更加湿润和轻缓。

她走得不快，大概是很久没尝试过吃饱的感觉，怕走得太急胃不舒服。她用意语回答："舞团最近好吗？"

团长如实回答："并不太好。Simona（西蒙娜）的腿伤比想象中严重，韧带挫裂，需要缝合，医生建议休息两三个月。"

Simona是上次来覃郡巡演前韧带受伤的那名首席女演员。

孟濡微讶："那……"

团长："接下来，她的演出至少都要暂停两个月。"

孟濡脚步停下，她太清楚这意味着什么。芭蕾舞演员短暂又华美的职业寿命，哪怕浪费一天，都是"罪大恶极"。

而她离开舞台已经整整一年。

少年回头，孟濡柔软的发丝轻拂过陆星衍的脸颊，看到她神色低落，他不由自主地伸手牵住她的手。

他握了握，大概是觉得她手指冰凉，他熟稔地包着她的手放入自己的上衣口袋。

团长似乎也意识到自己的话对孟濡有影响，说了声抱歉，语气轻松地转移话题："舞团其他人都很好，大家都很想念你，等你回来再和他们一起排练。"

孟濡勉强一笑："我也很想念你们。"

"哦，对了。"团长想起什么，不无惊喜和意外，"濡，我刚看了推特上的视频，是我们在覃郡表演的那晚吗？我真高兴，你的技巧和表现力没有任何退步，情感也更充沛了，如果你愿意提前回来，明年四月份《天鹅湖》的巡演依然由你出演奥杰塔和奥吉莉娅，好吗？"

孟濡怔愣，反应了两三秒才问："什么……视频？"

团长笑道："你在舞台上独自跳完一整场《唐吉诃德》，还有一名少年拉小提琴为你伴奏。"团长赞叹，"最后一幕的大双人舞让我太惊艳了。"

孟濡仍旧茫然："您说是在Twitter（推特）上看的吗？"

团长说是，又解释："但这个视频是从你们国内微博传来的，我晚了几天才看到。"

团长惊奇："你没有看过吗？"

孟濡抿了下唇，这时候就有点不好意思了："我没有注册微博。"

团长能理解，一个将自己所有时间都安排在排练室的人，怎么会浪费时间刷微博？

团长又和孟濡聊了几句别的，才挂断电话。

孟濡将手机摁到主屏幕，打开App store（应用商店）搜索"微博"。

陆星衍低眸看到她的举动，问道："你要用微博？"

孟濡"嗯"一声，她想看团长说的那段视频，但海边信号和网络着实不怎么好，下载进度的那个小圈圈半天只转了一点。

陆星衍将他的手机解锁，递给孟濡："用我的吧。"

孟濡接受，打开微博，忽然想起来问陆星衍："你也看到那个视频了吗？"

"就是那天在覃郡剧院，你拉小提琴为我伴奏的舞蹈视频。"

刚才孟濡和意大利团长打电话时，陆星衍在一旁听着，已经猜到了大致内容。

他没有否认，慢条斯理地应一声："看到了。"

"为什么不告诉我？"孟濡疑惑。

陆星衍停步，看着孟濡："告诉你，让你再想起那天不能上台表演的心情？"他弯腰，凑近她，轻哂，"濡濡，我不希望你难过。"

陆星衍这么说并不无道理。

孟濡随便输入几个关键词，搜到那晚她跳芭蕾舞的视频。

视频是两天前才发的，拍视频的人应该站在舞台对面的播音室，镜头正对着孟濡和站在观众席过道的陆星衍。

底下转发近三万，评论也一万多。

孟濡点开视频，这一段是她最后跳大双人舞的那几分钟。

画面播放，少年拉小提琴的乐声悠扬传出。

分明是轻松热闹的曲调，然而台上台下，只有孟濡形单影只的孤独身影在演出厅起舞。

一千多观众席，每个座位都是空的。

她的每一个起跳、旋转，优美的四肢线条像轻盈的天鹅，赏心悦目

又令人震撼。画面中只能看到少年的背影颀长挺拔,但不知为何,就能感受到他的乐声和心都系在女孩身上。

底下留言的关注点也大都在孟濡身上——

△妈呀,我爱上这个女人了,三秒钟之内我要知道她所有联系方式。

△是覃郡的芭蕾舞演员孟濡吧,目前在意大利米兰斯卡拉芭蕾舞团担任首席,超级美的小姐姐,了解一下吧。

△1分50秒这个脚背,这稳定性也太强了吧。

△外开太好了,我怀疑她是不是没有韧带?怎么能跳得这么完美这么轻盈。

△有人知道这是在哪里的哪场演出吗?怎么没有观众,还是在拍摄什么MV?

△应该不是拍MV,你去搜一下,还有完整版的视频,她一个人跳完了整场舞剧。

△啊啊啊!是意大利舞团去覃郡大剧院巡演那天!我买票去看了。要是知道后面有我女神的独舞,打死我也要留在最后再走,我女神没有观众好可怜啊。

翻到后面,也有猜测孟濡和为她伴奏的少年的关系的。

△我看了完整视频,这个男生是进来后又出去,然后拿着小提琴为小姐姐伴奏的。他就是小姐姐的观众吧。

△男生的小提琴也拉得好好,为什么还没看到男生的脸我就觉得这两个人好般配。

△无人的演出厅,我是你唯一的观众与共鸣,不觉得很浪漫吗各位?

…………

一万多条评论,孟濡还没看完,已经和陆星衍走到灯塔下。

她将手机还给陆星衍,拾阶一步一步上到塔顶。走到观景台,她回头看紧跟着上来的少年:"那些评论你都看完了吗?"

陆星衍走到孟濡身旁,趴在观景围栏上,回眸望着她:"没,我只把那些夸我们天生一对的看了。"

确实是陆星衍会做的事。

孟濡没说什么,眺望远处灯塔照射处的海面。

过了一会儿，陆星衍问："那个团长跟你说什么？"

孟濡侧头，想了一下开口："团长邀请我今年四月回意大利舞团，在英国国家剧院演出《天鹅湖》。"

孟濡："如果我的厌食症好了，我就会回去。"

陆星衍黑眸沉沉地盯着她，比夜晚的海面更加难以捉摸。

孟濡故意说："如果我回去意大利，我们就算是异国恋了哦。"没想到那时候小区保安随口一说的话会成为谶语。

孟濡拿出手机解锁，打开相机，举起，对着镜头里没有表情、唇线扯直的少年说："要不要趁现在多留点照片？毕竟到时候我们就不能这么近距离地见面了。"

"咔嚓"一声，画面定格。

照片中的少年眉眼英俊，身躯笔挺，背影是黑漆漆的海景。

孟濡将手机递过去，弯唇："你要给我拍几张吗，留作纪念……"

她话未说完，手刚递到少年面前，就被陆星衍一把抓住手腕，扯过去，张开双臂拥在怀里。

少年的手臂有力，箍着孟濡的双肩，头埋下，脸颊贴着她有些凉的脸蛋，说："我想看见会动会说话的你，不想看照片。"

孟濡明知故问："那我录视频？"

"视频又不能让我抱。"

陆星衍偏头泄愤似的咬了孟濡的耳朵一下。

他想要近在咫尺的孟濡，不是远隔着地中海和几千公里距离的孟濡。他想随时能亲吻孟濡，拥抱孟濡，坐在舞蹈室看着她练习芭蕾舞。

他等待了太久才得到，还没有尝够甜蜜的滋味，如何接受异国恋。

但这个问题陆星衍不是没有想过，孟濡刚回国那阵儿，她就说六月份这边的事情结束后会回意大利。

她没有退出意大利舞团，她只是暂时回国担任半年覃郡舞团的指导老师，一旦她的病好了，肯定会回去。

她向往更远更大的舞台。

覃郡给不了。

陆星衍忽然发觉即便和孟濡在一起，他也不能完全得到她。

他搂着她的手臂收紧。

少年问："回去以后，你不打算再回覃郡了吗？"他郑重其事，"那

开学后我就申请意大利学校的offer（录取通知），出国留学，毕业后在那儿找份工作，以后和你一起留在意大利。"

孟濡见陆星衍转瞬做好了计划，有些感动又有些好笑。她从他怀里钻出来，仰头："谁说我不打算回覃郡了？"

她不打算逗他，搓搓他的头发丝："就算我答应回去表演，肯定也只回十几天。我和覃郡舞团的合同是六月底到期，到时候我回意大利还是留在覃郡，我还没有决定好呢。"

"你不会留在覃郡的。"少年信誓旦旦。

孟濡好奇："你怎么知道？"

他就是知道。

陆星衍转身继续趴在围栏上，看向灯塔光束照亮的海域。

"你太好了，应该去更配得上你的地方。"他撑着下巴回头，黑眸沉澈，"但无论你去哪里，我都会跟过去的。"

陆星衍语调沉沉："所以我说你是我的灯塔，哪怕夜晚的海面阒寂浓黑，只要你给我一束光，我就会沿着光线一路前进。"

海风湿咸，少年真诚。

孟濡耳边回荡着陆星衍的话，久久不散。

她忽然抬手，勾住陆星衍的卫衣领口，往下拽，踮脚狠狠地吻住他的唇。

陆星衍也并不退缩，一只手扶着孟濡的腰，吻得热切又直白。他隔了很久很久才松开她，双手圈在孟濡身后，望进她的眼底，舔舔唇，歪出个笑："你不许嫌我黏人，就算有很多人喜欢你，你也不能喜欢别人。"

孟濡扶着陆星衍的手臂，皱皱眉："不会的，而且没有人比你更喜欢我。"

"说得也是。"陆星衍唇边的笑意扩大，低头再次吻住孟濡的唇瓣。

忽然下起淅淅沥沥的雨，不是太大，落在脸颊上像冰凉凉的针。

陆星衍脱下外套罩在孟濡的头顶，打横公主抱着孟濡，大步赶回姥姥家的小院。

孟濡搂着陆星衍的脖子，腿软得站不直，也没有提主动下来走。

少年一步一步走得很稳，很快到达姥姥家院门口。孟濡忽然扯了扯陆星衍的衣服，抬头，吻住他的喉结，轻轻浅浅地邀请："今晚陪我一起睡在阁楼,好不好?"

雨势渐急,檐下水流如注,院子里积了一洼一洼浅水。

孟濡姥姥洗完碗见孟濡和陆星衍迟迟不回来,从门口的柜子里取出两把雨伞,撑开一把,走进院子里准备去接这两人。

刚到门口,就见陆星衍横抱着孟濡进来,两人都被雨水淋湿。

只不过陆星衍头发、肩背都湿透了,孟濡身上盖着陆星衍的衣裳、搂着他的脖子缩在他怀里,只有发梢和脸颊挂了些水珠。

孟濡姥姥见状,不免关心起来:"怎么了?濡濡怎么不自己下来走?"她以为孟濡腿脚受伤了。

陆星衍目光有些愣,脑子里仍是刚才孟濡似是邀请似是撒娇的那句话,吞咽了下,回答姥姥:"濡濡不舒服,我抱她回来。"

"哪里不舒服?要去医院吗?"孟濡姥姥嘴上虽念叨孟濡,但还是很关心她的孙女。

孟濡暗暗掐了下少年的手臂,示意他想个好点的理由。

少年嗓音暗涩,慢吞吞地答:"不用……她下午有点感冒,不能再淋雨。"

姥姥闻言,没有怀疑,也没有问孟濡感冒和陆星衍抱着她回来有什么必然关系。老人家给他们撑开伞,往屋里边走边说:"快进屋吧,别站这儿了。"

孟濡从陆星衍怀里露出头,朝老人家轻声道:"谢谢姥姥。"

陆星衍抱着孟濡踏入客厅。

陆星衍和孟濡换了身干净衣服,一人身上披着一张薄毛毯坐在客厅沙发上,姥姥在厨房里给他们煮姜汤。

少年气盛,只扯起毛毯随便擦了擦头发,就扔在一边。

孟濡双腿侧放在沙发上,身体缩着,将毛毯裹得紧紧的,只露出一张漂亮脸蛋,轻轻打了个喷嚏。

陆星衍双手捧起孟濡凉冰冰的双脚,掀起自己的T恤,将她的脚放在自己的肚子上,再拉下衣服包好。

孟濡往外抽了下,担心被姥姥看到又要说她欺负他:"陆星衍,不用这样……"

陆星衍握着她细腻的小腿,无动于衷,小声低低地说:"帮自己女朋友暖脚,有什么问题?"

没问题。

可是,他们在姥姥眼皮子底下偷偷谈恋爱呢!

孟濡难以想象姥姥知道后会怎么抽自己。

而且刚才在院外,她邀请陆星衍晚上到阁楼和自己一起睡……究竟什么意思,他们心照不宣。

少年的手掌比平时都要滚烫,望着孟濡的黑眸深窅又有一些急迫,对上孟濡的眸子,很快又转开,黑发下的耳朵不易察觉地动了动。

他巴不得现在不喝姜汤了,立刻上楼洗澡。

正好姥姥煮好姜汤,端过来两碗。看到孟濡双脚伸在陆星衍肚子上取暖,姥姥果不其然又敲打她一顿:"快点喝完姜汤上去洗个热水澡,脚放在阿衍怀里像什么样子。有你这么欺负弟弟的吗?阿衍别惯着她。"

最后一句是对着陆星衍说的。

陆星衍接过姜汤,递给孟濡一碗,解释:"没事,她是因为我才感冒的。"

孟濡捧着姜汤默默抿了一口,虽然心虚,但在姥姥面前还要装得淡定:"阿衍是自愿的,他内火旺,正好需要我帮忙降温。"

分明是很普通很正常的一句话,但在这个时候说出来,就有种说不清的暧昧萦绕。

陆星衍T恤里握着孟濡脚踝的手又紧了紧。

姥姥没听出来,瞅她一眼:"那也应该是给他未来的女朋友暖脚。你快起来,坐好。"

孟濡缩回双脚坐起来,低头喝汤。

少年耷着眼尾似是思索了很久,抬起头:"不管以后我的女朋友是谁,姥姥,濡濡都是我心里最重要的。"

孟濡乖乖喝汤的嘴角微微上翘。

姥姥看了看他,又看看孟濡,转身走回厨房:"算了,懒得管你们。你们长大了,都有自己的想法,说得多了又嫌我烦。"最后一句几乎算得上是咕哝了。

孟濡喝完姜汤,走过去从后面抱住略显佝偻的老人,偏头在她脸上亲了一口:"哪有,外婆说得都对。"

孟濡竖起手指:"我以后再也不让阿衍帮我暖脚了。"

姥姥知道她是哄自己,轻轻哼一声,没有说什么。

夜晚十一点多,夜幕黢黑,海边宁静。

孟濡泡了半个多小时的热水澡,换上睡衣,吹干头发,坐在床上又搽了一遍身体乳。

身上白净馨香,孟濡把床头柜正好放凉的中药端起来喝,顺便站到窗边往下看。

刚才陆星衍就是从院子里出去了,打着伞,步子很大。

孟濡当时刚洗完澡,撑着窗框给陆星衍发信息:你去哪里?

少年走出院门的那一瞬拿起手机,很快回复:买东西。家里没有。

孟濡:……你不会都找了一遍吧?

陆星衍很快回:我找了舅舅舅妈和姜冶的房间。姜冶的床头柜里都是他藏的零食,还过期了。

过了一会儿,大约是赶到二十四小时便利店里,少年拍下一张照片发给孟濡。

陆星衍:你喜欢哪一种?

孟濡表情一顿。

她一个都没有试过,怎么知道喜欢哪一种?

孟濡大概猜到这小孩在套自己的话,耳尖薄红,都看了一遍,却慢慢打字回:你买的我都喜欢。

发过去,孟濡没有再看陆星衍的回复,把手机反扣在床上喝完中药。

远处,陆星衍站在便利店收银台前,看着聊天框的最后一行字,磨了磨牙,又被撩了。

他回去时将近凌晨,客厅里一片漆黑,姥姥早就睡下了。

陆星衍去二楼厕所迅速洗了个澡,上到阁楼。

他敲响孟濡的房门。

门打开,孟濡从门后递给他一只碗,吩咐他:"帮我拿到楼下。"

少年将原本装了中药的碗送到一楼厨房,再上楼,阁楼的门敞开。

孟濡已经半躺到床上,被子盖至腰间,刚洗完吹干的乌发拢至一侧颈边,露出白嫩的耳郭和纤细的天鹅颈。

孟濡放下手机,抬起头,朝陆星衍弯眸盈盈浅笑。

陆星衍进屋,回身锁门,站在床前踌躇了下。最后还是孟濡看到他头发微湿,眨着眼睛开口:"你洗过澡了?"

陆星衍出声,才发现嗓子哑得不像话:"洗了。"

孟濡今晚格外漂亮,空气中似乎缥缈着一种甜香,她往旁边挪了挪,空出半张床留给陆星衍,嫣红透粉的唇瓣一张一合:"那过来躺下睡觉吧,好晚了,我都困了。"

陆星衍走到床边,看着孟濡缩进被子里,眼睫微合,一副准备关灯睡觉的样子。

他皱了皱眉,察觉到哪些不对劲:"你要睡觉?"

"对啊。"孟濡掀起浓长睫毛,乌目掠过一抹不易察觉的慧黠,"晚上打雷下雨,我害怕,让你过来陪我一起睡觉,不行吗?"

陆星衍看着她,他还以为……

少年脸上的憋闷显而易见,孟濡假装看不出,侧身撑着脸颊,抬起小脸笑问:"你不想陪我吗?"

陆星衍慢慢磨牙。

陪,他肯定要陪,就算跟他想的不一样也没关系。

陆星衍掀开被子躺进另一边床被。

分明只是被孟濡睡了一下午的床,被子上却充斥着孟濡身上那种杜松和薰衣草交织的淡雅恬香气息。

这张床不大,是孟濡十三四岁时一直睡到现在的。

少年躺下后,高大的身躯立即占据了床铺一半,手臂稍微动一下,就能碰到被子下孟濡柔软细嫩的肌肤。

陆星衍煎熬地躺了七八分钟。

身旁的孟濡似乎也没有睡着,呼吸轻轻浅浅的,但不均匀。

终于,陆星衍忍不了了,他翻身紧紧扣住孟濡的双手按在枕头两边,挺拔的身躯罩着她,俯身吻住她的脖颈。

少年的声音喃喃的,一边向下用力亲吻,一边将口袋里那盒东西掏出来:"濡濡,我不想睡觉……"

他渴求,像小狼崽掠夺猎物那般凶恶。

窗外,雨势越来越大,一道闪电劈开浓黑的夜空,紧接着雷声轰鸣而至。

雨水砸在窗框上,发出"砰、砰、砰"的沉重声响。阁楼门窗紧闭,里面的空气比院外闷躁得多。

事实向孟濡证明,不要招惹年轻气盛的"小狼狗"。

少年紧实的手臂搂着孟濡的头，孟濡额头细汗薄薄，脸颊腾起热气。

陆星衍抬头吻住孟濡的眼睛，还分心想到其他："濡濡，你是不是骗我……"

孟濡睫毛颤了下，睁开，晕晕道："嗯？"

少年就是一个醋精："你跟周西铎，没有像我们这样。"

孟濡抬手抓住他的手臂，示意他少说点话。

陆星衍低沉不清地说了一句话。

事后孟濡才分辨明白，他说——我是你唯一的男人。

第二天早晨，下了一整夜的雨停歇，日光柔媚，空气清新。

孟濡姥姥起得早，通常八点不到就去后院料理菜园，然后回来做早餐了。孟濡担心姥姥起床后看到陆星衍从阁楼走下去，五点半时便勉强自己醒来，催促陆星衍回自己的房间。

她这会儿困得昏昏恍恍，把少年赶起来后，就合着眼睛抱着枕头，继续沉沉地睡觉。

昨夜雨声滂沱，掩盖了一切声响。

陆星衍站在床前，看着孟濡棉被外露出的纤白雪颈，以及上面鲜明的、属于他的痕迹。

他油然而生一种膨胀和满足感，不禁咽了咽喉咙。尽管他很想搂着孟濡再继续睡，但知道孟濡肯定不同意，于是穿上衣服，俯身亲吻了下孟濡的唇，才回楼下自己的房间。

老人家做好了早饭，站在楼下叫了孟濡好几声，不见孟濡下来，便对坐在餐椅上的陆星衍说："你去，叫你濡濡姐下来吃饭。"

陆星衍低头喝了口粥，摸了摸耳钉，说："她昨天感冒可能还没好。我们先吃吧，一会儿我把早餐端上去给她。"

姥姥看了会儿陆星衍，没说什么，摇头叹气道："这么大个人了，还让弟弟惯着。"

吃完饭，孟濡姥姥拎着工具去海边赶海。

陆星衍洗了澡又在院子里喂了猫，等到十点多，将早餐热好送到阁楼。

孟濡这时候已经醒了，就是浑身不得劲儿，黏黏腻腻的，浑身酸麻。这时候姥姥通常不在家，她随便罩了件衣服，打算去楼下洗澡，就

见陆星衍推门进来了。

他端着一碗粥和一碗蛋羹，看到孟濡时，视线在她身上流连好几秒，才缓慢地移开，走到阁楼桌边将早餐放下。

少年垂着眸，耳后有一点点极不明显的浅红。

孟濡低头看了看自己，发觉自己从地上随便拾起来罩上的衣服是陆星衍昨晚穿的T恤。

T恤遮到大腿，露出她白腻停匀的两条长腿，小腿上还有昨天晚上陆星衍印下的痕迹。

孟濡现在也不能换衣服了，只能坐在床沿，抓过一个枕头压在腿上，佯装镇定地问："早饭是什么？"

陆星衍端着碗坐到她面前，舀了一勺，眉毛轻抬，说："蒸鹅蛋。"

什么？

孟濡眼前一晕，举起枕头就想砸陆星衍了："我不吃，你帮我吃完。"

他抬手挡住她的枕头攻势，唇挑起，无声地愉悦地笑："骗你的，是虾仁蒸鸡蛋，不是鹅蛋。"

孟濡瞪着陆星衍，确定他碗里的是虾仁蒸鸡蛋，不是蒸鹅蛋后，这才就着他的手吃掉一口。

孟濡昨晚吃得很多，她以为今天早上应该没什么胃口的，没想到在陆星衍一勺一勺的投喂之下，她居然吃完了一小碗蛋羹。

陆星衍还帮她盛了半碗粥，但孟濡摇摇头说："我吃饱了……"

陆星衍黑眸清亮，看着她问："你不吃了？"

孟濡站起来，准备去洗澡："不了……"

只是刚站到一半，就被少年拽住手腕。陆星衍随手将碗放在一旁，双手撑在她身侧，结实的身躯下压，意犹未尽地问："那，离午饭时间还早，我们再来一次？"

临近过年，姥姥家这条街上的房子门前都贴了对联。

这两天，除了孟濡姥姥要求孟濡和陆星衍一块儿上街买东西，或者去后院的菜园浇地，姥姥不在家的时候，陆星衍几乎都在阁楼孟濡的房间度过。

陆星衍完全把阁楼当成他自己的房间，晚上悄悄摸摸地来，清晨一大早离开，不仅不嫌麻烦，还食髓知味。

好在第三天舅舅舅妈一家过来了，姜冶和姜净两兄妹和陆星衍一样住在二楼，就在陆星衍房间隔壁的两间房。

陆星衍便再也不能肆无忌惮地上孟濡的阁楼。

明天就是姥姥的生日，舅妈一家带来了些年货和蛋糕，晚上一大家子一起吃了顿饭。

孟濡被小她十岁的表妹姜净拽到海边玩了会儿，回去后早早地就准备休息了——这大概是她这几天睡得最早的一天。

孟濡站在阁楼的楼梯上，朝姜净道了声"晚安"，然后看向倚着门框而立，双手插进口袋，因为舅妈一家的到来而少了很多和她独处的空间，整晚都不太满意、表情酷酷拽拽的少年。

她唇瓣翘起，似乎看穿他的想法，用气音一个字一个字地对他说："不、许、偷、偷、上、来。"

当晚，陆星衍还是偷偷上了阁楼。

只不过当时孟濡已经睡着，睡梦中觉得有人躺在自己身侧。她翻了个身，含混不清地低哼一句"不是说不许上来吗"，就不再管陆星衍。

陆星衍也只是伸长手臂搂着人，老老实实地睡了一夜。

第二天早晨，孟濡还没醒来，旁边的少年就贴上来，深深吻着她的颈窝。

孟濡被他的动作吵醒，睁开眼睛，转眸看一眼尚未转亮的窗外，抬腿就想踢开陆星衍："现在几点？"

"五点十分。"少年早就看过时间，"你再睡会儿……"

这"一会儿"眨眼就将近七点了。陆星衍终于舍得离开孟濡，穿好衣服亲了亲孟濡才下楼。

孟濡在心里骂了几声，磨蹭了一会儿准备下楼洗澡。

她推开阁楼的门，本以为陆星衍已经回到自己房间，可是她站在楼梯口，却听到姜冶质问的声音："你怎么会从楼上下来？楼上不是我姐住的吗？"

接着是陆星衍语气散漫不把对方当回事儿的声音："你家住海边？"

陆星衍扒了扒头发，似是想起来，低低轻轻一笑："哦，确实住海边，难怪管这么宽。"

"我……"姜冶上去就想揍陆星衍，被陆星衍抬起手甩开了。

陆星衍走向自己的房间，但到底还记着孟濡的话，暂时不让家人发现他们的关系,侧头看了眼姜冶,编谎说:"她早上要吃药,我帮她热好端上去。"

陆星衍:"你要是再瞎咋呼,我把你的头拧掉。"

姜冶差点炸了:"你拧,你拧掉了我给你二百块钱。"

站在楼梯上的孟濡一时无语:这两个人是小孩子吵架吗?

陆星衍没有继续理另一个小孩子姜冶,毫不留情地进屋,关门。

姜冶在走廊上气呼呼地站了会儿,才下楼去找姥姥家的三花猫玩。

孟濡等二楼走廊没人了,才下楼去洗手间洗澡。

这一天过得还算和睦。

除了姜冶看陆星衍总不顺眼,话里话外总是挑衅他。

但陆星衍懒得理姜冶。

到了傍晚,孟濡在一家位于单海市中心区主打海鲜的酒楼订了包厢,正是孟濡和陆星衍第一次见面时姥姥过生日订的那家酒楼。

大堂经理将他们引入订好的包厢。

里面是和六年前一模一样的布局,一张圆桌,两组沙发,旁边是一间棋牌室。

餐桌上,孟濡和姥姥一起点了菜。她右手边是陆星衍,再过去是姜净和姜冶,对面是舅舅、舅妈两人。

这家酒楼上菜的速度快,原本是很其乐融融的一顿饭,平平静静吃完就结束了。

中途,对面的舅妈夹了一块蒸苏眉,忽然想起什么似的,问:"对了,濡濡过完年就二十六了吧?"

孟濡喝着汤,抬头客客气气一笑:"是。"

因为上次她和舅妈在医院药房外的对话实在不怎么愉快,昨天舅妈来后她就尽量和舅妈少说话。

舅妈挑着鱼刺,热络地问:"是不是还没有谈男朋友?我看电视说,你们跳芭蕾舞这一行的都很忙,没时间谈恋爱。"

孟濡但笑不言,不打算和舅妈深谈这个话题。

然而舅妈有备而来,一边翻了翻手机,一边说:"正好我们公司新来了一位行政经理,比你大三岁,也没有女朋友。我把你的照片和跳舞视频都发给他看了一下,他对你很有兴趣,不如我把你的微信给他,等过完年以后回覃郡,你们两个找机会见一面?"

舅妈说着,已经找到对方的照片,递给孟濡看:"他长相帅气,人品也好,就是长得不太高,才一米七三。"

舅妈手机里的男人穿着军绿夹克,站在旅游景区前,普通人的长相,但看起来有没有一米七是未知数。

陆星衍吃饭的动作停下。

孟濡没有接舅妈的手机看。在舅妈滔滔不绝地说起对方的好话,连公司里有几名年轻女孩在追对方都说了出来时,她适时抿唇出声打断:"舅妈,我有男朋友了。"

舅妈话语一顿。

旁边的姥姥也看了过来:"你有男朋友?什么时候谈的?对方是哪儿的人?"

刚才孟濡舅妈问孟濡有没有男朋友时,姥姥虽蹙了下眉,但也没有出声阻止,毕竟她也好奇孙女有没有谈恋爱。

只是孟濡舅妈找的那是什么人?孟濡姥姥都懒得点评,现在听孟濡主动承认有男朋友,姥姥自然好奇。

一旁的"男朋友"微扬嘴角,舒服了。

孟濡搅着碗里的佛跳墙,回答:"他也在覃郡……我们刚谈不久。"

舅妈插嘴:"他是做什么工作的?月薪多少?"

孟濡微弯嘴角:"舅妈,他还在上学。"

"上学?"舅妈的脑子差点不会转了,"读研究生还是博士?学什么专业?"

孟濡脾气很好,耐着性子回答:"计算机科学与技术。"

她转眸不经意地看一眼身旁的陆星衍,说出的话令饭桌上的人讶异:"他今年在南大上大一。"

"大一?"舅妈的声音都飙高了,"那不是比你小……"

"小六岁。"孟濡替她说完。

孟濡舅妈嘀咕了声"天哪",说:"跟我们姜冶一样大。"

不止舅妈,姥姥和舅舅都面露诧异。

刚才孟濡说对方还在上学时,他们也下意识地认为对方还在读研究生或者博士,却没想到还是个才上大一的毛头少年。

姥姥放下筷子,面露严肃:"你是只想跟他谈恋爱还是认真的?如

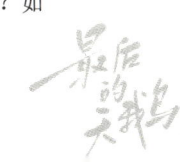

果只是谈恋爱,我没意见。"

孟濡看向姥姥,询问:"如果不是呢?"

"如果不是,你们就好好考虑一下将来。"姥姥目光沉淀,"以后你是要留在覃郡还是出国?出国的话,他在国内上学,你们打算一直异国恋?他毕业以后打算是工作还是读研究生,前几年你们的收入差距肯定会很大,他不介意吗?

"不要以为有情饮水饱。"

孟濡点头表示认可,笑笑说:"这些我都会跟他说的,他学习很好,也很上进的。"

她夸奖起陆星衍小朋友来脸不红心不虚。

"那可不一定。"对面的舅妈拆台,"现在的男生也很有心思,想傍白富美少奋斗几年。说不定他是看濡濡单纯又有钱,才和濡濡在一起的,等捞够了钱就把濡濡甩了,哪打算过跟濡濡有什么以后呢?"

一旁的陆星衍掀了掀眼皮,似要开口,孟濡在桌下踢了他一脚,拦住他:"舅妈不了解实情,这么说是不是太失礼?以前他遇到困难,我帮助过他几回,但他后来打工把那些钱都还给我了。"孟濡撑着下巴弯起眼睛,"而且……我倒希望他多捞点我的钱,认真学习,不要经常打工那么辛苦。"

孟濡舅妈不以为然:"一般肯定要装装样子,让你放松警惕,不然怎么会专挑你回国这么短时间跟你在一起。"

旁边的姜冶听烦了,只想安安静静地吃饭:"妈,你说完没?不就是姐弟恋嘛,你至于吗?"

舅妈瞪他,越说越难听:"我是觉得这男的心机重!肯定对你姐不是真心的,想让她当心一点。"

陆星衍在一旁听着舅妈和姜冶的对话,脸色越来越沉,在舅妈连"不然谁会喜欢大六岁的女人"都说出来时,霍地从座位站起。

椅子砸在地毯上,发出闷闷的声响。

桌上其余人都向面无表情的少年看来。

少年冷着脸,眼神没有温度,但是想到孟濡说暂时不能让家人知道他们的关系,他烦躁地扒头发,把所有话都忍回去,只留下一句:"我去外面透个气。"

但他还没迈出一步,就被身后的孟濡扯住手指。

孟濡倾身向前，在所有人都没反应过来，少年也没反应过来的时候，拽着陆星衍的衣襟，使他下意识低头，踮起脚尖，毫不犹豫地亲吻上他的唇瓣。

陆星衍身躯僵了一秒，舅妈呆了，姜冶筷子掉了，所有人都大惊失色。

孟濡松开陆星衍，侧头朝座位上的家人浅淡一笑："给大家介绍一下，这个就是我的男朋友。"

陆星衍也很配合，看向坐在主位的姥姥，黑眸真挚："姥姥说的那些问题我都考虑过了，我对濡濡是真心的。

"我喜欢孟濡。无论她比我大六岁，还是十六岁，我都只会喜欢她。"

他郑重其事，无视其他人惊愕又诧异的眼神，字句清晰，毫无隐瞒。

棋牌室，长沙发上。

孟濡坐在姥姥身侧，伸手环住老人的肩膀，另一只手轻轻拍顺老人的后背，语气小心："姥姥，不是我们故意瞒着您。我们担心说出来您一时半会儿接受不了，本来想等时间合适了再告诉您……"

谁知道刚才被舅妈的话一气，孟濡什么都管不了了。

她不想让陆星衍被这么误会，不想让她的少年承受莫须有的污蔑。

不想让他难受。

所以一冲动，她就提前将一切都说出来了。

孟濡姥姥坐得笔直，从刚才孟濡和陆星衍说完那些话后，她就一直一言不发。

老人的目光从面前伫立的少年身上移向旁边的孟濡身上，过了好一会儿，才开口："什么时候的事？"

孟濡眨了下眼睛，缓慢地说："上个月。"

"你刚回国你们就在一起了？"姥姥质问。

孟濡摇了摇头："那时候我回国一个多月了，姥姥。在那之前我们半年都没有联系。"

姥姥凝视她："你回国这段时间你们还是住在一起？"

孟濡没有隐瞒："一开始覃郡芭蕾舞团给我准备了公寓，我在那里住了半个月，但是那个小区里有一名我的粉丝，跟踪我，还偷拍我的照片。后来阿衍把他抓住了，我觉得那个小区不安全，才搬回以前的家和阿衍一起住。"

孟濡姥姥脸色没有变化，又看向陆星衍："谁先动的心思？谁同意你们俩在一起的，你们父母要是还在，能同意吗！"

"是我。"陆星衍不等孟濡开口，主动承认。

"是我早就喜欢孟濡。小时候把她当姐姐，"少年的眸漆黑，话语诚挚，"直到孟濡这次回国后我向她表白了，但是她没有同意。是我死缠烂打，千方百计，利用姐弟关系让孟濡没办法拒绝我，姥姥要怪就怪我吧。"

孟濡闻言看了看陆星衍，有点恍悟，没想到她拒绝陆星衍之后，这小孩用的是这种"计谋"。

她那时候还奇怪陆星衍怎么突然就像没事人一样。

少年低着声，又继续说："但我不会放弃喜欢孟濡。就算她的父母和我的养父母一起反对，我也全世界第一最喜欢她。"

姥姥不知是不是被他的话气着了，喘了口气："你们是姐弟。"

"没有血缘关系，我也没有过户，算什么姐弟？"

少年的叛逆和锋芒从来没有消失，只是对着孟濡的时候会稍微收敛一点。

"我充其量只能算个寄养在你们家的孤儿，你们对我很好，我很感激。但我不认为我不能和孟濡在一起，我不仅想和她谈恋爱，还想和她结婚。"

结婚？

姥姥气笑了："你们怎么结婚？你大一，还有三年才毕业，毕业后再工作两年，濡濡要等你这么久吗？"

这个问题陆星衍早就思考过了。

少年面容严谨："等我满二十二岁就和濡濡去领证。大学毕业以后我向她求婚，再补办婚礼。大三大四我会利用时间去实习，如果濡濡留在国内，我就考南大的研究生。如果濡濡在国外，她在哪个国家我就申请哪个国家的offer。"

陆星衍很少说这么多话，这也是他第一次将他的想法推心置腹地说出来。

姥姥没出声，孟濡奇怪地反问："领证？等等，你毕业以后就要举办婚礼，你怎么从来没跟我说过？我同意了吗？"

陆星衍眼睛看她，有些不可置信："你不打算同意？我们都谈恋爱了，你不打算和我结婚吗？"

孟濡迷惘："谈了恋爱也不一定要结婚啊。"

"和我谈恋爱一定要结婚。"陆星衍斩钉截铁。

"你都没向我求婚呢。"

"那我出去就求……"

眼看事态逐渐演变得不对劲，姥姥叫停两个人："好了。"

她瞪着眼前的两个孙辈孩子，气呼呼道："你们真当我老得糊涂了？看不出你们两个在眼皮子底下的事情吗？"

孟濡惊异："什么？"

姥姥掐了下她的手背："从你们第一天回来我就看出来了。"

孟濡说不出话，陆星衍也有些愣怔。

姥姥娓娓道来："你以前只把阿衍当小孩，刚来第一天看到鹅群却吓得躲在他身后。晚上吃饭阿衍坐在你旁边，还说离厨房近帮我拿东西，哼，真当我看不见你们在桌子底下的动作吗？这几天阿衍不是帮你端饭盛汤，就是上阁楼去找你，一天到晚眼睛都离不开你，真当我是老眼昏花，看不见这一切吗？"

姜还是老的辣。

孟濡踌躇不解："那您怎么……"

现在才说呢？

姥姥："我就想看看你们俩还能怎么瞒着我，还打算在我眼皮子底下做出什么事情来。"

孟濡想到这两天……她的脸腾地一热。

陆星衍脸皮厚，完全没有羞耻感，上前一步询问："那您是同意我们在一起吗？"

姥姥对陆星衍也没有什么好脸色："你刚才不是把你们结婚的事都计划好了？我同不同意，有用吗？"

陆星衍这时显得格外稳重，语句清晰："有用。

"濡濡把您看得很重要，她希望能得到您的同意。如果姥姥您不同意，濡濡也不会开心。我希望她开心。"

姥姥叹气："我担心你们是一时冲动，年轻人热血上头。现在说喜欢得不得了，过了这阵儿又闹分手，那这个家就不像家了。我还得想着怎么跟你们的父母交代。"

"不会。"陆星衍微眷眼尾，承诺，"现在说这些可能有些不现实，您也不会相信，但六十年以后，我依然会爱孟濡，只会多不会少。以前我确实不太上进，但开学后我会将落下的课程都补上，争取毕业以后，能给濡濡更好的生活。"

陆星衍说："我会对她好，直到她离不开我的。

"至于我的养父母和濡濡妈妈……我和濡濡会一起去看望他们，跟他们说清楚的。如果他们不反对，姥姥也不能反对。"

"他们怎么反对？"

"那就是默认。我和濡濡会每年都去看他们的。"

孟濡眼看姥姥要生气了，抬手继续给姥姥顺气，却又因为陆星衍的话，唇角似有若无地勾着。

姥姥坐了一会儿，似是想通了，叹口气说："你们去和你们父母说一声吧，我也不想阻拦你们，免得遭你们怨怪。你们都把路选好铺好了，肯定比我考虑得更多，我还能说什么？"

孟濡面露一喜，和陆星衍一起说："谢谢姥姥。"

从棋牌室出来，舅舅在外面抽烟，舅妈抱着姜净一言不发。

姜冶的目光一直在孟濡和陆星衍身上徘徊，再看向他们身后的姥姥。

见姥姥没有明显的愤怒，孟濡和陆星衍也没有明显被拆散的表情，他大约就明白了怎么回事。

他哭丧着脸看孟濡，有些难以接受地指着陆星衍："姐，我以后该叫他什么？"

陆星衍单手插进口袋，斜倚着门框，敛眸睥睨姜冶，有些火上浇油地挑唇："姐夫呗。"

舅舅、舅妈一家在姥姥家只住了三四天，初三早上就回了覃郡。

舅舅、舅妈虽然对孟濡和陆星衍在一起这件事过于震惊，但姥姥都不再说什么，而且孟濡和陆星衍两人本就没有血缘关系，他们也没有资格再说什么阻止的话。

孟濡和陆星衍在姥姥家住了半个月，过得可谓轻松惬意，无牵无扰。每天早晨偶尔赶海，偶尔睡懒觉，中午休息，下午赶着姥姥养的鹅去后山吃草，晚上到海边散步。

世外桃源也不过如此。

除了某个少年自从他们关系公开后,更加肆无忌惮地出入孟濡的阁楼……孟濡甚至能从姥姥脸上看出"年轻人要知道节制""我这个老太婆还在家呢""你们不要太放肆"种种含义,恨不得把脸藏进被子里再也不要出去。

临走前一天,孟濡和陆星衍一起去墓园看望姨夫姨母和孟濡妈妈。

墓园在单海市郊,环境僻静,山上树木高耸。时值深冬,满目光秃秃的枝丫。

孟濡和陆星衍先去孟濡的姨夫姨母的碑前,鞠了躬,将准备好的鲜花放下,如实将他们的事情说给两位长辈听。

"我答应你们照顾好阿衍,阿衍很好。但是我们在一起了,不知道你们会不会生气?"孟濡惭愧。

陆星衍握住她的手,很确信地说:"不会。"

孟濡侧头,疑惑:"为什么?"

过了几秒,陆星衍才开口:"他们是很好的父母。"

终于承认。

他们在孟濡的姨夫姨母的墓碑前站了很久,才走去孟濡妈妈的碑前。

其实相对于姨夫姨母,孟濡面对她妈妈,反而不知道该说什么……她很小的时候就被送去学芭蕾舞,因为家里没有人管她,父母没有感情,她跟妈妈相处的时间也不多。

十六岁之前她每年回家一次,跟妈妈的关系很生分。十六岁之后她被英皇芭蕾舞学院录取,第二年回来,她妈妈患病,没多久就走了。

她也不知道妈妈得知这件事会不会反对。

墓碑照片上的女人美丽,气质脱尘,眼眸剔透,和孟濡有些相似。

孟濡将一束蓝风铃放在墓碑下,拉过陆星衍的手,说:"妈妈,这是姨夫姨母收养的孩子,他叫陆星衍。"

少年站在她身侧,认认真真地向墓碑鞠了三个躬。

孟濡弯起眼睛,语气轻缓:"姥姥很喜欢他。可惜你没有见过他,不然也会很喜欢他的。

"像喜欢女婿那样喜欢。"孟濡补充,细数陆星衍的好处,"他在南大上大一,就是我们省最好的大学,学的是计算机。他很聪明的,高中不好好学习,高考却考了全校前三名。老师都不敢相信,还叮嘱我一定要替他好好选一个学校。我本来想让他报北城的大学,但他偏偏要留在覃郡，可能天才都有一些怪癖吧。"

陆星衍怀疑孟濡在故意"黑"他。

可接着，孟濡又歪了歪头，低喃："可是他喜欢我，我也喜欢他。

"我想试着和他一起走下去。"孟濡眼睫轻抬，眸光水亮，"我从来没有向你提过要求，这一次，你不会反对我吧？"

云海静止，远处山顶被晚霞覆盖一层橘红。

没有风声，过了一会儿，孟濡站起来对陆星衍笑笑说："好了，我妈妈默许了。"

陆星衍温柔地看着她。

临走前，陆星衍落后孟濡一步，站在墓碑前承诺："我会照顾好濡濡的。"

郑重、严肃，饱含着少年对这份感情的认真。

回去的路上，陆星衍开车，快到山脚时却停了下来。

少年下车，走到副驾驶座替孟濡打开车门。孟濡坐在位上不解地看着他："怎么了？车没油了？"

陆星衍说有，手臂搭在车门上，俯身微垂着眸看她："你还记得这是什么地方吗？"

孟濡抬头看了看四周，古树参天，道路陡峭。

有什么特别的？

她向后看了看，夕阳西下，将蜿蜒的道路晕染成金灿灿的橘红，一路霞光，延伸到他们脚下。

分明是晴空万里，孟濡却仿佛听到了淅淅沥沥雨声，时间重叠，恍惚有一名二十岁的女孩从山顶的道路撑着伞一路跑下，口中叫着陆星衍的名字。

"陆星衍！

"陆星衍，等等我！"

前方的少年回头，额发被冷雨打湿，面容苍白，黑眸死寂，一双眼被雨水濯洗过般干净透彻。

他自己都不知道，他在看到那名女孩时眼睛亮了亮。

陆星衍看到孟濡怔忡，猜测她应该是想起来了。

少年摸了摸耳钉，扯出个笑："你刚才说，我不去北城的大学，偏偏要留在覃郡。"

孟濡看他。他问："你知道为什么吗？"

孟濡怎么会知道，当初他们还因为这件事吵了一架，半年都没有联系。当时孟濡觉得这个小孩的心思好难猜……好难管教。

"为什么？"孟濡跟着他问。

少年眼睑低垂，嗓音清澈："因为如果我去了北城，我们就连覃郡这最后一点联系都没了。"

他看孟濡："只要我留在这里，我就能等到你回来。"

陆星衍淡淡弯唇，说出口的话却令人震惊。

"我不在乎学校怎么样，我只想和你在同一个城市。你什么时候回来，我就等你到什么时候。只要能看到你，你对我笑一笑，让我做什么都行。"

孟濡惊讶得说不出话，她从来没有想过陆星衍执意留在覃郡的原因是她。

陆星衍将她从副驾驶座上抱出来，放在汽车前盖上，手臂撑在她身体两侧，黑漆漆的眸子里满是对她的迷恋。

"我赌对了。"

你回来了。

夕阳余温滚烫，孟濡乌目看着近在咫尺的少年。

霞光一点一点黯下去，头顶树梢冒出新生的绿芽，一切都和五年前不同了。

当孟濡奔跑着找到那名迷途小鹿般横冲直撞的少年时，从此，她就是他的方向。

起点是她，终点也是她。

- 正文完 -

Extra 01 · 白天鹅

> 我希望，陆星衍小朋友有点自知之明，我也爱他，
> 其他人都不是他的对手。

　　六月，覃郡芭蕾舞团前往首都大剧院演出芭蕾民族舞剧《白毛女》，取得了盛大的成功。

　　这其中大部分是孟濡的功劳。

　　她虽没有出场，但记者在后台采访时，孟濡指导学生动作的身姿在镜头里出现了十几秒。

　　足底轻灵，腰身柔曼，跳动的舞姿优美又高贵。

　　微博上呼吁孟濡开通微博的粉丝声音越来越多，还有人专门创建了一个号，名字叫"孟濡今天开微博了吗"。

　　每天打卡。

　　△没有。

　　△今天还是没有。

　　△今天，女神，也，没开，微博。

　　△啊（土拨鼠尖叫）女神开微博吧！我一定每天舔屏。

　　△宝贝什么时候开微博呀？（哭脸）

　　△今天也是没有女神微博的一天。

粉丝居然还有三万多。

陆星衍有一次在搜索栏里输入"孟濡",刷到这个名字,点进去看了几眼,然后冷淡地退出,并不打算告诉孟濡。

呵。

她是我的宝贝。

于是过了很久,孟濡才知道她的粉丝们希望她开通微博这件事。

那已经是九月份,孟濡前往英国皇家大剧院演出经典芭蕾舞剧《天鹅湖》。

这是她阔别舞台一年多后第一次登台演出。

原本意大利舞团团长希望她四月份回去,但那时孟濡的厌食症刚刚有点好转,尚未完全康复,而且还要留在国内喝中药慢慢调养身体。

孟濡拒绝了团长,本来以为团长会让其他首席演员扮演奥杰塔和奥吉莉娅,没想到团长答应可以将这场演出推迟到九月份,依旧由孟濡主演。

这是非常好的机会。

孟濡不想再错过。

而到了九月,孟濡的厌食症确实好了很多。

她虽然还是比普通人吃得少,但已经是她的正常食量。而且她面对喜欢的食物时不会再毫无食欲,也不会再想干呕。除非是陆星衍做的饭……

她的体重比半年前增长了一些,脸颊丰润,气色很好,四肢停匀,恰到好处。

孟濡出国这阵子正好是陆星衍开学的日子,少年上学期开学补考过了他大一第一学期挂的几门科目,在学习方面用心上进了些,打工的时间都安排在周末或晚上。

陆星衍不能和孟濡一起出国,一开始很郁烦,等孟濡到了国外,每晚都隔着时差熬夜和孟濡视频通话。

孟濡虽然有遗憾,但也觉得陆星衍的学业更重要,所以没有要求他跟自己一起来。

演出的前一天傍晚,孟濡结束完排练,买了一份可丽饼一边和陆星衍视频一边吃着走回酒店。他们这次演出总共三天,三场,分别在英国皇家大剧院、爱丁堡特拉维斯剧院和布里斯托老维克剧院。

时间有点赶,好在孟濡已经提前和舞团成员排练了几次舞剧,熟悉了起来,团长要求她今晚早点回去保证体力。

视频对面,少年正面对着电脑似乎在码代码,刚洗完澡,他额前碎发半干,漆眸浏览着电脑页面。

身后是站着说话的程麟和岳间两人。

宿舍几人自从知道孟濡和陆星衍在一起后,从一开始的惊掉下巴,到后来才慢慢接受了这件事,但每次看到孟濡完美精致的面容出现在屏幕上时,还是忍不住感慨陆星衍撞了大运。

陆星衍没有理会身后两道充满嫉妒的灼灼目光,动了动鼠标,似是随口一问:"你明天几点表演?"

孟濡咬一口可丽饼的饼皮,雪白的奶油沾到嘴角,她伸出舌头卷进嘴里,回答:"晚上六点。"

陆星衍:"三天三场?"

孟濡点了下头。

陆星衍又问了下她这几天的行程,孟濡恰好走进酒店,歪头若有所思地笑:"你问这些干什么?"

少年耳朵动了动,垂眸,继续装模作样地打代码:"担心你会太累。"

是吗?孟濡还没来得及怀疑,视频中,陆星衍的舍友程麟夸张地说道:"阿衍,你怎么还没收拾好行李?你不是今晚凌晨的飞机吗!"

陆星衍默不作声地起身,毫不留情地按着程麟把他"揍"了一顿,再臭着脸坐回电脑前。

孟濡基本已经猜到他要干什么,眼眸盈盈弯着,灵动似水,却故意问:"飞机?你要去哪儿?"

陆星衍直直地看她,一副"你不是都知道了吗""老子今晚想杀了程麟谁拦都不好使"的表情:"南极。"

孟濡假装没听见他的话,笑着问:"你不会要来找我吧?"

反正瞒不住,少年也不打算瞒了,关上电脑看着她说:"怎么,我去找你,你会把我赶回来吗?"

"不啊。"孟濡坦白,说实话她心里还是挺高兴的,只是思索了一下,"三场演出的票都卖完了,不过演出结束以后,我们可以留下来,在伦敦附近多玩几天。"

话说完,陆星衍抬起眉梢:"我买好了。"

孟濡讶异。

陆星衍低声："你答应舞团回去表演的那天,我就已经在网上找人帮忙买票了。"他"啧"一声,"我不是答应过你,以后你的每场演出我都会看吗。难道你只要求我学习好就行,不要求我'言而有信'?"

孟濡说不过他。

过了一会儿,少年又想起什么,支着下巴说:"不只是我,你的粉丝也有很多特地买票从国内去伦敦看你演出的,一票难求。微博上很多人问你什么时候回国巡演,你知道有多少人在期待你的演出吗?相当恐怖。"

孟濡被他的语气逗笑,走进房间,坐在落地窗前的吊篮椅中,她打开下载了很久从来没有用过的微博:"我看看。"

微博第一次登录,需要注册。

孟濡在昵称那栏填了自己的名字,意外地一次就通过了。

她搜索自己的名字,果然如陆星衍所说,看到了很多询问她什么时候回国巡演的,还看到一个叫"孟濡今天开微博了吗"的账号。

她点进去,里面全是博主每天的打卡。

孟濡一条一条往下翻,博主在每条微博下面都配了很有趣的表情包,她都戳了保存。

她低头看屏幕,摄像头从上往下,哪怕是这样,视频里的孟濡也依旧美丽,下巴精巧,眼仁乌黑,浓长的睫毛漫不经心地垂着。

陆星衍忽然出声:"濡濡。"

孟濡不动:"嗯?"

"我看到你双下巴了。"陆星衍眯着眼睛污蔑。

孟濡立刻抬起头来,还没来得及惊恐,视线就对上视频里陆星衍毫不掩饰的坏笑脸。

"骗你的。你才好好吃了几顿饭?想这么快就长双下巴,哪儿这么容易。"

孟濡一脸无语,她看这人就是欠打。

陆星衍抓了抓头发,似是有些不放心地叮嘱:"你在那边也要每天按时好好吃饭。"

孟濡一边玩微博一边点头。

陆星衍把她当成脆弱的宝宝:"如果跳舞的时候有不舒服立刻停下,能打电话就给我打电话,不要强撑着排练,也不要练习到太晚。"

孟濡都答应下来。

陆星衍还是不太放心,担心她像上次在覃郡剧院表演一样,给自己太大压力:"你相信我,你跳的芭蕾是我见过最美的舞蹈。

"你只要正常发挥,明天所有观众都会为你疯狂。"少年扯出个笑,吊儿郎当,意气风发,"但,你是我的。"

第二天傍晚六点,孟濡的芭蕾舞剧《天鹅湖》在伦敦皇家歌剧院演出。

上下四层观众席,还未开场就坐满了人。

剧院内美轮美奂,富丽堂皇,经过几次重建,既有现代感的时尚,也有古典的韵味,是新旧交融、极富盛名的老牌歌剧院。

乐队奏响序曲,舞台漆黑,一名戴着皇冠的娉婷少女出现在舞台中央。她身姿曼妙,不一会儿,一名魔王出现在她身后,夺走了她的皇冠,并对她施以恶毒的咒语。

少女在魔王的咒语下,无望痛苦地挣扎,最终魔王展开漆黑的羽翼,一只舞动双臂的白天鹅——穿着洁白舞裙、身影高贵的孟濡出现在观众眼中。

孟濡扮演的奥杰塔悲伤无助,身后的魔王似魔魅,如影随形,禁锢着她在悲戚的音乐中一点一点隐没于黑暗。

引子结束,音乐逐渐变得轻快明亮,舞台前厚重的帷幕逐渐升起,第一幕是王子和朋友们在城堡中的聚会。

观众全神贯注地看着表演,当宴会结束,王子追逐着天鹅来到湖边,看到月色下逐渐变成美丽少女的白天鹅时,所有人的情绪也随着孟濡的情感表达变得时而沉重,时而无助。

一旁不大引人注目的过道中,身穿休闲服的少年神情认真,目光灼灼,仿佛要将女孩起舞的姿态一帧不落地录进眼里。

《天鹅湖》的难度不仅在于那些优雅的高难度动作,更是黑天鹅与白天鹅两种截然不同的人物形象。

白天鹅纯洁善良,黑天鹅骄傲冶艳,一个人能顺利地跳完这两种人物的所有动作已实属难得,孟濡却能将她们的情感、舞姿都表演得恰到好处、扣人心弦,并且毫无违和感。

一些专门为了孟濡而来的观众没有失望,孟濡阔别舞台一年半多,还给他们的还是一名处于巅峰状态的芭蕾舞演员。

尤其是黑天鹅的三十二圈挥鞭转，孟濡单足立地旋转，另一条腿仿佛柔韧的鞭子，稳稳地转了三十二圈。

比起她刚从英国皇家芭蕾舞学院毕业时更加稳、更加轻盈。

如陆星衍所说，只要孟濡正常发挥，所有人都会为她疯狂。

演出结束，掌声贯耳，热浪般一阵接着一阵，夹杂着热情真诚的赞美。

孟濡站在舞台中央，一遍一遍向观众优雅行礼，抬起头，恰好对上观众席过道旁，掀唇朝她一笑的少年，轻松的眉眼仿佛在说"我就知道是这样"。

接下来的两场演出，和今天一样大获成功。

孟濡天鹅般轻盈舞动的身姿给观众留下了深刻的印象，这个她阔别一年半的舞台，永远承认她是"东方第一白天鹅"。

最后一场演出结束时，英国著名芭蕾导演跑上台，如获至宝般激动地拥抱她。

第二天，意大利舞团成员都回国了，孟濡向团长申请在伦敦多留几天，被拒绝了，理由是需要保证每个成员的安全。

孟濡一气之下给陆星衍买了去意大利的机票，一起飞往米兰，顺便带他看她待了好几年的舞团和城市。

"你想去哪里玩？"飞机上，孟濡问陆星衍。

孟濡本以为陆星衍会说出威尼斯、佛罗伦萨等这些有名的旅游城市，没想到他倚着靠背，动动嘴角："你以前带周西铎去过什么地方，我就去那儿就行。"

孟濡没想到陆星衍会说出这个答案，也没想到陆星衍还对周西铎这件事耿耿于怀。

她放下飞机上的杂志，偏头若有所思地看着陆星衍："你确定？"

陆星衍："确定啊，怎么不确定。"

行。孟濡翘起唇角，有些狡黠："好，那我带你去。"

飞机抵达意大利，孟濡和陆星衍一起住进酒店。结果第一天和第二天，孟濡带陆星衍去的地方不是斯卡拉大剧院，就是CD商务区，要么是商务区里大厦下的餐厅。

陆星衍都服了，吃饭时放下菜单问孟濡："你们就去了这些地方？"

孟濡点好菜，将菜单递还给服务员，抬头看陆星衍："不然呢？周西铎是来工作的,你以为我会每天陪着他去景区玩吗?"

她强调:"周西铎又不是某个黏人的小朋友。"

行吧。

少年眼尾微垂,不一会儿牛排上来,他先接过帮孟濡切成一小块一小块。不知是不是满意了,他薄唇微扬,一点不易察觉的笑意。

孟濡托腮:"怎么样,现在还胡乱吃周西铎的醋吗?"

少年正了正色,将切好的牛排放到孟濡面前,一本正经:"吃啊,怎么不吃。"

"他比我早这么久就和你单独逛过意大利,我真的嫉妒。"

因为陆星衍知道孟濡和周西铎没去过什么地方,接下来几天舞团放假的时间,陆星衍就自己做了攻略,带孟濡在米兰及米兰周边的城镇玩。

为什么是陆星衍做攻略?

因为孟濡在意大利待了这么多年,竟然连多莫大教堂都没有去过。

他们第一天就去了多莫广场和旁边的博物馆,拍了好多照片和视频。

金黄刺眼的阳光下,精致辉煌的多莫教堂前,孟濡对着镜头做鬼脸,笑意温软灿烂。她身旁的少年用手臂勾着她的脖子,低头轻轻咬在她的耳朵上。

下午,他们去了唐人街。

孟濡前几天在英国一直吃西餐,胃里早就受不了了,想吃些汤汤水水。他们找到一家中餐馆,孟濡点了珍珠奶茶,又吃了冷锅串串和水煮鱼。

晚上回去前,又买了这条街有名的厚底比萨当夜宵。

一整天都在吃吃喝喝中度过,非常罪恶又满足。

除了晚上回到公寓,发现陆星衍的钱包不见了之外,这一天可谓是非常美满。

孟濡默默地放下比萨,愧疚地抿了下唇:"我忘了告诉你,意大利小偷很多的。"当初孟濡只身一人刚来到意大利时,钱包被偷过好几次,后来不得不增强警惕心。

幸好她今天出门之前把她和陆星衍的护照和证件都放在自己包里,没有被偷走。

孟濡问陆星衍:"你钱包里的现金多吗?"

现金倒是不多。不过,陆星衍烦躁地搓搓头发:"你上回送我的钥匙扣在里面。"

孟濡下意识："哪个钥匙扣？"

陆星衍看她一眼，认真回答："去年元旦晚会你送给我的。"

孟濡想起来了，是那个星星麋鹿的钥匙扣。她没想到陆星衍一直放在钱包里，她擦了擦吃比萨油汪汪的手，摸摸陆星衍的头发，对闷闷不乐的少年说："没关系，我明天再给你买一个就好了。"

陆星衍脸色这才稍微缓和一点，搂住孟濡的腰，脸庞埋进她的衣服中："买两个。"

孟濡："好呀。"

第二天出发去车站前，孟濡先找到酒店附近的一家挂饰店，买了两个钥匙扣。

一个是鹿，一个是白天鹅。

白天鹅给陆星衍，鹿给孟濡。

少年总算是满意了。

他们今天要去的地方是科莫，坐火车一个小时。

到了科莫湖，陆星衍去买船票，两人登船游览了整个科莫湖的风光，在其中一个小镇下船，陆星衍和孟濡在路边的餐馆吃了饭，然后又坐缆车上到山顶，俯瞰科莫美丽的风景。

山顶有几个女孩看过孟濡的芭蕾舞，高兴地请求和孟濡合照，孟濡没有拒绝。

女孩们轮流一个一个照了很久，孟濡都耐心地配合。后来有一个男人不认识孟濡，单纯见孟濡长得漂亮，也要求和孟濡合照。

男人合照时还做了个虚搂孟濡肩膀的动作。

陆星衍站在一旁，脸瞬间黑下。

等到女孩子们照完照片离去，孟濡和陆星衍乘坐缆车下山，孟濡幸运地抢到了第一排的位置。他们可以从车前的玻璃往外看到前面的风景，从上往下享受俯瞰的刺激感。

下山时，孟濡一边拍vlog（视频记录），一边扭头问陆星衍："你刚才为什么不高兴？"

陆少年皱着眉，想起时仍旧很不爽："那个男的离你太近了。"

"他没有碰到我。"孟濡解释，又将手机摄像头转向陆星衍，清濡好听的声音问，"请问陆星衍小朋友为什么这么爱吃醋？"

陆星衍的脸出现在镜头里，少年眉心微皱，面色严肃，毫无预兆："因为我爱你。"

下一秒，他抬起手臂搭在脑后，又恢复那种漫不经心的调调，嘴里再咬一根草，就是古时候不学无术、斗鸡走狗还会在路边调戏良家姑娘的纨绔少爷。

"濡濡，你知不知道？我已经很克制了，如果不克制，你和芭蕾舞团那些男演员排练时又搂又抱，我可能会气疯。"

陆星衍黑眸一转，看着她，神态不像是在开玩笑，应该是真的为孟濡和其他男演员排练而吃醋过。

孟濡沉默。

她错了，她低估了这位少年的吃醋能力。

想了想，孟濡将摄像头举向前方，摄像头对着自己。

她弯了下唇，笑意吟吟："那么我希望，陆星衍小朋友有点自知之明，我也爱他，其他人都不是他的对手。希望他少吃点醋，不然身体里的PH值（氢离子浓度指数）会不平衡。"

说完，孟濡又补充一句："但我很高兴，他理解我的事业。"

音落，孟濡转身，趴在陆星衍脸颊上轻轻印了一吻。

当天晚上，他们住在小镇上的一家民宿，次日打算坐车去阿尔卑斯山滑雪。

只不过孟濡被陆星衍折腾得太累，第二天早上差点起不来。如果不是念着要去滑雪，孟濡真想睡到下午。

但还是得起床。

她洗漱时故意将两只脚都踩在陆星衍的脚背上，看着镜子里的少年站在她身后假装露出很痛的表情，心情才稍微好一点。

孟濡和陆星衍抵达阿尔卑斯山下时，还没到中午。

他们乘坐缆车上到山顶，山顶气温很低，一眼望去全是嶙峋的山峰和白茫茫的雪。孟濡来之前早有准备，穿着陆星衍的羽绒服，又穿了两套保暖内衣，纤瘦的身体捂得像球。

饶是如此，孟濡还是冻得鼻尖红通通。

陆星衍用双手捂了捂她的脸颊，朝她的鼻子呵气，又去买了副防水手套和墨镜，回来问道："我去买滑雪板，你要单板还是双板？"

孟濡思考了下，认真回答："我要雪橇。"

孟濡理直气壮地解释："我不会滑雪。"

行吧，舞台上身姿完美的天才芭蕾舞演员不会滑雪。陆星衍忍不住捏了捏孟濡的耳朵，露出个笑："我给你买一个双板滑雪板再租一个雪橇，一会儿哥哥先教你滑雪。"

这小孩占她便宜占得越来越不要脸了。

孟濡正想教训他，陆星衍已经转身走向商店里。

陆星衍给自己买了个单板滑雪板，给孟濡买的是双板，还租了一个滑雪雪橇。

一开始陆星衍说教孟濡滑雪，孟濡还算有点兴趣。

少年手把手地教，但半小时后，她还是只敢踩着滑雪板一步一步慢慢往前蹭。孟濡在舞台上轻盈灵活的身子这会儿变得笨拙，看来是真的没有滑雪的天赋。

她放弃了，最后坐在雪橇上一路轻松地往下滑。

天空下是广袤无垠的雪原，天与山之间有一道明显的分界线，眼前除了蓝就是白。

孟濡往下滑的时候，感觉自己不过是雪山中的一粒雪花，又渺小又自由。

她情不自禁地张开手臂，发出感慨又痛快地大喊。

"啊啊啊——"

陆星衍一直寸步不离地跟在她身后，见状忍不住出声提醒："不要松手，扶好雪橇，不然会摔倒！"

孟濡只松开了一会儿，就重新扶住雪橇。她扭头看稍微落后的陆星衍，乌润的眼睛闪着光："陆星衍，这里好好玩啊！"

陆星衍上身重心上移，点板起跳，滑板像粘在脚上一般，在空中七百二十度旋转，做了个漂亮的 buttering（粘板）花式动作，再稳稳地落在孟濡身边。

他呼出一口气，看向孟濡，也是笑着："你喜欢，那以后每年冬天我们都来这里。"

孟濡答应："好啊。"

有一句话叫"乐极生悲"。

孟濡扭头跟陆星衍说话时，一时没注意前面有个半人高的雪堆。她再回头看见时已经晚了,来不及转方向,连人带雪橇直直地扎进雪堆里。

"濡濡!"

陆星衍立刻跳下滑板,来到孟濡身前。

孟濡趴在雪堆里半天没有动静,陆星衍不得不紧张起来:"濡濡,没事吧?"

他伸手想将孟濡拉起来,就见刚才还毫无动静的孟濡稍微侧了侧身,抬起一只手,抓住陆星衍,将毫无防备的少年一起拉进雪堆里。

"噗!噗!"

两个人摔进雪堆的声音。

陆星衍慢吞吞地从雪堆里坐起身,模样狼狈,他抬手拨了拨头发,原本想说什么,扭头看见孟濡从旁边的雪堆里钻出来,身上、围巾上都粘满雪花,头发上也是,眼睫毛被雪花染得又白又密。

她闭着眼睛摇了摇头发上的雪,浓稠的睫毛覆着瓷白雪腻的肌肤,像雪山上饱食天地灵气的精怪,冰肌玉骨,美色撩人。

孟濡睁开眼,发现陆星衍在看她,还以为他在生气,展颜朝陆星衍恶作剧地一笑。

陆星衍喉结动了动。

他究竟上辈子烧了多少高香,这辈子才能遇见这么可爱的孟濡。

孟濡和陆星衍在阿尔卑斯山玩了两天,两天之后,孟濡的假期结束,回到意大利舞团训练。

陆星衍飞回覃郡。

接下来的一周,他们每晚都保持视频通话。

一周后,孟濡收到了英国皇家芭蕾舞团的邀请函——英国皇家芭蕾舞团邀请孟濡担任团里首席舞者。

孟濡应邀加入,成为该团有史以来唯一的华人首席演员。

与此同时,还有人发现孟濡的微博账号开通了。

倒不是有人或者团队刻意宣传,而是孟濡开通微博那天,点进那个"今天孟濡开微博了吗"的账号看时,不小心点了赞。

博主发现,点进她的首页。

一开始这个账号首页什么都没有,不免让人怀疑是不是什么高仿号。但没几天,孟濡发了一条 vlog。

那是孟濡和陆星衍出发前往科莫的那天,画面中的女人又美又仙,在去火车站的路上对着镜头浅浅一笑:"嗨,我是孟濡。我们今天打算去科莫湖玩,说来惭愧,我来意大利这么多年,连科莫湖长什么样子都不知道。"

她说完,挽着旁边一名男性的手臂,笑:"给你们介绍一下,这是我男朋友,斑斑。"

旁边的男人穿着黑色简单款的羽绒服,身高挺拔,镜头恰好卡到他的肩颈处,只露出上身,看不到脸。

孟濡眨着眼睛等了一会儿,催促身边人:"你跟大家打个招呼。"

那人本来在玩手机,闻言将手机揣进兜里。他勾住孟濡的肩膀,微歪了下头,只能看见一个弧度好看的下巴一晃而过,紧跟着懒洋洋的声音:"这是我的宝宝,请大家多多爱护她。"嗓音散漫朗润,又有一点点沉,听起来就是少年音。

孟濡一时无语。

她让他打招呼,他在说什么呢?

孟濡放弃让陆星衍入镜,他们坐火车一路前往科莫,游了科莫湖,又坐缆车到达山顶。

整段 vlog 不长,大部分时间都是孟濡在说话和解说,身旁的少年偶尔说一两句话。直到他们下山,孟濡和陆星衍坐在缆车最前排,那段究极"虐单身狗"的对话原封不动地被剪辑在视频中。

"你刚才为什么不高兴?"

"那个男的离你太近了。"

"请问陆星衍小朋友为什么这么爱吃醋?"

"因为我爱你。"

这段视频被孟濡做了后期处理,陆星衍说话时,看不到他的脸,却能从他的话中听出不满和深情。

紧接着,少年的语气变得吊儿郎当:"濡濡,你知不知道?我已经很克制了,如果不克制,你和芭蕾舞团那些男演员排练时又搂又抱,可能会气疯。"

"那么我希望,陆星衍小朋友有点自知之明,我也爱他,其他人都不是他的对手。"

视频最后,孟濡侧头吻住了少年的脸。

镜头一晃，到这里才出现少年的半张脸。

眉乌目漆，眼尾微微下垂，脸颊到下巴的轮廓瘦削，非常英俊的模样。

这段视频被喜欢孟濡的人转发了很多次，也有人去搜索视频里的少年是谁，几乎不太费力地就搜到了。

南大计科学院大二学生，陆星衍。

果然是姐弟恋！

现在大家对姐弟恋的包容程度不仅很高，而且很喜欢这对CP（情侣）。

孟濡的粉丝圆满了，女神重返舞台，还开通了微博，亲自录了vlog给他们发福利。但是有粉丝希望孟濡再录些类似的vlog时，那个账号却再也没有更新过新内容。

她和陆星衍的意大利旅行，始终挂在第一位。

而很多人注意不到的是，视频里只出现过短短一面的少年，却在以后漫长的时间中，孟濡离开芭蕾舞台前的每一场演出，都一场不落地，坐在观众席从头到尾看完。

直到陆星衍大学毕业那年，孟濡应邀回国，担任覃郡大学舞蹈学院的特聘教授，以客座艺术家的身份定期为国内四大舞团成员进行大师班授课，从此留在覃郡。

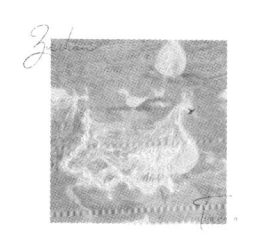

Extra 02 · 被驯服的鹿

唯有孟濡,像海面初升太阳的第一道光,破开云层,
强硬地闯进他心扉。

六岁。

陆星衍趴在客厅脏乱的茶几上写完老师布置的作业,将作业本有条不紊地放进蓝色的奥特曼小书包。

他跑到厨房,踩着塑料凳子熟练地烧水、煮面、打蛋,然后再放盐、放醋,再倒了一点酱油,跳下凳子,从下面的柜子里拿出两个碗,然后再爬上凳子,将锅里的面条盛到两个碗中,一个碗里的面多,一个碗里的面少。

明明整个小身躯还没有流理台高,做起这些事情却已经很熟练。

他将这两碗看起来不太好吃的面条端到茶几上,走向卧室,轻轻地推开房门,对房间里坐在床边、背对着他眺望窗户的女人说道:"妈妈,我做了饭,你吃吗?"

女人一动不动,似乎没听见他的话。

他也一动不动,顿了顿又叫:"妈妈……"像被遗落在巢里还未生出羽翼的小鸟的声音。

女人还是没有回头,却慢慢躺到床上。

她无神的眼睛盯着天花板,许久才说话:"我不吃。"

陆星衍可怜巴巴地在门口站了好几分钟,好像在等女人回心转意。等她起床,笑着摸摸他的头顶说:"阿衍今天做了什么饭?我们一起去吃吧。"

然而女人始终没有往他的方向看一眼,他想象中的场景也从未发生过……那是他根据同学的妈妈幻想出来的。

他的妈妈从他记事以来,就没有走出过这个房门一步。

她从来不叫他"儿子",从来不笑,从来没有拥抱过他,从来没有接送过他一次上下学……陆星衍有时候想,她真的是自己的妈妈吗?

然而,另一个自称是他爸爸的男人每天半夜喝得醉醺醺地回到家,却会质问他:"你妈今天给你做饭了没?"

如果得到的是他否定的答案,这个男人就会走进卧室,举起拳头,落在女人身上,一边打,还会一边骂:"一天天在家里什么都不干,连饭都不给我儿子做……我娶你是为什么?"

每当这时候,陆星衍就会蜷缩在自己小小房间里的小小床上,举手捂住耳朵,眼睛紧紧闭着,又浓又长的眼睫毛颤动,泪从眼角溢出一颗,紧接着又溢出一颗,一颗接一颗,不知不觉就哭着睡着了。

八岁。

陆星衍这天课间跟同学打了一架,因为那个同学说他妈妈有病,从来不出门,开家长会也从来没有来过。

陆星衍打掉了那个同学的眼镜,又往对方脸上、肚子上狠狠揍了几下。那个同学在他胳膊上重重咬了一口,牙印深得能看见血。

老师让两个人第二天都请家长,陆星衍一路上都在想,如果回家跟妈妈说老师明天要请家长,这次她会去吗?

还没走到自己家楼下,就看到前面围了许多人,路旁还停着救护车、警车。陆星衍想穿过人群往自家楼栋走,有人认出他,唏嘘道:"这就是那个女的小孩。"

紧接着,仿佛连锁反应一般,所有人的目光都投向他,并露出同样惋惜、同情的神情。

"真可怜……"

"才这么小一点。"

"听说他爸也不靠谱,天天在外头喝酒。"

"这么小以后怎么办啊……"

"快别让他看见了。"

可惜晚了,陆星衍正好挤到最前面,看清了所有人中间围着的场景。

一个瘦削的女人穿着他最熟悉的浅蓝色碎花连衣裙,以一种奇怪的姿势躺在地上,血浸湿了她的浅蓝色裙子。她的眼睛仍看向最高处的天空,死寂的,无神的,忧郁的,带着解脱。

陆星衍往前走了两步,小小的身躯蹲在女人身边。

他伸手去握女人身侧的手,还有余温,只是无论他怎么晃,女人都没有任何反应,同以前许多次他乞求她跟自己说话时一样。

泪流了满脸,他被这一幕吓坏了。

他已经很久没哭过了。

他知道眼泪没有用。他迫切地想早点长大,带他妈妈离开这里,离开他爸爸。然而这一刻,他清楚地知道他妈妈离开自己了,他妈妈死了,从此以后,他不再有妈妈了。

陆星衍哭得撕心裂肺,是他第一次当着这么多人的面无助地哭:"妈妈!妈妈……"

在陆星衍来之前,医护人员就已经当场判定了女人的死亡。

救护车开走了,警察问这小孩的父亲是谁,让人联系死者家属,准备安排后事。

人群中有人说:"他爸是个酒鬼,天天喝得人事不省,还打老婆。我家住在他家楼下,经常听到他半夜对老婆孩子又打又骂,指望他安排后事,靠不住哦……"

九岁。

陆星衍来到孤儿院已经半年了。

半年前,他爸爸喝酒醉驾,与一辆货车相撞,因为没系安全带当场身亡。

从此,陆星衍便成了孤儿。一位远方亲戚为他联系了这家孤儿院,将他送到这里来。

这半年里,陆星衍总是独来独往。别的孩子一起吃饭、睡觉、做游戏,他总是捧着一本天文书,在不起眼的角落里安安静静地读着。

然而陆星衍长得好看，比孤儿院里所有小孩子都要标致、漂亮，很难不引起别人注意。

到底是什么样的家长，舍得抛弃这么乖巧又讨人喜欢的小孩呢？

而且他很聪明，每次考试，他的成绩总是同龄人里最好的，比其他小朋友高一大截。

院长对这小孩又怜悯又喜爱。所以每当有家庭想领养小孩，她都会优先考虑陆星衍。

但或许是从小受家庭氛围的影响，陆星衍骨子里是孤僻冷血的。每个家庭想领养他之前，都会先跟他交流一下，他每次都拒绝交流。

有人问："你不想要个爸爸妈妈疼你吗？"

陆星衍头都不抬，过了一会儿，才用一种轻飘飘无所谓的语气说："我希望这世界上没有爸爸妈妈。"

不知不觉陆星衍在孤儿院住了三半年。

这期间跟他一起来孤儿院的孩子陆陆续续被人领养，他已经算院里年纪稍长的一批孩子了。

陆星衍仍旧是孤零零的，一个人吃饭，一个人洗澡，一个人看书。

他对于领养不领养根本无所谓，他从小没有感受过任何亲情，对"家"也不心生幻想，他甚至不知道一个正常的家庭是什么样子。

他记忆中的家是那个狭小、寂静、昏暗的房子，他只知道自己不想再回到那里。如果可以，他想一直待在孤儿院，他甚至在这里学会了拉小提琴——是一个跟他同时来孤儿院的男孩教他的，后来那个男孩被领养后，就把小提琴送给了他。

陆星衍在音乐方面极有天赋，那个男孩只教了他简单的指法，他看着乐谱，慢慢地也能拉出优美完整的曲子。

直到有一天，陆星衍站在一棵枝繁叶茂的桂树下，将小提琴抵在左边的锁骨上，脸颊贴着腮托，在满园馥馥清香中拉了一首马斯涅的《沉思》。

院长正领着陆江元夫妻二人前往办公室，闻声停在原地。

小提琴的旋律婉转优美，轻柔舒缓，又流淌着浓稠的伤感，很难想象这是一位十二岁少年拉出来的曲子。

陆江元的妻子看着陆星衍。这是一个跟陆星衍妈妈完全不同的女人，目光柔和，眼神透彻，嘴角弯起和善的笑容。

她说："我记得前段时间濡濡跳的芭蕾舞剧，就是这首小提琴曲。"

她看着陆星衍，觉得格外有眼缘，便走到他跟前问道："这首曲子叫什么名字？"

这是陆星衍第一次听到"濡濡"这个名字，这时候他还不知道"濡濡"是男是女。

陆星衍收起小提琴，如实回答："不知道。"琴谱那页的名字被撕坏了。

陆江元也走上前："那这首曲子是谁教你拉的？"

"自己看着琴谱学的。"

陆江元夫妻二人十分惊讶，他们都是音乐老师，对这样有音乐天赋的小孩很难不喜欢，而且他还刚好姓"陆"，这个缘分简直像是上天送给他们的一份礼物。

他们又跟陆星衍聊了两句，便决定收养陆星衍。

坐在离开孤儿院的车上，陆星衍怀里抱着琴盒，行李少得可怜。

陆江元的妻子陪他坐在后座，见他一言不发，以为他是拘谨，主动找话题聊天："阿衍，你喜欢音乐吗？"

陆星衍垂眼抚摸着琴盒上的花纹，半响，才微不可闻地"嗯"一声。

女人想摸他的头，手停在半空中，犹豫片刻还是落在他的肩头，笑道："正好，我和你叔叔也都喜欢音乐，以后我们就是艺术之家……"她仿佛想起什么，笑容更深了，"以后逢年过节，我拉大提琴，你叔叔弹钢琴，你拉小提琴，让濡濡跳芭蕾舞。"

"濡濡每天忙着世界巡演，一场演出出场费好多万，哪有时间给我们伴舞？"陆江元一边开车一边笑着调侃，"咱家可付不起她的出场费啊。"

女人嗔他一眼，道："我的出场费也贵着呢。"

他们谈到"濡濡"，脸上的笑容既骄傲又喜爱。

这是陆星衍又一次听到这个名字，唯一的感觉是，"濡濡"是个跳芭蕾的"姐姐"。

十二岁，一次家庭聚会。

姜冶妈妈一边嗑瓜子，一边瞪一眼对面歪在沙发上打游戏的姜冶，数落他道："天天就知道打游戏，你的近视都多少度了？看看你坐成什么样，没长骨头吗？"

她看向与姜冶隔着一张沙发坐着的陆星衍："你再看看人陆星衍，坐得多正。我也没见他跟你似的，到哪儿都捧着手机打游戏。难怪人家成绩好,能考年级前十,还会拉小提琴。有这样的表兄弟,姜冶你不羞愧吗?"

姜冶起初不当回事,一个耳朵进一个耳朵出。

奈何他妈说起来没完没了,姜冶被说烦了,把手机摔在沙发上,站起来道:"喜欢学习好的,你也再去领养一个呗。"

说完,姜冶越过陆星衍往外走。

当天陆星衍带着小提琴,他的琴有根弦松了,他的养父母打算吃完饭带他去琴行换根弦。

姜冶越看他越不顺眼,手一抬,将他竖在沙发背上的小提琴扫到了地上。

小提琴琴头落地,发出"嘭"的声响。

琴头开裂了好几处。

姜冶头也不回地继续往外走,就见一直一声不响的陆星衍忽然抓住他的手腕,起身朝他挥拳。

姜冶摔坏的那几处地方一直没有修好。

琴行的人建议陆星衍换一把新小提琴,陆星衍不肯换。没过多久,又一次聚会,陆星衍在酒店外面买了瓶胶水,把自己关在棋牌室里,搜索网上的教程,试着自己修小提琴。

只不过挤胶水的时候,胶水不小心溅到了他左眼里。

刺痛感令他立即闭上眼睛,他捂住眼,强烈的恐惧和不适涌出。

棋牌室外面传来小孩的打闹声和大人的谈话声,只要他声音大一点就能被听见。但不知是不是性子孤僻的缘故,他不愿意求救,哪怕躺在地上疼得流泪,他也没有发出一声。

就在陆星衍以为自己一只眼睛会瞎掉时,门"砰"的一声被推开。

有人走进来。

对方将他扶起,身上隐约传来清甜的柑橘味儿。她轻轻喊他的名字,声音柔软而动听:"陆星衍?你怎么了?"

陆星衍睁开眼,蒙眬模糊的视线中,只能看到一个纤细柔美的女孩子身形。

对方拿掉他捂着左眼的手,很快知道了是怎么回事。她向服务员要来棉签和水,一点一点轻敷在他的眼睛上。

渐渐地,陆星衍能看清东西。

她离他很近，陆星衍不得不直视着她澄澈漂亮的眼睛，她的眼睫毛浓长稠密，再往前一点，似乎就能扫到他的鼻梁。

与她挨得这么近，陆星衍竟然一点也不排斥。

他从一开始的戒备抗拒，到慢慢安静下来，她身上有种令人安心舒适的力量。

外面的大人见服务员往这里送棉签，过来问道："濡濡，发生什么事了？"

女孩抬起头，如实回答道："陆星衍的眼睛里进胶水了，我帮他清理一下。"

"怎么这么不小心？"

这时候，陆星衍才知道，眼前的这个女孩就是"濡濡"——所有人都喜爱的孟濡。

陆星衍的养母曾说："没有人会不喜欢濡濡，阿衍如果见到她，一定也会喜欢她的。"

陆星衍此时仍不这么认为。

直到孟濡带他看完医生，回去的路上，她问他："你为什么要锁门？"

"他们吵死了。"

"你不喜欢我们吗？"

女孩沐浴在柔媚的阳光中，发丝被照得柔软金黄，眼里盛着冬日暖融融的光，像一束向阳蓬勃生长的向日葵。她伸手轻揉陆星衍细而软的头发，毫无攻击性，善意地对他说："我们以后是家人哦。"

这是陆星衍第一次听到有人说要跟他做"家人"。

陆星衍知道"家人"是什么意思，正因为知道，所以才极其渴望这种亲密关系。

他从小有过家人，却约等于没有。

那间昏暗、狭窄的房子，盛载着他最痛苦的记忆。陆江元夫妻把他当儿子，却始终对他客气，他们没法像真正的父母与孩子那样亲密。

唯有孟濡，像海面初升太阳的第一道光，破开云层，强硬地闯进他心扉。

十四岁那年，陆星衍的养父母出车祸去世了。

所有人都认为陆星衍是"克星"，他的亲生父母死了，陆江元夫妻

才收养他两年,也双双去世。

连陆星衍都不由得想,是否真是自己的错。

没有人肯再接受他。

就连去墓地,也是他独自上山,再独自下山,一如他由始至终孤零零的人生。

可是孟濡出现了。

孟濡追上他,说:"如果你不介意我很久才回国一趟,平时没有人聊天,做饭洗衣服打扫卫生都要亲力亲为的话,你可以先住在我那里。"

她说:"我会定期给你生活费,如果你无聊了,可以给我打越洋电话。"

她说:"你觉得怎么样?"

她像第一次见面时一样,态度自然,神情柔软,往他心里贫瘠荒败的土壤,源源不断地送来阳光和水源。

陆星衍无法形容自己心里破土而出的情绪,但他就像雏鸟破壳见到第一个活动物般,认定了孟濡。

后来,孟濡很少回来,陆星衍十五岁这年,她总共回国三次,在家里住的时间不超过四个月。

她虽然住家的时间不多,但给了陆星衍充分的积极、善良、阳光、健康的正面影响。

陆星衍也变得比之前爱说话一些。

但也似乎只有孟濡在家的时候,陆星衍的心情才会变得愉悦。

他会不由自主地想跟孟濡靠近,比如在孟濡跳舞的时候去练舞房写作业,比如孟濡在客厅的时候故意坐在她身旁,比如上课不听英语课,让孟濡给他补习英语……

只要是待在孟濡身边,他的心情就会安定、充实,以及冒出无数个裹着欢喜的透明小气泡。

高二那年,要文理分科。陆星衍分明是典型的理科脑袋,老师和同学都认为他会选理科,但他专门给孟濡打越洋电话,说:"你觉得我选文怎么样?"

孟濡疑惑,理智地跟他分析:"你的逻辑思维很严密,分析事情也喜欢用数据,而且你似乎更喜欢理科一点,你的数学、物理分数比语文、历史分数都要高,学文科对你而言没有任何优势。"

陆星衍将已经填好"理科"的分科志愿书放在一边,一只手随意地支在桌上，撑着脑袋："可是我最近对历史挺感兴趣的。"

孟濡不似他那般随意，正色："陆星衍，不要冲动的时候做决定。对历史感兴趣可以买一套历史书，但你觉得你的'兴趣'可以维持三年，甚至更久吗？"

孟濡苦口婆心地劝他，陆星衍似乎心不在焉，让孟濡更加着急了。

其实，陆星衍只是太久没听她说话，太想她了。

所以想让她说更多的话。

直到电话那头传来男人的声音。

男人低声问孟濡："你想吃什么？"

孟濡的说话声停止，快速点了几个菜。

接下来她继续跟陆星衍列举他选理的好处，但陆星衍已经听不进去了，满脑子都是——

她在约会。

她在和其他男人一起吃饭。

她交了男朋友？

…………

接下来陆星衍一言不发。

挂了电话之后，当天晚上，孟濡发了她和周西铎在斯卡拉大剧院门口的合照。

文案：很高兴你来。

为什么高兴？有多高兴？

黑暗里，陆星衍只觉得这张照片和文案刺目，他一夜没睡，却又比任何时候都清醒。

后来，有一天下午，陆星衍打完球躺在房间睡觉。

梦里，他和一个女孩坐在一艘小船上，周围是一望无际的辽阔海面，举目四望，没有其他船迹。

他们在海上漂流了好几天，期间不断有飞鸟攻击，有凶鱼啃咬船只，夜里还有汹涌的巨浪拍打他们的小船。他始终把那个女孩紧紧地护在怀里，他身上受伤，不断流血，却还是没有松开揽住女孩的双臂。

终于，他们漂泊到一座孤岛。

陆星衍扶起女孩下船，他捧起她小巧苍白的脸，低头朝着她的唇瓣吻下去，嘴里不断地呢喃："没事了，我会保护你，我会永远保护你……"

女孩抬起脸颊,湿润的眼睛又乌又亮,睫毛浓长,鼻梁挺翘,容貌美而不艳。

她长着孟濡的模样。

陆星衍从梦中惊醒。

他的心跳动得剧烈,在傍晚昏昧阒寂的房间里,一声,一声,从未有过的清晰。

原来,他想吻孟濡。

原来,他想对孟濡说,我会保护你,我会永远保护你。

这一刻,陆星衍终于知道,他心里曾经破土而出的情绪代表什么——

他觉得养父母有句话说得很对,没有人会不喜欢孟濡。

他也是。

但他跟其他人不一样。

他只想"独占"孟濡。

-番外完-

最后的天鹅